浙江电力文学丛书

百合

浙江省电力作家协会 编

百花洲文艺出版社
BAIHUAZHOU LITERATURE AND ART PRESS

图书在版编目（CIP）数据

百合 / 浙江省电力作家协会编 . -- 南昌：百花洲
文艺出版社，2024.12. -- ISBN 978-7-5500-5719-7

Ⅰ. I247.7

中国国家版本馆 CIP 数据核字第 20240EM017 号

百合

BAIHE

浙江省电力作家协会 / 编

出 版 人	陈　波	
责任编辑	郝玮刚	
制　　作	书香力扬	
出版发行	百花洲文艺出版社	
社　　址	南昌市红谷滩区世贸路 898 号博能中心 A 座 20 楼	
邮　　编	330038	
经　　销	全国新华书店	
印　　刷	四川科德彩色数码科技有限公司	
开　　本	710 mm×1000 mm　1/16	印张　23.375
版　　次	2024 年 12 月第 1 版	
印　　次	2025 年 3 月第 1 次印刷	
字　　数	350 千字	
书　　号	ISBN 978-7-5500-5719-7	
定　　价	68.00 元	

赣版权登字　05-2024-308

网址　http://www.bhzwy.com

图书若有印装错误，影响阅读，可与承印厂联系调换。

总序

张 浩

习近平文化思想丰富和发展了马克思主义文化理论，构成了习近平新时代中国特色社会主义思想的文化篇。"仓廪实则知礼节，衣食足则知荣辱"，广大民众在具备了文化自信的物质基础之后，追求更高水平的精神文化生活日益成为现实需求。在这个大背景下，浙江省电力作家协会编选这套《浙江电力文学丛书》，总结五年来协会会员创作成果，可以说适逢其时、水到渠成。

《浙江电力文学丛书》为四卷本，分别是小说卷《百合》、报告文学卷《光芒叙事》、散文评论卷《山河与草木》、诗歌电影剧本卷《光明的诗卷》。丛书收录的作品时间跨度为 2019 年至 2023 年五年，在国内报刊或公开发表，或获得奖项，其中不乏电力题材的作品，既有温度，也有鲜明的电力行业辨识度。

五年来，浙江省电力作协会员创作出版了一批有中国电力行业特征、浙江电力行业特色的文学作品。如陈富强、潘玉毅采写的长篇报告文学《点灯人》，以"时代楷模"钱海军和他的志愿团队为蓝本，为中国文学画廊贡献了一位乃至一群"点灯人"文学形象。由孔繁钢组织策划，王琳、鹿杰等 8 位电力行业作家集体采写的《东方启明》是全国首部反映省级农村电网发展的长篇报告文学。协会会员还创作出版了电力题材的长篇纪实作品《中国电力工业简史》《火焰传》《光耀那曲》《正道沧桑》《中国焊匠》，长篇小说《夯基》，散文集《瓯越之光》等。陈富强的《能源工业革命》获"《人民日报》重磅推荐：2019 年 30 本值得一读的好书"，并获得浙江省优秀文学作品奖。何丽萍的长篇小说《在云城》、鲁晓敏的散文集《廊桥笔记》、尹奇峰的《探险左世界》等作品获得较好社会反响。费金鑫的长篇小说《归位》，陈富强、潘玉毅的长篇报告文学《点灯人》，邱东晓的诗集《托举的光芒》获首届中国电力文学奖。

五年来，为进一步激发创作活力、诠释时代价值，浙江省电力作协组织开展了第四届浙江电力文学奖评选、"江浙之巅·文学书写"文学志愿服务活动、1+1+1（省市县）三级文学志愿服务活动、"垦荒杯"征文比赛、"光耀亚运"浙江省电力原创诗歌大赛。开展"守护生命线""建党百年·辉煌电力""致敬时代楷模·书写奋斗故事""致敬劳模·喜迎亚运""能源科普原创作品"等主题征文活动。组织南湖电力文学论坛、凤起电力文学论坛等，借助文学作品及文学活动展现电力人的精神风貌。浙江省电力作家协会工作受到中国电力作家协会和浙江省作家协会的好评，并写入浙江省作家协会第十次代表大会主报告。

五年来，为提供更多展示平台、激发会员创作，浙江省电力作家协会积极发挥内刊作用，会刊《东海岸》出刊 20 期，计 400 余万字。浙江省能源集团工会主办的《浙能文艺》、浙能温州发电有限公司文学协会主办的《瓯江潮》、华电杭州半山发电有限公司文学协会主办的《花港》等，也发表了大量电力行业职工的文学作品，为培育和壮大浙江电力系统的文学创作队伍发挥了不可替代的作用。徐衍、吴楠、陈芷莘等 6 位青年作家入选"中国电力作家协会百名重要中青年作家人才"。蓝莉娅、余涛等入选浙江省作家协会"新荷计划"人才库。目前，浙江省电力作家协会共有中国作家协会会员 10 人、浙江省作家协会会员 47 人、中国电力作家协会会员 87 人，这是一支宝贵的职工文学创作队伍，是不可多得的企业文化建设人才。

《浙江电力文学丛书》正是在上述坚实基础上，必然结出的丰硕果实。编选这样一套丛书，既是学习贯彻习近平文化思想在浙江电力系统的生动实践，也是检验浙江电力职工文化工作的重要方式。希望通过本套丛书的出版，进一步激发广大电力作家的写作热情，创作出更多更好反映浙江电力工业发展，与时代交相辉映的精品力作。

2024 年 5 月

（本文作者系国网浙江省电力有限公司职工董事、党委委员、工会主席，浙江省电力作家协会主席）

目录
CONTENTS

九星堆　　　　　　　　　　　　　　　陈富强 / 001

漆　马　　　　　　　　　　　　　　　徐　衍 / 042

浮生四记　　　　　　　　　　　　　　陈　琳 / 065

禾　儿　　　　　　　　　　　　　　　雀　翎 / 110

探险左世界（长篇节选）　　　　　　　尹奇峰 / 158

百　合　　　　　　　　　　　　　　　何丽萍 / 178

依我心想　　　　　　　　　　　　　　朱建华 / 189

半人马　　　　　　　　　　　　　　　余　涛 / 205

香　蕈　　　　　　　　　　　　　　　陈龙伟 / 217

终于疯了　　　　　　　　　　　　　　江仲民 / 242

革命时期的爱情　　　　　　　　　　　钟丽妃 / 253

山中的回响　　　　　　　　　　　　　蓝莉娅 / 259

无心睡眠　　　　　　　　　　　　　　姚秉荣 / 269

娶妻要娶韩晓娜　　　　　　　　　　　林新娟 / 289

竹马青梅　　　　　　　　　　　　　　吴　楠 / 300

不可思议的听力　　　　　　　　　　　谢根林 / 311

百
合

无　罪　　　　　　　　　　　　　　　　陈芷莘 / 320

情系半生　　　　　　　　　　　　　　　　李　丹 / 330

海风拂面　　　　　　　　　　　　　　　宋秀华 / 355

局长阳了　　　　　　　　　　　　　　　杨寿松 / 358

一家亲　　　　　　　　　　　　　　　　张水明 / 361

九 星 堆

陈富强

1

从九星堆集团总部大楼出来，马三站在寒风凛冽的北京西长安街，忽然有些茫然不知所措。虽然时节不过阳历十一月初，按节气算，是立冬刚过，但是北京的天气已经仿佛隆冬，让来自江南的马三有恍若隔世之感。上午，马三是直接从单位出发去的火车站，因为赶时间，送站的司机在密集的车流中见缝插针，左右突围，终于赶上十点半的高铁，疾驰五个多小时，就到达北京南站，打个车直驱九星堆总部。出门匆忙，马三来不及去家里取御寒的衣服，竟然穿着上班的一套行头就上路。要知道此时的江南，正秋意盎然、艳阳高照，而北京却早已寒风凛冽，并且已经飘过今年的第一场雪了。

随马三同行的是下属周小瑜。周小瑜用羽绒服把自己裹得严严实实，好像一个粽子，看不见一条曲线。与马三的衣衫单薄形成鲜明对照。望着不时打着寒战的马三，周小瑜建议马三去商场买件冬衣，马三摇摇头，说，办完事再说。周小瑜说，身体是革命的本钱，你可千万不能倒下，不然，我就没了革命的领路人。马三啼笑皆非，每次马三情绪起伏，周小瑜总能三言两语就让马三的脸阴转多云。我跟你说过好多次，我们的工作性质，办公室柜子里必须备齐四季衣服，以防不时之需，你总是不听。马三说，我备了，前两天专门从家里拿了件加厚外套去干洗，说好今天上午可以取的，但没想到一上班就让老大叫去劈头盖脸一顿臭骂，把取衣服的事给忘了。

　　周小瑜问，我们现在怎么办？马三说，还能怎么办？老大说了，这次要是不能把同业对标的指标搞上去，进不了标杆，就让我别回去，死在北京算了。周小瑜说，我胆小，你可别吓我，你要是死在北京了，我回去怎么向嫂子交代呀？说你是冻死的？难说要我前赴后继？马三说，也不是不可以，我们坐的同一班高铁，我回不去，你也别想回家。来时我就交代你了，只买单程票的。周小瑜高声喊，原来如此，开始我还奇怪怎么不买往返票，你真是要破釜沉舟不成？马三说，要是破釜沉舟能够完成老大交办的任务，也可以一试，总之，不把事情办好，我们就留在北京，多呼吸呼吸北京的空气，权当为北京的雾霾做些贡献了。另外，我重申一遍，我在北京死了，肯定不是冻死的，而是跳进太平湖被水淹死的。周小瑜白了马三一眼，说，你以为你是老舍啊。我告诉你，淹死老舍的那个太平湖早没了，现在那个太平湖是后来开挖的，是假的，你跳进去也找不到老舍的魂。你真要跳，还不如去跳昆明湖呢。马三说，我为什么要跳昆明湖？周小瑜说，所以啊，你还是什么湖都不要跳了，你跳哪个湖都成不了老舍。不如想想办法，怎么把贾主任说动了，把指标下滑的事给解决了。

　　刚才贾主任的脸色你也看到了，一副油盐不进、无动于衷的样子。你看其他单位，来的都是一二把手，我们的印象分首先就落后了。周小瑜一脸愁容，扳着手指给马三分析，来不来一把手，摆明就是一个态度，我们这个样子，两手空空，以为江南公司效益好，连续多年给集团公司贡献当年度十分之一利润，自以为了不起，可是这对标几百项指标，利润只不过其中一项，理论上讲，企业最重要的使命就是追求利润最大化，可是马经理你别忘了，咱们可是九星堆集团啊，九星堆集团是什么企业？是财富500强啊。马三转过脸，用奇怪的眼神看了周小瑜一眼，说，九星堆集团怎么了？财富500强又怎么了？就因为九星堆集团是财富500强更应该以效益利润为中心了？周小瑜辩解，我的意思是说，咱们的500强和西方的500强还是有一些区别的，比如效益和利润在国外是无可争辩的塔尖、是结果，到了九星堆，放在对标管理这个大框框里，就不是万能的。要不然，为什么咱们单位效益这么好，这么多年被集团总部入选的典型经验还不如东三省？甚至还不如中西部的湖北、青海？有不少还是亏损单位呢。马三听了，脸色顿时阴郁下来，说，先回酒店。周小瑜拦下一辆出租车，马三上车后一言不发，司机操一口京腔，欲与乘客来一番内容广泛的对话，从后视镜一瞧男人的脸色，就识趣地闭嘴了。倒是周小瑜善解人意，赔着笑脸与司机聊北京的雪，又具体聊了令人头疼的雾霾，刚准备聊北京的房价，酒店到了。周小瑜一脸抱歉钻出车门，想去拉后座的门，马三早已钻了出来，沉着脸，把车门一摔，大步往门里走。周小瑜付了车钱，小跑着才勉强跟上马三的脚步。

马三是江南公司的企管部经理，负责同业对标。每到年底，马三的心跳就跟着指标曲线起伏。但今年的曲线有些邪门，单位的经营状况很好，光利润一项，就比上一年度又超过十个百分点的增长，在九星堆集团系统内部不敢说遥遥领先，进入第一方阵前三是绝对没问题的，其他几项关键指标，也都完成得不错。照理，马三完全有理由让心跳均衡一些。但一上班接到一个来自北京的电话，让马三一下心惊肉跳。打电话的是马三的大学同学，姓江，原先在河南，后来调去集团总部。在大学时与马三住一个宿舍，关系一向不错，逢年过节，马三去拜访集团对口部门大小领导，总不忘给这位昔日的江同学也顺带捎上一份。如果说这位江同学是马三安插在集团总部的卧底也不为过，虽然不少情报价值不高，但对于把准集团总部重要决策的脉搏，还是无可替代的。遗憾的是，虽说这位江同学人在集团总部，但不过一枚小小主任科员，对标的事，难以直接帮上忙，好在他也能通过自己的关系网隔三岔五给马三提供一些信息，对于马三来说，就已足够。这次，江同学在电话里告诉马三，最近有好几家单位的头头到北京，请有关部门的主任喝茶，他所在部门的主任也去了。今天一早部门开例会，主任说，今年的对标曲线会有明显起伏，经营业绩一向走在前面的江南公司有好些单项指标都落到后面去了，估计要进入综合标杆行列有困难。我想，此事非同小可，赶紧溜出来跟你通报一声。马三一听，有天打五雷轰之感，脸色顿时变了。他搁下电话，半天回不过神来，连周小瑜进来也没发觉。周小瑜见马三脸色苍白，问他哪儿不舒服？马三没理她，一脸仓皇，径直拿起桌上的笔记本就夺门而出。

马三回到办公室已经是半个多小时以后了。他打电话给周小瑜，告诉她立刻买两张去北京的高铁车票。周小瑜问，谁去？单程票还是往返票？马三说，还用问，我，还有你，只买单程票。你买好票到我这儿来一下。周小瑜在网上订好票，推开马三办公室的门。马三看着周小瑜，好久不出声。周小瑜低头看看自己的衣服，说，我身上没有开花呀？马三长叹一声——没有天理呀！周小瑜疑惑地望着自己这位上司，刚过不惑，头发就已经渐渐灰白。马三的头发由乌黑到灰白，好像就这两三年的事，以前马三在运营部当总监的时候，算得上机关的帅哥，但自从调到这个企管部，管上对标的事情以后，时间在马三的身上仿佛成了一匹脱缰的野马，以狂奔的速度向前疯跑。不到三年时间，一头乌黑的头发就渐渐灰里见白了。只有周小瑜知道，这不仅是累的，更多的是忧的。要是年底对标结果出来，江南公司落到九星堆集团第一方阵的后面，没有进入标杆行列，这年，就别想过太平了。

听了马三转述江同学的电话内容，周小瑜也有些不知所措，原本以为，今年的情况会乐观一些，从江南公司各项业绩指标与其他公司对比来看，排名还有望比去年更进一步。哪想到，快要排队摘果子了，半路上又突然插进好几个不守规则的，一下就把队形搞乱了。周小瑜理解，刚才马三是向老大汇报去了，肯定挨了不少骂。老大姓丛，是从集团总部空降下来的，山西人，喜好面食，只喝汾酒。到江南，吃不到地道的面食，就专门从山西请了个做面食的厨师。江南不产白酒，只酿黄酒，丛老大又定时从山西运来汾酒。丛老大脾气耿直，也火暴，有一次，他把一位下属叫去谈工作，结果话不投机，两人就争了起来。那个下属是山东人，脾气也不是一般的温柔敦厚，在一个细节问题上，坚持认为自己是正确的，结果双方的喉咙都响了起来。惹得丛老大火冒三丈，说，你敢顶我？说着，顺手抄起桌上的茶杯向下属扔过去，还好那位下属闪得快，要是砸中脑袋，肯定头破血流，说不定，还砸出一个大洞。他喜欢下属们叫他老大，要是下属的工作顺自己的意了，就请下属喝自己从山西运来的汾酒。若是气不顺了，会当着众人的面一顿臭骂，让下属下不来台。偶尔风闻有下属暗地里因为工作压力大发点牢骚，说几句怪话，丛老大也不放过，大会小会重申他的观点：你要是觉得江南公司这座庙太小了，容不下你，请你另谋高就，没人拦你。一些基层单位和机关部门工作不顺利时，他对主要负责人最常说的一句话是"连这点小事都处理不好，我要你何用，不如去跳楼算了"。马三的前任，就因为年度对标结果不理想，人没跳楼，但职务让丛老大给撤了。丛老大强硬的管理方式，在江南公司引起很大争议，特别是那些资历比较老的员工，更是背地里把丛老大骂个狗血喷头。

那一年秋天，丛老大刚到任江南公司一把手，次年一月，集团公司开年度工作会议，丛老大去了，结果发现，自己边上一排座席上，竟然搁着两个白花花的骷髅头，吓得丛老大出了一身冷汗。会议开始后才得知，这两个骷髅头是送给同业对标第二、第三方阵排名末尾的单位的。会后，丛老大欲打听是谁这么缺德，想出这么个没品位又吓人的设计。丛老大在集团办公室的一位昔日部下把丛老大拉到一边，悄悄说，这是老板的主意。老部下说的老板自然就是集团总裁雷鸣了。丛老大心里一阵紧张，幸好没当着雷总裁身边的人打听是谁缺德，要不然，下一次就轮到自己去和骷髅为伍了。

在九星堆内部大小有点职务的人，都知道雷总爱喝白酒，且只喝茅台。所以，凡雷总参与的宴请，大家一律喝茅台，原先不会喝酒的，或者只有一杯啤酒量的领导，也拼命学喝白酒。席间，雷总也不劝酒，以身作则，一瓶茅台放在手边，于是，大家纷纷效仿，一桌有多少人，就有多少瓶茅台，看上去蔚为壮观。一餐下来，谁也不知道雷总喝了几瓶茅台，因为除了他手边的那一瓶，全场每一个人都会向他敬酒，并且都会携着酒瓶去敬，雷总也大度，对敬酒的，来者不拒，敬酒者见雷总干了，就赶紧给他满上。如此一来，雷总喝下的总量就难以控制与计算。好在雷总是真正的海量，离席时，依旧能够行走自如。底下人一级效仿一级，茅台在九星堆的销量直线上升。有一段时间，茅台价格像坐了火箭一样往上蹿，九星堆内部的人说，雷总有贡献。

有一次，雷总要去中部省份的几家单位调研，其中有三百多公里走的是高速，需要途中用餐。九星堆集团办公室传达雷总指示，午餐就安排在高速服务区，不要搞特殊。接待的省公司派人以普通乘客的身份先沿途走

百合

了一遍，发现一个大问题，途中有三个高速服务区，从时间的安排上，这三百多公里区间的第二个服务区恰好是用餐时间，但工作人员发现，这家服务区的餐厅设施极为简陋，菜肴更是难以下咽。同样的问题也出现在洗手间，卫生状况堪忧，一进洗手间，就有一股难闻的气息扑鼻而来，更加糟糕的是小便池子常常会堵塞，一堵塞，小便就会漫溢出来，让人无法下脚。打前站的人回省公司一汇报，一把手当即拍板，出资对这个服务区和洗手间进行重新装修，尤其是餐厅，特别隔出一个相对独立的空间，至于厨师，当天由公司食堂派过去，菜不能过于精致高档，但又不可粗而无味。中午不能上茅台，但要备上。至于洗手间，当天也要由江南公司派出人员值班，保证地面不留一点灰尘、小便池通畅而无异味。为防止地滑，洗手间进口处要铺上防滑垫。

事后，丛老大听说这个过程，特意在内部会议上讲了。他说，江南公司与中部省公司在这方面的差距，不是一点点，而是非常大，大家都要认真反思一下，如果雷总走江南的省境内高速，我们会不会想得那么缜密？一些实力不如江南的公司为何能够在九星堆重要会议上屡获雷总点评赞扬，肯定有他们的过人之处，这个案例之经典，在九星堆前无古人，大家一定要剖析再剖析、反思再反思、学习再学习。

江南公司多年入列九星堆集团同业对标第一方阵，排序上有先有后，但一般总在前三徘徊，不少单项指标还进入标杆。丛老大不至于去坐骷髅头的位置，但骄兵必败，必须时刻保持高度警惕，让江南公司始终处于领先，但不领头的地位。丛老大在集团总部机关韬光养晦多年，对集团的内部运作了如指掌，他当然清楚，这个对标，不过是拾西方人的牙慧，也许初衷是好的，但一进入中国，尤其是为九星堆集团所用，对到后来就彻底变质了，把"工夫在诗外"用在这个同业对标上是最恰当不过的。但就是这样一根鸡肋，因为雷总裁当作宝贝，捧在掌心，整个系统就得跟着旋转。江南公司效益不错，不等于对标成绩就一定很好，效益与对标结果往往不成正比，丛老大太清楚其中的奥妙了。所以他到任后，专门把企管职能从办公室分离出来，成立独立的企管部，主要任务就是让同业对标保持在集团公司的领先地位。他的最低要求是别的公司能把死的说活了，江南公司只要把原来就是活的说成活的就好。

但后来事情的发展出乎丛老大的意料，光是把活的说成活的还远远不够。因为他发现，那些原本是死的被说成活的，居然比原来就是活的还神采飞扬。丛老大在光火的同时，开始排查江南公司的不足，他发现，公司各部门的经理、总监们如果没有非去不可的会议，很少主动去北京的集团总部，这在丛老大看来是不可原谅的缺憾，江南公司这么多年埋头苦干，业绩、效益都领先于九星堆其他子公司，同业对标的排名居然总是做千年老二，有时还落到老三老四的位置，其中一个非常重要的指标，是江南公司入选集团的典型经验竟然还不如一些中西部公司，这让丛老大十分生气。很显然，仅就这一点，江南公司就吃了暗亏，因为硬性指标是没法修正的，但不少软指标则可上可下、可前可后，里边的工艺复杂而精湛。于是，他在一次内部会议上作出一个严厉的规定，各部门的头头必须每个月去一趟北京，找自己的对口主管部门领导喝杯茶、吃顿饭，即使一时请不到部门领导，具体工作人员也行。要懂得阎王好见小鬼难缠的道理！那几百个指标，雷总哪会有时间一一过目，还不是那些"小鬼们"在电脑上动来动去。丛老大要求办公室做好记录备查，谁没有完成每月一次赴京汇报的任务，一律秋后算账。

那次丛老大在集团总部开会见到骷髅头，尽管自己面前是一本代表业绩良好的证书，但心里依然不是滋味，因为这一年江南公司的综合指标排名下滑了，从第一方阵的第三跌到了第五，这也是第一方阵的倒数第二名。丛老大心里不服，他了解过各公司的实际指标，江南公司落在集团第一方阵倒数第二名不符合事实。丛老大从北京回来，把具体负责对标管理的办公室副主任撤了，欲任命一位新成立的企管部经理，这才发现，要找一个合适的人选真不容易。他与班子成员商量，是不是在公司内部来个公开招聘，看看有没有合适的人选。其他班子成员一致附和丛老大的提议。于是，人力资源部紧锣密鼓开始了公开招聘的筹备，为显示公开公平公正，还像煞有介事地邀请了省人才交流中心，号称由第三方来具体运作这事。

此时已是岁末，按惯例，丛老大携班子成员邀请各部门总监、经理吃

百合

007

年夜饭。这几年查得严，也不敢大张旗鼓地像往年一样去高档酒店、会所聚餐，只在单位食堂开席，一时，原本就不太宽敞的员工餐厅倒也熙熙攘攘，符合丛老大喜欢热闹的氛围。席间，喝的是山西的汾酒。总监们纷纷去给丛老大敬酒。马三是运行部总监，自然也免不了要代表运行部去给丛老大敬上一杯。但马三不会喝酒，照例故伎重演，以水代酒，满满斟上一杯，去给丛老大敬了。且说此时此刻，丛老大虽然酒量惊人，但无奈挡不住同僚和下属们的轮番"攻击"，颇有些不胜酒力，见马三端着满满一杯白酒过来，就硬撑着要干个满杯。马三怕露馅，一仰脖，抢在丛老大之前把一满杯矿泉水干了。丛老大边喝边指着马三说，好样的，我看企管部经理不用公开招聘了，就他了。马三一听，头上冷汗直冒，连连推辞，说老大，我胜任不了这么重要的岗位，还是公开招聘，另选高明。哪晓得丛老大心意已决，高声喊着人力资源总监老杨的名字，当场就拍了板。

次日，为慎重起见，老杨特意去请示丛老大，企管部经理的人选是否就马三了。丛老大一看老杨递过去的马三简历，用手指敲着桌上的那张纸，果断地说，不是他还能是谁？清华大学的硕士，酒量酒风都不错，我看非马三莫属了。老杨嗫嚅着，还想说点什么，但一看丛老大开始低头批阅文件，也不敢多言，退出老大办公室就去向马三转达丛老大指示。马三苦着脸，说老杨你是知道的，我那一杯，装的不是汾酒，是矿泉水啊。老杨笑着说，你可别再说是矿泉水了，刚才在老大办公室，我还想替你解释一下，但一转念觉得不对，要是让老大知道了，你当不当这个企管部经理事小，欺骗老大事儿就大了，你想想，欺骗老大不就等于是欺骗组织嘛。我看你清华不少同学在北京混得也不赖，你当了这个企管部经理，以后对标有用得着他们的地方，人脉就是生产力，说不定哪天，你就时来运转了。

马三用一杯矿泉水假冒汾酒换来一个人人敬而远之的企管部经理职位，成为江南公司员工私下笑谈。普通员工说丛老大以酒量论英雄，看来，不会喝酒的，得赶紧去练练，不然以后想在江南公司混个一官半职是没希望了。而中层一级的管理干部则颇有些兔死狐悲，说以后千万不要在丛老大面前要小聪明，你再聪明，也没有上司高明，要不然，马三就是前车之鉴。马三心里一百个不愿意，但也只好打落牙齿往肚里咽，谁让自己自作聪明呢。周小瑜原先在办公室专门具体负责对标的事儿，这次也跟到了新成立的企管部。另外，丛老大特批，又给了一个综合岗位，这样，马三手下，也有两个可使唤的人。特别是周小瑜，年过而立，一直未婚，一心扑在工作上，忙起来常常加班到深夜，工作态度和业务能力都没话可说，尤其是对一团乱麻般的对标数据能够如数家珍。更让马三钦佩的是，周小瑜编制了一张奇特的表格，可以将那些密密麻麻、枯燥刻板的数据梳理得一清二楚，让外行也能一目了然，周小瑜因此深得马三信任。第二年，马三从老杨那争取到一个主管职位，自然就给了周小瑜。这下周小瑜工作更来劲了，说她是马三的左膀右臂也不为过。事实也如此，马三觉得，企管部要是没了周小瑜，真会变成一只没有翅膀的苍蝇。名义上自己是经理，但真正能左右局面的，是周小瑜。

2

　　在去北京的高铁上，马三的情绪一直不高，拿着本杂志却心不在焉。周小瑜察言观色，不停地和马三聊天。她说马经理你知不知道丛老大为何只喝汾酒，却不喝其他白酒呢？照理茅台酒五粮液总要比汾酒名气大，价格也要昂贵些。马三一听，把目光从杂志上移开，看着周小瑜。周小瑜说，我听说，丛老大爱喝汾酒与毛主席有关系呐。马三听了，又把眼睛移回原处。周小瑜笑着说，是真的，我听丛老大秘书说的。马三知道丛老大秘书是周小瑜大学校友，时不时透露些老大的小秘密给周小瑜，既无伤老大的大雅，又让周小瑜的单身生活增添一些乐趣。马三说，你们别寻老大开心了，他爱喝汾酒，不就因为他是山西人嘛。周小瑜说，你只知其一，不知其二。马三说，好，我洗耳恭听，你倒说说我那个不知的其二。

　　周小瑜一本正经，说那是 1959 年……周小瑜说到这里，停住了。马三说，完了？周小瑜点点头。马三不屑地说，听你说的有时间地点还有人物，但也不过无从考证的野史片段罢了。丛老大爱汾酒不喝茅台，一方面汾酒是他家乡酒，习惯那个口感了，另一方面，市场上正宗茅台不多，可以说，大多是挂羊头卖的却是狗肉。不过，说起汾酒的历史，倒是算得上白酒中的"最早国酒"。我不喝酒，但从历史传统的汾酒产地杏花村，让我想起杜牧的名篇，倒真的是诗情画意，我估计，我到了杏花村，也忍不住会喝上一杯。

周小瑜问，你说的杜牧名篇，是不是那首《清明》？我自小就会背诵的，要不要我背给你听？马三不置可否，周小瑜就顾自轻声朗诵起来："清明时节雨纷纷，路上行人欲断魂。借问酒家何处有，牧童遥指杏花村。"马三听了，由衷地赞叹，你朗诵诗歌的功力不浅啊。周小瑜得意地说，大学时我可是诗社骨干呢。马三感慨地说，这诗里的杏花村是否就是山西汾酒产地，也算一桩历史悬案，好些地方都考证自己才是杜牧诗中的杏花村。周小瑜说，其实，这个杏花村究竟是否在山西并不重要，重要的是当年杜牧的诗境现在大家你争我夺，可见文学还是蛮有价值的。马三说，文学有没有价值要看是谁写的文学，若是你我写的，就一文不值。周小瑜辩解，也不一定，杜牧也是从无名慢慢变有名的嘛。等有一天空下来，我要以马经理为原型写一部小说，放到网上去，说不定会很轰动。马三讽刺周小瑜，你能写出轰动的小说，我让你当马骑。

聊着天，马三的情绪明显好转。周小瑜提醒马三，我们走得急，什么也没准备，真的就"两袖清风"去见贾主任吗？马三说，到时再看，你总不好拎个礼盒去集团总部，这不是害贾主任嘛。周小瑜叹一口气，说，其实我们这样和临时抱佛脚没有什么区别，你没看中西部的公司入选典型经验那么多，未必就是他们真的有那么好的经验，弱智才会相信。还不是他们平时的功课做得好，哪像我们，事到临头才想起人家。这种关系，是要文火炖汤，慢慢来的。单说总部的人去几家西部公司，不论大小，去机场登机时走的都是贵宾通道，可是我们呢，要是来个处级以下干部，走贵宾通道简直比登天还难。马三说，你讲的我了解，前些年我去西北一家公司开会，返程时到机场才发现，西北这家公司在机场设有自己的专用贵宾室，这件事在西部能做到，在江南就一定做不到，这是东西部客观存在的差异。你想想，要是江南公司在机场设了一个专属贵宾室，媒体会怎么报道？省里领导又会怎么看？所以，在一些事情的看法和处理上，东西部的观念是有落差的，我们重要的是把自己的事情做好。周小瑜听后迟疑了一下，说，不说这个，说其他，你知不知道，西部一些公司去总部送的都是什么？说出来吓你一跳。马三说，送什么？难说送几个美女过去？周小瑜说，那倒不至于，要送美女，也不好明目张胆。马三冷笑一声，照你的逻辑，送其他的礼物就可以明目张胆了？周小瑜不计较马三的态度，说，理论上讲，送什么礼都是不可以的，但实际情况，你又不是不知道。马三说，也有可能例外的。周小瑜说，希望如此，看在我们效益这么好、管理这么严的份上，集团对标办会稍稍公正对待江南公司。马三忽然想起什么似的问，你刚才说西部公司都送了什么？周小瑜说，冬虫夏草。马三一听，就不作声了。

　　周小瑜扭头看看马三，忽然神秘地压低嗓音说，你可知，我的前上司是怎么丢的金饭碗？马三说，不是因为同业对标综合排名下滑了吗？周瑜说，那不过是最后一根稻草而已，真正的原因是他把丛老大交代的一件事情办砸了，丛老大借故把他给开了。马三说，什么事让老大这么生气啊？周小瑜说，那一年，丛老大刚从集团办公室副主任空降到江南公司，你想，从机关副职到地方当一把手，那就是说一不二的诸侯啊，尤其是到经济发达的沿海地区，多少人梦寐以求。据可靠消息，丛老大能够超越排名在他之前的几位副主任而委此重任，是一位北京的高人鼎力相助，丛老大自然要重谢。听说，那位高人只喝武夷山的大红袍，丛老大到了地方，每年的大红袍自然就由丛老大负责提供。于是，他刚到江南公司不久，就吩咐办公室派人去武夷山采买正宗大红袍，我的上司恰好分管接待这一摊，就亲自交代手下专程去了趟武夷山。你知道的，正宗大红袍稀有，价格也不菲。没过多久，丛老大去北京开会，特别去拜访那位高人，高人说，老丛哪，你什么时候知道我改喝铁观音了？丛老大听得云里雾里的。高人指着角落里的几盒茶叶说，你自己打开看看。丛老大打开一看，果然全部是铁观音。丛老大不解，看着高人。高人说，这就是你寄给我的大红袍。丛老大一听，就知道自己交代的事情出差错了。而且很容易让人联想到，是采办的人，假公济私，在采购大红袍时，顺带买了铁观音，但在邮寄时，又阴差阳错，把铁观音当大红袍寄出了。

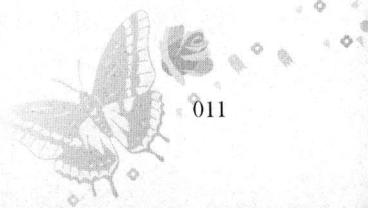

这下还了得，回到公司，丛老大把负责这件事情的副主任叫去，一顿咆哮，问是怎么回事？副主任其实是背了黑锅，他哪晓得这背后的猫腻。恰好，那年的同业对标结果又不理想，丛老大就把他的副主任给撤了。马三说，真是伴君如伴虎啊，不过，你那位领导也太粗心了，这么大的事情，应该亲自过问，至少也应该眼见为实才是。周小瑜说，谁说不是呢，只是经办的人太贪小，把顶头上司给害了。其实，办公室这样的机会多了去了，经办的人要是心术不正，很容易把握不住呢。马三说，这是一个深刻教训，俗话说得好，常在河边走，哪有不湿鞋，我们可得时刻居安思危，切不可因小失大。马三说这话的意思周小瑜明白，企管部每年也有一笔不小的资金可用，用马三的话说，每一分钱都要用在刀刃上，要不然，晚上睡觉也会做噩梦。

马三上任后，曾想去外省取经。周小瑜却不以为然地说，你取不到真经。马三问为何？周小瑜说，这个排名可以拧出来的水不是一点点，碗装不下，要用桶装，水才是真正的水平和功夫。但马经理你想，会有哪家公司肯告诉你，他们是通过何种方式将水灌进指标里去的？马三沉思片刻，心有不甘，照你这么说，每年九星堆发布的指标排名真实性不可信？周小瑜笑马三幼稚，这就像我们一些部门发布的统计数据，你是信还是不信？何况九星堆的数据了。你真想取经，不如在公司内部取取算了，江南公司公关部每年的对外发稿量在九星堆已经连续三年独占鳌头，而且阻止了好几起负面新闻事件的蔓延，为树立企业形象立下汗马功劳，在对标管理中，年年是加分项，丛老大多次在会上表扬他们，你去请教他们，这么大的发稿量是怎么做到的？马三说，这个还是算了，用钱堆出来的新闻，我听听都觉得肮脏。

说到这里，马三显得有些激动，他告诉周小瑜，去年，集团运行部要各子公司运行部提供在中央和地方媒体发表的新闻，这个新闻一定要与运行相关的。我让人去公关部要，公关部的人说，太多了，他们也无法统计，给了我们一个密码，可以自己到九星堆内部新闻系统检索，结果一检索，吓我一跳，光去年一年，与运行有关的新闻，居然超过两千条。我们报到集团，集团也不信，说最少的省，只有几十条，你们是不是搞错了？

我又让人去公关部了解，回应说没搞错，就有这么多。由此，我开始怀疑自己的想象力。看来我们的运行工作做得这么好了，要不然，怎么会产生这么多新闻呀？后来，公关部总监向我透露，自从丛老大到任，对外的新闻发稿量也提出要求，定下一个具体指标，要求在九星堆内部的排名中进前三。你想，我们哪来这么多新闻可报？只好给下属单位层层加码分解，他们想要完成指标，唯一的办法就是花钱去买。这几年下来，我们可真是救活了一些不死不活的媒体。我听了真是无话可说，这件事要放到全世界，都是丑闻。我们却津津乐道，沉醉在排名第一的喜悦中，真是不要脸。周小瑜说，你说到点子上了，在九星堆，你想要好的排名，就得不要脸。公关部这一块，从上到下，逼良为娼，都是这对标排名逼的。照理，九星堆这么大一个集团企业，上百万员工，从事的又是服务行业，即使出点负面新闻也是正常的，在别的行业可以，但是在九星堆就不行，你要是出个舆情事件，到年底对标排名，就算一票否决了，一年的辛苦就一笔勾销了，所以每家单位都被逼得走投无路，尤其是沿海地区，人口总量大，结构复杂，出事的概率自然也高，出了事，只好花钱消灾。媒体正是看准九星堆内部这一软肋，所以才敢那么肆无忌惮，这叫周瑜打黄盖，一个愿打，一个愿挨，怨不得谁。

马三和周小瑜入住的是一家距离集团总部不远的如家连锁经济酒店。最近几年，江南公司紧缩差旅费开支，像马三这样级别的人出差，即使到北京，报销额度也只有三百块钱。这个价格，想在北京住星级宾馆的可能性几乎没有。周小瑜通过携程预订了如家，虽然没有星级，但好在离集团总部比较近，来去方便。

还在高铁上，马三就给集团对标办的一位毕姓处长发了短信，约好见贾主任的具体时间。这位毕处长到江南公司调研时，马三全程陪同，江南的几个著名景点悉数考察，还特意在桐乡的乌镇住了一晚。想起那天晚上，马三还有些不寒而栗。毕处长是东北人，善喝白酒。马三几乎滴酒不沾，就让周小瑜和部里另外一个综合管理员小王出马。马三陪着毕处长在景区内转悠，快到晚餐时分。周小瑜灵机一动，把马三拉到一边，说，晚上请毕处喝当地产的黄酒如何？马三点点头。周小瑜之所以这么提议，是有原因的。北方的汉子习惯喝高度白酒，却常常对江南的黄酒掉以轻心，尤其是陈年的加饭酒，起初喝起来稍带一点甜味，就放松警惕，杯换成碗，大口豪饮。往往喝不了两三瓶就烂醉如泥。这个算是江南公司对付北方客人的独门秘籍，屡试不爽。

且说当晚，毕处长听从马三建议，改喝黄酒，马三给毕处长斟酒，很仔细地给毕处长介绍黄酒的养生功效，说得头头是道。周小瑜偶尔在边上添油加醋，毕处信以为真，喝到第二杯，就嫌酒杯容量太小，要求拿碗来。喝到第三瓶，毕处感觉有些头晕，说，不能再喝了，今晚状态不佳，明天继续。马三说，毕处先回房休息，要是午夜醒了，想喝就打我电话，我陪毕处一醉方休。周小瑜和小王一边一个架着毕处的胳膊扶回房间。马三在大堂等。周小瑜和小王下来，马三问怎样？周小瑜说，衣服也没脱，就睡了。马三有些担心，明天要是毕处问起来，怎么说好？周小瑜轻描淡写地说，什么都不要说，毕处刚才不是说了，他今天状态不好。马三一想，说，也是。你们也回房睡吧，我去外面转转。

乌镇的夜晚很安静。马三沿着河边散步，走到一排房子的屋檐下，一抬头，发现屋檐下悬着一块匾额，上书"林家铺子"。才知道自己走到茅盾故居所在的观前街了。白天，他陪毕处来过，这会，故居已闭门谢客。马三站在先生故居门前，一门之隔，先生的灵魂曾经在此栖居。时近子夜，街上空无一人，昏黄的街灯照着青石板铺成的小巷。马三走在灯光下，影子不时随着灯光的角度变形，一会儿长，一会儿短。马三想，当年茅盾先生在此创作时，是否也像自己这样，在午夜的街头孑然独行？马三回望小街，就感觉有一种没有边际的寂寞铺天盖地席卷而来，把乌镇笼罩起来。

然而，马三并不知道，周小瑜并没有回房休息，而是尾随马三的身影到了街上。只不过她一直跟在马三的后面有一段距离，所以，马三没有发现他的身后，并非寂静无人的街道。马三走到小镇尽头折返，在河边的一张木椅上坐了下来。河水静悄悄地流过枕河人家，即使所有的生灵都睡觉了，河水也是在流动的。这个世界上，总有一些物质是不肯停止运动的。这么想着，就有两滴泪水，顺着马三的脸颊往下淌。这时，一个熟悉的声音在马三身后响起来，你哭了？马三听了，就真的哭了，眼泪止不住成串地滚落下来。周小瑜伸出双臂，在马三的头上围成一个悬空的圈。马三闻到散发自周小瑜身上的酒气，问，你还好？周小瑜说，我没事，不过几碗小酒。马三不好意思地说，真是抱歉，每回都是你冲锋陷阵。周小瑜挨着马三坐下，说，我奶奶说，适量喝点黄酒真有养生功效呢。马三无奈地说，能不喝，自然最好不喝。周小瑜说，你那次敬丛老大满杯汾酒，机关里传得沸沸扬扬，都说马经理是海水不可斗量，哪晓得你是暗度陈仓。马三苦笑笑，说你是知道的，大家也都知道，就丛老大不知道。周小瑜说，你瞒得了一时，能瞒得了他永久？马三说，他终究是要走的人，能瞒一时是一时。其实，后来有几次喝酒，我已经向他表明我是真的不会喝酒。周小瑜说，在机关谋职，不会喝，真是一大缺陷呢。马三说，何尝不是，我也是事出有因，喝什么酒都过敏。

夜色一点点深沉起来。周小瑜说，有了这一回，毕处以后应该会对江南公司多些关照吧？马三说，希望如此。周小瑜问马三，我有一个问题一直想不通，丛老大不是从总部下来的吗？他为何不直接与贾主任沟通？马三说，老大也是另有隐情。原先，在总部办公室几个副主任中间，贾主任一直排在丛老大前面，后来丛老大突然空降到江南公司当一把手，贾主任当然不服气，心里有疙瘩也在所难免。周小瑜说，原来这样啊。现在贾主任管着对标这一块，江南公司要保住原先的江湖地位倒真的要经历坎坷了。马三说，也不一定，凡事都有个例外，也许贾主任并非我们想象的那样。

周小瑜沉默了一阵，又问马三，马经理，既然这个位置这么让你为难，你为什么不向丛老大提出来换个岗位呢？马三说，谈何容易啊。要是丛老大一不高兴，说换岗位可以，你去新疆、去埃塞俄比亚吧。小瑜你说我是去还是不去？再说，既然公司有这么个岗位，总得有人来干，是吧？周小瑜清楚马三指的埃塞俄比亚有江南公司的建设项目，除了非洲，江南公司的建设项目还布局在国内中西部和东南亚，甚至连南美洲也插上了江南公司的旗帜。江南公司员工之所以面对丛老大的严管噤若寒蝉，就因为怕出省出国。丛老大瞅准江南公司员工，特别是中年管理层的这个心理，在管理上才敢于大刀阔斧，把机关的冗员全都编到二级单位去了。个别不听话的中层，就被安排去了外省。至于埃塞俄比亚项目管理部，则采取自愿报名的方式，承诺凡项目完工回公司的，统统往上提一级，所以报名去非洲的全部是年轻人，只有项目部经理年龄稍许大一些，也不过四十出头。

丛老大在江南公司树立权威的方式就是管理层的频繁交流，因为他心里和大家一样清楚，江南公司员工收入不低，轻易不会离开。丛老大在年度工作会议上，当着几百号人的面说，我就是从北京交流过来的，我带头，你们也照此办理，但凡工作需要，你就得是组织一块砖，哪里需要往哪搬。一时，江南公司内部风声鹤唳。丛老大之前的几任老总，都是江南本土提拔起来的，对员工的管理相对人性化，即使员工的确需要去省外或国外工作，也采用相对灵活的轮值制，尽可能照顾到员工的实际困难。但丛老大一来，这个不成文的规矩就打破了，交流只是一种概念，一个管理干部到了域外工程，一般没有特别原因，就得干到工程结束。尤其是国外工程，一年能回来一两次就算不错了。所以，不少江南公司从事工程管理的员工，每天提心吊胆，生怕被丛老大点将。

马三说，其实，我也想过，要是倒退十年，大不了辞职，现在不行了，小瑜你知道的，我妻子在中学教书，很累，但收入不高。上有双方老人需要我们照顾，下有孩子尚小，还有一大笔房贷，我算是家里的顶梁柱，我要是一走，这个家就算是塌了大半边。所以，不管怎样，我死也得死在江南公司。周小瑜的眼圈湿润了，笑着说，马经理你别说得这么悲壮，天无绝人之路的，你看毕处长也不像传说中的那么难弄，我们不也用三瓶黄酒就搞定了？马三说，江南公司同业对标能否进入前三名，就靠我们小瑜了。周小瑜说，我这么伟大呀？马三说，小瑜能量还远远没有发挥，缺少机会罢了。周小瑜说，听你这么一说，我可能真的可以从事更崇高的事业啊。马三笑望着周小瑜灿烂的面孔，说，其实，说心里话，我还是适合在运行部做些技术工作。周小瑜说，你清华不是有不少同学在北京一些国家部委工作，干吗不利用他们的关系啊？马三说，不像你想象的那么有用。再说，我也不会因为单位的事情让他们为难。开始，我确实动过这个念头，我有一个关系不错的高中同班同学从北外毕业后考入外交部，因为同乡，我们在北京念书时偶尔会小聚一次，但毕业后一度失去联系。后来我管对标这事，想问问他有没有发改委认识的朋友，你知道，集团重大项目都要国家发展改革委审批，如果有人可能比较好办。哪晓得我那位同学去了驻埃及大使馆，妻子在国内，日子比我过得还要惨。周小瑜批评马三，马经理你这么说就不对了，你那位同学是为国家的外交事业工作，自然是要作出一些家庭牺牲的。马三说，小瑜说得是，我生活在江南时间久了，意志消沉，没有锐气，只想管好自己的一亩三分地。周小瑜说，此时此境，不谈崇高和事业，只聊风花雪月。马三说，说到风花雪月，我好奇我们小瑜这么优秀，怎么还不成家啊？周小瑜用略显忧郁的眼神望着马三说，没有遇到像马经理这么优秀的男人呗。马三赶紧摇手。周小瑜哈哈大笑，说，待我长发及腰，就把自己给嫁了。马三说，这才像话。

因为有毕处联系在先，马三在集团总部顺利见到了贾主任。马三知道贾主任与丛老大的关系比较微妙，也不敢当着贾主任的面代丛老大问候。只是如实汇报江南公司一年来的对标工作，特色亮点。贾主任不动声色，也不当着马三的面点评，听完马三汇报，说你先回江南，向老丛问个好。贾主任自始至终绝口不提对标的事，倒是他要马三问候丛老大，有些出乎马三意料。从贾主任办公室出来，门外一串人等着见贾主任，他们分别来自不同的省公司，身份和马三类似，彼此也认识，此刻都心照不宣，点头致意。

3

回到如家酒店，已近晚餐时分，周小瑜建议去前门吃烤肉季。马三给江同学打电话，与他约好在烤肉季的见面时间。周小瑜提醒马三要不要叫上毕处长。马三略一沉吟，说不妥，江和毕不能同时出现，再说眼下时机敏感，毕处未必会赴约，以后单独考虑。周小瑜嘴上不响，心里佩服马三考虑周全。

在去前门的路上，马三买了件羽绒背心穿上。西装外套件背心，周小瑜怎么看怎么觉得有些怪异，马三却不管，说能保暖就行。还没到达烤肉季，远远地就闻有人在朗声吆喝，京腔京韵，抑扬顿挫，待走近一看，是一老者，肩搭一围巾，见了马三和周小瑜，就笑着高声道，二位，龙凤戏珠，里面请。周小瑜手掩嘴唇俏笑，说，咱成龙凤了。马三说，若是三位，就一定是"三阳开泰"，这是难得听到的老北京味了。

刚坐下，江同学也到了。江同学说，我看见你们的背影了，谁找的啊，前门的烤肉季也算北京老字号。马三说，小瑜找的，她可是美食家。周小瑜谦虚，说我也是以前和同学来吃过，觉得这里的烤羊肉味道真不错，就建议马经理过来。马三和江同学寒暄，周小瑜起身去看玻璃后面的厨房，两张巨大的铁盘，正烤着切片的羊肉，伴以香菜等配料，浓郁的香味顷刻就飘满整个店堂。

江同学问马三找贾主任结果如何？马三幽叹一声说，贾主任什么态也没表，我心里没底。江同学说，明天就周六了，你们打算先回江南，还是在这里等过了双休再找人？马三说，还没想好。我现在这样回去，也没有一个明确的意见汇报，无法向老大交代呀。江同学陪马三叹气，说这个同业对标真是万恶之源啊，要是大家都按标准来做，的确是一件好事，对提升企业综合管理素质是有益的，可现在你看，标准本身被忽略，大家看重的是排名，排到后面的，给你一个骷髅头，摆明让你去死呗。于是，为了指标排名，就八仙过海。马三说，谁说不是呢，原先我想，江南公司各方面实际指标都不错，照实排序也行，但现在，你瞧，效益优先不讲了，排名变作公关竞赛，谁总部有人，谁就往前靠，标准成了变形金刚，就看握在谁手上，想怎么变就怎么变。说话间，烤肉上来了，江同学也不喝酒，周小瑜就要了果汁，大家边吃边聊。江同学说了些在京同学的近况，大多混得不错，实际情况是，有的进了国家机关和央企的，还不如在民企的，混得好的已经当上高管，也有的合伙开公司，赚得盆满钵满，要是倒退回去十年，自己真想一走了之，去同学那讨碗饭吃。周小瑜听江同学这么说，就笑了。江同学问你笑什么？周小瑜说，你怎么和马经理想的一样啊。江同学问马三，是这样吗？你也这么想吗？马三点点头，说，但结果我们都没有走，所以要向那些早早离开的同学致敬。

离开烤肉季前，马三向江同学要了贾主任家里的住址。江同学说，你想去他家里？马三说，备用而已，我还没想好下一步该怎么走。江同学说，贾主任平时在机关话不多，大家也吃不准他心里在想些什么。但听说，贾主任一般不让基层单位的人去家里找他，有事都是在办公室谈的。马三说，我记在心里了。

回到如家，马三和周小瑜各自回房。周小瑜正准备脱衣洗澡，马三的电话来了，问周小瑜那个课题进展怎样了？马三说的那个课题，是半年多以前，集团总部贾主任负责分管同业对标后要求各子公司分头研究的，江南公司承担的是《中外同类型企业同业对标比较研究》，是整个大课题中间分量比较重的一个子课题。接到课题任务后，马三联系了有江南大学背景的一家咨询公司一起参与课题研究。咨询公司设计了一个抽样问卷调查，统计结果出来后，马三觉得基本符合江南公司员工的心理现状。比如在关于同业对标是否有助于企业综合素质提升这个问题上，有超过百分之八十的人作了肯定回答。但在回答同业对标的排名是否有助于这项工作的推进，居然有超过百分之九十的人给出了否定答案。这让马三颇有些吃惊。但冷静后一想，员工们的回答不无道理，因为江南公司对下属分公司的对标，沿用的也是集团总部对标办提供的那一套体系，分公司也往往为了指标排名，争得不可开交，很多不愉快的事情也随之发生。

周小瑜说，课题应该做得差不多了，调研报告第一稿已经出来，在小王那儿，只是还需要对一些案例做些取舍，另外，文字的表述上也要做些修改。马三说，你和小王联系，让他把报告发过来，你收到后去商务中心打印一份给我。周小瑜没有多问，只说是，就挂了电话。大约过了不到一个小时，周小瑜就来敲马三的房门。马三接过厚厚一叠的报告，用赞许的眼光看了看周小瑜，说辛苦你了。周小瑜欲言又止。马三说，你不用管这事了，今晚好好睡一觉，睡到自然醒。周小瑜回眸一笑，幽暗的走廊似乎瞬间明亮许多。马三怔忡一会，才关上房门，周小瑜周身散发的青春气息，也被拒之门外。

马三把自己关在房间里，开始仔细研究课题报告。这个课题断断续续做了半年，马三参与了前期对员工的深度访谈，也看了抽样问卷结果，但

百合

报告初稿形成后还没有完整看过。集团总部对这个课题结题的最后时限是年底，离现在差不多还有一个月时间，从进度上看是没问题了。马三急着要周小瑜把课题拿来，是有了另外一个想法。这个想法的灵感来自天安门广场。晚上，当马三和周小瑜从前门步行回酒店途经天安门时，眺望寂静的广场和同样寂静的纪念碑，突然就产生了这个想法。马三决定以课题为由，明天去贾主任家里拜访。

在课题附件中，是一个专门对问卷的专题分析。其中有一个对员工的心理状态调查，结果以数据形式反映，马三紧盯着一组数据，心突然狂跳起来。在统计过程中，周小瑜曾经提起过这组数据，但是马三当时没有听进去，他以为，类似的抽样调查，能够反映一些员工的真实状况，但他真没想到，结果会是这样。具体的问卷题目和统计结果如下：

抽样的 5000 多名员工中，在同业对标的大前提下，因为工作压力过大，自认为有明显焦虑症的占 14.5%；自认为有抑郁倾向的占 13.8%。更加令马三震惊的是另外一个数据，在相同数量的抽样人群中，自认为有过自杀念头的占 2.45%。三项相加，超过 30%。

马三不清楚，与江南公司同类型的国内外其他企业，是否也做过相似的调查，是否也得出类似的抽样结果。马三扪心自问，如果这三个选项放在自己面前让自己选择，会得出什么样的结果。马三肯定，自己或重或轻，也有过焦虑与抑郁，至于自杀念头，自从有了孩子，就再也没有出现过。但无论如何，这组数据的确令马三触目惊心。马三拿不定主意，要不要将抽样统计结果原汁原味向丛老大报告，这是一个必须履行的程序，在向集团总部提交报告之前，必须得向丛老板汇报。马三站在窗前，夜晚的天空依旧沉重、黯淡，雾霾照例锁住北京城。几年前，当雾霾在北方蔓延时，身处江南的马三没有切身感受，可是仿佛就在一夜之间，北方的雾霾开始向长江以南侵袭，一向以山清水秀自居、以鱼米之乡著名的江南，也被雾霾涂抹得面目全非。

一觉醒来，已是早晨，马三躺在床上，仰望着天花板，他发现，房间天花板四只角上，渗出霉斑，可能是渗水了。一只不知名的虫子在潮湿的地方蠕动。马三忽然想，周小瑜的房间不知道是否也如此，要是天花板上有虫子在爬，估计她会吓得尖叫起来。马三想给周小瑜打个电话，但犹豫了一下，还是打消了这个念头。今天，自己有更重要的事情要做。

在酒店外的小摊上买了一只鸡蛋饼，马三拦住一辆出租，直奔贾主任家所在小区。北京城依然被雾霾笼罩，估计属于重度污染。马三做出这个突然造访的决定，评估出来的风险指数不亚于雾霾形成的污染指数。但马三觉得自己已经无路可走，马三心存一线希望，贾主任的内心还残存着一丝有关同业对标的基本准则和底线，只要他看到这份课题调查报告，马三有信心让贾主任坚硬的心弦能够被拨动。即使此行没有达到目的，甚至于连贾主任的面也见不到，也无所谓，自己的作为对得起自己的良心就好。一路上，马三不断鼓励自己，我正在做一件自己的内心以为正确的事。

马三按照江同学提供的地址找到贾主任居住的小区。整个小区几乎空寂无人。马三的服装依然显得有些滑稽，虽然西装外添加了一件羽绒背心，但走在寒冷的空地上，还是感觉到了冷空气的无处不在。马三用慢跑为身体增添热量，等他跑到贾主任的楼下，他感觉到了身体的温热。于是，马三采用循环跑步的方式为自己取暖。从单元楼道内，偶尔会出来一个人，戴着口罩，拎着环保袋，显然是去菜市场。所有经过马三身边的人都会用异样的目光看着他。他们不清楚，在这个冰冷的早晨，这个穿着奇怪的中年男人为何要在小区内跑步，要说他是晨练，从穿着的服装看也不像。每次有人看自己，马三都会报以友好的，甚至于有一些讨好的微笑。他很担心哪个警觉性高的居民拨打110，要是那样，事情就麻烦了。好在小区居民对这个奇怪的晨跑者是宽容的，他们只是不明白，沉重的雾霾不适合晨练，可是这个闯入小区的陌生人却如此执着，似乎不知道时间的流逝。

马三知道时间在向前走，谁也无法阻挡，自己就是被时间推着走的人。但是马三又感觉时间被寒冷的北京城冻住了，不肯走了。他感受到彻骨的冷。持续跑步消耗了他大量体力，马三觉得自己跑不动了，他在心里埋怨自己，平时为什么不好好锻炼身体，如果每天坚持长跑的话，在这个距离自己家上千公里的小区里跑多久都不在话下。可是马三觉得自己快要坚持不住，他觉得天气好冷，自己的身体好冷，冷空气仿佛长出了尖锐的钻头，钻进他的骨髓里，然后在那儿东奔西突。马三告诉自己不能倒下，倘若倒下了，自己真的就要像周小瑜说的那样冻死在北京了，马三可不想陈尸街头冻成一具僵硬的人体标本，他相信，贾主任很快就会像小区其他居民一样下楼，去菜场，或者去集团总部加班。只要贾主任一出现，自己就是胜利者。

可是马三真的跑不动了，从嘴里呼出的热气在上嘴唇的胡须上凝结成细小的雾凇。马三想起有一年去湖北的神农架，在高海拔的山上，就看到了美丽的雾凇挂满树枝，晶莹剔透。马三想，自己再这样跑下去，会不会身体变成一棵树，而全身则凝聚起洁白的雾凇奇观。马三真累啊，他想停下来，可是马三知道，一旦停下来，身体肯定就轰然倒地，就再也起不来了。想到这里，马三放慢跑步的速度，以几乎散步的频率继续在小区内转圈。马三记不清自己跑了多久，差不多有一个上午吧，因为马三闻到小区家家户户油烟机排出的油烟味，这说明居民们开始在准备午饭了，他甚至能从油烟机排出的烟味里闻出哪家在做糖醋排骨，哪家又在炖鸡汤，鸡汤里好像还放了蘑菇和冬笋。可是自己的午饭在哪里呢？马三想到了周小瑜，真是一个不错的姑娘，她去纪念堂了吗？见到毛主席了吗？

马三开始头晕，抬眼望去，一片茫然。马三知道自己饿了，他无力地靠在贾主任家单元的铁门上，看来，贾主任不会出现了，这么寒冷的天气，他为什么要出来，他为什么不好好待在有暖气的房间里看书看电视。只有自己，像一个傻瓜一样，一大早就在别人的小区里跑步。此刻的马三像一条被抽了筋骨的狗，如果没有铁门坚硬的依靠，他一定瘫倒在地了。马三彻底绝望了，他精心设计的计划没有获得任何响应，他的努力没有得到回报，他担心丛老大把他调去埃塞俄比亚，他不怕路途遥远，也不怕非洲兄弟，他怕的是家里上有老下有小。两行清泪从马三的眼角淌下来，好像两条冰冷的蛇，在冰面一样的脸颊上蜿蜒。马三决定离开小区，回如家。那个狭小的、天花板角上发霉的房间，是马三在北京短暂的家，他要把自己关进房间，痛哭一场。

贾主任走进小区，看到一个人东倒西歪，从小区内跌跌撞撞地走出来。这个身影贾主任似曾相识，当贾主任与他擦肩而过时，贾主任看清了他的脸，被冷风冻得发紫，手上紧紧捏着一卷白纸，他的嘴唇上，有一层薄薄的冰霜。贾主任惊讶、愕然地朝着他大喊一声，马三，你是马三对吧？马三支撑着停住脚步，站在面前的，不就是朝思暮想、亲爱的贾主任吗？马三嘿嘿一笑，笑容凝滞在脸上，他感觉自己笑的时候整张脸都撕裂般地疼。贾主任说，你找我吗？马三哆嗦着嘴唇，说话结巴，是的，贾主任，我有一样东西要给你。说着，马三把手上的报告递给贾主任。贾主任去接，却发现报告无法从马三的手上松开。马三不好意思地牵动了一下嘴唇，算是微笑。他用另一只手去帮忙，才发觉报告最外层的那张白纸已经与掌心凝结、粘连在一起了。如果稍稍用力，白纸就会撕破。好在最外层的那张纸是报告的封面，只是一个题目。马三一用力，将纸撕下来，然后将报告递给贾主任。贾主任摸摸马三的手，冷得像一块冰。贾主任说，马三，你穿得太单薄了。马三说，贾主任，实在不好意思，昨天从单位走得急，来不及回家里取衣服，我没想到北京会这么冷。贾主任说，你去我家，暖暖身子，我找件衣服给你穿上。马三连声说不用，双手抱拳，弯腰拱了几下，对贾主任说，拜托贾主任，一定在百忙之中看完这个报告，要是实在没时间看，就看几页，那几页我都折了一只角，红线标出来的部分请贾主任务必抽空看看。我走了，贾主任再见。贾主任望着马三跟跟跄跄走出小区，马三的背影看上去有些驼，可能是冷的缘故，尽量在紧缩自己的身子，从后面看过去，甚至于稍稍有些佝偻。

4

马三在贾主任小区里跑步取暖时，周小瑜刚从梦里醒来。这一晚睡得很好，像马三说的那样，睡到自然醒。周小瑜掀开被子，坐起来，满意地张开双臂，伸了一个懒腰。北方入冬早，虽然户外气温低，但是房间里却温暖如春。周小瑜打开手机，再一次确认一条短信的内容。短信的发送者是集团总部的毕处长。毕处长接受周小瑜的邀请，晚上去后海喝咖啡。周小瑜原本想请毕处用晚餐，但是被婉拒了，周小瑜冰雪聪明，知道这段时间各省公司管对标的头头脑脑齐聚北京，毕处纵然有三头六臂，也应付不过来。他能够接受周小瑜的邀请，对于周小瑜而言，已是意外之喜。在这个节骨眼上，她之所以能够把毕处请出来，不仅因为在乌镇和毕处有过交集，虽然那次毕处在喝酒时被马三和周小瑜设计，但总体上，毕处对接待是满意的，特别是离开江南公司前，马三给毕处准备了一份厚重的礼品，是一尊仿古玉琮。周小瑜清楚地记得，当毕处打开包装，见到玲珑剔透的玉琮时，双眼简直就放光了，他轻轻把玉琮端起，在阳光的照耀下，玉琮近乎透明的色泽让毕处内心的欢喜流露无遗。由此，周小瑜知道毕处喜欢玉，而且是一个懂玉之人。

到了机场，马三又给了毕处一个惊喜，居然让他走了贵宾通道。要知道在江南，能够走贵宾通道的都是有身份的人，以毕处的级别，能够享受贵宾之尊，其中缘由他心里自然明白。在机场分别时，毕处握住马三的手大幅度地再三摇动，意思是一切尽在不言中了。实际上，只有周小瑜心里清楚，为让毕处走贵宾通道，她颇费了一番周折，先和办公室协商未果，办公室告诉她毕处级别不够，无法操作。她只好转求于在民航空管工作的朋友，终于在毕处离开江南机场时顺利通关。除此之外，每年总有那么几次，周小瑜会随马三，或者单独去北京，就对标的事和毕处打交道，每次都会奉上一份厚礼，只是从未单独邀请毕处出来喝上一杯。周小瑜这次决定放弃矜持，单刀赴会，虽内心忐忑，但也有自信，尽管平时的功课不能与别的公司相比，但自己这几年的铺垫应该不会付诸东流。再说，周小瑜自认为性别优势客观存在，男人无论贫富贵贱，在怜香惜玉方面，差别不大，区别在于表达的方式。

周小瑜有一句座右铭：可以相信别人，但不要指望别人。然而这一次，周小瑜要由自己来颠覆这句座右铭了，江南公司在年度对标排名上，如果没有毕处出手相救，恐怕真的要成为马三的滑铁卢。这显然属于周小瑜的个人计划，她不打算告诉马三，也不想让马三参与晚上的活动。以马三的个性，只会给自己的计划添加不可测因素，既然如此，还不如自己出马。江南公司对标结果如何，真正首当其冲的是马三，但周小瑜看到了马三在这件事情上的殚精竭虑，而自己对马三发自内心的欣赏和那么一丝说不清、道不明的感觉，让她愿意为马三去做一些事情。如果成了，就在心里面庆祝；假如失败了，也算无愧于马三对自己的知遇之恩了。周小瑜始终认为，自己的主管待遇，是马三争取来的。人要懂得感恩。

那么现在，差不多还有大半天的时间如何打发？周小瑜早有盘算，先去一家大型百货商店买卡，然后沿着紫禁城红墙漫步一圈，从那里直接去后海，找一家幽静的咖啡馆，用晚餐，等候毕处长。对于漫步紫禁城红墙，周小瑜神往已久，她要用这种姿态表明自己在这座城市的中轴线边缘行走。许多年以前，她第一次到北京，觉得北京真是无比巨大，后来，因为工作需要，每年都要来北京好几次，渐渐有一个感觉，北京的确很大，但也很小，因为在周小瑜看来，最宏大的计划也是在这座红色的城中城里酝酿成形发布的。所以，自己走在红墙根下，就有了一种与中心毗邻的感觉。

周小瑜的午餐是饺子，对于北方的饮食，周小瑜认为只有面食确实靠谱，尤其是手工饺子，比起江南，的确要胜出一筹。周小瑜吃到一半，想起马三，不知他在哪里，也不知他吃了午饭没有。周小瑜摸出手机，想给马三打个电话，但最后还是忍住了，如果马三下午有事要自己一起行动，那么自己晚上与毕处长的后海之约就有可能流产，而这是万万不可能的。周小瑜相信马三也在独自行动，他不让自己参与，总有他的理由，就像自己的行动不希望马三参与一样。但两人算得上殊途同归，目的都是希望江南公司今年的同业对标能够实现丛老大理想中的排名。

周小瑜的环紫禁城行走从故宫午门起步，她站在午门墙根一侧，抬头仰望，午门高高的楼阁有耸入云天感。遥想当年历朝历代皇帝就在此管理一个幅员辽阔的国家，满朝文武从此门一进一出，就是天上人间。周小瑜看着人潮汹涌得像水一样流过来，又流过去。周小瑜知道，无论自己在此站立多久，都看不到传说中的格格们花枝招展了，即使坐尽白昼、黑夜来临，也不可能进入宫内，去一睹南书房的大臣们翻阅奏折，也看不见寂寞的宫女们仰望星空的寂寞眼神了。于是，周小瑜离开午门，沿紫禁城西侧外墙而行，到达一处角楼，她须仰起脸，才能看到红墙的城垛，但依然看不清角楼的全部，只能见到它的重檐。她想，生活在宫墙内的人，他们的视线所及，也和自己一样吧？当她走过一段城墙，再仰脸往上看时，就看

百合

到一个奇特的现象。在几乎垂直的城墙立面上，有一些不知名的野花，虽枯萎，但只要春风吹拂，就会再次开放。它们的茎和枝叶看上去很迟暮，它们分别长在不同的墙体上，而且一律距离墙根很高，但又离墙垛有一些距离，就是说，即使是城墙上的守卫，倘若不将身体向外弯曲很大的角度，也是看不到这些花儿的开放的。花儿的排列呈上下状，这是颇令周小瑜好奇的排列，它们为什么不列成横状呢？

野花肯定是有名字的。只不过周小瑜缺少植物学方面的知识，她无法辨别它们属于哪一科，也不知道它们为何要生长在高处，而且是在如此显要的位置。它们从何而来？她想象不出紫禁城的城墙壁垒森严，居然也会有野花开在春天的风中。它们赖以生长的泥土，是几百年来的尘埃在墙缝间积蓄而成的吧？它们生长所需的水分是不是倾斜的风将细雨滴水成珠，顺墙缝淌下，流过它们的根部，吮吸而尽？

恍惚之间，周小瑜仿佛穿越时光，以旁观者的身份目睹紫禁城内的恩恩怨怨。

她突然哑然失笑，什么时候，自己变得如此多愁善感，为从前的皇后宫女们发思故之幽了。倘若时光可以倒流，自己有机会可入宫，会不会和她们一样？享用锦衣玉食之时，夜夜盼望有一天能够得到帝王的宠爱？然后光宗耀祖？对于这个虚拟的问题，周小瑜没有答案，因为她确信，从古到今，女孩们大多抵挡不住来自紫禁城的诱惑；历朝历代，女子都是强权的附属和玩偶，一个女子想要独善其身，何其艰难。联想到此行的使命，周小瑜的心底泛起一阵一阵的伤感。此刻的自己，能够自由地按照自己设定的路线，沿着红墙走上一圈，就已经足够。如果稍晚些，毕处能够理解自己的用心良苦，那么此行就算得上圆满。虽说理想丰满、现实骨感，但只要努力，周小瑜有信心让现实也丰满起来。周小瑜在心里不停地给自己打气，相信自己的细水长流一定会有回报。想到这里，周小瑜摸摸自己冰凉的脸，大步离开红墙，离开那些嵌入城墙或笑或哭的灵魂，向既定的目的地——后海走去。

5

　　毕处长比预先约定的时间要到得晚一些。他一边脱大衣一边道着抱歉。周小瑜连声说着没关系，毕处忙正事要紧。周小瑜欲替毕处拿大衣，但毕处眼疾手快，将大衣往卡座上一丢，周小瑜伸出手没接住，就自嘲地笑笑。毕处长的脸色看上去有些疲惫，坐在他对面，听他开口说话，周小瑜也隐隐能闻到从他嘴里散发的酒气。毫无疑问，毕处刚从另外一个酒席上赶过来，真是给足周小瑜面子了。周小瑜给毕处要了一杯咖啡，问要不要喝点酒？毕处连连摆手，说不能再喝了。说着，毕处看着周小瑜，说上半年在乌镇，我上了你们的当了，那几瓶黄酒，简直就是手榴弹，一下就把我炸翻了。周小瑜掩嘴俏笑，说，毕处难得到江南，自然是要尝尝江南的黄酒的，我们不像东北产人参，也不像西北出虫草，更不像贵州有茅台，只酿黄酒，所以，凡到江南之客，品尝几杯黄酒是必须的。毕处笑着说，你那是品尝？明摆着就是欺侮我不熟水性，把我往水里按嘛。周小瑜抿嘴微笑，说，毕处要是觉得乌镇喝得不够意思，今晚我补上，喝什么，随毕处。毕处摇摇头，转过脸，望着窗外的后海，窗外灯红酒绿，酒吧咖啡馆把后海沿岸挤得密不透风。毕处问，你说，这明明是一个湖，为何称它为海呢？周小瑜不知毕处问这个问题的用意，就有些答非所问，说有一年我去九寨沟，那里凡是有水的地方，统称为海子，当时我也和毕处一样，脑子里塞满了问号。毕处笑笑，说，醉翁之意不在酒，不在酒啊。周小瑜从毕处的这句话里听出些许意思，就说，要不，我们喝一杯？不然，如何对得起这良辰美景？毕处说，也好，美景美人，还要有美酒。

　　周小瑜要的是红酒，与毕处碰杯，说，这杯算是乌镇欠毕处的，我干了。毕处用手示意周小瑜别干，说，既然喝红酒，就不能豪饮，今晚咱们少喝酒，多说话。毕处突然想起什么，问，马经理呢？毕处的问话在周小瑜的意料之中。在等候毕处的几个小时里，周小瑜把毕处有可能问，自己怎么回答，自己又想要说什么，都在脑子里做了一个预案。周小瑜说，马经理昨晚就飞回去了，今天江南公司要开月度例会。周小瑜边说边看毕

百合

处，毕处没有注意周小瑜的回答，周小瑜松了一口气，继续解释，照理今天是周六，但毕处你是知道的，年底事情堆到一块，原本应该工作日开的会，也挪到休息日了。毕处说，理解，总部也一样，假日开会是常态。我就不明白了，开那么多会有什么用？以会议贯彻会议，恶性循环嘛。周小瑜听毕处这么说，吓了一跳。这些话平时自己也说，但只敢私下说。这个话头，是接还是不接？周小瑜衡量利弊，决定接。她装作随意地说，谁说不是呢，那么多会，干活时间都占用了，只好无休止地加班。不过，周小瑜偷偷瞥了毕处一眼，小心寻找着合适的措辞，必要的会还是要开的。毕处说，凡是要开的会都是必要的，不开会，怎么显示领导的权威呢？领导的水平就是靠开会体现的嘛。周小瑜感觉今晚毕处的状态符合自己的期待，很有可能会有意外收获。很显然，毕处在总部机关上班过于压抑，今晚打算释放了。她赶紧给毕处斟酒，顺嘴说，我们马经理常常提起毕处呢，说毕处是总部少有几个让他钦佩的人，在海外留学归来的博士里，马经理说只有毕处货真价实。毕处脸上划过一道不易觉察的笑容，周小瑜知道这句话说到毕处心坎里了。这句话，也在预案之内。到现在为止，一切都按预案设定的路径在走。

这时，周小瑜的手机响了，她低头一瞧，是马三打来的，她毫不迟疑地按掉了，同时，按住了关机键。毕处问，有事？周小瑜说，没事，一个陌生电话。毕处说，我问你小周，你要回答我真话。周小瑜点点头。毕处问，你说，这同业对标到底好不好？对提升企业综合管理水平到底有没有用？这个问题在预案之外，没有现成答案，但周小瑜毫不犹豫地回答，并且连用了两个"当然"，当然好，当然有用。毕处喝一口酒，说，小周，你还是没说心里话呀。我的回答是好个屁，有用个屁！这回，周小瑜有些拿捏不准了，但她不说话，只用看似渴求寻找答案的目光盯着毕处。

我在美国讨一口饭吃，辛苦啊。虽说成了家，买了房，但总体上说，华人在美国，不过边缘人哪。在国外待久了，内心的孤单无人可说，逢年过节，认识的华人才聚一聚，平时各干各的，老死不相往来。出去的不少人才华横溢，华人博士多如牛毛，但真正能学有所用的凤毛麟角。我算比较幸运，进入一家规模不算小的公司，但总有一种飘浮感。你能理解这种上不着天、下不着地的感觉吗？周小瑜用力点头，表示理解。所以，我想，有机会还是要回国。周小瑜问，再怎么说，美国的空气、水、食物总要比国内安全许多吧？毕处说，凡事都相对，你说的这些问题我也头疼过，我有一个美国朋友到他们公司的中国区工作，每次到北京就要生病，最明显的症状是食欲不振，浑身说不上哪儿不舒服，时刻都有一种莫名的焦虑、恐惧感，去医院也查不出所以然，可是很奇怪，一回美国就好了。周小瑜说，还是环境不适应吧。毕处说，你说对了，具体说是水土不服，对中国的空气、水和食物他没有足够的适应能力。我刚到美国，也有这种感觉，只不过那种感觉是过于空旷、自在。也许大多数中国人已经习惯被人管理了，一旦放手，就有些不知所措。

那你是怎么回国，又怎么到集团总部工作的呢？周小瑜用好奇的目光看着毕处问。其实，这个问题，同样在周小瑜设定的预案之中。毕处说，九星堆集团在财富全球 500 强排名里很靠前，这是吸引我的最主要原因。那一年，九星堆在全美招聘海外留学人员，条件是非博士不可。后来我才知道，九星堆之所以招那么多博士，是为了所谓的人才当量需要。这其实也是一件以偏概全的事，合理的人才结构，如果从学历角度看，应该高中低搭配，但九星堆过于强调高学历，结果，一大堆博士到了总部，干的却是本科生的活，这恰恰说明总部领导内心对于高学历的认知过于盲目，以为学历就是能力、就是生产力。这种现象自上而下，整个集团系统在每年新进的大学生中，硕博研究生占了过重比例。这实际上从另一个方面破坏了金字塔形的人才结构，不利于企业的长远发展。

毕处的眼睛有些泛红，是喝酒后正常的生理反应。他问周小瑜，你听说过联合利华吗？周小瑜点点头，说那是一家很大的消费用品制造商，国内销量很大的力士香皂好像就是他们的产品。毕处点点头，没错，可是你未必知道一个被广泛传播的故事，分别发生在联合利华和中国南方一家乡镇企业。听到这儿，周小瑜其实已经知道毕处要讲的是什么故事了，她在微信上早就看到过，但是，为了保持毕处的谈兴，周小瑜必须装作孤陋寡闻。毕处说，有一年，联合利华引进了一条香皂包装生产线，结果发现这条生产线有个缺陷：常常会有盒子里没装入香皂。总不能把空盒子卖给顾客啊，于是，他们只得请了一个学自动化的博士后，让他设计一个方案来分拣空的香皂盒。博士后拉起了一个十几人的科研攻关小组，综合采用了机械、微电子、自动化、X 射线探测等技术，花了几十万，成功解决了问题。每当生产线上有空香皂盒通过，两旁的探测器会检测到，并且驱动一只机械手把空皂盒推走。而在中国南方，有家乡镇企业也买了同样的生产线，老板发现这个问题后大为恼火，找了个小工来，告诉他，你他妈给老子把这个搞定，不然你给老子爬走。那个小工很快想出了办法：他花了190 块钱在生产线旁边放了一台大功率电风扇猛吹，于是空皂盒都被吹走了。这个故事告诉我们两个朴素的道理，知识并不一定都是生产力；学历不够的人很有创造力。或许这个例子比较绝对，但至少说明唯学历论的做法是不科学的，甚至是愚蠢的。

周小瑜睁大眼睛，用夸张的眼神盯着毕处，虽然她知道这个故事很可能是假的，但在毕处讲述的过程中，仍然不时点头表示赞同毕处的观点。事实上，周小瑜很想就这个故事再补充一点，网民还总结出第三个道理——"吹"是非常重要的。网民并非有意讥笑联合利华，也无意讽刺那个博士后，而是对当下社会的一些现象表达不满。这种情绪同时也蔓延到类似江南公司员工对对标管理的不满，这种不满主要体现在对于标准的被颠覆，被随心所欲地修正，善于宣传、惯用手段的公司有可能在排名上占据优势，而埋头苦干，实际指标运行非常不错，比如像江南公司这样的企业反倒经常因为不够真实的排名而伤透脑筋。如果单单为排名而排名也就罢了，问题在于集团总部将这个排名作为年终业绩考核极其重要的手段，几乎是唯一的，下属单位这一年干得如何，管理层和员工的年终收益如何，就根据这个排名来兑现。但是聪明的周小瑜只能在心里表达自己的想法，此情此景，她必须无限维护毕处的唯一性。

于是，周小瑜好奇地问，毕处刚到集团总部就去了对标办吗？毕处摇摇头，没有，那时还没对标一说，没有对标，何来对标办？我刚到总部，分在政策研究室，从专业上来说也算对口，我在美国读的是工商管理，我想，总部之所以把我放在研究室，是因为这个研究室有一块工作主要是为集团的创新管理出谋划策。当时，集团的管理似乎面临瓶颈，从总裁到研究室，都在为突破现有管理瓶颈，寻找新的管理模式没日没夜地开会、调研。我感觉自己的机会来了，通过对西方一些管理思想与模式的比较，我提出，能不能学学美国施乐，在整个集团系统以点及面、推行同业对标管理。周小瑜听到这里，在心里想，原来这个让所有下属公司头疼不已的同业对标，你毕处是始作俑者。看来你下次到乌镇，还得灌你三瓶黄酒。

原来如此，这么了不起的事情居然是毕处首创，今晚小女子我算是开了眼界了。周小瑜甜言蜜语不打腹稿，脱口而出。毕处没理会周小瑜的表扬，继续他的回忆。事实上，我并不认为施乐公司发明的这个同业对标一定适合中国。中国有中国的国情，比如员工人数，集团公司上百万的员工总数，全球绝大部分500强企业都是不可参照的，因为我们有庞大的员工队伍，全员劳动生产率必然就赶不上人家。既然这么重要的指标我们已经远远落在人家后面，再来做所谓的对标还有什么意义呢？另外，集团的企业性质具有自然垄断的性质，我们的产品没有销售的压力，我们最重要的是保证人员和设备的安全、是做好服务工作。如果说一定要和全球优秀企业进行对标，也应该是在这几个方面向他们看齐，并努力超越他们。但当我们把这个很多伟大的企业也不再奉若神明的东西如获至宝，恰恰说明我们的管理已经黔驴技穷，加上后来对标的方向与本意渐行渐远，从上到下群起而攻之也就在情理之中了。

周小瑜托腮作认真倾听状，她已经明白，今晚自己的角色，就是作一个忠实的倾听者，适时为毕处的杯子斟上美酒，为毕处的倾诉提供良好的氛围。看起来，事先设定的预案可以暂时搁浅，在预案里，没有毕处关于这个敏感问题的大段描述，而且如此生动、鲜活。今晚自己遇上一条大鱼，只需要给他足够的水域和空气，让他自由自在地畅游。周小瑜猜测，毕处在总部的后备干部考察中榜上无名，这意味着他在今后数年都将失去相应的上升空间。作为一家规模巨大的央企，九星堆集团的人事管理采用、比照的是地方干部的管理模式。周小瑜从江南公司选拔干部的惯例对集团总部的提干模式进行推理，谁能进入后备，谁能获得提拔，名义上是民主推荐，然后由人事部门进行培养考察，但人事部门其实就是一把手的影子和白手套，一把手想提谁，谁就是优秀的后备干部，即使这个人暂时

百
合

没有进入后备序列，人事部门也有办法通过其他渠道和名目让其符合选拔干部的条件，从而名正言顺地走上领导岗位。类似的例子在江南公司比比皆是。丛老大刚到任不到半年，就从河北调入一位长相不俗的半老徐娘，一来就是高级主管，再到处级领导干部只用了不到两年时间，这在国有企业中还是相当罕见的，因为它不符合基本的干部任用规定，尽管江南公司上下都认为这是一项非常没有规矩的人事任命，但大家也只敢在私下议论。有消息灵通人士透露，那位风韵犹存、气质算得上高雅的女子与丛老大没有关系，是雷总寄养在江南公司的。周小瑜由此得出一个结论，既然丛老大可以这么做，集团总裁自然拥有更加宽广高端的干部管理权限。这个猜测如果属实，对于毕处的前途来说是悲凉的，但对于周小瑜而言，却是一大利好。

既然毕处认为这个东西并非适合我们，但集团总部又为何把它作为如此重要的考核手段呢？周小瑜真诚地向毕处提出这个问题，是因为她的确想知道理性的答案。毕处苦笑着说，如果我提不出更好的建议，如何得到总部领导的关注？如果得不到总部领导的关注，上升的空间就会十分有限，在这一点上，中外企业没有太大的区别。另外，总部对我们这批海归人员寄予厚望，如果我们提不出有新意的理念，又如何体现我们这群海龟的水平呢？我必须在到岗以后有所作为。我对施乐公司首创的对标管理作了深入研究后发现，这个东西已经成为企业首席执行官必读及进入高级工商管理等商科教育，不少知名专家均将其视为现代西方发达国家企业管理活动的重要创新，认为是支持企业不断改进和获得竞争优势的最重要的管理方式之一。也有西方管理学界将对标管理与企业再造、战略联盟一起并称为 20 世纪 90 年代三大管理方法。当我发现这个东西以后，简直大喜过望，小周你是知道的，集团总部领导大多数都是草根出身，他们从基层做起，有的甚至是从班组技术员做起，对于西方的企业管理学，内心有一种天生的膜拜。我用最短的时间做了一个课题，提交给政策研究室主任，当然，主任是第一作者，主任看后，也同样兴奋不已，因为当时他正担忧没有拿得出手的创新课题提供给总部领导。令我意想不到的是，雷总在看了这个课题以后很感兴趣，专门把主任和我叫去，听了我们的汇报，后来又扩大到集团总部中层以上，听我们更详细的报告。这对于我来说是一次千载难逢的机会，你想，具体的汇报肯定是要由我来做的。面对集团悉数到会的领导精英，我知道自己的机会来了。后来，对标管理以我意想不到的速度迅速在集团系统推开。我也以政策研究室一个普通的科员身份调到对标办，具体负责这项工作，不到三年，就由科员而升至处长。在同批招聘回国的博士中，我是最早脱颖而出的。

现在，周小瑜算是了解这个对标管理的来龙去脉了，原来，就是眼前这个毕处长为了一己之私，一个人在那儿兴风作浪，搞得上百万人跟着疯狂起舞。周小瑜心里恨得只想骂人，但嘴上却不停地附和着毕处，间歇性的叫声好。虽然周小瑜心里清楚，在整个对标管理的链条中，毕处是最初的那只环，起核心作用的是集团决策层，更准确地说，是总裁的意志，但也由此说明，毕处们提出一个看起来冠冕堂皇的理念，目的还是从实现个人的欲望出发。看来，酒真是个好东西，喝到合适的高度，就能让人口吐真言。

毕处意犹未尽，继续阐述他的对标管理。从它的本质上来说，确实是个好东西，推行对标管理，就是要把企业的目光紧紧盯住业界最高水平，明确自身与业界真实的差距，从而指明工作的总体方向。它应该是一个赶超标杆企业，不断追求优秀业绩的良性循环过程。但是后来，这个事情就扭曲、变味了，犹如恶之源，基层单位怨声载道，具体管对标的，当面毕恭毕敬，一口一个毕处，心里恨不得把我生吞活剥了。可是一到年底，为了排名，又争先恐后往北京跑，就像这几天，我是唯恐躲之不及。说心里话，我已经不再把它看作是提升企业管理水平的平台，而是总部掌控下属单位的一个手段。而九星堆内部，恐怕也没有一家下属单位的领导会天真地以为这个对标管理的目的真像理论上阐述的那样。为争取一个好的排名，他们几乎无所不用其极，弄虚作假用登峰造极来形容也不为过，这些公司的领导纵容下属作假却仍然理直气壮。说实话，这个东西弄到现在这个样子，也是我始料不及的。我这么说，有根有据。我在一些基层单位也有一些可说真心话的朋友，或者用香港警方的说法叫"线人"。周小瑜插话，也叫"卧底"。毕处哈哈大笑，说，对对，一个意思。有一家单位，在当年 10 月底排名还相当靠后,可是一到结果出来,他们竟然连超好几家单位,排名直线上升,让我看了简直目瞪口呆。后来经过"线人"了解,才知道他们老总下了死命令,哪个部门的指标拖了后腿,这个部门的经理就地免职。于是,各部门不分昼夜,一拨人马连续加班 10 多天,对落后指标进行调整。另外一拨人马则长期蹲守北京,大有不达目的誓不罢休的劲头。在所有落后的指标中,有一个是业务款回收指标,离结零目标相差几千万,业务费用的回收是一个全行业的问题,几乎所有行业都存在欠费问题,但在九星堆的对标管理中,却是一个举足轻重的指标。这家公司自然也不例外。于是,财务和相关业务部门绞尽脑汁,终于在账面上把这几千万给做平了,实现了结零目标。事实上,雷总本人也是从最基层干起的,对这个业务费用结零,他比谁都清楚,但每年就是有很多公司都实现了这个从理论到实际都难以完成的指标,不知道雷总看到那些满分的数据作何感想?我想,即使是创造对标管理的鼻祖,美国的施乐公司总裁来看了,也一定会大吃一惊,会以为是天方夜谭。

　　周小瑜无法想象那家公司的财务和相关业务部门,是如何把几千万如此庞大的数字抹得天衣无缝的。江南公司的指标不敢说没有水分,但做假的水准和胆量绝对不敢与那家公司媲美。周小瑜何尝不知,对标的初衷早已变质,甚至于腐烂,100 多个指标,如果细分,仿佛链式反应,就变得无比庞大,不要说江南公司领导,就连从事对标管理的自己,也没有耐心全部看完它。如果只取核心指标进行对照,对提升企业的管理是有益的,但现在眉毛胡子一把抓,除了增加无穷的工作量和追求结果的完善,带给企业的,只有巨大的成本。所以,出现几千万缺口也可以处理的案例,也就不是神话了。周小瑜感叹道,真是强中自有强中手,可以编一本九星堆对标神话录了。她再次对毕处在百忙之中能够抽时间赴约表达了感激,然后又明知故问,总部要掌控子公司,还用得着如此煞费苦心?这些年,至少我们江南公司的执行力是无话可说的。毕处说,总部也有总部的难处,家大业大,管理上出现一些漏洞在所难免,雷总除了批发像你们丛总那样的"帽子",以改革的名义每年出台一些举措,也符合企业管理的要义。再说,"帽子"毕竟有限,不可能无限量批发。周小瑜左右张望,向毕处凑近上半身，小声说，我们基层都认为雷总那么有魄力，老早就传说他要去地方当领导呢。毕处哼了一声，不屑地说，他倒是想弄个省长部长当当，这些年大动作也不少，但就是只闻楼梯响。他啊，企业家不像企业家，政治欲望又超级强烈，但又没有当政治家的命，充其量，就是一个游走于政商之间，可与弗兰肯斯坦创造的怪物媲美的异类、怪胎。所以，你不要以为只有群众的眼睛是雪亮的，上面领导的眼睛也没有弱视啊，该用谁，不该用谁，他们应该比群众更有智慧吧?! 周小瑜嗯嗯着不置可否，只是不明白毕处为何要如此尖刻，以虚构的科幻怪物来形容总裁。在周小瑜看来，雷总就是九星堆这家巨型企业的"王"，一言九鼎，立于百万人之上，掌控着数万亿资产，富可敌国。不过，周小瑜从毕处对自己最高领导的冷嘲热讽，联想到江南公司，也会有不少人在背后这样议论、刻薄丛老大吧? 毕处嘿嘿冷笑几声，恶狠狠地说，总裁真要走了，你们要欢喜得放鞭炮了吧? 周小瑜紧张得说话都有些结巴，毕处，这个玩笑不好开的。毕处呵呵一笑，你们不放，我放，假如有一天雷总高升了，这是九星堆的大喜呀，九星堆的员工为什么不能放几个鞭炮庆祝一下?

周小瑜悄悄抬腕，看了下手表，已近午夜。她计划实施预案中最后一个，也是最为关键的一个流程了。她借故上了趟洗手间，面对洗手间的镜子，周小瑜看见一个面若桃花、眼神稍许有些迷离的女子。她连续深呼吸，又用双手拍拍胸口，然后步出洗手间，回到卡座时却没有回原座，而是坐到了毕处身边。毕处下意识把屁股往里挪了一下，抬起胳膊，顺势揽住了周小瑜的肩膀。周小瑜的羽绒服在进入咖啡馆落座后就脱掉了，显出婀娜的原形。周小瑜为毕处斟上酒，把嘴附在毕处耳边，悄声说，毕处好酒量，我们再干一杯。说着，就捉住毕处的手，把酒杯送到他的嘴边，毕处一仰头，一饮而尽。毕处望着周小瑜白里透红的脸庞，用手在她脸上拍了拍，示意周小瑜回到自己的座位上，然后看着周小瑜的眼睛说，江南公司的事，我心里有数。周小瑜说，谢谢毕处，江南公司今年的排名就拜托毕处了。毕处点点头，左右望望，说，时间不早了，该回家了，再不回去，该睡地板了。周小瑜抢过毕处的大衣，顺手把一叠下午刚买的购物卡塞进大衣口袋，说，快到新年了，给孩子买几件衣服。毕处手指着周小

百合

6

马三冻得像一根冰棍一样，回到如家，蜷缩在暖气片旁，先把身上的寒气驱散了，等稍稍缓过劲来，烧开一壶水，泡一碗快速面吃了，往床上一躺，就睡得昏天黑地了。等他醒来，已是晚上，一摸脑门和身子，才发觉自己全身就像火烧一样滚烫，口渴得不行。他坚持着爬起来，浑身乏力，连烧水的力气也全无，干脆接了自来水就狂饮。他用被子把自己包起来，还是觉得冷，暖气也仿佛逃走了。马三打电话给服务台，加了一床被子，缩在被窝里打着寒战，坚持着给周小瑜拨电话，第一次拨通了，但周小瑜未接，再后来，周小瑜的手机索性就关机了。马三在心里骂周小瑜，自己在外面孤军奋战，这个周小瑜倒好，天黑了还在城里游荡。

周小瑜把毕处送上出租车，将一张百元纸币递给司机，关上车门，对车内的毕处摆摆手，以示道别。毕处却把车窗摇了下来，对周小瑜说，小周，你别忘了回去查查，后海明明是湖，为什么要称之为海？周小瑜一时语塞，原本灿烂的笑容僵在脸上，毕处不等周小瑜回答，就让司机走了。周小瑜在原地等下一辆出租车，脑子里总是盘旋着毕处的话，费力揣摩其中的意思。想了一会还是没有头绪，周小瑜想，今天喝了酒，意识短路了，不想了。这时，车子正好经过紫禁城，透过车窗，这座夜色中的城池沉默不语，恢宏的建筑群只显出凝重的轮廓，周小瑜想起白天在红墙下的胡思乱想，内心就生出无限的感慨和庄严来。

回到酒店的第一件事，周小瑜就是在网上购买明天中午回江南的高铁车票，周小瑜边订票边由衷地感叹，有高铁真好啊，以前来北京坐飞机，总是误点，前后时间加在一起，有时还不如高铁快。一开始，马三不敢坐高铁，缘于早些年发生的一起动车事故，心里有阴影。马三对周小瑜说自己家庭负担重，还想多活几年，给女儿挣点钱，好让她和其他家庭条件好的孩子一样，每年暑期都能出境观光。后来周小瑜好说歹说才坐了一回，因为周小瑜告诉他那天飞北京的航班没票了，才勉强坐了高铁。结果这列高铁特别给面子，从始发到终点，几乎分毫不差。马三是个严谨的人，就因为高铁比飞机准时，马三就爱上高铁了，每次到北京出差，非高铁不坐。想到这里，周小瑜忍俊不禁，差点笑出声来。订好车票，周小瑜把自己脱光了，袅袅娜娜地走进浴室，酣畅淋漓地洗了一个热水澡，当热水喷在她的脸上、肩膀，又顺着胳膊流到手上时，周小瑜双手抱胸，眼眶一酸，泪水就止不住滑落下来。

洗好澡，周小瑜披上睡衣站在窗前，北京城已经入睡，但马路上依旧有车灯划过，虽然没有白天的喧嚣，也仍然有人在匆匆赶路。凡事都有因果，那些夜行的车辆一定是有急事必须抵达目的地，所以，即便天空有雾霾，即使大地寂静无声，也要午夜兼程。眺望沉睡的北方城郭，周小瑜感觉到一种独在异乡为异客的孤单，她回到桌前，打开网络，像一头找不到家的小兽，在网上东游西逛。她忽然想起在后海咖啡馆，毕处形容总裁是弗兰肯斯坦创造的科幻怪物，周小瑜其实对这个传说一知半解。她在百度输入这五个字，发现这个叫弗兰肯斯坦的人居然与英国诗人雪莱有关系。周小瑜把她查到的这个科幻故事梗概通过微信发送给了马三，连她自己也不清楚为何要这么做，当马三看到下面这段文字，一定会非常茫然。或许，周小瑜愿意想象聪明的马三面对自己的微信内容时一脸纳闷的样子。

雪莱的夫人叫玛丽·雪莱，是英国著名的小说家，她创作了文学史上第一部科幻小说《弗兰肯斯坦》，也有译本称《科学怪人》，玛丽·雪莱也因此被誉为科幻小说之母。小说的主人公弗兰肯斯坦是一位从事人的生命科学研究的学者，他力图用人工创造出生命。在他的实验室里，通过无数次的探索，他创造了一个面目可憎、奇丑无比的怪物。开始时，这个人造的怪物秉性善良，对人充满了善意和感恩之情。他要求他的创造者和人们给予他人生的种种权利，甚至要求为他创造一个配偶。但是，当他处处受到他的创造者和人们的嫌恶与歧视时，他感到非常痛苦。他憎恨一切，他想毁灭一切。他杀害了弗兰肯斯坦的弟弟威廉，他又谋害弗兰肯斯坦的未婚妻伊丽莎白。弗兰肯斯坦怀着满腔怒火追捕他所创造的恶魔般的怪物。最后，在搏斗中，弗兰肯斯坦去世，怪物很懊悔，最后跳海自杀。

　　显然，这部作品揭示了作者的哲学观点。她认为人具有双重性格——善与恶。长期受人嫌恶、歧视和迫害会使人变得邪恶而干出种种坏事，甚至发展到不可收拾的地步。

　　也许，在我们的生活中，类似玛丽·雪莱笔下的科幻怪物无处不在。周小瑜想，毕处酒后吐真言，在人后刻薄总裁是怪胎，那么毕处自己呢？还有丛老大、马三和自己。如果从人性善恶这个角度来分析，把遮住人性最深处的那块布撕开，周小瑜觉得，那个怪物的气息，犹如无数个驱散不掉的幽灵，几乎在每个人的心里游荡。在后海，毕处的情绪明显失常，可以理解为他酒喝多了，但从现实情况看，毕处对九星堆集团的人事管理肯定充满了愤慨。周小瑜记得，当时毕处问她，现在整个集团系统厅局这样级别的干部有多少，享受厅局级待遇的干部又有多少？周小瑜摇摇头，她的确不清楚具体数字，厅局级对于她一个小小的主管而言，实在过于遥远。毕处说了一个数，虽然这个数字的多与少都与周小瑜没有关系，但还是令她大吃一惊。毕处说，雷鸣接任总裁八年，九星堆此级别的干部比之前翻了一番，光是总裁助理就超过了十人，集团总部大多数核心部门、主要子公司的一把手几乎清一色都是雷总的乡亲。你不要以为雷鸣有多了不起，批发"帽子"几乎是他掌控集团的唯一手段，让获得提升的人对他感恩戴德、忠心耿耿。至于前任嫡系的人马，凡稍有不听招呼的，一律调去落后偏远省份。

　　听毕处这么一说，周小瑜产生了同感，以前曾听马三说，雷总裁还是集团老二时，江南公司的领导层只有五六个人，这些年每年只增不减，已经增加了一倍，每次开会，会场主席台都显得有些拥挤。原先一个领导要主管好几个部门的业务，现在差不多一个领导只需主管一个部门。领导多了，分管的业务越来越细，也就有更多时间来想点子，有更多精力来过问业务工作，要求部门创新的任务也就越来越重。但部门里面具体干活的人没有增加，如此一来，每个业务部门负责具体工作的人就感觉心理压力越来越大、身体状况也每况愈下。再听毕处说雷鸣把那些不听话的下属调到落后偏远地区，这不就是丛老大的做派？看来，丛老大很欣赏雷总裁管理干部的那套方法，拿到江南公司一用就灵。毕处见周小瑜一副若有所思的样子，端起杯子示意周小瑜喝。周小瑜喝了一口，问，刚才毕处说雷总提拔了很多乡亲，江南公司的丛老大是山西人，难道雷总是山西人？毕处告诉她，不是，雷总是东北人。你信不信？在九星堆，但凡雷总手上提拔的，要么是他的嫡系，要么就是有背景，非此即彼。像你们丛老大这样不是雷总乡亲的人能够主政江南公司，在九星堆算是特例，你应当听说过，丛老大在北京有高人。就算这样，你可能不知道，丛老大在雷总面前依然是非常小心翼翼的。周小瑜渐渐理清其中的脉络了：毕处不是东北人，即使业务能力再强，也无法纳入雷总视野，就算厅局级"帽子"在九星堆满天飞，也完全戴不到毕处脑袋上。而丛老大原本不是雷总的人，因为有高人相助，所以也能脱颖而出。

毕处问，你听说过在九星堆流传甚广的一首顺口溜吗？周小瑜问是哪一首，因为在江南公司，有关九星堆集团、有关雷总的顺口溜不止一首。毕处说，就是那首"会说东北话"。周小瑜说，听说过，但记不全呢。其实，周小瑜对这首简洁、朗朗上口的顺口溜能倒背如流：会说东北话，毕业黑工大，支持对标办，认识雷老大。第一句好理解，亲不亲，故乡人，会说东北话，自然容易与雷总亲近。第二句，指的是雷总的同学，照理，从严格意义的同班同学来说，这部分人并不多，但雷总当上九星堆一把手后，但凡从黑工大毕业的，不论先后，都认作是雷总同学，这个基数就非常庞大了。第三句的潜台词其实指的凡是雷总决策的，就要坚决支持，凡是雷总反对的，就要无条件反对。最后一句，当然指那些与雷总走得近的人了。周小瑜说，这四个条件，毕处您起码符合后面两个呀？毕处说，还是欠火候啊。你想，雷总手上等待提拔的嫡系有多少？那个队伍长得我望都望不到尾巴。我这个外围的，想更上一层楼，难哪！

周小瑜装出一副愤愤不平的样子，说毕处真是高处不胜寒，集团总部像毕处这样业务能力拔尖的人才都受到压制，真是太不公平了。毕处说，在九星堆哪有公平可言啊。雷总就是公平，雷总就是真理。在九星堆，业务能力就是一个屁。在九星堆集团，没有对与错，也没有是与非，只有大与小，谁大谁就是真理。丛老大在你们江南公司是真理，到了总部这个层面，他就只有服从真理。周小瑜满脸心悦诚服的表情，钦佩地说，毕处一

百合

针见血，比喻得形象，分析得到位。江南公司不少人都有这种感觉，但就是找不到合适的词来形容，今晚听毕处一席话，真是胜读十年书。

以毕处惯于剑走偏锋的精明大胆和稳重，单以引进对标管理能让雷总动心，把一个拥有上百万员工的九星堆集团搅得天翻地覆，就足以证明他的处世境界之高超，非常人能够达到，但结果，他在总部的处境竟然也如此不堪，可见人与人的世界真是变幻莫测。周小瑜联想到马三，马三不善于见风使舵的性格，估计再想进步，更难了。周小瑜叹一口气，说，原先以为总部离我们太远，对总部发生的一切都与己无关，大家都抱着事不关己、高高挂起的态度，现在看来，好像也不是这么回事。江南公司认识毕处的人都说毕处是难得的人才，今天聆听毕处教诲，就觉得总部的事离我们很近。毕处说，岂止是很近，应该说是息息相关啊。现在社会上有不少人，包括很多心怀叵测的媒体从业人员，对九星堆的垄断企业性质持续抨击，其中一个很重要的理由就是九星堆员工的收入太高。小周你想想，九星堆员工的人均收入相比其他非垄断传统行业，的确不低，且不说九星堆的基础工业性质，那些骂九星堆的，其实很大程度上对九星堆内部的分配机制并不了解，或者是将道听途说拿来做文章。真正高收入的群体，在九星堆也就是一小部分，这一小部分瓜分了全体员工所有的工资总额，一平均，基层员工的收入就受到很大影响了。所以，无论是总部还是子公司，"帽子"批发得越多，对员工收益的占有、影响就越大。

周小瑜听罢，感觉脊背处窜上一阵阵凉气。要照你毕处这么说，基层员工就是被剥削者了？难道我们这样的制度还允许剥削阶级存在吗？还允许剥削与被剥削吗？毕处将酒杯移到一边，端起咖啡杯喝了一口，模棱两可地说，说穿了这也符合企业的分配原则，世界上任何一家企业，高管明摆着就多占多拿嘛。所以，大家才会想方设法争取做高管。你小周也一样，不要满足于只当一个主管，要有规划，给自己的职业生涯设计一个远景，没有梦想怎么可能会有动力呢？周小瑜谦虚地说，我一个小女子，哪有什么雄心壮志，能把本职工作做好、不给领导添乱就不错了。毕处不同，是九星堆的精英，理应有更宽广的平台。

想到这里，周小瑜感觉脑袋开始疼痛。自己在后海咖啡馆面对毕处说的那些恭维话，若换在平时，也很为自己所不齿，但在那个环境下，也身不由己了，自己的灵魂也仿佛被催眠，被施了巫术，不由自主地跟着口吐莲花了。周小瑜摇摇头，头疼的感觉越来越明显，一种似有若无的恐怖气息开始在房间内由淡而浓，四处弥漫，无数怪物仿佛星星一样从房间的每一个角落里钻出来，在周小瑜眼前群魔般乱舞。她吓得惊叫起来，来不及关灯关电脑，就跳上床，把整个身子都蒙进被子里。

　　手机闹铃把周小瑜从睡梦里叫醒时已是早晨。她打了个电话给隔壁的马三。马三一听到周小瑜的声音，就有些气急败坏，昨夜找你不见，电话也关机，反了你了。周小瑜连声赔不是，用讨好的语气说，我已经买好中午的高铁车票，咱回江南去。马三问，你昨天去天安门广场，有没有去毛主席纪念堂给他老人家请安？我做了一个梦，梦见毛主席在天安门城楼上，广场上人山人海。我们走散了，你隐入人海，一下就不见了。我找啊找，大家好像都穿着相同款式、同样颜色的服装，男女不分的样子，怎么找也找不到你。我好像听到你在人群中大叫了一声，但很快就被广场上海啸般的声浪淹没了。我一急，就惊醒了。周小瑜愣了一下，如梦方醒，心里滚过一阵热浪，不好意思地说，对不起马经理，昨天我临时有事，去了趟紫禁城，下回来北京，再有天大的事，我也得先去纪念堂给毛主席老人家鞠个躬。

　　马三听罢，正准备挂电话，周小瑜忽然大声说，等等，别挂，我问问你马经理，你知不知道后海明明是一个湖，为什么要称之为海？马三一听，哭笑不得，说，莫名其妙，你为何要问我如此无聊的问题？

　　　　　　　　（原名《国企干部》曾载于《江南》2019年第2期）

百合

漆　马

徐　衎

　　两只氢气球飞走一只，剩下那只过了一分钟也可能十年后枯萎，又过了十年也可能一分钟，重新吹大，一只充满二氧化碳的气球沉沉坠地，不可能苏醒。她醒来，伸手可见五指，时间还很早，想回梦里，翻来覆去，不得要领，仰躺着盯阴暗的高高的天花板，直至意识到自己在模仿而非真心要赖床。狗叫了，那只骨头锋利的流浪狗，神出鬼没的，她总在包里备两根火腿肠，口红、眉笔、卫生巾因此沾上一股肉味。昨天早上喂完狗想到了外公，外公精瘦的身体挂着褴褛的单衣奔走于灾年的场景占满她的想象。司机最后一个来接她，另两名乘客或昏或睡，车子安安静静开进隔壁村庄，开到清溪河畔，开上摆渡船，受污染的河水绿油油明晃晃，想到草原和驰骋。过河就是进 P 城的高速口，虽然走水路多绕十几公里，但完美避开环绕 P 城的 55 个检查口和不计其数的交通高峰，毕竟每天至少有 30 万人要从清溪河东岸到西岸谋生，陆路太挤了。包年拼车不是笔小开支，但每天可以比挤公交倒地铁多睡一小时，一寸光阴一寸金。通常二十五分钟后下高速，再开一刻钟，抵达商场，地下一层女更衣室的 15 号储物柜是属于她的，锁着只在商场示人的套装、方巾、细高跟。换装之后是上午最后一次如厕，除了 6 号储物柜的原主人做过胆结石手术改行了，她和姐妹们都成了久经考验的耐旱植物。专柜的摄像头直连经理办公室，她婉言请走那些占用沙发椅影响顾客正常试鞋的路人时，常招致白眼，休息一下了不起啊，神气什么，你我都是打工的，谁也不比谁高贵。一开始尝试避开摄像头气汹汹地轰人，转身再对着监控笑靥如花，久而久之感觉频繁的情绪转换是比憋尿更大的损耗，耐旱植物为数不多的针叶需要稳定的情绪维系，从早笑到晚固然面部肌肉酸疼，但麻木了，情绪也就少有波澜了，经得起日复一日的"勒索"了。晚班的小姐妹总要迟到几分钟，她夜里不赶时间，老老实实挤地铁倒公交，过55个检查口。不乏利用通勤复习考上研究生的传说，她的包里也放过砖头大小的英语专业八级词汇手册，abandon（放弃），abandon，abandon，背了小半年依旧 abandon，只好 abandon 了。她不得不承认一上车就昏昏欲睡，感觉非常苍老和疲惫，传说只是传说，或者说与她无关，正如她们这行久盛不衰的一夜暴富说，大致模板是某大款对某销售一见钟情，豪掷千金穷追猛打，终获美人心……她是不信的，或者说不相信会发生在她身上，她的上进心朴素、传统，一心想练好英语有朝一日出国到总部深造。可时间长了，洗漱之前偶尔会多出一步：僵硬如墓碑的抚摸以及赤裸裸地审视赤裸裸的自己，纵然无望成为专柜最贵的商品，那么她的标价又是几何呢？回家要走一段夜路，路灯仿佛坏了一个世纪了，再横穿明亮的小公园。公园里的老头老太多是这一带的房东，只打一毛两毛的牌局，警觉怀疑的目光总是毫无保留涂满她全身，目送她开门进屋。隔壁黑着，这个点肯定还在送外卖，她只见过两次，真是小哥，过分年轻，可能高中刚毕业，皮肤白嫩，不见毛孔，完全可以拉到护肤专柜做展示。她点了份鱼豆腐米线，微辣。矮墩墩的送餐大叔脸色黧黑，油烟味很重，憨笑的同时往屋里瞥了一眼。烧水的时候跳闸了，第一次跳闸正是隔壁外卖小哥帮她推上空气开关的，并叮嘱当心大功率电器，她从此养成吹头发前拔下热水器开关的习惯。可是已经一个多月了，烧水变成了一件要看运气的事，插上烧水壶之前默念几遍保佑保佑的习惯还在培养中，昨晚忘了保佑，于是烧水壶仿佛成了空气开关的死对头，一插就跳闸，再插再跳，干渴的光明烘着她，索性关灯，漆黑清凉。她不信鬼神，可生活中多了许多需要祈祷的地方，保佑不堵车、保佑别迟到、保佑奇葩客人少一点最好别让她碰上、保佑一觉睡到天亮、保佑外婆手术顺利、保佑保佑……门响了，重新开灯，房东老太太皮笑肉不笑，年轻人比我睡得还早？目光迅速锁定床，然后莫名其妙夸了她的穿戴和妆容，话锋一转重申租约，不要在屋里瞎搞乱来哦。她点点头。老太太欲言又止还是说出了口，听说每天都有男人开车来接你？她点一下头，不解释。老太太离开前环视房间，一看再看，仿佛错过了天大好事，抑或想起了一生中最后悔的事，梅花落满南山、北山、东山、西山。她用微波炉热脱脂奶期间在手机上读了一首歌词：黑的白的红的黄的，紫的绿的蓝的灰的，你的我的他的她的，大的小的圆的扁的，好的坏的美的丑的，新的旧的各种款式，各种花色任你选择，飞得高高越远越好，剪断了线它就死掉，寿命短短高兴就好，喜欢就好没大不了，越变越小越来越小……然后喝奶、洗杯子、定手机闹铃、关灯、睡觉，做了一个有气球的梦。前天呢，前天也是晴天，流浪狗、黑车、摆渡船、专柜、点外卖、烧水，一切顺利，在船上想了草原，坐公交车想了外婆。大前天也是晴天，和昨天、前天大同小异，对了，昨晚吃完米线到烧水这段时间，她接到外婆的电话，手术顺利，三个月后复查。外婆得知不能走医保的三万块机器人缝合费用是她出的，夸她有本事，嘱咐她按时吃饭早睡早起，然后声音低下去，有些哽咽，她隐约听见大慈大悲观世音菩萨保佑我外孙女健康平安、工作顺利、遇到的都是社会贤达……外婆的病痛是那只飞走的气球吗？还是她搁置的出国计划？至于大富大贵是醒不过来飞不起来的气球？她如常上车闭目养神，很快睡着梦见一片蓝海，原来是一排排立着的蓝色氧气瓶，也像一个个遭到砍伐的蓝色十字架，逃避的责任都汇聚于此，需要救济的对象全在远方……醒来眼眶酸胀，睫毛挂着晨露般的泪珠，她终于记起今天请假了，请假一天，去结婚。

她抱着塑料模特在商场一楼缓缓移动，走过一个个精光四射的柜台，如同在梦中行走。她曾多次梦见自己如此行走，最后在篝火旁找到了卢阿姨。旧模特像统一交仓管员卢阿姨处理，修复或报废由卢阿姨视程度而定。她想从报废的模特像里带一个回家，卢阿姨帮她一块挑选，最后相中一个梳背头、高鼻深目、胸肌挺阔、小腹平坦的男模像，唯一的缺陷，右手掌削去大半。她质疑不修复是否太浪费啦。卢阿姨的理由相当私人，这模特的眉眼神态和卢阿姨非常讨厌的表弟有点像，必须报废。她在心里谢过卢阿姨英俊的表弟。

外婆说自己是一颗包心菜的那段日子正经受外公离世的巨大隐痛，半夜惊醒，益发感觉屋里太过空旷。当时的她不懂，外婆明明住又小又矮的平房，原来外婆家倒是深宅大院，有两进院落，后来充公，先是做大队粮仓，后来迁入五户人家，七八只煤球炉把寿桃和菩萨浮雕的影壁熏得黑不溜秋。菩萨蓬头垢面是要降灾的，年轻的外婆只敢关起家门吐露隐忧，一轮轮运动已经教会她什么思想是正确的、进步的。某夜宅院失火，烧到天明，到正午才扑熄，外婆经过改造有所保留的思想一夜之间回到了老路上，外婆找篾匠照着外公遗像扎了个纸人立在床尾，床成了有稻草人护卫的田畈菜畦，外婆感觉自己像一颗包心菜，有依靠，心笃定，梦里也是包心菜……外婆入院以来，她的心一直悬着，悬着悬着就不见了，也不知掉到她那空荡荡的身体里的什么地方去了，她找不到它。有天深夜，母亲来电：我不敢想也没法想象在失去母亲之后自己怎么在这个空荡荡的世上生活，对于一个过早失去父亲的人来说，这个世界已经足够空旷了。她除了保佑保佑，说不出更具体的安慰。电话里呼吸声如狂风大作，宿命般的空旷似乎在迫近。她把男模像立在出租屋，面向门口，忠诚守卫。

卢阿姨每天带饭菜在仓库解决午饭。她买了些虾皮鱼干作为感谢。穿过人山人海的模特像，仓库往里还有一个存放办公用品的杂物间。暖气大开，一股樟脑气，出风口的衣架上挂满袜子，像一棵许愿树被砍得只剩一点树冠。打印纸堆成一堵高墙，墙后挑了两根细长的PVC管，阴着两排素色的内衣裤。电饭煲的插头被拔下盘在地上，饮水机亮着绿色指示灯，旁边的桶装水上支了块三合板，摆着辣椒酱、醋大蒜、花生酱、醋泡花生、虾酱、蟹黄酱、牛肉酱，卢阿姨摆上虾皮鱼干，更显丰饶。她关切地指出，老吃这些，营养跟不上。卢阿姨说，吃饱就好。卢阿姨比她外婆年轻多了，思想境界却差不多。信佛？她冷不丁问。卢阿姨摇头又说，不怎么烧香拜佛，但人还是要信一点什么的，佛祖也好，菩萨也好，公司领导也好，自己也好，总归要信一样或者几样。她指了一圈杂物间说，上帝创造了这个温暖又富足的地方，在这里关上十天半月，一点问题没有。卢阿姨受到鼓舞说，顶灯加暖气等于太阳，你有要洗要晒的，可以带过来。她笑着说，感谢上帝。卢阿姨脸色一沉，不许叫上帝，上帝责任重大，太辛苦。她笑笑。卢阿姨用一种推心置腹的低声说，你以为那些保洁阿姨多少

百合

清白？她们不坐班，比我们自由，每天在员工浴室洗了澡洗完衣服再下班，等我去，热水全用光啦，我可以打赌她们在家不到夜里十点钟保证不舍得开热水器，峰谷电啊，更不要说顺走卫生纸、洗手液这些小动作啦，这方面我是讲原则的，一是一，二是二，不怕任何人来查账的。她们退出杂物间，仿佛从衣柜里面钻出来，空气一新。

　　商场店庆大促，一直忙到半夜两点，疲累至极是亢奋。五楼的海底捞还在营业，厕所洗手台上，牙膏、牙刷、洗手液、漱口水、梳子、润肤乳、洗发水、啫喱水、棉签、牙签、香薰、卫生巾、丝袜一应俱全，竟然还有一只钻石星空彩妆盒以及一台数码超声波清洗机，可以专业清洗戒指、手镯、手链等珠宝。难怪卢阿姨说五楼火锅店的厕所是免费化妆间。卢阿姨掌握了许多类似的生存智慧：商场一楼的星巴克，直接进去说"麻烦一杯热水"，然后到自助台加点白糖和奶精或者朱古力粉，一杯免费的自制奶茶就做好啦；真想喝咖啡到隔壁宜家办张免费会员卡，宜家的Wi-Fi信号比星巴克的强，早餐也便宜，豆浆一元一碗，春卷一元两个，稀饭两元一碗，小菜免费，晚上九点半关门，胆子大一点可以留下过夜，晚上九点二十左右找个样板间藏进衣柜，九点半到零点是工作人员整理商品以及保洁做卫生的时间，只要不发出声音，他们不会开柜门检查的，何况还有循环播放的音乐作掩护，早上五点半保洁进场，所以五点二十左右必须再躲回衣柜；沃尔玛的袜子一块九一双，女士裤衩三元一条，男款更便宜，反正穿在里面，舒服实惠就行……她拔了倒刺，洗了手，挤了点润肤乳在手背上抹开，一圈一圈，舒服实惠地鼓起了勇气，与此同时一个面孔惨白的长发女人打开隔间的门。她一惊，手里的卫生巾掉到地上。长发女人歪嘴一笑，你的量这么大？她捡起卫生巾摆回洗手台。都是女人，怕什么。长发女人一阵朗笑，也挤润肤乳抹手背，突发感慨，我好怀念小时候，一颗糖就能开心好几天。沉默片刻突然指着身后压低嗓音说，重大发现，这个商场的残疾人专用厕所，惊人的宽敞、干净，一点气味也没有，免洗洗手液可以临时充当润滑液。说完掏出一支口红，放心吧，全新的，你的嘴唇有需要，我看得出来。她推辞。长发女人说，我羡慕你，还愿意占点小便宜，换来实打实的开心，不是吗？包里的两包卫生巾、三包丝袜突然显出了分量，紧拽她的右肩。长发女人在洗手台上挑了块干的地方，放下口红走了。

　　卢阿姨约她练琴。六点下班正是用餐高峰，两人在海底捞门口等了一小时，吃了不计其数的黄瓜、金橘、小西红柿、锅巴、虾片，到号早已半饱了。以卢阿姨的"生存智慧"，四个小锅全点开水，然后要一份面条、一份自助料，消费不超过三十元。她叫住服务员又加了半份捞派肥牛、半份火锅牛排，以及整份蒿子秆，试图从服务员的微笑中找出一丝怨怼的破绽，结果毫无破绽，比她功力深。卢阿姨抱怨铺张浪费，前面的虾片锅巴都白吃啦。她以肉代酒，感谢卢阿姨带她陶冶情操。商场六楼新开一家琴行，三十五元即可上一节一对一入门课，还有三十天的免费练琴。卢阿姨练了一星期，勉勉强强能弹《小星星》了。她不到两天便赶上卢阿姨的进度。琴行老板和卢阿姨都鼓励她继续学习，不要浪费天赋。她露出没有一丝幽默感的微笑，三十岁的钢琴神童。后来搞清楚了，琴行规定老客带新客有奖励，一个奖三十五元，入门课结束正式报班的，再奖两百。她假装不知道这一切，甚至为了掩饰又请卢阿姨吃了顿海底捞。服务员竟认出了她们，阿姨好，女儿请客千万别客气，这是我们做女儿的共同心愿。说着冲她一笑。她只好也笑一下。四宫格锅底，西红柿、菌汤、三鲜、清油，卢阿姨坐到她对面说，我巴不得你是我女儿。两人吃到夜里九点，摇摇摆摆下到一楼看见保安在贴告示，商场进了一个懂规避防盗警报器的高级惯偷，警方已经立案，文字下方是八张不同日期的监控截图，嫌疑人衣着各异，看不清五官。卢阿姨突然生气说，我提过好几次意见，监控系统早该升级换代啦，吃亏在眼前吧。那头像素不高的长发突然让她想起了残疾人专用厕所，不对，那支口红，全新的迪奥999亚光经典正红。卢阿姨判断说，不是一般小偷，穿得都不便宜，我不追求穿衣打扮，但在商场这么多年，能看出一些门道。然后叹一口气总结道，有些有钱人太空虚，需要找刺激。她说，套用一句古话，贫穷限制了我们的想象力。笑声飞入夜空，散成月光。这些都不重要，一笑而过，重要的是那句"我巴不得你是我女儿"，温暖人心，是异乡夜晚里的太阳。

　　她自觉进入女儿的角色，公共场合总是和卢阿姨手挽手，并且频繁梦见篝火和篝火旁的卢阿姨。卢阿姨感慨，很多年没有人做梦梦到过我啦。等她去 P 城城郊的卢阿姨家做客才发现卢阿姨并非独居，相反过着大团圆的生活。晚饭都是家常菜，但家庭成员全部出席，就显得隆重。卢阿姨特别指出冬瓜汤里的虾皮是她送的，卢阿姨的亲生女儿冲她笑了一下，怎么看也不像不孝女。女婿夹了一只蛋饺给卢阿姨一边亲切地叫了声妈。卢阿姨把蛋饺夹给她。晚饭后，女儿回房间再没出来过，丈夫和女婿坐客厅下棋，卢阿姨把干果盘摆到她面前的茶几上，开始剥松子，攒了一把松子仁再递给她，问，不舒服？她看着卢阿姨，实在看不出卢阿姨缺乏亲情温暖需要另找寄托，于是模仿卢阿姨的口吻说，有些有钱人太空虚，需要找刺激。电视里一声爆破。卢阿姨提议出去走走。女婿立即起身，笑脸相送，目送她们走出几百米。她干笑说，在我们老家，上门女婿做到这种程度的也少有。卢阿姨说，月亮真圆。她不依不饶，家好月圆，阿姨好福气。卢阿姨说，当心脚下。话音刚落，她的右脚就崴了。卢阿姨扶着她一瘸一拐慢慢走，肢体语言代替口头交流，一切尽在不言中了。

村里有一处三进院落的福寿禅寺，外墙红漆基本脱落光了。几个同卢阿姨年纪相仿的妇女在弥勒佛的注视下，围坐一张折叠桌，将锡箔纸折成元宝和渡船。下月就到观世音菩萨生日了。外婆每年也会早早准备，折元宝、渡船，还叠宝塔、莲花，晒天井里，金光灼灼，银光闪闪，好像家里挖出了金山银山。一个穿蓝色冲锋衣的小伙走进寺庙，原地等了一会儿，被一个法师模样的男人引到观世音像前面。请学童肖肖接过高香。小伙子双手接了三炷香。法师继续道，此时此刻请学童肖肖心不动、手不动、带着虔诚之心来祈求仙师助力加持，护佑保佑学童在今后的软件学院研究生学习过程中，得到仙师乾坤斡旋，创意不断，代码漂亮，产品爆款，恳请仙师日月照耀，护佑保佑学童一路连科、才高八斗、独占鳌头……她努力憋笑。卢阿姨说，舒服多啦？你如果有怨气可以对菩萨讲，闷在心里太辛苦，自己的身体自己照顾。她做出发脾气的样子说，该死的高跟鞋。卢阿姨说，下次来随意点，我看你平时一下班就换成旅游鞋的。她说，不敢高攀了。卢阿姨说，在这里一家人只要不吸毒、不赌博或陷入诈骗，有数百万存款很正常。赌鬼都没好下场。她悲哀的责备变成了一种试探性的蓦视，声音在困惑和嘲讽之间犹豫不定，百万存款还上班哦。卢阿姨笑笑说，几千万也要做啊，人不能懒，当然我是贱骨头，一天不动，肩膀酸胀。她耸耸肩说，全国劳模非你莫属了。卢阿姨的声音陡然变得严肃，你们年轻人没饿过肚皮，只要饿过一回，你就笑不出来了。她保持微笑。五年前母亲从文具店离职进了老家一所中学做烧饭阿姨，每天克扣一点蔬菜、肉类带回家，得意扬扬地在电话里宣布，从今往后再也不用买菜啦，与此形成对比的是饥荒年代，外公赶马车为"引洮工程"的民工拉粮，但外公连一粒麦子都没有带回家，外婆也没有因此抱怨外公。

肖肖满面潮红地完成了仪式，卢阿姨似乎受到感染也跪蒲团，菩萨保佑，保佑我家庭幸福美满，家人平安健康，大灾减，小灾免，天天顺，日日顺，一顺百顺事事顺！保佑我丈夫工作顺利，腰椎间盘不再突出；保佑我女儿天天开心，顺利离婚……比上门女婿还上门女婿是因为心中有鬼？卢阿姨点点头。她追问是赌博还是诈骗，不会吸毒吧？卢阿姨一律摇头，和你的鞋一样，看着像那么回事，其实是A货，他们夜里一个睡床、一个打地铺，小半年了，前几天女儿同我讲男方竟然真想要跟她过日子，狼心狗肺的东西，我家这个前前后后已经给他十来万了，还不知足，别人家都没这些糟心事。她茫然地看着卢阿姨被愤怒扇动的胸脯起起伏伏。卢阿姨好不容易平复了，打量她，我丈夫还可以吧，你嫁他好不好？她原本手握冰锥一般的断鞋跟，一高一低站着，突然一个趔趄。

卢阿姨迎着太阳走在前面，她和卢阿姨的丈夫，不，卢阿姨的前夫，落后面越走越慢。太阳吸干了土地的水分，又掀起一阵热风，村庄犹如雾气蒸腾的湖泊。透过雾气，隐约可见早年的回迁房小区洋红色的涂料已经黯淡，明显有别于不远的商品房，但至少路面是平整的，停车位一清二楚，小小的绿地中间散落着一些木头凉亭，现成的石桌石凳成了纳凉、打牌、讲八卦的不二去处，除了人多时，后来者要自带小凳，没什么可挑剔的。更远处那点刺目的亮是财富金融中心球形外立面的反光。

风停了，尘埃落定，村庄的破和旧暴露无遗。这片土地多年来一直处于P城的城乡过渡地带，没有湖也没有山，天然适合城市扩张。从1999年撤村建居开始，已经有37个村被划归城市，如今终于轮到卢阿姨们了。

百合

经年累月的等待使他们学会了熟练运用自嘲，看啊，我们这儿的绿化比安置小区好多啦，春天有荠菜花、宝盖草、婆婆纳、蒲公英，夏天遍地一年蓬的小白花，秋天更别提啦，总之一年到头纯天然氧吧。

他们本来可以抄近路回家，那是一条铅垂线一样的土路，被人的脚踩得光溜溜的，太阳一烤，硬得像砖。两边早已腾空的破房子里，羊吃齐膝高的草、狗喝雨水然后交配，有时钻出几只大白鹅，张开宽大的翅膀，嘎嘎叫着，飞不起来。他们今天必须走大路，不光是大喜日子风水上的讲究，也出于昭告天下的目的。她穿着紫色羊毛衫，一条黑色高腰裤，不停流汗。好在沿路的目光陌生归陌生，没有恶意，也没有恭喜的意思，好像见怪不怪。她深呼吸，两肩一沉，抬头做人，甚至用金戒指反射阳光捉弄了几个孩子，晃得他们闪开了。

回迁安置工作指挥部设在老酒厂职工宿舍，从二楼挂到一楼的红底标语写着"尽早完成回迁安置，加快提升生活品质""细心耐心诚心，服务好回迁群众"。告示栏上的白纸雪亮锋利，随风躁动，公示了回迁安置再婚人员，7 日公示期内如果群众有异议可以举报，底下一行加粗黑体字：法律提醒"以虚假结（离）婚方式骗取国家财产"涉嫌诈骗罪。她知道她的名字很快也会上墙，和另一个缺乏想象力但颇具时代特色的名字并排摆一起。她也知道公示期一过，她就帮卢阿姨多分了 55 平方米。卢阿姨将一次性付她 10 万元现金，还有那只周大福金戒。卢阿姨忆苦说，年轻时候赚钱少，钱都是硬存下来的，存够一点就去买金子，一钱一钱慢慢买，然后拿到金铺换成整条的，老金子很纯很软，遇到喜事就切一块打成手链或者戒指。她摩挲无名指，坚硬、冰凉。卢阿姨思甜说，以前觉得 1 万元是天文数字，不吃不喝做到死也不可能成万元户。她说，恭喜卢阿姨至少又多了 100 个 1 万元。

家里阴凉，有种微苦、冷清、悒悒的气息，仿佛被蒙尘的幕布捂了太久太久。女儿女婿还没下班，三人俨然三个怯场的演员，一下子不知道说什么好。最后还是她开了灯，有了当家的派头，卢阿姨则接过婚姻失败者的角色，声音继续露怯，把一间间房介绍给她。因为随时可能搬走，人都成了自家的临时租客，不敢买大件商品，不敢更新换代，旧货一修再修不舍得丢，总有机会修好或者变废为宝另作他用的，正如他们对拆迁的盼头。主卧的床尾摆着一台没有外罩的风扇，她蹙眉道，也不怕睡着了截肢啦。卢阿姨发现自己对这位狐假虎威的女主人的忍耐到了极限，冷哼一声，你睡哪头？她如梦初醒连忙摆手，那比截肢还吓人。卢阿姨继续恐吓，你不睡这里还能睡哪呢？群众的眼睛是雪亮的。她在床尾坐下，屁股只占一点点床板。假扮女儿容易，表演人妻真是没有经验，来之前做过一些心理建设，她和卢阿姨丈夫属于老夫少妻，她大可做一个任性的小娇妻，故意大讲特讲各种微博热搜段子然后嘲笑老夫的老朽，天天赖床，需要老夫一哄再哄……

卢阿姨夫妇仍旧睡主卧。她和卢阿姨女儿同屋，女婿只好睡客厅的钢丝床了。每天早上，钢丝床收好藏厨房，家门一开，表演开始。女儿女婿穿同款睡衣并排在平房前面的明堂上刷牙。她给卢阿姨丈夫挤牙膏、揩面，再帮丈夫剥水煮蛋、煮杂粮粥，哪是小娇妻，活脱脱小保姆！餐桌上只有两对夫妻，卢阿姨独自在厨房用餐。外人看来，卢阿姨家"和平演变"、新旧交替，旧人赖着不走，承蒙宽厚的前夫收留，白吃白喝。事实上，新人没笑，旧人没哭，新旧并存，平平淡淡才是真。

卢阿姨的丈夫，原籍河北晋州，幼年丧母，35 岁之前的谋生之路不算顺畅。15 岁对木工发生了兴趣，拜过师父，农闲时在家练手，学了一点木工本事。很快又荒废去福建当了 3 年工程兵，又在上海郊区养过鸭。没本钱，没人脉，都没干出名堂。后来迁居 P 城城郊和卢阿姨自由恋爱，虽招致以卢阿姨表弟为首的家人们的强烈反对，但两人还是自主完婚了。目前在地铁某车辆段综合维修基地开工程车，负责在地铁检修或维修时运送零部件。如果不是拆迁，这就是个失败的老男人。她一边默记一边暗暗评价，不时看一眼卢阿姨画的家谱：大姐一家 10 年前为了更清洁的空气南下，一年最多回来一次，每回这里挑剔、那里看不顺眼的，是无数口角纷争的发端，属于影响家族稳定和谐的危险分子；大哥一家三口住 P 城北边，从卢阿姨家过去要穿过大半个 P 城，基本只在春节、清明、中秋聚餐时才见面；公婆去世多年，公公年轻时候身体就不太好，在生产队挣不了几个工分，队里分的粮食总是不够一家五口人填饱肚子，平常就靠婆婆做点小生意贴补生计，婆婆劳作之余偷偷去附近的村里收一些粮票、布票、油票，一转手赚点差价。人都说这位小脚老太硬朗，在晋州走完了红军长征两万五千里，不承想却被芥末击倒了。婆婆以物易物换了一些芥末，对方声称是人间美味，于是擅自大尝一口，当场又哭又笑又挠头的，醉酒一样，毒瘾发作一样，吐着舌头撞上电线杆，过了一星期，鼻涕里依然有瘀血，胸闷始终不见好转。婆婆弥留之际，一向吊儿郎当的公公坐床头哭了一夜。有人说，古有孟姜女哭长城，今有烟鬼丈夫哭小脚妻子。也有人说，书上说人体内百分之七十都是水，看来不假。过了一些年，丧葬改革，倡导火葬，婆婆迁入公墓，又过了很多年，婆婆才等到合葬的公公……

家族历史要捋顺，当下的生活细节更要了然于心。卢阿姨给丈夫的所有衣物都拍了照，让她有空便一张一张滑过、辨认，说，形势所逼，辛苦你啦。又说回二十多年前，第一批搬迁的村子，也按人头补偿，人都老老实实，四是四，十是十，后来思想解放，未嫁的、光棍的、守寡的都去结婚，已婚的都去离婚再婚，人一夜之间都成双成对，最夸张的一例，八十多岁的梅老太被儿子儿媳冷落了几十年，一直独居村里，因为动迁，儿孙们忽然常回家看看了，还主动去给梅老太的老伴上香，目的只有一个，希望梅老太再婚。梅老太年轻丧偶不是没想过再找一个，儿子不同意，大半辈子熬过来了。梅老太赌气也好、珍惜胜利果实也罢，宁死不从，最后被儿子背到民政局。一路哭诉，你们给我做证啊，我做人一向清白，抚养子女长大成人，送老头上山，不惹是非，没有哪件亏过良心……以前人们睁一只眼闭一只眼，不影响自家钻政策的空子就行，随着钻空子的人越来越多，政策一年一年收紧，前年开始拆迁办发动群众监督群众，谁家最近人员异常，拆迁办就上门对再婚人员进行"五方会审"，自然资源局、派出所、农居建设管理中心、街道和社区各派人来联合审问，后来五方还觉得不够，变成七方，增加民政局与回迁房建设单位。想想看，至少七个人突然闯进你家，分开夫妻两个，分别问些私密问题，比如丈夫屁股上的痣左边还是右边，妻子妊娠纹的大小和位置，最后拿出一堆衣服，只有一件是配偶的，让你找出来，作孽！卢阿姨发现她的脸通红，手机相册正好滑到丈夫的三角内裤，于是换了个话题，（20世纪）90年代我们那片还有个热电厂，发生过一起抢枪案，歹徒用铁棍袭击值勤的武警战士，抢走56式半自动空步枪一把，为了搞子弹，又先后突袭装甲兵司令部、射击场、公路巡逻警。疯狂吧，拍电影一样的。据说后来终于在新疆搞到了子弹，回P城的路上先后做下7条命案。最后大围捕也在我们那片，只听见屋外枪响和麻雀叫。等到没声音了，又过了很久，我们才出去，贴到警车车窗上看拷后座的歹徒。很瘦，猴子精一样的，眼睛瞪大，看着无辜，搞得好像我们才是凶手，但大家以讹传讹偏说凶手人高马大、三角眼、满脸刀疤，好像这样大家躲家里一下午就不丢人了。她总结道，疯狂又天真的年代。卢阿姨说，柯受良知道吧，香港回归前开车飞越黄河，我们守着电视机看直播，节目标题是《万众一心，振奋国威》。她摇头说，不知道。卢阿姨好像公布重大发现说，亚洲飞人先是柯受良，后来才是刘翔。她哦了一声回到正题，阿姨什么时候结婚？卢阿姨两道眉毛顿时拧到一起，原计划让女儿的公婆离婚，过来和我们两两重组，但是女婿这个样子，不敢想了。以前都是私下签协议，行情价10万元，事成之后，拿钱走人，清清爽爽。现在没人敢写这种协议了，一不小心变成骗取国家财产的罪证，所以全靠君子协议，但君子难找。卢阿姨一声叹息。

　　回家的大路上多了许多编织袋、木板箱和旧家具，好像战场临时工事。家里同样弥漫着战时的紧张空气。卢阿姨丈夫梦话连篇，这是我老婆的，那也是，我们真心相爱，实意结合。卢阿姨听了不是滋味，夜夜失眠。卢阿姨女儿半夜把她摇醒，你是耗子精转世吧，磨牙没完没了。她坐起来，俯视同龄人，我还以为你当我是狐狸精呢。两人同床睡了一星期终于开始说话。女儿搓脸试图保持清醒，我们的头婚都一言难尽。她重新躺下轻轻呼出一口气。女儿凑近说，假如真给你55平方米外加补偿款，你愿意嫁我爹吗？她假装思考了一下，30岁就当后妈，好像也挺了不起的。女儿不示弱，有个同龄的后妈，好像也挺酷的。两个女人半夜疯笑，惊动得鸡开始打鸣，但天迟迟不亮。

　　第二天一早，卢阿姨把丈夫的各项身体特征列成清单交给她记背。什么左边奶头有毛、右边则没有，右边屁股有一块青胎记等等，就算没问，这些隐私中的隐私也为应付"七方会审"增添了筹码。下班后轮到她自曝其短，卢阿姨的目光穿过气味复杂的员工浴室里的水汽，照着她，从头到脚，从前胸到后背。她浑身不自在，余光无意触碰了卢阿姨的身体，水汽氤氲也难掩鸡皮一样的肤质以及褐黄的肤色，那两只严重下垂的旧乳房啊，像两只老得不能再老的老丝瓜，没法入口，只配摘下来洗碗涮锅！还有发霉似的三角地带，似一块干枯的苔藓！卢阿姨的视线掺进了杂质变得软弱。她辨出杂质有自惭形秽、羞愤、嫉妒，于是收回挑衅的目光，仰头闭眼对准喷头，热水像温柔的湿吻吞吐全身，她发出一声呻吟。

"七方会审"发生在一个凉爽的夜晚，一家人正吃晚饭，检查人员就像一场灾难突然降临。一家人暗松一口气，仿佛做了太多逃生演习终于派上用场啦，等到通过检查才真正大出一口气。她走进厨房，女儿跟过来小声说，一回生二回熟，我已经经历四回突袭啦。她面无表情，电影里面移民局审查非法移民也不过如此，毫无人权可言。边说边拿起丝瓜瓤准备洗碗，想到卢阿姨，想到卢阿姨丈夫屁股上的胎记，吃吃地笑了。第二天自作主张买了一盒六条男士平角裤，叔叔，这是冰丝的，又轻又薄，比纯棉舒服。卢阿姨丈夫红着脸。卢阿姨接过，代丈夫谢了她。深夜卧谈，女儿告诉她，我老爹吃路边摊，工友朝他挤眉弄眼示意他看看路过的美女都要脸红。她总结道，沉默的人一开口就等同于幽默，老实人一做坏事就上脸。

老实人买了件文胸放她枕头底下，作为回礼也正常，可一想到成年男女互赠贴身衣物又有些脸红，一穿，正合适，更脸红。她没有把内衣裤全部带到卢阿姨家，更别提拍照展示了，她在卢阿姨家只穿背心。卢阿姨把她的身体信息交给丈夫之前先给她审核了一遍，保留身高体重，略去了三围，因此知道了他暗中打量过她，皮尺一般的目光一寸一寸比过她的身体，分毫不差的尺码得益于日积月累的测量工作。

星期天一早，她在卫生间洗衣服，卢阿姨丈夫穿着一条紧绷绷的旧棉毛裤闯进来，因为家门开着，两人都默契地没大呼小叫。他的目光不偏不倚贴着她的脸，然后是胸。她故作镇定说，收到了，谢谢。他说，你一次也没穿过。然后盯着她和她的惊讶，像欣赏一朵花。她低头说，阿姨买菜快回来了。他突然说，你是不是还有副业？比如在屠宰场兼职，你身上总有一股肉味，以前老街上卖酱油的女人，她们的头发、手指和皮肤上都沾满酱油味，还有那个粮管所的女人，身上常年带面粉的清香，不用看，就能闻见她来了，真好闻。她茫然地重复，阿姨买菜快回来了。

入夏，卢阿姨不许丈夫在家赤膊，不到夜里十点不准开空调。女儿私下向她抱怨，我老娘是小事精明、大事糊涂，峰谷电了一辈子，又怎样呢？还不是住这种垃圾地方，不然当年拿我爹的抚恤金足够买个三环的小套，不知道涨成什么样了，我老娘呢，只知道存银行，守着那些钱，看它贬值，逼我赚钱，现在好了，别说房子，连厕所都买不起。她指指墙，隔壁那位不是你爹？女儿的表情闪过一丝痛苦又很快释然，我爹的工友，生产事故，我爹牺牲了，他活了下来，一直帮衬我们家，帮着帮着帮成了一家人。原来卢阿姨也是二婚。她若有所思又指墙，隔音吗？有没有小孔小洞什么的？女儿不耐烦地用手扇风，直喊热。卢阿姨掌管空调遥控器，规定夜间冷气不得低于26度，健康又省电。可怜卢阿姨丈夫陪卢阿姨睡在蒸笼一样的主卧，只有一台没有外罩的老电扇低速运转。卢阿姨丈夫逮住机会也抱怨，我睡不好就算了，关键夜夜梦到我的腿绞进电扇锯断了，吓醒一身汗，睁眼到天亮。她透过镜子瞥去同情的一眼。他挂着悲情的茶色眼袋继续诉苦，外头人看我拆迁户，风光吧，其实比养老院还不如。他停了一下说，外头人看我娶年轻娇妻，风光吧，其实比和尚还不如。他停了很久才开口，你和我，我们加在一起有110个平方米，还有几十万补偿款，又有法律保护，别忘了，我们是受法律保护的合法夫妻。

她似乎真成了这个家的女主人，家人们私下都有心里话要说给她听，有一堆的计划需要她权衡定夺，就连卢阿姨也向她寻求安慰，这阵子我一点不开心，虽然是做戏给外人看的，但一个人在厨房吃饭的时候是真难过，万一哪天老伴先走了，不就是这种光景吗？太可怜太难受了。她语气坚定地说，阿姨不要多想。卢阿姨点点头。新增人口安置的时间窗口定于12月31日正式关闭，这意味着卢阿姨还有半年时间物色另一半，也意味着她还要在卢阿姨家住半年。她口气一软又说，生老病死聚散离合都是自然规律。卢阿姨点点头。

商场是一个大型冷库。她远远看见她的邻居，年轻的外卖小哥跑进来，一边抹脸上的汗一边东张西望，小半年不见，晒黑了，更壮了，马一样地喷出热气。真巧。他送完餐发现了她。她说，巧什么，我早看见你了。他露出一个笨拙的笑，牙齿又齐又白，我也看见你了。她从饮水机接了杯水给他。他说了一串谢谢谢谢，然后问她是不是换地方了。喉结剧烈翻滚。她点头，再来一杯？谢谢谢谢，什么时候搬走的？你应该通知我一声，我请你吃饭，我做饭还可以的。她微微一笑，你给我等着，行李还没收完。他恍然大悟透着一丝欣喜，难怪隔壁一直黑着，还是有亮光好。说完猛打喷嚏，引起小范围的侧目，只好用玩笑掩饰局促，冷气真足啊，像批发猪肉的冷库。她收回杯子，谁说不是呢。一个不算职业性的微笑。

新到一批限量版，往常半小时就能完成布置调整，这天她用了一个下午还没搞定，心不在焉，一心两用，既在考量新品和同类竞品，也在评估她自己。中午，她发现自己用卢阿姨丈夫看她的目光看着外卖小哥走出商场，他太年轻了，一出家庭戏里面，她只能演他的姐姐，不是二姐三姐，是大姐。她30出头，在柜姐中已没有任何年龄优势，何况在她水灵的年纪，也算不上外貌出众。人会用"漂亮""美丽"形容她的同事，但对她是"态度好""心细""有耐心"。她在这方浮华之地唯一的竞争力即她的业务能力，不论以前、现在，还是将来，业内流传的那些富贵传奇自然是落不到她头上的，现有一个比上不足、比下却绰绰有余的小奇遇搅扰着她，搅得她心猿意马。结婚证显示，卢阿姨丈夫比她大28年7个月又3天！

当晚，她梦见残疾人专用厕所里站了一匹白马，她骑上去，双手颤抖着摩挲着，双腿紧紧夹着马腹，马鬃撩过她的脸。卢阿姨女儿推醒她，嗔怪她压到了她的头发，又睡着了。她独自醒着，想象她出生前的28年7个月又3天，难以展开想象，于是想象力向另外的地方滑去。早些年，母亲总念叨，我26岁就当妈了，27岁终于从车间调进财务办公室，算是你回报我的第一份贡献，你很乖，进食规律，很少哭闹，我完全可以午饭时间、下午点心时间喂奶的，但我偏要上班时间带上你，喂给整个车间看，这才摆脱了又闷又黑的球墨铸铁车间。母亲提及这段历史总是难掩骄傲，她毫无印象但完全能理解并共情，这是母亲一生中为数不多的胜利。她回忆拼凑母亲的零星描述，想象那个年代，球铁厂里寸草不生，积满煤灰铁屑，太阳升起，熠熠生辉，一个穿白衬衫、酒红色的确良长裙、细跟塑料凉鞋的年轻女人踏上了这片贫瘠的黑土地。这是年轻女人重获新生的第一天，以至于有工友讥笑她是一截水萝卜拼接一截酱萝卜也宽宏大度地假装没听见，反而同情地看了一眼车间和走向车间比车间更黑的工友们，然后比往常多走 100 米，走进干净、明亮的行政办公楼。右手放下网兜，双手取出绿色保温杯，回顾刚才的动作，一切都是慢慢的，慢慢的就是优雅的，最后优雅地捏住鼻子，将鲫鱼汤一饮而尽……母亲养育她的百般艰辛绕不过奶水不足的历史问题，甚至暗示她，外婆对她的出生有所不满，你外婆说女孩子喂米汤也能长，不行就买奶粉或去养羊人家打羊奶，我坚持母乳喂养不动摇，忍着腥喝了多少鲫鱼汤啊，还差点让"赤脚医生"把捣烂的蚯蚓涂在乳房上催奶。还说，我很清楚，那些喝米汤、奶粉、羊奶长大的孩子，先天免疫力低下，你从小到大很少感冒。小时候听到这里就会恶作剧地咳嗽一通，随着她成长发育，母亲邀功之余多了指责，我的乳房就是被你吸瘪吮塌的，不到 30 岁就老了，和你外婆一样，挂下来，再也挺不起来。也许是母亲添油加醋，但她更害怕比想象的更糟糕，积极主动避免和母亲上浴室或泳池。假如母亲没有听到风声赶去灯光昏暗的大礼堂目睹父亲和同厂女工跳交谊舞，假如那名女工不是乳腺癌幸存者，母亲或许就不会对自己的乳房过分执着了。她记得礼堂归来的母亲笑得很开心，用一种异常明亮的语调说，馋奶馋到只有一个奶头的瘟鸡上去啦。1964 年 7 月 15 日出生的母亲由此开启长达数十年的猜忌、争吵、冷战，婚姻没破裂，但也如母亲的双乳再难修复到最好程度了，直到最近五年，母亲仿佛终于结束了没完没了的更年期，不好奇，心平气和，看破了也不说破。前年春节，她和母亲去看外婆，村委会组织 70 岁以上老人免费体检的报告就放在饭桌上，母亲视而不见。她忍不住拆阅，整体情况还可以，只有两条建议，做动态心电图以及到心血管内科进一步检查。母亲没问，她也没说，直到她自己也忘了，直到外婆推进手术室。1943 年 8 月 8 日出生的外婆见证了年轻的共和国的诞生，"我见得多啦"是外婆的口头禅，手术之

百合

后连这句话都没有了。去年年夜饭，舅妈中途走人，元宵再聚才吐出怨气，舅妈切除肾上腺肿瘤半年来一直在家静养，虽说家族成员先后都上门探望过了，但舅妈不能忍受齐齐整整的场合上一句对她的慰问都没有，加上满桌佳肴，除了喝水只能吃点山药，委屈就爆发了。众人只好二度表达关切之情，又加了一份清炒莜麦菜、一盆茼蒿炖豆腐。散席后，母亲和她抱怨，大过年非要提什么癌症肿瘤的，晦气。她什么也没说。不说不代表不知道，但不说就可以眼不见为净、就可以难得糊涂、就可以不知者不罪、就可以假装没那么重负担地说说笑笑吃下去。1989 年 8 月 23 日是她的生日，她自觉继承前两代女性的生命经验，对于那段 28 年 7 个月又 3 天的空白没兴趣了，仿佛宇宙洪荒，从此刻开始才天造地设出一对持有中华人民共和国结婚证、年龄差 28 岁的新人。

拆迁政策一夕之间天翻地覆，不按人头，改按面积补偿！动作快的调整思路开始盖彩钢棚占面积。人口不断膨胀的拆迁村突然冻结了似的，临时丈夫、临时妻子们纷纷撤离，留下利益切肤相关的正牌户主，以及个别想上位的男演员、女演员。

女婿交出银行卡，15 万劳务费如数奉还，我不图财，我爱萍萍。卢阿姨打断说，戏瘾还没过够？散戏啦，该你的辛苦费一分不少你。女婿徒劳地重复爱情宣言，我是真心爱萍萍的，妈。卢阿姨坐如钟，面部肌肉绷得像钟一样硬邦邦，声若洪钟，最多一年！坚毅的女婿困惑了。卢阿姨宣布，一方不同意离婚的，一般经过两次诉讼，第一次判决不离，判决书生效满 6 个月后可以提起第二次离婚，第二次法院基本会判离婚，整个过程最多一年。女婿坐正说，不怕我检举揭发？卢阿姨面皮一松说，我们一块坐牢有伴了。女婿立即表现出纸老虎本色，没话说了。卢阿姨继续说，婚姻不是交易也是交易，强买强卖都没意思，你和萍萍本来算朋友，闹到最后朋友都没得做，有意思吗？人财两失，再搭上一笔诉讼费，一点意思没有。卢阿姨丈夫最后一次和女婿碰杯说，原来是人多力量大，大家一起把蛋糕做大，现在是蛋糕只有这么大，多一个人多一个负担，识时务者为俊杰啊。家酿的枸杞酒鲜苦辛辣，醒脑更醒身，似乎很多问题都可以想通。女婿走到门口点了一支烟，耷拉着脑袋，背影看上去像一个孩子。卢阿姨卸下假装上帝的责任，对她松松一笑说，你想来就来，随时欢迎。她抢白道，我是爱叔叔的，我们真心相爱。卢阿姨丈夫拔高嗓音进行了一番不必要的解释，我们原计划6口人，6个55平方米，以我们家的面积现在最多两个55平方米。他继续，我的工资卡一直交你阿姨保管，攒到现在勉强再买半个55平方米，两个半55平方米除以三都够呛，除以四就要过苦日子啦。她用力咀嚼蛋饺同时用力盯着她的丈夫，法令纹像两道防波堤拦阻了两颊横肉，凸显肥大的鼻头，鼻毛该修剪了。鼻毛在颤抖。她大笑两声，我开玩笑的。卢阿姨丈夫说，不好笑。她主动倒酒敬了一杯她的合法丈夫，丈夫呛着了，没放稳的酒盅倒桌上，呈扇形滚动，白活了28年7个月又3天。卢阿姨给自己夹了一只蛋饺说，古话讲一日夫妻百日恩，古话又讲大难临头各自飞。喝酒的、喝茶的、抽烟的都默不作声。卢阿姨用力嚼蛋饺，嚼了一分钟才咽下说，邵老师今年82还是83了，老派知识分子，思想开明也不开明，保姆可以当着邵老师面大谈特谈保姆谋杀老人的新闻，大言不惭说给70岁以上老人做保姆是投资回报率最高的工作，邵老师一点不往心里去，照样和保姆嬉皮笑脸的。动迁以来保姆千方百计哄邵老师和她结婚，邵老师好不容易想通，保姆离婚第二天，政策突变，回去复婚，两个年近六十的老夫老妻被民政局的小同志教育，婚姻不是儿戏，民政局不是酒吧茶室。笑死人，现在想想，那保姆要么目光短浅，要么就是舍不得原配，不然保姆扶正做师母，多好的事。说句实在话，邵老师还能有多少年活头，邵老师的美国儿子不回来了，除了打钱请保姆也没什么联系了，到头来房子钞票不都是做师母的。卢阿姨笑眯眯地看着她，她报以更灿烂的笑。卢阿姨接着说，邵老师觉得对不住保姆，除了工资，还送了几本旧书。我是不懂的，拆迁办那个书记翻了翻说有意思。我问他值多少钱，书记说，里面的故事有意思。喝酒的、喝茶的、抽烟的异口同声，什么故事？卢阿姨看看丈夫再看看她说，都是唐代故事，有个故事，哥哥把妹妹嫁给了甲，妹妹却和乙有私情。甲病了，妹妹和乙密谋要把甲毒死。丙、丁和乙是好哥们又和甲是老乡，于是有意无意透露给甲，晚上要是有人送粥，千万别喝。晚上果然有人送粥，甲就没喝。后来妹妹直接带乙来杀甲，丙主动要求背装了土的麻袋，把麻袋放在甲身上，但没压住甲的口

百合

鼻，黑灯瞎火的，又放了甲一马。乙和妹妹沦为全城笑柄。女人们开玩笑说，以后要是缝谋杀亲夫的袋子，要仔细一点，缝结实了，可不要让它露了馅。卢阿姨说完吃完，哈哈大笑。

沉重的云层石头般挤满了阴暗的天空。她蹦蹦跳跳绕过路面积水，回到出租屋。流浪狗不知受了谁的恩惠，胖得认不出来了，流浪狗也不认识她了，一个劲瞪她、吠她。她一惊，一退，一脚踩进泥水里。屋里更凉，有种微苦、冷清、恹恹的气息，仿佛被蒙尘的幕布捂了太久太久，掀开是一个荒废的舞台。她换下湿鞋袜，模仿公园老头老太绕着模特像跳了一圈鬼步舞，然后准备表演单人睡觉。醒来天还亮着，屋外有泼泼洒洒的动静，以为又下大雨，外卖小哥正在清理电瓶车。她迷迷糊糊险些把"今天这么早回来"说成"早上好啊"。外卖小哥说，不干了。她伸出食指上下比画，那还穿工作服？外卖小哥嘿嘿一笑，习惯啦，你终于回来收行李啦？她倚着门框欣赏一身鲜黄的他精心擦洗电瓶车的坐垫杆、坐垫、电源箱、车架、后泥除，形同护理一具伤痕累累的病体。他没吹牛也没食言，烧了一桌好菜招待她。她不禁感慨，出租车上听广播说处女座这个月的幸运色是黄色。他自我介绍说，我是巨蟹座，在厨师学校学了两年，找不到厨师工作，只好先送外卖。她打了个酒精含量很高的哈欠，支使他先把那身黄脱下来，不然总觉得我们在偷吃外卖。他一边脱一边追忆，一开始偷吃外卖稀松平常，商家包装也不复杂，这份吃一口那份挖一勺，一顿饭钱就省下来了。他脱掉黄色又脱里面的米色、黑色，最后半裸上身，像一块精心雕琢的汉白玉。她遮住眼睛。他接着说，自己没机会做厨师也就算了，还天天给那些三流厨师送垃圾食物，折磨死我了；实不相瞒我偷吃过不少，怎么会有人做出那么糟糕的饭菜，关键还有人买单，折磨死我了；你为什么把眼睛蒙上又透过指缝偷偷看，折磨死我了。她放下手掌，光明正大地笑。他往握着的拳心哈了一口气说，你为什么笑得这么好听，折磨死我了；你怎么笑得这么好看，折磨死我了。她闭眼，眼前却出现一间宽敞、干净、无异味的残疾人专用厕所。脸上绒毛知觉着越来越靠近的呼吸暖流，她闭紧双眼、抿紧双唇，张开的耳朵捕获了一句酒话也是心声，我明天终于要当上厨师了，折磨死我了。残疾人专用厕所灭灯了，只剩残疾。

邵老师眼白黄斑密布居然不影响读书看报，早晚刷牙还是一口黄牙，每周擦身两到三次，一月洗一次澡，肤色依旧蜡黄，只有站到太阳底下，蜡黄才浅淡一点，像一座晒干的沙雕，鸡胸驼背，显得很孤单，又耐不住那孤单。她辞去专柜工作，退租回到拆迁村，毛遂自荐要做邵老师的保姆。远在美国的儿子效率奇高，已经请了一位新阿姨。好在邵老师对她有印象，你是卢芳家的，我有几次晒太阳看到你和卢芳一起出门一起回来。她笑着点头，以后我陪您晒太阳好不好。邵老师咧嘴一笑，你是萍萍，你是卢芳女儿。她将错就错点了头。邵老师说，你给我当保姆，你妈要心疼的。她握住邵老师的手说，我妈没意见，我妈说邵老师是知识分子，可以信任。

邵老师的日常生活像时钟一样精准，也像时钟一样重复。新阿姨做什么，她跟着做且憋着劲一定要比新阿姨做得好。幸好卢阿姨一家三口领了租房补贴搬走了，否则真的萍萍将受流言困扰几天：我有手有脚凭本事吃饭，可再本事也做不过什么卢阿姨的女儿上门倒贴……这个卢阿姨肯定有狐臭，所以生下一个狐狸精女儿……新阿姨做满一个月要求换东家，邵老师没挽留，更没送旧书画，为她也为自己抱不平，把你说成狐狸精，那我是什么？她握住邵老师的右手安慰道，清者自清，问心无愧。邵老师用左手拍拍她的手背说，我家换过十来个保姆了吧，像你这样年轻还是单身的，确实第一次，如果不是卢芳女儿，我还真不敢收。她把另一只手搭到邵老师的左手上，四手相叠，状如加油鼓劲，我吃定你了。邵老师露出孩子一般的笑，笑着笑着又严肃了，你每天睡这里是因为卢芳租房租太远了吗？她继续将错就错。邵老师叹一口气，我才不领租房补贴，哪天拆哪天搬，二十年前我儿子要接我去美国我都不去，十年前儿子想送养老院，被我骂了个狗血淋头。她说，养老院护工虐待老人都不算新闻了。邵老师说，我以前也在报纸上读到过，现在报道少了，可能情况好多了吧，那我也不去，我的好朋友何老师，三个女儿一个儿子，独宠儿子，包红包，孙子两千，外孙一百，结果第一个提出送养老院的就是儿子，三个女儿不表态等于弃权票，何老师最后八年都关在养老院，坐牢一样，一辈子当牛做马，押错宝啊。她又拍拍邵老师的手说，何老师是何老师。邵老师苦笑道，我儿子每月按时打钱，确实不少，不过是给他自己买个良心好过。她顺水推舟问，不少是多少。邵老师自然而然答，5000，美元。她故作震惊掩饰真的震惊，还没算上退休金，一个邵老师抵得过卢阿姨一家，还绰绰有余。

身家丰厚不代表出手阔绰，难怪之前的保姆阿姨都没有眷恋。她有点后悔摸了邵老师的家底，她应该像在家里一样，从不过问家族成员的学习成绩、收入水平，不知道，不担责，没有期待，无所谓失望。外卖小哥现在应该正在某个餐厅后厨大展宏图吧，除非撞大运，不然问不问都一样，这辈子是看得见的，正如她进入瓶颈的专柜工作。她才30出头，人生就向她亮出了谜底、答案，太早，太早了。在命运面前，她就像一个饱受情欲折磨的不安分的少妇。卢阿姨家中断的婚姻表演激发了她的胜负欲，眼看假戏就要成真，突然被打回原形，不舍也是不甘心做妻子做情人的经验技能就此荒废，更重要的是邵老师家比卢阿姨家还充满变数，益发憧憬邵老师讲述的战争年代，英国仍然牢牢控制着制海权，大家都很紧张美国最终将发挥什么作用，又很开心，因为自己未来的命运暂不确定，仿佛一个奇迹就要诞生，任何一天不再变成同样的一天。另外，星座大师说下个月处女座的幸运色由黄变蓝。

第一次给邵老师洗澡，她说，好像黄蜡石。玩笑缓解了僵硬的空气。邵老师赤条条坐进浴盆，闭目养神，任她的手游走在黄蜡石般的身体上。外公的守灵夜，她被母亲和外婆的争执吵醒，不敢翻身。母亲指责外婆死脑筋，生产队其他人都不要的田地大包大揽接回来，逼着外公、逼着母亲下地出苦力，结果生产队其他人都盖了砖房，只有外婆家还住土屋。外婆咬定劳动最光荣、勤劳致富的信念，强硬到底，我只是运气不好。母亲冷笑说，外头人看你一天到晚在田畈，比老黄牛还辛苦，关起门来还不是贪图享受。只听外婆大喘气。母亲乘胜追击，你把鸡蛋藏起来全给我爹进补，我从来没意见，现在看来，我爹要么虚不受补，要么就是一天一只鸡蛋还不够。长长的沉默过后，她听见外婆小声说，你放心好了，我下半生安心在家当尼姑了……她和邵老师问心无愧地没有更进一步的肌肤之亲，不惧怕任何会审，经得起任何突击检查，但消耗的能量不比做爱少，因为慢，因为细腻，一寸一寸都是悉心、耐心，好比激烈的舞曲很容易炒气氛，长线条的慢歌却极考验唱功。每次给邵老师洗完澡，她也像洗了个热水澡，前胸后背额头膝盖都汗湿。洗过澡的邵老师精神大振，喜欢读点东西。她一律耐心听着，把这些年假装不知道外婆过得不好、假装不知道母亲和外婆之间有嫌隙、假装自己不用操心的心挂在邵老师身旁，想象也是象征性地补偿一点是一点，白驹过隙，给自己求个良心好过。

两辆解放牌大货车一早开进拆迁村，第一辆移走了村中那棵千年老樟树，硕大的树冠一路拖地，卡车就像孔雀开了屏。第二辆搬空了最高那幢楼。空楼门窗大开，像张嘴大笑也像号啕大哭。她登上顶楼，拆迁村俨然大轰炸后的废墟，似乎只有她看见了，使她成了一个知情人、一个目击者，旧沙发是掩体，裸露的钢筋是各式冷兵器，蛇矛、方天画戟、双刃剑、三刃剑，扬尘勾勒出风的形状。邵老师家的平房，四四方方灰扑扑，她不愿想但还是觉得很像一口石棺，门前的铁树枯黄，黄成了香灰，想起母亲曾天天从球铁厂带一勺铁粉回家喂养铁树借此转移工作生活上的不如意。

她回到地上，撞见另外一个幸存者。她离婚证上的男人，拎着一只热水瓶，穿一条难看的军绿色毛哔叽裤子，像个拾荒老人。我路过回来转转，你来找阿姨？卢阿姨说你辞职啦。男人做贼心虚似的语速飞快。不找阿姨，找你。她用一种甜甜嗲嗲的声音说，你反悔，你抛下我，弃我而去，折磨死我啦。她突然意识到多年的专柜销售赋予她的女人味，只配在传奇里施展、运用的女人味。像拾荒又像小偷的男人放下热水瓶，似乎要过来拥抱她。她撒娇说，我们复婚吧。男人僵立成一只大号热水瓶，装满了恐惧和孤独，吞吞吐吐出一句意味深长的话，和你比起来，萍萍还是差一点。她露出职业性的微笑，我开玩笑的。

月亮公平地扫荡有人的、无人的门窗，月光普照。书房墙上"老骥伏枥，志在千里"的装裱画幽幽地反光。客厅灯泡的光打在邵老师脸上，更加突出了皱纹，加深了眼睛底下的青影，他显得很苍老，而且有些病恹恹的，一坐上靠背椅就打了个喷嚏。她立即为他加上一条毛毯，顺便擦去口涎。她可是商场连续十年的服务之星，第一年到第八年的奖品都是一张春运高铁票，第九年开始变成了往返机票。邵老师会给她什么奖励呢？一册古籍，一张旧画，还是把她的名字写进他的遗嘱里？邵老师吸吸鼻子开始朗读：人越来越少，路两旁烟尘弥漫，大乱里也有小静，既有轰炸一样的响声，也能听见野猫叫，草丛里的破沙发不知道什么时候突然就会钻出一窝新生的小猫，像牛奶一样白，像奶油一样心疼。我还在草丛里找到了一尊小小的大卫石膏像，米开朗琪罗的作品总是饱满得充满无限生命力，连受苦受难都是饱满的身体在那里受苦受难……她正了正滑到邵老师肚皮上的毯子，也说了一天的见闻，略去卢阿姨丈夫的部分，并表示受邵老师熏陶，她也要开始记日记啦，最后问石膏像在哪儿。邵老师鼻音很重地说，这是我妻子给我的信，在1967年还是1968年写的。

（原载《青年文学》2021年第7期）

浮生四记

陈　琳

风华几度

一

那个暮春的午后，阳光像45度的水，温和中又有一种鲜明的暖和。在走进省工业大学的校门时，华抬头看了看天。天碧蓝碧蓝的，水洗过一样干净，没一丝的杂质。这样的蓝天已经长久没有见过了，这显然是前几天台风扫过的功劳。

后来华见到女孩英时，就很自然地联想到了天。华在心中感叹起来——面对英这片"蓝天"，风又怎么能无动于衷呢？华想起了第一次见到英的情景，那是华省师大毕业后走上讲台的第一天，是她当了老师的第一节课。华自我介绍之后开始点名。这是常规，是认识她的学生们的开始。华点到英时，英也像其他同学一样，在应了声"到"的同时，从座位上站了起。华把目光投向英，华一下子怔住了，华在心里不禁赞叹，竟然还有这么清澈秀美得无可挑剔的女孩？！

华记得很清楚，面对出水芙蓉一样的女学生英，青春而风姿绰约的华有那么一瞬间生出了一种叫"嫉妒"的东西，尽管只是那么一丝丝，华还是真切地感觉到了这个从心里跳出来的东西。

这一年，英在读初二。华的出现让英的数学成绩有了突飞猛进。而华对于英的格外倾心自然是和风有关。英是华的学生，也是风的学生。

华寻到女孩英时，她正在学校的洗衣房里洗衣服，差不多要洗好了。

后来她们在校园里的那条林荫小道上不紧不慢地走着。两个人相隔有拳头那么点大的距离，并排着。话不多，有一句没一句的。华一直在等待着英提及风，她不可能不提及的。在华看来，要是没有风，英就很难走进大学的门。华知道，风是在理性和情感之间走钢丝。

她们在路边的一处坡地上坐了下来，坡地上的青草，平平整整地绿着。

"风让我带给你的。"华把带来的手提电脑交给英，说，"最新的型号。"

"你去过他那儿？"英接过电脑，淡淡地问。

"嗯。和我丈夫一起去的。"

"你结婚了？"英瞥了华一眼，"你怎么就结婚了呢？"

"怎么这样问，很奇怪吗？"

"你爱他吗？"

"你说呢？"

英一时无语了。英知道风在华心中是生了根的。

"这么说吧，这仅是我面对现实的一种选择。既然不能和你爱的人同命运共进退，那么选择爱你的人共同生活也是不错的人生。何况那个为我而狂的公子是一家有着上万员工的民企的唯一继承人。要不是选择了他，我又怎么能在省城住别墅开豪车，过着贵妇一样的日子。"

"你……"英突然感到冷，像有冰块塞进脖子里。

"我知道你想说什么，说吧，没事。"华冲英坦然地一笑。

英看见一朵白玉兰在风中败下去了，先是黄，然后便从头至尾的焦黄。

后来，英问华："怎么想的，和你丈夫一起去看他？"

"也不是纯粹去看他。我的那个公子想把他们公司生产的低压电器打进去，那么大的国有煤矿，即使是一部分的份额，那也是一笔大订单。既然嫁给他了，他的事也就是我的事。我呢，只能去找风。风的妻有多少能量你也是知道的。"华说。

不用说，风肯定会帮华的。只是华强奸了风的感情，也强奸了风的意志。英在那时觉到心紧缩了一记。她知道，华留在她心中的那些美好和精彩，现在已成了七彩的肥皂泡了。

英把目光投向了远处。

华看见英狠劲地拽起一株小草，放在手指上绞着。

二

夕阳的余晖中，来到阳台上的风看了一眼停在楼下的那辆黑色的"奥迪"后，便把目光投向了很远处的山峦。尽管黑色"奥迪"的车窗紧闭，风仍是判定车内一定坐着那个人，那个掌控着这个有着五万多职工的国有大煤矿的人。正是这个男人，造就了他的妻。妻的每一次进步、上升，直至坐上了这个国有矿业大公司党委宣传部副部长的交椅，与这个男人有着根本的关系。只要这个腿力十足的男人继续培养，十之八九，妻还会上升，这是可以预见的。

不错，妻是个有才智有能力的女人，可有才智有能力的人，多着呢，他们就一定能上升吗？

一切都是有幕后和玄机的。

风是教师，也是个会写小说的人。在风写的小说中，就有一些关于幕后和玄机的情节。风对此有自己的深刻认知。

妻从楼道里出来了。细而柔的腰肢扭动中，她那少妇的却又没生育过的成熟而浑圆结实的屁股就像鸭子的屁股一样摆来摆去，摆向了"奥迪"车，然后滑了进去。

结婚之初，妻说暂时不要孩子，风说行。风知道妻的心思在什么地方，风能理解。其实，在那时候，风对于生不生孩子这件事也没在意。风在意的是他正在写的一部长篇小说，这是风所写的第二部长篇小说，风对它的期望很高，下班后，风的神思和精力全用在了写作上。这么些年过去了，风以为妻总归是会提生孩子这件事的，无论妻有多么重的心思、多么高远的目标，她终究是个女人，既为女人，本性是丢不掉的。

然而，妻再也没有提及生孩子的事，风呢，也没提及。风不提是因为已经深知了这个妻，这个正在把她的人生操弄得风生水起的妻。他甚至认定，妻原本就没打算要孩子，当初妻说暂时不要孩子，根本就是缓兵之计。

自从一门心思追求进步之后，妻就极少正常下班回家，更是难得在家吃顿晚饭。所以，今天，妻一进家门，风就欲出门去买菜。妻从不上灶台，但嘴一直很刁，因而，结婚后，风就在做菜方面下了不少功夫。见风要出门买菜，妻说别忙了，我们出去吃吧。风说那也行。

正说着，妻的手机响了。接完电话后，妻冲风歉意地笑了笑。然后就进了卧室。风知道她是去打理自己了。

风来到了阳台上，风就看见了那辆他熟悉的"奥迪"A6。

风的目光随着"奥迪"的远去而定在了很远处已成黛色的山峦。

风想到了第一次见到妻的情景。那天，他去东方一中报到，在办公楼二楼的走廊上，那个迎面朝他而来身着白色连衣裙的青春女子，一下子让他的魂都要飞了。

她停住脚步，面带微笑说："我知道，你就是那个坚持一定要来学校教书的风，会写小说的风。"

风点点头。她似乎对他很了解。风觉得很奇怪。

而风正是来向她报到的。这么年轻就当了副校长兼教导主任，要不是真实面对，风不太会相信。

风还想到了那个油菜花四处溢香的夜里，他被大他三岁的她彻底诱惑的情景。被诱惑的那年，风二十六岁。二十六岁实际上是一个对异性非常渴望的年龄，该死的年龄。何况，面对她的主动和强势，她那香气如兰的身体，她那对霸气凌凌的肉弹，风只能乖乖地投降了。

从那时起，我在她眼中就是一只绵羊了。风想。

风折回屋的时候，正好同女孩英的目光撞了一下。

风打了个激灵。

英已把晚饭摆上了桌。一盘青菜，一盘带鱼，一小盆蛋花汤。

英说："老师，我们吃饭吧。"

"好吧。"风说，顿了顿又说："把冰箱里的啤酒拿来。"

风拿来两只玻璃杯子，一只放在英的面前，一只给自己。风说："你倒饮料，陪老师喝几口。"

于是，师生俩就开始对饮。英只有半杯，意思着慢慢地喝，陪着她的老师。那时，英的眼前竟是幻现出了一堵墙，一堵一阵大风就能刮倒的墙。

三

从小酒馆出来，风就在街上无目的地走着。丝丝的绵雨像花针一样在徐风中扬来漾去。路灯下，风的头上已有了一层毛毛的白。

在十字路口，风碰上了下晚自修的英。英说："老师，给你雨伞吧。"英的眼睛很透明，亮着。

风说："不用。我喜欢这种雨。"

英没再说啥，转身走了。走了几步，又停住，转回头又视风。风冲她挥挥手。英走了。

后来，风就走进了华的寝室。

风发现华在画他，头像，是素描，已成一大半，那双眼睛特忧郁。

他们相视一下，无语，华关上了门，靠在门板上，直瞪瞪地视着风。

华和风同在一个办公室，面对面相坐。他俩搭班，华教数学，风教语文。华没想到自己会迷上风，迷得有些晕乎。华告诫自己别对风这样一个有妇之夫犯迷，可还是没完没了地犯迷了。华想不起自己是从什么时候开始对风犯迷的，更是搞不清自己是对他的才华还是对他这个人，这个看似倜傥却有一双她认为是忧郁眼神的男人在犯迷。

从同事背后的三言两语中，华对风的那个妻多少有了些知晓。华很清楚自己是绝对不能沉入的，可还是管不住自己如自由落体般地沉入了。她很希望风能伸出手，拽住她，在她还没有彻底沉入情爱或者说是情欲的汪洋之前，就把她拽住。可是，风似乎什么也没看见，什么也不知道。

真的是这样吗？！

"画的是我吗？"风故作轻松地说，"你还有这一手？"

百合

有那么几次，在书房孤灯独坐的时候，一种莫名的情绪会突然袭来，弄得他坐立不安，这样的时候，风就很想到华那里坐坐。有那么几次，风已经走到华所住的宿舍的楼下，犹豫再三，还是折了回去。

这是风第一次来到华这里。

华的这幅没画完的素描，把华的心都剖开了，更是证实了风对华的感觉。风明白了为什么以往自己不敢走进这个房间。此刻，风后悔了。风想立即逃跑，却又不能这么做。果真这样的话，那就漏底了。唯一能做的，只有装傻。

华走过去，立在风的面前，盯着风说："装，接着装。"

风避开华热辣的目光。

华抓住了风的手，老紧地握着。

两个人的手心里都有了一泡的汗，湿着。

华牵着风，来到写字台前。华把风推坐在藤椅上后，自己就一屁股坐在了风的大腿上。

这个晚上华向风说了许多事，还把压在心底的那件事也说了。华说完后，抱紧了风。在泣声中把自己的嘴唇同风的嘴唇相粘了。

风的舌头被华吸住的时候，风仿佛看见了一束目光，绿油油的——是女孩英的目光。风一惊。

四

十九岁那年，华读大一。

暑假中的一个午后，一个没有一丝凉风的午后，穿一条三角裤和一件小背心，只在肚皮上盖着一条毛巾毯的华四仰八叉地躺在棕绷床上，在空调吹出的丝丝凉风中，做着一个梦——有点儿暧昧也有点儿色情的梦。华甚至发出了几声呢喃，混沌不清，一只手还在发育很全的结实的乳房上揉搓了几下。

"做了这样的一个梦，我想可能跟我前几天在林芳那里看了几部香港三级片有关。本来我不敢看，林芳说反正家里就我俩，闲着也是闲着，权当是开开眼。经不住林芳的鼓动，就看了。林芳是我高中同学也是闺密，她考上的是医专。那些录像带是她哥不知从什么地方弄来的，她哥开了个服装店，说是蛮赚钱的。"那个细雨毛毛的夜里，华对风这样说。

酣梦中华觉到了一种从未有过体验的快感从身体的某个部位生发出来，在一种痛楚和快意交织的强烈感觉中，那股冲进她体内的热流，让她的身子产生了一种如受了电击一样的颤抖，也让她从梦中走回了现实。

在意识回来的时候，她开始了沉重的窒息。她认定从这时候起，她绚丽芳菲的人生就像停电一样进入了黑暗之中。

她毫不犹豫地奔进厨房，出来时手中提着一把菜刀。

华看着垂头跪着的表兄，把牙咬紧，双眼一闭，劈了下去。

表兄和华是姨表，长华一岁。很多年了，不论寒假还是暑假，表兄都会整天泡在华的家里。表兄很聪明，书读得轻松成绩还能数一数二，家族里的人都说表兄会有大出息。而华呢，在读书上面要比表兄多下几倍的功夫，成绩却一直赶不上表兄。华在表兄面前就有了小小的自卑，更是听不得大人们夸表兄。华不喜欢表兄来她家，可华的母亲很喜欢，差不多要把表兄当成亲儿子。

菜刀砍在表兄的肩上。华再次举起刀时，表兄肩上红得透亮的血使华一下子头晕眼花了。

"实际上那时我根本没有气力，不然他的手臂肯定断了。"那夜，坐在风大腿上的华这样对风说。

后来菜刀就落在了地上，"当"的一声响。华的泪水像雨帘一样挂了下来。

"你该去死！"华盯着表兄，从牙缝里挤出这句话。

四目相对，像两条绝望的狼。

表兄抓起地上的刀，朝自己的脖颈抹去。华扑过去，抓住了表兄的手……

多年以后，华站在表兄的坟前，想：假如她是个丑女或者长得不性感，假如她对表兄的那种对她的热情和亲近有一种别样的认识或是感觉，假如她能早点意识到他不仅仅是表兄更是一个血气方刚的男人，假如……

百合

成为人妇的华对男人和女人已有了质的理解。那时的华在心中填满了内疚甚至生出了负罪之感。

表兄得了严重的抑郁症，表兄只能休学在家了。没过一年，表兄死了，死的时候已是骨瘦如柴。医生说是心力耗尽而亡。只有华清楚，表兄是被心中的大山压死的。

那个丝雨稠绵的夜里，坐在风的大腿上的华后来对风说："是我把他逼死的！我搞不清楚那时候我为什么会想尽办法去威逼他。"

华又说："他的懦弱让我成了一个罪人。"

"你这样认为？"

"是的。"华说，很深的目光停在风的脸上。

风的心一抖。

风仿佛看见自己的心跳了出来，在地上，是灰色的。

五

女孩英的父亲在那个春天把她交给了风。

他说："全仗你了！"然后，甩了一千块钱给风，说："我手头有，就给，没有，你也别怪。"

风淡淡一笑，抚了抚英的头。

对这位当年他下井做矿工时的师傅，这位一输钱就会用拳头在老婆身上撒气，末了又把老婆打跑了的赌鬼、酒徒，他又能说个啥呢？

英走进风家的那年是十四岁。十四的英用心读书，也帮风做些力所能及的家务。师母对她也蛮好，英穿的那些漂亮的衣服都是师母给买的，但英和师母就是亲不起来，英对师母有自己的看法。

英在风家住了六年，直到考上省工业大学。

英在十七岁那年的一个夏夜第一次走进风的书房。英先是在他的身后站着，见他没有反应，就轻声地唤了声："老师。"

风正在专注修改一部中篇小说。

二十岁那年，风在公司办的职工技校毕业。这一届共三个采掘班，都

072

被分配到了第一线，也就是说下井当矿工。风不想一辈子钻在井下。可当了矿工后，想从井下工调成地面工，没有特别的本事、特殊的关系，几乎不可能。路还有一条，就是读书。风耗上了四年的业余时间，读完了电大中文本科。风还写小说、散文。中学时期他就喜欢胡思瞎写。风的文章经常会刊在公司的内刊上。电大毕业的前一年，风一连在省里的文学期刊上发表了两篇短篇小说，在北京的一家文学双月刊发表了一篇中篇小说，电大毕业这年的年底，省文艺出版社出版了风所写的一部关于激情与理想、忠诚与背叛、梦想与疯狂、国企与改革的长篇小说。既然是人才，怎么能不用？公司主管宣传口的领导要调风到公司宣传部门工作，风却坚持要去东方中学教书，还说那是他从小就有的理想。而那时东方中学正缺人。于是，风就在二十五岁这一年走上了中学的讲台。

风坚持不去宣传部门工作，是因为风从骨子里就排斥那些废话大话套话连篇的公文。风很清楚，一旦进了那个门，他就得写这样的文章，这是工作的一部分，无论怎样都是逃不掉的。想象力丰富的风，无论如何想象，也想不到，若干年后，他的妻却是进了宣传部，还成了领导，太喜剧了！

风从案头直起身子，转头，说："有事吗？"

英摇摇头，迟疑了一下说："我想在这儿坐会儿。"英又说："老师，我知道你的心很重。"

风一怔，说："鬼丫头，说啥胡话。"

英说："骗不了我的。"

风说："大人的事你不懂。"

英说："我都十七了。老师，我什么都懂。"英的一双亮眼像灯一样照着他。

风平和地说："要毕业升学中考了，去复习功课，好吗？加紧点！"

那个晚上，英竟是失眠了。

那个晚上，她的师母一夜没归。

过去的一幕一幕就像演电影一样，在英的眼前上演。坐在大学图书馆里给风写信的英实际上一句话也没写出来，仅是落下一个称谓。英在落下

百合

073

称谓时吃了一惊。原先她都是称风为师的，而现在竟是一个"风"字。英其实可以给风打电话，英曾打过一次电话，只说了两句话心就跳得厉害，说不出话来了。那之后，英就写信，写好的信一封也没寄给风。英只是用写信和风说说话，或者说是宣泄自己的心绪。

情愫起先就像细细的涓流，继而就宽起来，成了一条河，波过来浪过去的。用恩师，用大哥，用……是他的存在，才有了她的现在。事实上自从大前年父亲在赌场上斗殴致死后，风就成了她唯一的亲人。

她很清楚现在的这种情感已不是感激和感恩之情，她已经走过了那个阶段。她二十三了，再过一年，她就是正正经经的这所高等学府的本科毕业生了。在考公务员之前，她要让自己考进省内的某家大国企，在工作和社会实践中，给自己打一层底子，这是她给自己的安排，而考上公务员则是风对她的希望。

握笔呆神的女大学生英，仿佛看见风疲疲地在走，天地空空旷旷，就他一个人，一副孤独清凉的景象。

"风……"她在心底呼唤一声。心里的苦杏仁味道阻都阻不住，冲涌上来。

六

他们坐在江边，看天上星星，听江水轻吟。江是那条著名的富春江，既温婉又缠绵，似一条漂浮的蓝带从小城一侧滑过。

华把头靠在风的肩上，一声也不吭，像只温柔的猫。她打电话叫他来小城。他真的来了。这让她有了实实的满足。

江上有雾在升起，渐而就浓起来，低低地浮在江面上。

风搂着华，觉到了自己的心绪就跟这江雾一样愈来愈浓，从而变得迷蒙。

在雾愈来愈浓成团成团的时候，他们相互搂着腰一步一步地朝华住的地方走去。他们走向甜蜜，走向苦涩，走向温柔，也走向沉重……

华入狱以后，风写了一篇题为《寄情》的散文。

"你说你要嫁人了。……你说你一直想逃离却怎么也逃不掉。你说为了逃离你回到了小城，你每天面对江水、面对船来船往总把那颗心带到遥远，变成缥缈。"

"我心里充满了春雨一般的情愫，我看见这情在春风中扬来荡去，从而又做无奈的缠绵。我知道我们的生命一闪即逝。所以在没有成为黄土之前就得老老实实做人。把一段美好留下，把一段记忆永存，写一段我们的历史。在我孤寂的生命中，这段历史也许是最迷人的乐章……"

写这些文字时，华的丽影就像彩蝶一样在风的面前飞来飞去。华的带奶味的体香也在他的鼻前飘来飘去。

风把散文寄给了在女子监狱服刑的华。

华读完风寄来的散文后，想起了那次风来监狱探视她的时候，她对风说的一句话。华说："我的今天是从我们的昨天开始的，是命数、劫数。"

也许真的是命数，劫数。

如果不是因为逃离，逃离她和风无望的爱情而回到临着一江秀水的小城——她的家乡，就碰不上那个富家公子，就不会有她的婚姻；就不会住到省城，就不会碰上已成了民工子弟学校校长的老同学明，更不会头脑一热应了明的邀请去了那所在城郊接合部，要穿过一条冷僻的弄堂才能到达的学校支教。

在她听说那条五十米左右的昏暗的弄堂曾发生过女性被侵袭而公安至今未破案的事情之后，她想到过要退出，可面对明和那些在敬业着的老师，那些目前还不能在市里的学校就读的民工们的孩子，她还是选择了坚持。其实也没那么崇高，她只是闲得发腻无聊得全身疲软给自己找点事做做。她曾去丈夫的公司干过，在商务部门做了半个月，就心烦了、头也大了。她对做老师还是挺喜欢的，可要做回老师，就得参加教育局的应聘考试，笔试之后还要面试，能不能录取还是个悬念。她当初去煤矿当老师，完全是冲着那里缺老师，无须考试且待遇还比较优厚。

她买了一支由辣椒素和催泪剂配制而成，外形似口红的防身喷雾器，还从五金店买了一把电工用的三角刮刀，这刀有大半尺长，像步枪上的三角刺刀。她把它们放在包包里，每天带着。她认为有了这两样东西一定就能应付意外。况且她也不觉得意外会发生，或者说不觉得一定会发生在她身上。她相信做贼者总是心虚的，即使碰上歹人，她也能战胜。

事实是，华战胜了歹人，却也把自己送进了牢里。

华把那个要侵袭她的人捅扎得差一口气就死了。

要是不陪着她的学生，那个等着家人来接的三年级女孩，一直等到天黑，等到八点多钟，华可能就不会碰上那个歹人。

那个歹人把华当成目标也是倒了十八辈子的血霉。就在他把华劫持到弄堂口外的麦田，欲达目的时，他被华捅了。更糟的是，华没有给他丝毫的喘息机会，华就像一头发怒的母狼，又捅又扎，直到他口吐血沫不再动弹。

华一路狂奔穿过那条弄堂，到了大街之后，才语无伦次地给110打了电话。

后来，华回想起那个夜晚与歹人相搏的过程时，才意识到，是十九岁的那个午后的经历，在潜意识中支配了她。这才会在那个人半死不活之后还连续扎了他七刀。

《中华人民共和国刑法》第二十条规定：为了使国家、公共利益、本人或者他人的人身、财产和其他权利免受正在进行的不法侵害，而采取的制止不法侵害的行为，对不法侵害人造成损害的，属于正当防卫，不负刑事责任。正当防卫明显超过必要限度造成重大损害的，应当负刑事责任，但是应当减轻或者免除处罚。

检察方的指控是华在防卫的过程中，"明显超过必要限度"，对不法侵害人造成了重大损害，存有要致死人命的故意。尽管律师作了最大限度地辩护，法庭还是确认了这个事实。

华被判了三年。

七

风站在妻的面前，看着妻把那份离婚协议给撕了。

"嘶——"一声，"嘶——"一声，妻一条一条撕着，不紧不慢，手上的动作看起来还有那么一种难以描述的优雅。这之中，妻的脸上现着微笑，看着他。这样的微笑让风想起了二十六岁那年他被妻征服或者说是他向妻投降时的情景。二十六岁的他就是在她这样的微笑面前彻底虚脱了的。

这个结果是风在写这份离婚协议时就已经想到的。

风没有想到的是，此时，他听着妻撕纸发出的"嘶——""嘶——"的声音，觉得自己身上的皮正被妻一条条地撕了下来，他甚至觉得妻那看似平和的目光，已经像 X 射线一样，透视了他的心。

妻撕完了那份风差不多用了半个小时才写成的离婚协议。

妻重重地点了一记风的额头，仍旧是面带微笑，目光却是冷硬地盯着风。

妻说："你以为是在写小说呀！"

妻用命令的语气说："睡觉！"

叹 息 无 声

一

我和沈山林的相识始于一篇通讯稿。

这篇题为《有这样一个队长》的稿子，文字简洁生动，结构严谨，通过日常的点滴，把一个在井下干了十多年的采煤队长、先进生产工作者写活了。自从我调到集团公司报社工作，十来年了，我没读到过这样接地气的稿子。主编老刘看了后，也是惊讶，说还有这样的高手，去把他找来。

我就打电话给煤矿的组宣科长吴敏，她说她也不了解这个沈山林，只知他是个合同工。他拿着稿子来让我们审查盖章的时候，我都有些不相信。怎么，稿子有问题？我说稿子很好，我们要见见他。

第二天下午，沈山林来了。我和老刘一起和他交谈了半个小时左右，他的谈吐和形象甚至是气质，让我很难和一个在井下挖煤的农民合同工对上号。

《有这样一个队长》有五千多字，老刘拍板，整版刊登，这在我们这份公司小报的历史上还是第一次。

如此，我和沈山林相识了，并有了交往。而他也不负我的希望，拿来的稿件几乎篇篇可说是上乘。在对他有了较多了解的同时，不免地，我心生惋惜。

他一直在努力，努力着要脱掉命运罩在他身上的那件黑衫。可黑衫不是他想脱就能脱得了的。其中所涉的有太多不好讲，也讲不清的因素。比如，他要不是个农民合同工，而是在编制内的正式工，有这样的写作才能，就很有可能在大家的帮助下调离井下，即使不进公司报社，也可以在基层单位当个宣传干事什么的。一旦走上这一台阶，日久天长，说不定就会有机会让他再上一个又一个的台阶。

就说我吧，原先我在井下做采煤工，因喜欢写写画画，队里就把出黑板报和完成矿组宣科下达的写报道稿的任务交给了我。后来我的触角伸到了全矿，每年都超额完成矿组宣科下达的任务。我还把所采写的新闻报道投给了公司报社，采用率在百分之九十以上。矿党委的李大书记觉得我是个可用之人，一句话就把我拎到了矿组宣科。如今，我能坐在公司报社新闻部主任的位置上，追根溯源，必须感恩李大书记当年把我这么一拎。

我还可以举出好些个比我更走大运的例子。

然而，沈山林是农民合同工。这样的身份那就连梦都别想有了！好在，他还有一个美好的婚姻，一个绝对是爱情的根基很深很牢的婚姻。

二

嫁给沈山林那年，赵小娥二十七岁。在农村，二十七岁出嫁已是属于晚婚的晚婚了。不是赵小娥嫁不出去，而是赵小娥一定要嫁给沈山林，这才到了二十七岁才出阁。赵小娥十八岁那年就看上了沈山林。十八岁那年赵小娥在镇中学读高一，比沈山林低两个年级。赵小娥十八岁那年沈山林二十岁。尽管赵小娥长得蛮漂亮，全身青春的气息就像清明之后勃勃抽长开花的油菜，可沈山林仿佛视而不见。沈山林那时候满心思装的是考大学的事。

二十岁的沈山林深刻地知道，作为一个农村里的农村人（沈山林的家在一个叫青石沟的地方，在一个坐落在半山腰上的小村子。进村和出村，只有一条羊肠道。拖拉机能开进小山村是前两年的事。为这条路，村里人苦干了八个春冬），想走出大山，路只有一条——读书。

赵小娥和沈山林都是住校生，一个星期回家一趟。赵小娥住在岭下村，是个大村，村子就在山脚下。从赵小娥住的村子可以望见半山腰上的青石沟。沈山林回家必定是要经过赵小娥住的村子的。由此，两个人想不同路都不行。况且对沈山林已经有心的赵小娥怎么都能逮住机会和沈山林搭伴而行。

沈山林对于赵小娥的心思自然是一目了然，只是前途要紧，才装糊涂。

事情的转折是沈山林高考落榜之后，差不多有半个月，沈山林整个人就像被太阳晒蔫了的茄子。父亲让他上地里干活，他不去。他只是整天坐在村口的那块大岩石上，出神远眺着。

赵小娥是在那个傍晚走进沈山林的家的。

赵小娥和沈山林在村后的那条涧水边坐了一夜。启明星亮起来的时候，沈山林对偎在他怀中的赵小娥很沉重地说：“你说你一定要嫁给我，可我凭啥来娶你呢？你是山下的女人，山下的女人是从来不往山上嫁的。这事你我说了都作不了数的。”

赵小娥说：“腿脚生在我自己身上，我想往哪跑就往哪跑。”

沈山林说：“没那么容易的。更何况你跑来住哪里？就那三间风一吹就要倒的破屋？我沈山林怎能让你受这等委屈。小娥啊，山上山下是两块天，日子有多难过，你无法想得出来的。”

赵小娥说：“再苦我也能挺住，人家能挺住我为啥挺不住？”

沈山林说：“要娶你我就得再去考书，考上了才有资格娶你。可我爹说什么也不同意我再去考了，说我要是再读书读下去就得卖田卖屋，全家人吊脖子了。为了我读书，我二哥娶不了女人，二哥对我一肚子的怨。小娥呀，你对我好我早就知道，可我实在没资格让你对我好下去。世上的男女有情缘的未必能处在一起，过日子，很实在呵!"

赵小娥说："我不管那许多。我就要你，就要跟你一块儿活。"

沈山林一时无话可说，只把怀中的姑娘紧紧地搂着。

老天睁开了半只眼了。下半年，部队来招兵。沈山林招上了。无论是沈家还是赵家，都希望沈山林能在部队混出个前途来。

沈山林更是想奔出个前程。他一百个清楚，这是老天给他的唯一的机会了。他低调而踏实地当兵，刻苦训练，各项技能考核优良。他还写新闻报道，师里的小报经常有他写的报道登出来，有几篇还被军里的大报转载了。当兵的第一年，升为班长；第二年成了预备党员；第三年，上面把一个考军校的名额下到了连里，连里推荐了他。为这个目标，他一直准备着。他自信自己一定能成。却不料，这个指标又被取消了。他去找连长、指导员，他们也讲不清是怎么回事。除了劝慰，什么也帮不了他。直到他要复员了，连长才把打听到的原委告诉了他，说是原先给连里的那个指标，让人给顶了。

沈山林复员回了乡。等了沈山林三年的赵小娥满以为可以和山林结婚了。却不料，山林说他还要走，说我没拼出个前途再要是不拼着去挣钱、不盖起新屋绝不把你接进门。

小娥说："你是不想要我了?"

山林说："我是想让你过上像样的日子。"

小娥说："这样的日子要我们一起去奔的。"

山林说："我是男人，我是山里的男人，这是我的事。"

沈山林在家没待足一个月便下山了，奔了县城，在一个战友的帮忙下，去了一个建筑工地干活。

三

有天傍晚，沈山林和几个工友在一家大排档吃饭，听到街面上有人喊叫，投眼看去，只见两个人飞跑而过，又见一个着西装的中年男子边追边喊着："抓强盗，抓强盗。"

沈山林抬腿就冲了出去，飞一样地去追那两个在夺路奔逃的人。终究是在部队练过的，没一会儿，沈山林就追上了那两个人，三拳两脚，就把他们打趴了，夺回了被他们抢去的那只不大不小的黑色密码箱，交给了喘着大气赶过来的那个中年男子。

那个中年男子万分感激，硬是把沈山林拉进了不远处的一家名为"豪宾"的大酒店。在三楼的一个包间就座后，那中年男子一口气点了五六个菜，还又上了一瓶"剑南春"。

第一盘菜上的是帝王蟹，沈山林一看就傻了眼。尽管他不知道这盘蟹到底要多少钱，价钱很贵则是肯定的。菜上齐后，沈山林的心中已是波浪起伏。这一桌，怎么看都要两三千，他在工地上使大力流大汗干上一个月恐怕都买不了这一桌的酒菜。这个人是做什么的？老板，或许是个官？沈山林认为自己无非是抬腿之劳，做了应该做的事，这个人这般的破费，反而让他有些惶惑了。

中年男子自我介绍后，沈山林知道了这人叫洪刚，是矿业公司下边煤矿劳服公司副经理，到这里来是讨账。

洪刚说每次我来要账，他们都说很快就转账，可就是拖着，三年了，一分钱都没到账。这回，我怕他们又给我拖着，就坚决不同意。为这两笔账，我都来过三次了，所以，我就要了支票。两张支票，好几百万呢，就在那只箱子里。要不是兄弟你见义勇为，我今天就倒了大霉，百口难辩了。

洪刚说："兄弟，看你的样子是当过兵的。"

沈山林就简单地说了说自己的事。

洪刚问了问沈山林的收入之后，说别干了，到矿上去吧，比在这挣得多得多，还有五险一金的福利。又说，先是合同协议工，矿上一般是三年一签，愿意干的话还可以续签。最重要也是最关键的是干得好的话，有转成正式工的机会。就像在政府里工作的那些不在编制里的人员一样，干个几年，就会有内部考试进编制的机会。矿上不考试，只要表现好就行。

山林说能成？

洪刚说有我呢，小事一桩。

一个月后，沈山林来到了矿业公司，在煤矿当了一名合同工。

四

"12·15"瓦斯爆炸的前半个月，沈山林请假回了一趟老家。沈山林回家是因为老岳父过世了。那时候，沈山林的转正材料矿上已经报到集团公司的人力资源部，只要走过程序之后，沈山林就可成为正式职工了。

处理完岳父的丧事后，尽管还有几天假期，沈山林却急着要回矿。赵小娥不让他走。说一去就是半年一年的，把我这块肥田荒了又荒，这回说什么也要在家多住一阵子，好好地把田犁犁。

山林听了这话，就笑了。然后，就把自己要转正的事告诉了小娥，说，就三五个指标，矿上把我报上去了，那是看得起我，我更要好好干才是。再说，在上面没有正式批下来之前，我还悬着心。争得厉害呢。我真怕有个变数。部队的那次，不就是这样的嘛！

小娥说真要是有个变数，你回去了又能咋的？是你的跑不了，不是你的，争破了头也没用。

没辙，山林又在家待了两日。第三日，说什么也要走。赵小娥很生气，说你就不怕我这块田让别人来犁了？山林说我这块田荒板了也只是我来犁。

小娥被他的话说笑了，想想后说："要不我跟你去矿上住吧？"

山林说："住不下，那半间屋，哪有咱家这新屋住着舒坦？再说，你去了又没生活可做，一家四口人，光吃我一个人，日子紧巴呐。你在家养兔养羊还有猪和鸡，一笔不小的收入呐。这往后，孩子大了，培养他们，可是要花大钱的。再多也不够呐！"

赵小娥是被矿上派去的车接到矿上来的。和其他受难者家属一样，赵小娥被安排住进了矿上的招待所。

我见到赵小娥时，她很礼貌地给我让座，还给我倒茶，表现得非常的理智。

她看了我一眼："你是……"

我说："我是报社记者，和你家山林是文友。"我详细地向她讲了和沈山林相识的经过，特别肯定了山林的才华，和他的敬业。

我看见房间里的床头柜上放着一碗面条，已经没有了热气。

我说："你该吃点东西的。"

她沉默不语。

陪她来的亲属对我说，两天了，她一口东西也没吃，怎么劝也不吃。

我想了想，然后对赵小娥说："你的丈夫是位好工人，矿领导和同事们都是这么说的。连续多年是公司先进生产工作者，这很不容易的。"

我又说："我从前也是矿工，和你家山林一样的，天天下井挖煤。也曾死里逃生过一次。那次是突然的冒顶，这样的事在井下是防不胜防的。我被压进去了……"

赵小娥显然已经被带进了我描述的氛围里。而我想要的，就是这样的结果。

我知道，只要她能和我说话，她的心情就会舒缓些。

抓住机会，我说："你该吃东西，不吃东西身体要垮的，这显然也不是山林愿意看到的。对吗？"

赵小娥说："我难受，我真的很难受呵！"泪水盈满了她的眼眶。

"我想他，我要他，我想他呀！我……我要我的山林……"她呜咽了起来……

到了吃夜饭的时间，赵小娥被我劝着、被她的亲属拉着，来到了餐厅里。

我以为在我和她的交谈中，她能够把悲痛有所纾解，可她人坐在那儿，就是不动筷。她只是低着头坐着，一动不动，双眼也不往餐桌上看。

矿上给工亡矿工家属们安排的伙食很丰盛，满桌的鸡、鸭、鱼、肉、蛋。想来，这满桌之物，赵小娥平时是想都不敢想的。

我低声地劝赵小娥："山林已经走了，你的日子还得往前过。为着孩子，你也得吃饭。要是你再垮了，孩子咋办？"

她终是默不作声地拿起了筷子。

面对赵小娥，想到和山林交往的一些情景，我五味杂陈，叹息无声。

百合

人生就是这样，人和人的相交，很多时候在无意间往往会改变人生的
轨迹，甚至是命运。

要是山林那天没有仗义出手，就不会认识洪刚；洪刚要是不热心相
助，山林就不会来到煤矿；要是不来煤矿，也许他还会在某个建筑工地上
使大力，到了年底可能还会为拿不到老板或是包工头拖欠他的工薪而犯愁
而恼火而无可奈何；也许他会去做别的生计，在曲曲折折中打拼，可能会
杀出一条血路来，也可能失败，他们夫妻心之所向的新屋，只能继续留在
他们的梦中。而现在，新屋是造好了，山林却再也住不进去了，永远住不
进去了！

事故善后工作人员要赵小娥在善后协议书上签字，赵小娥拒绝得很坚
决。因为当时，沈山林的尸体还没有从井下扒出来。

七天后，遇难的工友被全部扒了出来，然而，那些面目全非的尸体根
本让人无法认清谁是谁了。

最 大 的 事

一

啥是最大的事？

老夏说："讨女人，播种，留根。"

老夏，牛高马大，体魁力不薄，也能食。有回在井下打赌，赌头是两
盒硬壳的阳光"利群"香烟，说好上了井就兑现。老夏一连吃下了六只四
两重的大肉包子，还说能再来三只。工友们都傻了眼，生怕撑坏了老夏的
肚皮，就一个劲地服了老夏。老夏自然是得意，他娘的，大肉包吃了个过
瘾，还能得两盒他压根不舍得买的三十五块一盒的阳光"利群"，真他娘
的划得来。于是，心中快活，活儿干得更是利爽。如此一回，矿上人也就
知晓了老夏能食，顺便就给了老夏一个"大肚皮"外号。自然，这个外号
只能是背着老夏叫叫的。曾有人当面开玩笑般地叫了这个外号，没等他反
应过来，老夏那孔武有力的一拳已经出去。

这天，老夏在邻居老汪家喝酒，老汪问老夏还想有个女人一块过日子不？

老夏说："你有门路？"

老夏之所以这样说是因为像老夏这样的农民合同工根本就别想在矿上找到老婆。矿上当然有好些个待嫁的女子，可这些女子打死也不会嫁一个挖煤的，况且还是个合同工。她们的父辈大都是在煤矿的井下干过，她们太知道什么是煤矿的井下了。即使她们当中有人因了爱情什么的愿意嫁个下井的，其父母也不会赞同，除非是被女儿逼得没办法了，或者是生米已经煮成了熟饭。就如城里的好些个女子，宁愿当个所谓的"剩女"或是"单身一族"，也不会去嫁给没房没车的男子。当然，极个别的例外还是有的，这样的例外只能让人赞叹让人羡慕，可千万别去想，尤其是像老夏这种从本省西部的大山里来到矿上做工的人。

老汪和老夏说起来可以是老乡。

老汪也来自本省西部山区。所谓西部山区，在本省就是对贫困区的统称。虽说和老夏不同县，两村之间相距却不远，只隔了一座岭，叫梧桐岭。老汪要比老夏早十多年来矿，早已转成了正式工，曾经混到了采煤队长的位置，不过，老婆还是从老家讨来的。

老汪就把他远房表妹的事说了说。

老夏想了想之后，很认真地说："二婚不二婚不是紧要的，能定心过日子能让老子播种留根才紧要，才是最大的事。老子都三十三了，再不播种就来不及了。"

老汪就笑了起来，说："三十三，你急个卵，男人到五十也不打紧，打紧的是你那颗卵中不中。"

老夏说："老子要是不中，就没人能中得了。"

没多久，老汪走了一趟老家，把他的远房表妹带来了。

老汪的远房表妹叫桂花，小老夏五岁，个大，胸大，屁股大，一看就是个能孕能生的女人。虽然相貌一般，却也说不上丑。要是生得漂亮，老夏反而不踏实了。

二十七岁那年，工友孙大嘴给老夏介绍了一个女子，宁州南塘乡人，和孙大嘴同村。

是个美女，可惜腿有点长短，走起路来朝左边倾。孙大嘴知老夏心中不爽，就说要不是她腿上的这点毛病，这样的好事、这样的女人怎么能轮得到你这么个下窑货。她腿上的这点毛病，又不影响你播种留根，不妨你最大的事。你不想要的话，我就介绍给别人。你也晓得，光是我们这个队，就有一个班的光卵子。

这话一下子把老夏给激醒了。

许是因了女儿先天不足，女方只是象征性地要了老夏八万八的彩礼。这八万八是老夏多年的积蓄。末了，这八万八还是打了水漂。

二

第一次和桂花肉搏，桂花被老夏整得一个劲地嗷嗷叫，弄得老夏以为自己是在杀猪。老夏说你就不能不叫不嚷？女人还是要叫要嚷，同时用身体配合着，一个劲地给老夏鼓劲。

这个男人真的是太虎了，这着实让她欣喜。这样的"虎"是桂花第一眼见到老夏时就希望和向往的。她的前夫，那个短命鬼，没有一次让她"吃饱"过，更别提过老瘾了。

因为心中有怨有恨，她才把前夫叫成"短命鬼"。其实，对于前夫的死，她还是挺难过的。虽说是媒婆介绍父母所定，可他们终究是做过大半年的夫妻，她还怀过他的孩子。

要不是那天他用小三轮拉了一车西瓜去县城卖，在路上被大货车给撞死了；要不是他的两个兄弟和他的爹娘以她娘家曾要去了十八万彩礼为由，把车祸的赔偿金给吞了，一分也没给她。她也不会在愤怒和哀伤中到县医院把在她肚子里长了三个月的孩子给拿掉。现实让她清醒，丈夫已死，认钱比认人还紧要的这一家子，对于她，根本没有了一点的在意之心。已有三个孙子两个孙女的公婆也已经用行为告诉了她，他们不愿再和她有什么牵扯了。

也是奇怪，都过去半年了，桂花的肚皮竟然一丝也没有鼓起来。井下做活时，工友们就笑话老夏那杆"枪"是锈"枪"，打不响。老夏说："你们才锈呢，老子是炮，炮弹足足，不信，让你们的娘儿们来试试，老子非把她们给炸瘫了。"

老夏嘴上硬，心里却是虚。回到家，就半真半假开玩笑般地说："老婆，这么些日子了，你的肚皮咋就没一点动静呢，不会是个石女吧?!"

桂花白了一眼老夏，说："是不是石女，我哥没对你说过? 我还怀疑你是死卵呢! 要不我俩去医院查查。"

老夏说："查个卵。要去你去，老子行不行、猛不猛，你又不是不知道。"

桂花笑道："还真就是查个卵呐。"

老夏一把抱起女人，说："老子现在就让你查个够。"

其实，桂花也在犯疑。

照理，这么虎的男人不该是播不上种的。要么是跳过了播种佳期，要么他有问题。

依他的性子和自信满满，每次在她身上的雄壮和威猛，他是绝对不会去医院做检查的。这事还不能多说，说多了就会伤人。

他到底行不行，还说不准，做着往下看吧。

可万一真的是他的问题呢?

天无绝人之路，总是有办法的。

三

这天黄昏，地上染一层橙红。

老夏坐在门口，脸上泛着一层浅浅的绯红。这之前，他干掉了半斤老白干。老夏刚到矿上当窑工那会儿，见伙计们个个都爱喝酒，都有酒量，觉得奇怪。日子一久，自己也喝上了。没辙呢，井下暗无天日，潮湿得让人身上要长毛，喝酒多少能防点寒挡点湿。喝着喝着，就有了酒量。好在他能控着，绝不超过半斤。

桂花招呼老夏，让他进屋。

百合

桂花说我有了。

桂花把这话一说出来，顿然觉得整个身子轻了，之前裹着她全身的那种紧绷感一下子就不知跑哪儿去了。

"当真?!"老夏问。

"当真!"桂花微笑着，语气坚定。

"我有根了，有根了!"老夏一把抱住女人，在她的额上用力亲了几口，说："不行，受不了了，得喝几口去。"

老夏的兴奋、轻狂，让桂花觉得心被重重地揪了一记。

时间和事实已经明白地告诉她，她的丈夫，这个很"虎"的男人真的是有毛病。是什么毛病并不重要，重要的是你说他真的是有毛病他无论如何都不会相信。

夫妻生活一年多，她愈来愈知晓他的品性和脾气，也愈来愈知晓自己恋上了这个男人，说恋也许有点虚，说依赖应当是贴切的。是的，依赖，这是一个她这辈子都能依赖的男人。虽然是个粗人，苦力，活得也简单，却是真真实实要和她过日子的。她这样的女人，还有什么本钱去想东望西？能让这样一个实心的男人，用他辛苦挣来的钱养着她，是她不知从哪辈子修来的福分，做梦都没想到过的事。

她也明白，他们合在一起，跟那些书中写的、戏里演的、好些人所想的情呀爱呀的没关系。他娶她，说好听是讨老婆。讨老婆为啥？不就是要个能理家洗衣做饭，能和他睡觉，能为他留根续脉的女人。

那么她呢？无非是嫁汉嫁汉，穿衣吃饭。这句老话把她为啥愿意和他在一起的根因、目的已说得明明了了。问题是人家凭啥要给你衣穿给你饭吃？除了明面上的那些个讲法，最根本的也是不能捅穿的就是你能给人家睡，或者说人家要睡你才肯娶你养你。

一个女人能给一个男人睡，才是合着过日子的本因。因了睡，这件事，这个过程，才会有儿有女。有儿有女了，这对男女的一辈子不出意外的话，就捆结实了，就牢靠了。如果没有儿也无女，即使想牢靠也牢靠不到哪儿去。她压根就没有听说过一个女人光是和男人睡觉就能把他套牢一生的。女人裤裆里那点东西再好，于男人来讲也是性兴性落的事，裤子一提，说走就走，说忘就忘。只有儿女，才是他们会去付出，愿意劳心熬肝的根本。

她一直瘪着的肚皮，已经让老夏有了烦躁，这是她能明显感觉到的。痛苦又无奈的是，她不能把那个她已猜定，而他却是绝对不能接受也不会去接受的谜底给揭了。一旦揭开了这个谜底，之后会发生什么，她实在不敢去想。

绝对不能让老夏知道他真的会断根！

何况也是为了自己！

她不能失去现在这样安稳的日子，失去虽然播不了种却能让自己次次欲仙欲死的这个"虎"男人。

其实，一个女人要想让自己的肚皮鼓起来，不是什么难事，或者说是件很容易做到的事。关键在于想不想做，愿不愿做，值不值得去做，以及风险的承担，利弊的权衡。

想好了，那就豁出去了！

桂花临产的前三天，老夏把她送到了矿区总医院。

正是暮春，在江南，雨是很寻常的，无声无息，像花针，似牛毛，在柔风中润来润去。

这天上午九点多钟，桂花进了产房之后，老夏就在产房外的走廊上一步一步地数着来回踱步。

女人正在地狱与天堂之间抗着呐。他想让自己镇定，可就是镇定不了。一种从未有过的心情竟是让他有了莫名的忐忑和不安。

终于，产房的门开了，女护士抱着婴儿出来了。女护士说六斤九两，带把的。

老夏就嘿嘿嘿地傻笑着跟在那个女护士的身后进了病房。

待女护士把小儿侍弄停当出门后，老夏蹲下来，细细地看着躺在床上还闭着眼的儿子。眼睛，鼻子，嘴巴，红润又凝脂般的小脸。看着，看着，就生出了春阳般漾漾的东西来。

"小东西，真丑哩。"老夏自语，"像个小老头。"便伸手去触摸孩子的小脸。

百合

孩子突然哭起来，"哇"一声，宏亮得似响起的高音喇叭。老夏吓了一跳，坐在了地上。

"兔崽子，脾气比你爹还大。"

四

儿子蹲在地上，耍着火箭车，小狗一般。

门口的树荫下，坐在小竹椅上的老夏边吸着香烟边看着小儿在玩耍。都七岁了，再过一个多月就该上小学了。真快！

于是，那熟悉的感觉又走来了。

只要是上夜班，午饭后，吸好两支烟，再喝几口茶，他便上床睡觉。这一觉，他会睡得很沉，通常要睡到晚上八九点才起来吃夜饭。这顿饭，他是一边看书一边喝着小酒，自在得跟大仙似的。书是他爱看的武打小说。老夏是武打小说迷，金庸、梁羽生、古龙的小说他买了不少。酒是他喜欢的老白干，慢悠悠地喝，消磨到上夜班的时间。

原本午饭后就会跑来卷住身子的疲乏，今天竟然没有来。想想也不奇怪。月底了，任务上个星期三就已完成。这几日，早班和中班都在做维修的活，轻松着。至于夜班，基本上是不用做活，即使做，也是意思一下。昨夜的那个班，修了一架棚，就歇了，大伙在横洞里睡到了下班。

在码头门等人车的时候，大家扯着闲话，扯来扯去就扯到了老夏的女人，说的都是荤得不能再荤的话。老夏由着他们去说，爱咋说都行。

在煤矿，下井挖煤的窑工在井下拿男女那点事海天阔地地说荤话来消遣，过干瘾，是正常得不能再正常的事。老夏当窑工之初，小青年一个，对窑工们这样的话语很反感。渐而地，就习惯了，也理解了。下窑的都是粗人，活苦身累还天天担着险，要是不寻寻开心，日子恐怕就失了味道。况且是在这几百米的地下，说不定什么时候因为防不胜防的某个原因就会死人的地方。

说笑间，直到人车来了，吸完了烟，老夏很熟练地把烟头弹了出去。就在他看着烟头划了一个漂亮的弧，掉落在不远处的地上的时候，邻居老汪的女人抱着一只叠了几只小搪瓷盆的大搪瓷盆走了过来，她的身后跟着一对六岁的双胞胎小女。她们几乎每天都会在这个时候从老夏的家门前经过。老夏是眼见着这个曾经算得上是美人的女人，在生了四个女儿和日复一日的小吃生意中，凋敝了，枯萎了，成了一个地地道道不修边幅的黄脸婆。

好些年了，除了上夜班，每天大清早，老夏都会被从老汪家传来的嘈杂声吵醒。尤其是上中班，从井下上来，洗好澡，回到家都近一点了，再弄点吃的搞点小酒，基本上也就两点了。正睡得香，邻家却是叮叮当当、叽里呱啦起来了。要说老夏不恼火，那是不可能的。起初是因了老汪曾是他的队长，他得顾着面子；现在老汪又把他远房的表妹弄来给他当了老婆，怎么说也算是亲戚了，就更是拉不下面子了。

不一会儿，老汪挑着两只煤饼炉走到他面前。

老夏说："收了？"

老汪收住脚步说："收了。"

老夏从小竹椅上起来，递一支烟给老汪，说："等饭弄成还早，你妹子弄的红烧肉还有一大碗，我陪你先搞上二两？"

老汪笑笑，说："明知老子现在是搞不成的还来撩，晚上，你弄瓶好的。你是愈来愈仙了。"

老夏就"呵呵"地笑了几声。

看着在家门口放下担子后走进家门去的老汪，老夏在心里说：说老子愈来愈仙了，心里难过了吧？如今这样的日子还不是你老小子自己给作的，活该。

采煤队的队长当得好好的，硬是想得个儿子，却一连生了四个丫头，还罚了两笔大款，由队长撸成了跟班瓦斯员，日子想不惨都不行了。当队长那会儿，收入要比老子高出一倍多，喝一百多一瓶的好酒，抽二三十一包的好烟，小日子过得，真是让老子眼馋。也是奇了，这家伙，三班倒，既要做家务，还得给老婆帮忙，每天忙得像找屎吃的狗，精气神却是没怎么憔。恐怕是这家伙下井后有一半的时间在老洞里睡觉之故。

跟班瓦斯员，所干的活就是监测瓦斯，活儿轻松，责任却是大如天。

不过，只要通风好，采煤面瓦斯不高，也就没啥事了。这家伙是个干惯了活的人，让他闲着，也是闲不住的，再说时间难熬，难熬了，就和伙计们一块干活。井下潮湿，出出汗，对身子骨也是有好处。这样的劳逸结合，精气神想憔也憔不了呢。

再说，这家伙心境还蛮宽。心境一宽爽肯定就不太会憔，就哀得慢。要是换成老子我，说不定会成个什么样。头个女人离婚走了之后，把老子整得一下子掉了十来斤肉。

想有个儿，老天爷偏不给他。命中注定无儿，可他硬是要和命抗，抗来抗去就把自己抗瘟了。人呀，生下来就有定数，抗不过命的。就像老子，根本没想过会做窑工，可命数里就是要老子来做窑工。想想也是，像老子这样的人，读个小学都是爹娘硬逼着才马马虎虎给读完，不做下井的煤耗子，又能去做下啥？都说龙生龙，凤生凤，是什么种就出什么种，娘的，儿子不会也像老子一样吧？

想到了"种"这个问题，工友们的玩笑话这时候就跳了出来，再一次地刺到了老夏那根敏感的神经。也是，这孩子还真的是既不怎么像爹也不怎么像娘呢，不会是混合了吧？这样的事也不是没有，父母长得不咋的，儿女却是俊俏。

于是，又点上一支烟，眯着眼，定神看着在开心玩着火箭车的小儿，看着看着，那个一直强压着的猜测在此刻就刹不住车似的冲了出来，脑子里闪出了一个人来。尽管只是如电闪那样的一霎，可就是这一霎，也着实让老夏惊得炸出了一头的冷汗。

老夏起身，奔进屋去。

那时候，桂花着一件白色的女式汗衫，正在屋后的小院里坐在脚盆前躬身搓衣，丰实的两个白奶子在胸前一晃一晃的，仿佛就要跳将出来。

家中有洗衣机，可桂花只是在冬季里才用用。老夏曾就这事说过她。她却说电费难道不是你下井掏来的？

这么些年，一个月五六千的工资把她养得肉丰脂润像变了个人，要不是这两年好像鬼迷了心窍，自己对她十之八九会愈来愈贪，肯定不会像现在这样半温不火，由着女人来拿翻他。

老夏蹲下身，说："老婆，你猜我想到啥了？"

桂花边搓衣边说："想到啥了？"

"我说了你可别生气。"

"你没说你怎知我会生气？"

"你肯定会生气。"

"那就别说。"

"可我又想说，不说就会憋死。"

"说吧。"

"不生气？"

"说吧。"

"我怎么看着儿子不像我也不像你呢？"老夏给自己鼓足了劲，一口气说了出来。

"你吃屎啦？你晓得你在说什么吗？"桂花的心提了起来，停止了洗衣，目光带愠地盯着老夏。

"你看，生气了吧。我就这么一说。"

"你是他爹，当爹的怀疑自己下的种，猪头呀?!"桂花一把揪住老夏的耳朵，"你肯定是听了哪个烂舌头的话了。告诉我，是谁在搅事，我扇不死他才怪呢！"

老夏歪着头求饶，然后就把工友们开玩笑的话告诉了女人。

"你给我记牢了，谁再乱说你就跟他翻脸。这已经不是玩笑，是损人。很坏，很恶！"桂花阴着脸说，"你听好了，你要是再吃饱了撑的，阴着疑，我就带着儿走！"

五

女人咋有这般的反应？

老夏觉得已经给自己心中本就有的一个猜疑找到了答案。

猜疑是啥时候溜进他心里的，他说不准，反正，当他觉到了有这样一个猜疑时，很是吓了一跳，就问自己是不是神经搭错了，没事找事，无事生非，自己跟自己在作死。退一万步讲，即使那孩子真的不是他的种，他又能如何呢？除非他不想和女人过下去了，来个妻离子散。果真这样的话，他在矿上怕是别想抬头了。头个女人跑了之后，人财两空，他被人笑话了许久，几乎丢光了脸面。如果这一个女人要是再守不住，那他可就真的是臭到天边了。

这肯定是不行的！

都说人生在世，无后为大。没有女人又哪来的后？无后，这辈子活着还有啥味道，屁都不是了！可他娘的，现在后是有了，却大有可能不是他的种，这事放在谁的身上都会卡脖子，哽喉咙。

头个女人之所以和他铁心离了婚，跑走了，根因还是这个"无后为大"。结婚半年后，那女人的肚皮没一点反应，他就急了起来。一年后仍是水波不兴，他就开始怀疑女人是个石女。他恼愠、焦虑，花了八万八弄来的女人竟然不会生儿，亏大了，丢人丢到非洲去了。再加上工友们动不动就和他开玩笑，甚至说你要是不行大伙来帮你。他知道是玩笑，可这样的玩笑开多了，他又怎能受得了。他不想怪罪女人都不行了。

女人当然听不得他骂骂咧咧的责怪之言，更是听不得他动不动就说"老子花了八万八"这样的话，于是，想忍着也忍不下去了，想不争吵都不行了。争着吵着，就动了手。

老夏第一次动手打了女人之后，就有了第二次、第三次。都是年轻气盛，女人也不是吃素的，终是还手了。打来吵去的就有了仇。有了仇，女人就心碎了，就咬下牙来死活都要离婚了。女人临走时还撂下一句直把老夏的心都要刺穿的话，女人说："你这样死猪一头死卵一根的人这辈子就该断子绝孙！"

其实，桂花大半年肚皮都没动静时，老夏不仅怀疑她，也动摇过对自己的自信，他想到了头个女人的那句恶毒的话。他想去医院弄个究竟，可终归是没个胆量。万一是他的问题呢？要是传出去，就成了笑话，这样的笑话还不把他的腰给压弯了。好在桂花的肚子终是有了货，谢天谢地！

现在，还谢个屁！

老夏觉到了自己的心实实地被一道门闩给横了。

都说疑心生暗鬼。何况这已不是老夏要疑心，是已存在的一个现实。老夏判定了这孩子不是他的种，绝对不是！

那次问过桂花之后，老夏再也没有提及。只是窝心，窝心得想自杀，也想杀人。他的话少了，酒多了。桂花要是不主动骑他，他根本没了心思，也少了雄风。

还能咋的？

他虽是个粗人，却不傻。

他知道桂花是吃准了他。的确，就算不提和她的夫妻情分，单是从那孩子上说，他当那孩子的爹也这么些年了，把过尿、擦过屎，喂过饭、哄过睡，感情在那儿放着呐！

六

这显然是一个平淡无奇的黄昏，那个人在山岗上没头没脑一个劲地转悠了至少有一个时辰，最后让夕阳投给他一个长长的影子在地上。地上有老高的茅草。手中提着的那把尖刀在夕阳中泛出一闪一闪的耀眼的红光。

这样的情景或者说是景象应当是一种背景，在这个情景或者说是景象里应该还有一个女人。

那个人是带着酒气和豪气走进背景里的。走进去的时候正看见女人一丝不挂地横陈在床上。他升起了一种莫名的紧张，他想到了交欢的情态。

夕阳已是落下，隐进了那个远远的山头。西天，原先那几抹绚丽的晚霞也在一点一点地褪去它们的光华，茅草们被风吹得在沙沙声中摇头摆尾。原有的精彩已被灰蒙所取代，天地开始走向混沌。

一时很难判定这是梦中的真实还是真实的梦中。一种将要瘫痪的感觉不可阻挡地袭来了，然后，它们像绳子一样，一圈一圈地缚紧了他的身子。

那个坚定不移的念头此时竟然一下子成了一摊烂泥。他惶惑了，他对自己的那个计划生出了像墨汁一样的疑虑，他想是不是应该放弃那个蓄谋已久的行动？

女人的呼唤像柔风一样吹过来。女人显一种万般的娇柔伸出她藕节似的圆滑的手臂，做了一个暗示。女人的口里发出梦一般的呢喃，一只丰满的乳房压在身下，另一只挑逗性地向上挺起。

在这充满沉重感觉的黄昏，黑夜降临的时候，那个人立在女人之前，只有几步，一动不动地站在那儿。他发现自己的思维正在石化，又突然被粉碎。那些四分五裂、四处飞扬的碎石在体内到处迸射及撞击，一种类似疼痛的麻痒，闪电般地击在了两腿之间。他像梦游似的飘了过去。那把他自己在砂轮上打制出来后又磨得锃亮的尖刀"当"的一声，落在床前的水泥地上，迸出来的几点星花，像萤火虫样地闪了闪。

在他将牛一样的粗喘变为低吼并且让自己进入女人的身体的时候，他突然将身体僵了一下，惊恐地盯住了女人。女人带着微笑视着瞪大眼的他，女人的一只手臂像蛇样地环住他的脖颈，另一只手悄然地从床上伸出来，伸向地上，摸到了那把尖刀。女人的手抓起那把发出寒光的尖刀，然后朝他的背上用力扎了进去，很自在地用力搅动了两下之后，抽了出来。于是，一柱鲜血如喷泉一样，喷射了出来。

老夏大叫一声，一记头从床上坐了起来。

像这样的怪梦，隔三岔五就会冒出来，回回惊得他炸出一身冷汗，心慌卵子跳。

这样的梦肯定是在告诉着他什么，肯定的。而为此佐证的是，他觉得自己快要绷不住了。他愈来愈无法面对那个在桂花那儿留下种，桂花死活都不会告诉他的人；那个给他戴了顶大绿帽，背着他在他老婆桂花身上爬上爬下不知道爬过多少次却还天天在他面前若无其事的人；那个他有心想狠揍，甚至还会冷不丁地冒出了杀心的人。他要是再这样绷着，他认定自己迟早会绷断的，而到那时，一切都来不及了。

走，离开这里。这是他翻来覆去，想了又想，唯一觉得可行的一条路。他觉得，刚才的这个梦，是再一次给他敲响了警钟。

即使是为了那小儿，也得走。是的，不为小儿，还能为个啥?! 一条小狗养个七八年，那也是情深了呢！

再熬些日子吧，等这轮合同满了，管他转正不转正的，无论如何都得走！天下之大，反正都是做苦力，只要肯做，还怕没个活路?!

<h1 style="text-align:center">七</h1>

老夏走了。

老夏要是不走，过了年准定就转正了。转正是有名额的，对转正的对象也是有考核标准的。老夏完全能达标，可老夏却是走了，队长和支书怎么说都无用。队长说这家伙准定是让狗屎糊了心。工友们对老夏的离去也是猜说了好久，猜来说去，到头来还是一头的雾水。

只有老汪心知肚明。

<h1 style="text-align:center">茉 莉 花 开</h1>

<h2 style="text-align:center">一</h2>

接到电话的时候，老孙正在烧夜饭。

说是夜饭，其实也简单，仅是一碗几根小青菜加一只荷包蛋的面条而已——国家要求企业中的公、检、法、文、教、卫等社会职能部门全部剥离到地方。于是，老孙和他所任教的矿业公司第三中学一起，就剥给了宁州市教育局。接着就是宁州市教育局对第三中学的领导班子和师资等方面的重新调整。得益于老友宁州市教育局教研室主任老 A 的帮助和高级教师的职称，老孙调进了宁州实验中学，了却了他多年想进城在重点中学任教的心愿。

来宁州已经三年多，总体来讲，干得还算舒心。唯一让老孙不太舒心的就是一日三餐，食堂、快餐和面条吃得他几乎要腻了。这样的日子还得熬上三年，三年后老婆退休，上个月买的期房也能交付了。

电话是一个女人打来的，而且声音很陌生。

他问她："你是谁?"

电话那头的她说："你是孙老师吗?"

他说："我是孙老师，但我不知道你要找的孙老师是不是我。"

电话里的她说："我听出你的声音了。老师，我是茉莉呀，你还记得吗？"

他说："茉莉，茉莉，茉莉……"边说边在脑子里过滤着曾经教过的学生："是那个小茉莉对吗？"

她说："就是那个小茉莉呀，你常说的那个小不点。"她显得很激动，声音有些颤。

他已经想起来了，说："你在哪里？"

她说："我就在宁州，老师，我想见见你。"

这个肖茉莉，自打初中毕业之后，他就没见过她，也没了她的音信。

应她之约，老孙打的赶到了一家名为"香菜馆"的小饭店的门前。一下车，就见一个娇小的少妇迎了上来，很动听地叫了声"孙老师"。

他已经找不到记忆中的那个肖茉莉了，唯一能对上号的是她那双黑又亮的凤眼。

他和她一同走进饭店。

他们要了一个小单间。

相对而席后，肖茉莉说她来宁州是为了给儿子办转学的事。她说："反正高考是要回户口所属地考的，不如趁早让他转学。儿子的户口在矿上，原本是想把读初二的儿子转回母校的。那天去母校，碰到了当年教我们数学的李老师。李老师说矿上的户口归属宁州，既然要转还不如转到宁州的学校，就把在宁州五中当校长的沈国庆的电话给了我。说你们是老同学他又是你们的老班长，不会不帮的。老师，听沈国庆说他和老师隔三岔五会小聚聚？"

老孙就笑笑，说："那是他有心调调我的胃。他没和你一起来，肯定是又有应酬了对不？"

肖茉莉说还真是的。他说这都是没办法的事。

老孙说："国庆这孩子师大毕业考到宁州，从一个小老师起步，到现在的位置，相当不容易了。对了，李老师没告诉你我在宁州吗？"

肖茉莉说："告诉我了，只是我那儿子的成绩离你们学校的要求还差一点，我可不想让老师犯难。下学期能转进五中，我就高兴了。"

说完，她让老孙点菜。

老孙说："我会吃却不会点，还是你来吧，简单点。"

她点菜的时候，老孙端审着她。他的眼前现出了那个扎着两条羊角辫的小女孩。这一晃，二十多年了。她应该是1996年初中毕业的。同学们都叫她"小（肖）茉莉"，而他呢，因是她个头小，私下里，动不动就叫她"小不点"——自然是因了比较喜欢她才这么叫的。三年初中，她都是学习委员，是个好学生。

他们边吃边聊。

"这许多年怎么就没有你的一点消息呢？"

"老师关心着我？"

老孙说："说关心，言重了，只是经常能碰到当年的一些学生，竟无一人说及你，仿佛你从这个世上消失了一样。"

她说："这不怪他们，是我不好。"

说他们那个班当年考上高中到宁州读书的有十五个人，据她所知好像都考上了大学，而她，也不知是在哪个地方出了错，差三分没上线。那时，她母亲又病逝了，哥哥在上大学，妹妹还在读初中。如此，她也就打消了复读再考的念头，去了省城的一家麻纺厂工作，后来，就结婚了，再后来就有了儿子。如果，麻纺厂不倒闭，她的日子也就这么过下去了。然而，麻纺厂关门了，夫妻俩全失了业。

起先，夫妻俩在街边摆了一个水果摊，不到半年，令她做梦也没想到的是，她的丈夫竟是提出了和她离婚。

老孙有些诧异，说："他提出离婚？一个下岗失业的男人竟然提出离婚？"

她平淡地说："奇怪吧，这事还真让我碰上了。起初我和他吵，甚至也求过他。见他决心已定，我也就平静了下来。夫妻本是同林鸟，大难临头各自飞。算了吧，我想离开他不见得活不下去。留住了他的人，并不见得能留住他的心。"

"就离了？"

她说："离了。他连孩子都没同我争，什么都不要。"

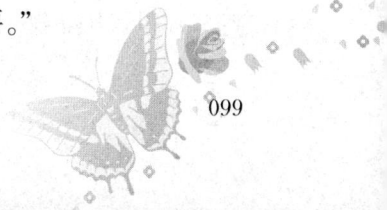

二

老孙看着面前的这位他从前的学生，无法想象她在丈夫抛弃她之后，作为一名失业女工带着孩子该怎样度日。显然，她已经挺过来了，可又是怎样地挺过来的呢？

现在，她像从天上掉下来似的出现在他面前，而且从她的打扮和精神状态上看，一点也见不到落魄和失意的影子。这个叫肖茉莉的女人——他从前的学生，在他面前所显露出来的是雅静和从容，但她眼角那几条明显的鱼尾纹却又告诉了他，这些年，她一定过得不容易并且有过一段不一般的生活经历。

"老师，你想知道我为什么这么多年和同学们没有联系吗？"她说，"离婚后，我带着儿子去了东莞。"

"难道省城找不到工作，不能谋生？"

"那倒不是，我是为了躲避他。"

她告诉他说，离婚后，她的前夫经常回来找她，找她的主要目的是要钱。一个摆水果摊的女人，又带着儿子，能有多少钱？有一次，她前夫把她当天的营业款也抢了去。

她和他相打了起来。

她说："好在我藏在箱底的那一千四百块钱他不知道。"

"他为啥和你离婚你真不知道？"

她说："他不说，我也就不问了。问明白了又有什么意义呢？况且他在死逼我离婚的时候，也不会有句实话给我的。现在，我并不觉得离婚有多可惜，反倒认为是件好事。心不合，道不同，今天不离，明天也是要离的。离婚使我一下子长大了，成熟了。"

那次相打之后，她思来想去觉得不能再在此处待下去了。她想搬家。可一时又找不到合适的租住房。这天，房东的女儿张菁从东莞回来，到她这里小坐。聊着聊着，就说她摆水果摊何时才有出头之日，说还是去东莞吧，那里工作好找，也省得你那个死男人三天两头来找你麻烦。说凭你的长相，八成还能找上一个不大不小的死了老婆的小老板呢。尽管是闲聊之语，可她听后还真的在心里盘算开了。末了，就跟着张菁去了东莞。

起先，在张菁的帮忙下，她进了一家化工厂工作。才干了一个月，她觉得这样不行——一天要十多个小时，而且那些化工材料都是有毒的。

她说："也许是我过于娇惯了吧，别人都受得了那些呛人的气味，我却是受不了，一天挺下来，头昏眼花，到后来还恶心着要吐。没办法，只好放弃了这份工作。再说中午不能回家，六岁的儿子锁在屋子里，我心疼呀！"

为了省钱，她租的是一间地下室，里面阴暗潮湿，即便是白天也要开灯。到了雨天，外面的水会往屋里渗。有一天，赶上刮台风下大雨，她下班回到家，水差不多要淹到床上了。儿子的衣服透湿着，缩在床的一角，在瑟瑟发抖。她抱住儿子，"哇哇"大哭了一场。

她向张菁借了四千块钱，凑足了数，把儿子送进了一家私人办的托儿所。这所托儿所虽说收费比较凶，却有一个好处，那就是你下班接孩子再晚，都有人把孩子看着。

离开了化工厂后，一连多天都没找到活。后来总算找到了一份工作，是在一家酒店做服务员，月薪一千五，管两顿饭。

酒店的老板是本地人，很精明，他对员工的要求特别苛刻，不但要手脚麻利，而且还不能出一点差错，否则，就罚款。

因是生手，肖茉莉在头个星期里做事比别人慢了半拍，于是没少挨老板和老板娘的骂。她是整天提心吊胆，生怕被老板炒了鱿鱼。

越是怕见鬼还就真会见到鬼。有天晚上，饭店的吃客特多，肖茉莉一人奔忙于几张桌席之间，不停地为客人上菜，收拾碗筷，一不小心，把一盆菜打翻在地上，一位女客人的白长裙被溅上了一小片油渍。老板怒火万丈，当着客人的面把她骂得狗血淋头。肖茉莉低着头，一言不发，脸上一阵又一阵地发烧着，她想强忍住不想让泪水掉下来，可泪水不听话，不自觉中还是掉了下来。

好在那个女客人对老板的凶相看不下去了，打了圆场，老板这才停止了叫骂。

"还有什么比生存更大的事呢？为了生存，我只有忍住，即便老板后来扣了我两百块工钱，我也没吭声。"肖茉莉说。

"是呀，生存是最重要的。要想抬起头，必须得先学会低下头！"老孙沉沉地说。

肖茉莉看着她的老师，说："老师，我记得读书时，你在讲一篇课文时，就说过这样的话，是哪篇课文记不得了，好像是分析一个什么人物时说的。当时，小小的我们是领会不了这句话的。有天夜里，躺在床上，想到了学生时代，竟是想起了你的这句话，想起了在井下挖了二十多年煤得了老寒腿病的父亲。想着想着，似乎就没有了委屈和酸楚了。"

"一个人，能受得下委屈，忍得下苦，不顾影自怜。那么，你就坚强了，迟早你也会强大起来的。"老孙显得有感而发。

"可是，有时候，人的忍耐又是有极限的。那一天，我就到了极限。"

她说那天她感冒了，头昏脑涨，四肢乏力，可她还是坚持着去上工。趁午后那点闲档，她到后堂的换衣室在条凳上躺了一会儿。昏昏沉沉中，她觉到了什么重物压在了她的身上！她使劲睁开眼，竟然是老板！她在惊愕了片刻后，把积压在心头的怒火一下子喷发了出来。她朝老板使劲地甩去了两记耳光，用力推翻了老板，然后，双目怒瞪，一连串的恶骂之言像机枪一样射向了老板。

那一刻，她觉得痛快极了。

"苦、累、委屈我都能受，但这种侮辱我死也不会去受！"她说话的时候目光中露出了一种逼人的东西，然后，她又苦笑了一下，说："结果，你能想得到了。"

老孙当然能想得到——她只能离开那家酒店，走人。

三

离开了酒店之后不久，肖茉莉来到了一家个体书店打工。却不料，才干了五个月，书店便关门了。老板在付了房租后，竟是无钱再付肖茉莉的工资。

"也不知他是真的没钱还是不想把工钱付给我。"肖茉莉淡笑一下，说，"反正，他把书店里的书和杂志抵给了我。我呆了。我说我要这许多书有啥用，又不能当饭吃。老板说，卖掉就能当饭吃了。无可奈何，我还是拿下了这些书和杂志。皮卡车拉了满满三车，家里堆不下，又借用了房东的储物间。"

　　"起先，我挑了一担去废品站卖了。不到一百块钱，太便宜了！这些都是新书呢！"肖茉莉说。

　　这天，张菁来看她，见了屋里堆着的这些书，就问是怎么回事。肖茉莉把原委说给了张菁。张菁听后，说你傻呀，当废品卖。走的时候，张菁就拎走了两大捆的书和杂志。第三天，她来时，把两百块钱交给了肖茉莉。肖茉莉问她是怎么卖掉的。张菁说我把那些书和杂志拎到办公室，准备下班后上夜市去卖，没想到我那些整天想着怎么多接外贸订单想着怎么多挣钱的同事你一本他一本的，就给拿光了。可见，书还是有人要看的。下午，肖茉莉一个人把书和杂志弄到街面上摆地摊，一块两块，三五块，精美的书还能卖上十多块一本；晚上，张菁来帮她，她们把书弄到夜市上去卖。这样除了雨天没法出门外，六个月后，肖茉莉终于卖完了书和杂志，赚了两万多块钱。

　　张菁很仗义，一分钱没要。这使肖茉莉很感动。

　　这年的大年三十，肖茉莉是和张菁一块儿过的。张菁和人合伙要自立门户，过了春节就想开张，千头万绪，忙得她四脚朝天，压根没空也没心思回家去过年。

　　口袋里有了钱的肖茉莉，这个春节过得很愉快。她给自己添了衣衫，也给儿子买了新衣。当然也忘不了感谢张菁，花九百多块给张菁买了一双鞋。

　　"我要是精通外语的话，就跟着张菁干了。可我只是一个初中生，在她那儿连打杂的水平都不够。所以，春节过后，我又开始了四处寻找工作。"肖茉莉说。

　　有天上午，肖茉莉正准备去一家电子厂面试，房东老太太走过来对她说："小肖呀，晓得哪里有医脚的？你叔公这几日被脚病搞得路都没法

百合

走了。"

肖莱莉说她不知道哪里有，但她可以帮着去找找。

广东人说的医脚其实跟医院的医治根本不搭界。医脚，其实就是修脚。广东地界，天热潮湿，很多人都有这样那样的脚病。从前在民间有土医生做修脚的，后来不知咋弄的，就没了踪迹。

肖莱莉一连找了七八家洗浴中心，里面有用药泡脚、修脚指甲的，就是没有房东老太所讲的那种修脚的师傅。

肖莱莉问洗浴中心的经理能否找到一位会修脚的师傅，可他们都说从前好像有，现在没有了，说："如今学这一行的人很少，即便有，也很难找得到。"

肖莱莉的房东叔公一直有甲沟炎，这几天严重了，左脚化脓红肿，用药水泡了六七次，也不见效。叔公有些气恼地对肖莱莉说："想不到，如今连修脚的都死光了。"

打那天起，她就留了个心眼，有意对街坊邻居特别是对老年人多加注意了。她发现，有脚病的人还真不少。他们上医院，花上了大钱，打针、吃药没个十天半个月都好不了，好了，不久后又会发出来。他们说，过去修脚的师傅两根竹片一拨弄就好。

她肯定了一个事实：的确是有修脚这一行的。

她相信干修脚这一行的人一定还有，只是稀少而已。她决定去找。万一找到了的话，她就拜他为师，把这门手艺学到手。一个朴素的道理是，无人去做（或是极少有人去做）的行当，才是端得牢端得长久的饭碗。

"可要找师傅，还真是难。我四处打听也没结果。于是，我死了心，准备一心一意在电子厂干下去了。"肖莱莉说。

在这样地聊叙中，他俩已经喝完了一瓶长城干红，又开了一瓶。

老孙看着他从前的学生，微笑道："不用说，你肯定是做修脚这一行了。"

肖莱莉笑了，说："老师的思维还是那么敏捷。"

老孙说："小丫头还学会恭维了。我是习惯性思维。在你的话语中，我注意到了你用'准备'一词，这个'准备'呀，说明你并不死心。"

肖茉莉极愉快地笑了起来。然后，她说："我还真的是没死心。有一天，我偶尔从报纸上看到了一位姓齐的老师傅一心一意为病人修脚的报道。我费了一番周折，终于找到了这位姓齐的老师傅。"

老师傅已经七十多岁了，却依旧红光满面，身体硬朗。在得知肖茉莉的来意后，他说你一个年轻漂亮的姑娘，学什么不好，非要学这个？这可是下九流的行当。

肖茉莉说："我不管上九流还是下九流，我就是想学这门手艺。"

齐老师傅认真地说："又脏又累，要吃苦头的，我看你白白净净的，不是能吃得下这份苦头的人。再说，这门手艺你学会了，也没个啥前途。一辈子帮人修脚？不实在，不实在的。"

不管肖茉莉怎么表白她的诚意和决心，齐师傅就是不肯收下她做徒弟。

可肖茉莉已是主意铁定。

于是，她辞了电子厂的工作，每天都去齐师傅那里，不声不响地打水扫地、干杂活。干完了事，她就不声不响地立一边看齐师傅为人修脚。

这样过了半个月左右，齐师傅终是被她感动了，在和她认真地谈了一次话后，收了她作徒弟。

四

就在她一心学技艺的时候，她的儿子在那天傍晚出了大事。

当时，她正在家里烧晚饭。儿子一个人在路上玩。路边有一辆小货车停着。几个孩子在爬车玩，她的儿子也跟着去爬。不承想，那货车的栏板挂钩不知被哪个小孩子给弄松了，当她的儿子爬上车，手抓着的栏板却是一记头翻甩了下来，她的儿子被甩倒在水泥地上。

当人们惊呼着把她叫来时，她的儿子已经昏迷。送到医院，结论是后脑颅裂，有两寸半长的裂缝外加颅内有瘀血。

说这件事的时候，老孙和肖茉莉已经离开了小饭店，他们在街上漫步。车来人往，霓虹闪烁，宁州城的夜色看起来还是蛮多彩斑斓的。

老孙听着肖茉莉的讲述，心生感慨——肖茉莉所谋生的那个叫东莞市的地方，他去过。那是座新兴的城市，到处都是热气腾腾的景象。他的学生肖茉莉在她儿子出事的那天夜里，在那热闹喧嚣（也可说是繁华）的城市里看到的显然不是流光溢彩之景，她看到的是一座山——一座挡住她人生之路的大山！

她立在医院的大门口，面对车水马龙的街市，却仿佛是置身在荒漠里。她有了一种几乎是绝望的感觉——医院要交三万块押金，算上四个一块的硬币，她所能交付给医院的只有一万五千六百三十四元钱！此时，唯一能帮她的是张菁，可张菁出差了，远在澳大利亚。

举目无亲的她，长久地站立在医院的大门口，人似乎已经木了。

而那时，她的孩子正在手术室里抢救。她知道医生们是一定会先把她的孩子进行救治的，而这三万元的押金在今夜是必须交的。不交足押金，术后孩子的用药也许就得不到保证——护士长亲口对她说："药房里的药我们不一定领得出来。"

老孙相信他的学生肖茉莉向他讲述的这些都是真实的。他自己就有过这样的经历——他来宁州工作的第二个月的一天夜里，在一家快餐店吃好饭，骑自行车回去的路上，遭遇了车祸，他的大腿骨断了。术后，由于没有及时往医院里交钱，药房就停了他的用药，好在老A来了，交了一万块钱（那个开车撞了他的司机是个穷小子，买了辆二手的小面包车跑黑车载客也是为了弄几个糊口的钱，且买车的钱还是借来的。车没开几天，便把他撞了，他借不到钱，老孙也不好逼他，再说逼他也无用），药房这才发药。

他不想对医院的做法有什么异议。他相信医院之所以会如此这般，一定是有医院的道理的。

"那天夜里，我真的要垮了，老师，那夜我对于绝望一词才有了深刻的理解。思来想去，我想打电话给家里人，可我又知道，打也是白打。父亲肯定没钱，矿井关闭后他一直拿着下岗金过日子。哥哥刚结婚还欠了一屁股的债。妹妹呢，在苏州打工，境况也不好。我想来想去，还是没给他们打电话，我不想在他们帮不了我的情况下，再让他们心中添堵。"肖茉莉说。

这时候，他们已经来到了市中心的广场上，他们在露天茶座里寻了一个位子坐了下来。

"那后来呢？"

"老师，你感动过吗？我说的是那种发自内心的真正的感动。"肖茉莉凝视着他问。

老孙想了想，认真地说："没有。"

"那天夜里，我感动了。真的，我跪在地上忍不住地号哭了起来。我没有想到，我的房东叔公把钱送来了，是几家街坊邻居临时凑的钱，有两万多块。这些钱里，有百元的，也有十元五元的。"说到这里，肖茉莉突然顿住了。

老孙看见她的眼眶里盈着点点晶亮。

他静静地看着她，无语。那时候，他的心里流过一股暖暖的东西。他想，这恐怕就是"天无绝人之路"吧！人世间就是这样——有残忍冷酷，也有善良温情。阳光下虽然会有阴影，但是你不能怀疑阳光，否定阳光！

他不想陷在沉重里头，他想她也不想。于是，他转了话题，问她修脚的手艺学到手没有？

她说见她肯学，人也勤勉，齐师傅把他全部的技艺都传授给了她。

还是在她学艺时，她就把房东叔公的脚病治好了。后来她住的这个小区里的一些患脚病的人开始找她治了。她治好了十几个人的脚病。他们给她钱，她坚决不收。

在跟齐师傅学习的同时，肖茉莉还阅读了许多医学图书。后来市里组织了一个修脚培训班，齐师傅给她报了名。三个月的学习之后，她以优异的成绩结业，并且还领到了证，成为一位真正的修脚女。

结业后，她就在齐师傅那里帮忙。有天，齐师傅问她愿不愿再学学按摩。她说当然愿意。其实，她早就想学了，齐师傅的按摩手艺也是相当精湛的。

一年的苦学苦钻苦练后，她已经较全面地掌握了按摩技艺。有了这么个漂亮的又会修脚又会按摩的女师傅，齐师傅这里的生意可以说是到了"旺"的程度，有的顾客提前一个星期就预约了。

"要学会按摩，成为真正的按摩师，很难的。为了增强臂力，每天晚

百合

上，儿子睡觉后，我就开始练，一般是练一个小时左右。我先是把一块红砖绑在手臂上，双臂平举，之后是两块，整整练了大半年呐。还有腕力，我买了一只练拳击用的沙袋，挂在家里，每天由轻击到重击，练上半个小时，然后再练半小时的哑铃。"她说，"起初，那罪还真受不了。坚持了，也就挺过来了。"说完她笑了笑。

有个雨天的下午，来了一位中年女客人，指名要肖茉莉为她服务。那女客人在享受着肖茉莉的服务时，很随意地同她聊这聊那。第二天，这个女客人又来了，这回是给肖茉莉拍了几张她在工作状态中的照片，然后，就走了。

"其实，当这个女客人一进门，我好像就感到了要发生什么事了。"肖茉莉说，"果然，就有事了。我的照片上了晚报，还有一篇介绍我的文章。师傅看了报纸后，就对我说："阿莉啊，你该飞了。俗话说，趁热打铁。阿莉呀，把自己的门面开出来吧。"我说："我没想过这事呢。"师傅说："要想的一定要想的，你总不能在我这儿留一辈子吧？"

"你真的没想过独立？"老孙问。

"真的没想过。师傅为人很好，对我也很好，总不能学了技艺就出来和师傅抢饭碗吧？"肖茉莉很认真地说。

"那倒也是。"老孙说，"可终归是要有独立的那一天的，对不？"

"是呀，师傅既然开口了，师傅肯定是老早就想到了我的前途了。后来，师傅又提了几次，如此，我也不再坚持，再坚持就虚伪了。你说是不，老师？"

"这么说你已经有了自己的诊所了？"老孙的心一下子轻松了起来。

"还是师傅帮忙找的门面呢，位置很好，离市中心不远，就是租金贵了些，五十多平方米，一年要十五万呢。"

"做得出来吗？"

"做得出来，还能赚下个十几万呢。"肖茉莉扬了一下眉，很得意般地说，"现在，我带了四个女徒弟，从势头上看，发展的后劲蛮足的。已经选好了一个门面，回去后就把第二个诊所开出来。"

老孙想了想，说："老师可要提醒你了，做事挣钱固然重要，孩子的教育培养则更为重要。你把孩子一个人丢在这儿，你能放心？"

"孩子跟着我这样的一个妈，独立惯了，对他我是能放心的。最让人放不下心的是我爸。这次回矿，走进那个两头搭的小披屋又矮又暗、我住了十七年、我父亲一个人仍在住的屋子，有一种说不出来的心绪堵得我心里很难受。我对父亲说让他跟我去东莞，他说他不想把老骨头丢到那么远的地方。我左劝右哄，他仍旧拧着不肯。想来想去，那就在宁州买套二手房吧，以让他帮我照看儿子的理由把他接过来，也许能行。"

"以前有心尽孝，却无奈着。"肖茉莉幽幽地说，"这回无论如何我也要把他接出来。"

"知道我想起了什么？"老孙看着她说。

"想起了什么？"

"茉莉花开。"老孙说。

（原载《阳光》2019 年第 7 期）

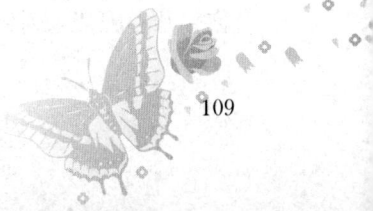

百
合

禾　儿

雀　翎

一

禾儿七岁那年，文秀终于下决心把她放了。

那是一个下着细雨的早春，惊蛰日。文秀领着禾儿从菰城碎街过一座石桥刚走到太平巷口，雨就肆意地落了下来。黄昏，天色灰暗，几盏路灯从巷头到巷尾渐次亮起。雨落得密密斜斜如同疯女人的乱发，文秀不知自己该何去何从，唯有一个声音在命她把禾儿放了。

文秀要放了她的禾儿，禾儿却并不知情，她默不作声地躲在文秀的大伞下，听见母亲急促的脚步重重地踏在青石板上不禁抬头无辜地看了她几眼。

菰城碎街的深巷纵横交错，每一条水雾弥漫的深巷里似乎都能隐约听见一声声诡异地轻笑，这些笑声在每一条巷子里借助风雨声若有若无地荡来荡去，禾儿紧跟着文秀啪啪啪地走。当她们拐进又一条巷子时，文秀的伞被一阵狂风突地吹倒，禾儿一惊，向前疾走了几步，再蓦然一回头，深宅陋巷里居然只剩她孤单的一个小人儿。

"姆妈——"禾儿叫声令人心疼，她稚嫩且惨白的童音在雨巷中徘徊，接着一扇老房的窗户被支开。昏暗的灯光里有人看见一个女人从墙角变戏法似的奔出来。

文秀撑着伞从墙角奔了出来再过去蹲在禾儿面前："姆妈在，姆妈跟你寻开心呢。"她捧起小人儿的脸，胡乱地用一只冰冷的手揉搓着，将鼻涕、眼泪连同雨水全揉进了一个女人的忧伤里。她说:"禾儿不哭,姆妈在呢。"

禾儿当真不哭了,她再次躲进文秀的伞下继续跟着姆妈乖乖地走。陌生的雨巷里,有人关了屋里的灯,支开的窗子重又被合上。文秀牵着禾儿来到一户宅院的屋宇下,檐下滴落的水珠如同帘子般密密地垂下,两盏灯笼悬在门堂上,朦胧光线下照出的斜风细雨的样子好比是一场迷梦。

文秀环顾四周,说:"禾儿,你在这里躲着,姆妈等会就来。"

"姆妈,要去做啥?"禾儿天真地问。

文秀答:"姆妈去问问路,禾儿乖,就在这里躲着,会有人来的。"

…………

那是段遥远的记忆,遥远到已记不清当年菰城碎街的旧模样。惊蛰那天的雨下得断断续续,到了晚上就下得肆意起来,而女人的记忆竟仍是断断续续的。

她早就听镇上的人说菰城的碎街上住着一位盲人,有未卜先知的本领。碎街的算命先生的神奇和灵验在坊间流传已久,但凡遇着事,无论是喜是悲,人们都会赶到菰城碎街去向育先生问吉凶——育先生是人们供养在深宅陋巷的一尊仙人。

文秀早就想去问问禾儿的吉凶,她要向先生问一问留着她究竟是祸还是福?自从她带着禾儿改嫁到初浔镇上,总觉得有人在暗示她把禾儿放了。她不想放,她觉得禾儿是好的,并不痴。她见过禾儿最灿烂的微笑,那微笑如同攀爬在墙角的蔷薇花一样娇艳动人。自从随她来到初浔,禾儿就再也没有在外人面前说过话。文秀曾几次在人前指着自己的鼻子让她喊姆妈,禾儿总是把头扭到别处,不看她。

她对街坊四邻笑得很卑微,当所有的人都认为禾儿连"姆妈"都不会叫时,她就这样卑微地告诉他们:"她会叫的,她从前叫得可好听了,她现在只是怕生。"

禾儿只会在四下无人时喊她姆妈,她说:"姆妈,我要回去。"文秀不用细想就知道她要回哪里,但她们早已回不去了。

文秀把禾儿养到了六岁。六岁的禾儿竟白长了一张漂亮的面孔。她的

百合

一双眼睛大而无神,目光定定地落在一个方向,这个方向也是虚无缥缈的。她不痛不痒,越来越像个傀儡需要人提着线走。她看上去很乖,乖乖地坐在苏家门前的竹椅上等着人来提线,但没人愿意提着她再回到最初的那个地方,哪怕是她生养她的姆妈。

过去正月里,小镇家家户户张灯结彩。年糕和米酒的香气及各色美味从各家的灶屋飘出来。廊桥下传来阵阵爆竹声,廊外落着杏花雨,一派烟火缭绕的人间气息。河面上几艘小船在水波荡里从一个桥洞穿行到另一个桥洞。邻家的亲眷们迎着爆竹声来到,老远就看见一个女孩儿在廊下独坐,对周围的一切不悲不喜。有人说:"那是苏家的女人从乡下拖来的傻儿。"

…………

那一年惊蛰的雷声如苏家男人的哮吼让文秀铁了心,她牵起禾儿的手搭车往菰城赶。她们来到菰城上了碎街又匆匆拐进巷子走进一家宅门,来到肓先生跟前。谁知见肓先生,禾儿触电似的一声尖叫声惊住了在场所有的人。肓先生随即惊呼了起来,忙驱赶道:"出去,带她出去!"

2003年的早春的一个晚上,文秀独自迷失在菰城的细雨里,雨丝密集得如同疯女人的乱发。她终于把禾儿放了,放在了雨巷某户人家门前。屋檐下的雨帘很快将这对母女隔开,春雷从渺茫处蓦地传来又蓦地消失于渺茫。

女人的伞也不知道什么时候弄丢了,只记得禾儿痴痴地点着头,她相信了母亲的话——相信会有人来的。伞丢了,文秀就在雨中狂奔,耳畔响起的并非禾儿的凄惨的叫声而是深巷里传出的阵阵轻笑。

后来,那夜深巷里传来的阵阵轻笑一直追到她的梦里来。梦里,女人在被另一个女人质问:"你为什么要放了禾儿?"她看见两个女人的打架,女人被另一个女人逼到荒芜的边际,不断地问:"为什么要放了禾儿?她是不是你亲生的?你不配当她的姆妈!"

她为什么要放了禾儿,文秀在梦里问自己。她跌在一个阴暗且荒芜的边际里歇斯底里地痛哭,疯狂地揪着自己的头发。醒来时才发现,原来这俩女人都是自己!她无数次地把自己逼到绝境,只要再退一步就会掉下悬崖，然而无数次她都会被苏立农喊醒。

苏立农，一个文秀深爱着的男人，但她深爱的男人不爱她的禾儿。

文秀虚龄二十岁就嫁给了她前头的男人金水，那是个身材高大且鲁莽的农夫，家住菰城东郊。金水父母早逝，是吃村里百家饭长大的孤儿。长大后赶上了好政策，十几岁上就靠乡里分得几亩田地独个儿撑起了一个家。媒人介绍他们认识时，文秀只听凭她姆妈说能吃苦的男人就是好，于是她就点头嫁了。

金水能吃苦，自从文秀嫁给他后，他就更能吃苦了。他总是把家里的农事打点得井井有条，还在屋后的自留地上种番茄。番茄成熟后就担到镇上去卖，将挣到的钱悉数交到文秀的手上。他看着她痴笑，笑起时眼眉间便露出欣喜来。后来他索性在屋后种了一片菜园，文秀坐在自家后屋门前看着园中有各色瓜果蔬菜在不同的季节里相继成熟，肚子也渐渐隆起。

苏立农就是她怀上禾儿之后再次出现她生命里的，他是来找金水的。当他出现在家门口的那一刻，文秀一眼就认出了这个瘦长的男人。她做梦似的一手托着肚子，一手揉着眼睛，迟疑地说了一句："金水刚出去。"

"原来真是你呀？"苏立农说，他的笑一缕阳光般地洒下来，竟让她感觉浑身都沐浴在一片金黄里。他说："记得初中时，你是个害羞的姑娘。"

文秀低头，果真如同小姑娘般腼腆地笑了。

"你还认得我吗？"苏立农问。

文秀道："怎么不记得？苏老师嘛。"

苏立农淡淡地一笑，片刻道："我也记得你，你在我班上的那个时候，我也是刚工作不久。"

然后，他问："你怎么会嫁给金水的？"她却问："你怎么认识金水？"两个人几乎同时问了出来，彼此愣愣地看了对方几秒，同时又笑出了声。

苏立农说："我是金水的远亲，按辈分他应该叫我表叔。"

文秀笑着低语："这么年轻的表叔。"便请他坐在堂屋的八仙桌前的一条长凳上，沏了茶给他，说："金水出去了，一歇歇就回来。"他接过茶，低头吹开茶盏里的茶末星子，喝了一口再抬头告诉她："不要紧，我可以等。"

百合

他喝着茶，文秀静静地看着。想起那年，她在日记簿里画了苏立农的肖像被同桌发现后，男孩抢了去，在自修课上传阅，闹得整个班沸沸扬扬，于是所有人都知道她喜欢苏老师。

苏立农也许早就知道她初中时的心思，也许并不知道。然而不管他知不知道，当年情窦初开的文秀正是因为同桌的发现而辍了学。辍了学后有段时间她很想见到他，她每天清晨站在初浔镇那座通往学校的一座大桥上，妄想着能遇到他。后来终于有一天，她遇见了他，记得那是一个起着薄雾的初冬的清晨，她眼看着他从自己身边匆匆掠过，那声卡在她的喉咙里的"苏老师"终于被她叫出了口，而他竟头也不回。

苏立农坐在她的面前，说他是来探望远亲，找金水叙旧的。他说："虽然是叔侄，但我跟金水的年龄相仿，小时候总在一块玩。昨晚梦到他了，跟小时候的场景一模一样，所以就趁空过来看看，没想到他居然结婚了而且还是跟你结的婚。"说着便苦笑起来。

文秀不响。

…………

后来，她问金水："这个苏立农是你家的什么亲眷？"金水回忆道："是外婆的侄子，我的表叔。爷娘死后，两家亲戚就很少走动了。"

二

文秀早产，禾儿在她肚子里七个多月就出生了。

早产的禾儿瘦，瘦骨伶仃的。她不分日夜地啼哭扰得文秀心烦意乱，金水却很有耐心。他将小小的禾儿抱在怀里，抱出去在深秋的阳光下沿着村前的河边散步，逢人就撩起蜡烛包一角让他们看看他的女儿。尽管女婴还看不出有什么特别之处，他还是殷切地等着旁人的夸赞。

金水当父亲时已经是三十出头的年纪，女儿的出生给了他许多欢喜。

禾儿十四个月开始走路，她蹒跚学步的模样像一只笨拙的鸭子，扑扇着翅膀一步步摇摇晃晃地走向父亲金水的敞开的怀抱中。金水蹲在前面喊："禾儿，不怕，走快些。"禾儿就撒开腿冲撞到父亲的怀中，金水跌坐在地上哈哈地笑出了泪。

那一刻，禾儿是幸福的，金水是幸福的，好像文秀也是幸福的。

文秀产后苏立农迟迟地来过一次，他来的时候正是金水不厌其烦教禾儿喊阿爸的时候。那个初冬的黄昏，有人在屋前喊起了金水的名字，文秀的心紧跟着就不安了起来。她不知道自己为什么这么不安，只觉得这个男人来得太突然——在她快要把他忘了时，他就突然来了。

金水抱起禾儿应声而出。文秀听见房门外两个男人的对话，听见苏立农在逗禾儿，说着一些迟来的道喜的话，他还送了禾儿见面礼。金水客客气气地喊他表叔，讲着一些让表叔破费了的客套话。金水就让禾儿喊他舅公，禾儿不喊，他自己竟喊苏立农几声舅公，说："舅公破费了。"苏立农笑："'舅公、舅公'的，是要被喊老的。"他的笑声飘进了房内，文秀便跟着偷笑，笑得她面红耳赤的。

…………

禾儿开口叫金水"阿爸"的那天清晨，也恰是早春时节。那天，金水要撑船去集市上卖菜，天蒙蒙亮他就悄声起床了。文秀是被禾儿的声音吵醒的，禾儿在叫"阿爸"，她先是轻声地叫，好像在寻找，然后便是大声地急促地叫，仿佛在呼唤。她一遍遍地喊着，文秀醒了，在堂屋收拾准备出发的金水也终于听见了。

金水应声跑进屋来抱起禾儿，问："禾儿在叫谁?"禾儿脆生生地喊他"阿爸"。金水喜出望外地抱着禾儿又亲又吻。

…………

禾儿开口叫阿爸的那个早春的清晨，金水撑船出去就再也没有回来。那天清早有浓雾，风也大，金水和船遇上了一艘轮船。怪只怪他的船太小而水上的雾又很浓，当轮船过桥洞鸣响汽笛时为时已晚，金水的船撞了上去。

文秀时常脑补出这样一个画面，这个画面没有告诉过任何人，甚至事件发生时没有一个真正的目击者，但她好像是目睹了一样。她看见金水的船在大风大雾里被大轮船冲击，然后倾斜、侧翻，船上所有的蔬菜都被倾入河水之中，紧接一个个风浪打来打掉了拽在他手里的橹，他和船就一起

百合

115

斜倒在冰凉的河水里。当时河里溅起一个巨大的涟漪，金水和他的船就在这个巨大的涟漪里沉没然后渐渐归于平静，无声无息。

禾儿不到三周岁就为父亲披麻戴孝，她对着金水浮肿的遗体不停地喊"阿爸"，声音越喊越响，所有的亲朋都听出了悲痛，可这小人儿没有哭反而笑了。面对这场生离死别，三岁的禾儿笑得灿烂。

文秀姆妈说："这小人儿见了鬼，鬼在朝她笑，所以她才笑了。"文秀晓得，她姆妈嘴里的鬼就是死去的金水。

…………

葬礼那天苏立农没有来，此后的很长一段时间他都没有出现。直到文秀以为这个男人再也不会出现的时候，他竟然来了。他仍坐在金家堂屋的八仙桌前的一条长凳上，看着案几上金水的遗像，看着她和她手里牵着的禾儿，问："有什么能帮到你们吗？"她不响，咬着唇默默地哭起来。

那天，苏立农在金家一坐就是一个下午，文秀在他面前搂着禾儿只是一个劲地哭。窗外的天色已晚，晚到黄昏时清浅色的月亮也在枝头上升了起来，文秀仍旧侧着身子坐在长凳上自顾悲伤。

三

苏立农的前妻是得了抑郁症，据说是半夜里跑到荒野里寻了短见，连尸首也找不到。女人的日子过得不开心，而男人竟愣是没发现。他跟她同桌吃饭，同床睡觉，看起来相安无事，日子过得波澜不惊。当年，他妻子是从异乡跟随他私奔到这座小镇上来的，她跟娘家断了一切往来，除了苏立农再无亲近的人。她的死是个谜，初浔镇上旧街的邻里们只知道她是温柔娇小的外地女子，哪来的决心选择走上这条路？

"这女人绝情！"苏立农抿着嘴对文秀说："不声不响就走了。"文秀只是默默地听他讲。他还说："我爷娘也死得早，没等我成家就走了。我是家里的独子……"文秀听着就默默地落下泪来。

所有的生死离别皆是意外，也是命中注定。命中注定他亡妻，她亡夫，死亡在某种意义上对他们而言倒像是一种成全。

文秀为金水守寡三年，之后带着禾儿来到初浔镇临河的旧街上。六月的某一天，街面上的人像看戏似的看着她和禾儿。她把小小的禾儿打扮得跟她一模一样，她们穿着一个色系的白纱裙，梳着一样的麻花辫，系着一样好看的蝴蝶结，就好像苏立农同时娶了一大一小两个新娘子，有人私下里调侃说是"买一送一"。

"买一送一"这句话不好听，偏碰巧被苏立农听了去。她一直以为他喜欢她们以这样的方式在小镇出场，但她错了。

苏家的阁楼上有两间一式一样的卧房，都是狭窄的且共同连着一个三角顶。一间是文秀和苏立农的卧室，另一间成天紧闭着也不知里面有什么。文秀起初在卧室的大床边支一张小床给禾儿睡，可禾儿总是睡不踏实，总是翻来覆去的，让苏立农感到不自在。

男人睡得不自在，女人是看得出来的，就问："等禾儿大点了，能不能把隔壁的房间空出来给她？"只见他不作声，嘴角微微地一上扬，一副清高的表情，像是女人说错了话。

文秀根本不晓得自己哪里说错了，她自顾说："禾儿以后就睡在隔壁，起码夜还能听见她的动静。"苏立农竟还是不语。

他不喜欢禾儿，她是后来才看出来的。

隔壁的房间总是锁着，文秀手里的那把生锈的钥匙是苏立农给的，她老也打不开。她跟苏立农讲了好几遍说是要开进去打扫打扫。苏立农告诉她，里面都是一些旧物，打不打扫不重要，但她偏说："旧物么总要归置归置，以后禾儿也好有个地方睡觉。"

这天傍晚，她手里那把生锈的钥匙终于打开了隔壁的房门，男人一下子愠怒了。他一把推开她，问："你到底要做啥？"男人脸色涨得通红，像换了一个人似的。文秀错愕地抬头发现他不是从前那个斯文的苏立农，甚至连模样都变了。她看着他不停地问他："怎么啦？"她一再地问他"怎么啦"就一再地激怒他。

她紧挨着门，男人用整个身体将她压得难以呼吸。接着她跌了进去，跌在了一张钢丝床上，床底下散发出一种古怪的死人般的气息，室内是黑

百合

117

洞洞的，什么也看不清，挂在窗上的布帘子很厚而且积满了灰尘。

这是个夏天的午后，男人将女人的衣服脱得精光然后将她扔在那张嘎吱作响的钢丝床上。顷刻间一触即发，两人在嘎吱作响的床上颠鸾倒凤，居然都忘了禾儿。

…………

当禾儿扶着摇摇欲坠的竹梯上楼时无意间从门缝里看见苏立农扒光了她姆妈的衣裳，她"哇"的尖声没能引起他们的注意。后来，只要遇到让不顺心的事她必会尖叫，她会尖叫到底。她一声接一声地喊，也不知是在报复谁。

隔壁的房门不再紧锁，苏立农给文秀又重新配了一把钥匙并向她道歉，说那天他是鬼附了身。然而即便是有新钥匙，文秀也不想打开了。她嗔怪道："可不就是鬼附了身嘛！现在这个鬼又跑到禾儿身上去了。"

那年入秋后，禾儿出现了幻听。一次，文秀半夜醒来从隔壁一扇虚掩着的门里找到了她，只见这小人儿竟蹲在五斗橱边瑟瑟发抖。她用发抖的声音对文秀说："姆妈，这里有个阿姨刚才在唱歌，好像是幼儿园里小朋友唱的歌，我走过来她就不唱了。"

"没有人，禾儿这里没有人。"文秀说，"宝贝，我们回去吧。"

禾儿任性起来，哭泣着告诉她："有，我刚才还看到了！"

文秀抱起禾儿，从昏暗的灯光里看见五斗橱上方的白墙上挂着的一张黑白遗像。遗像上的女人，顿觉毛骨悚然。

那夜，当母女俩回身，苏立农跐着人字拖鞋站在房门口，灯光将男人的影子拉得瘦长而恐怖。他打着哈欠，不耐烦地问："深更半夜的，你们还睡不睡啦？"

…………

苏立农在学校常常无奈地叹息，一遍遍地跟同事讲他续的弦，妻子拖来的孩子竟是个傻的，弄得他一点办法也没有。结果文秀带禾儿去初浔镇幼儿园，幼儿园园长竟不知从哪里听信了传闻，偏说孩子是智障怎么也不肯接收。

秋天的小镇沉浸在一片烟雨里，河里的船从烟雨里过。依稀仿佛中，禾儿想起了摇着小船去卖菜的金水。她对文秀低喃："姆妈，我们回去好不好？"文秀在厨房的窗下低头做饭，装作没听见。

不知何时雨下大了，滴滴答答地随风飘到廊下，邻家阿嬷见禾儿还坐着便对她说："落雨了，小姑娘还不进屋？"那阿嬷讲了许多遍，禾儿也不吱声。后来一条小黄狗从禾儿眼前走过，潮湿的足迹在青石板上留下一串脚印。禾儿不禁追上去，叫住它，蹲下身去跟它玩耍，不远处一个胖女人冒着雨，粗犷地喊了声"阿黄"。只是一转眼的工夫，阿黄不见了，禾儿也不见了。

…………

文秀寻遍了整条旧街，最终在阿黄主人家门前的墙根寻见了禾儿。禾儿浑身湿漉漉的，她身边的阿黄也浑身湿漉漉的，两个湿漉漉的小把戏在快乐地玩耍。门里的胖女人一遍一遍地喊"阿黄"，阿黄竟不再理会。后来女人见了文秀便讲："都是你家女儿把我们阿黄带笨哩。"说着便哈哈大笑起来。

许多年来，禾儿跟着阿黄奔在雨里而后又躲在墙根的情景无数次出现在文秀的梦里。女人在雨中，在初浔的街巷，在菰城的碎街，在许多条纵横交错的弄堂里喊她的禾儿都得不到回应。

那是 2002 年，文秀带着禾儿嫁到苏家的头一年，也是禾儿在苏家唯一的一年。禾儿要么不说话，一开口就只有一句："姆妈，我们回去好不好？"

禾儿身上的淤青是文秀后来才发现的，她问她："这是怎么弄的？是谁欺侮你了吗？"禾儿怯懦地看着在一旁若无其事的男人，不响。

文秀抱着一大桶脏衣裳蹲在河埠边洗边向隔壁阿嬷哭诉，说禾儿有可能真是鬼附了身，没人打没人骂，身上居然青一块紫一块的。阿嬷说："你要么带她去菰城碎街问问肓先生吧，肓先生很灵的。"女人们都应声告诉她碎街盲人的神奇，虽然是盲人却是菩萨转世，人世间的因果吉凶没有他不知道的。

"我家禾儿从前是好的，聪明伶俐的。"文秀无助地低诉。

阿嬷道："那更应该去问问了，有可能她根本就不该待在苏家呢。"

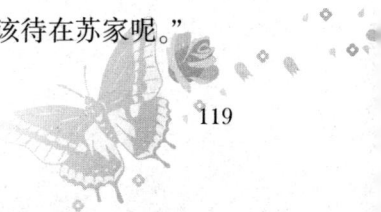

百合

119

深冬的某一天黄昏，文秀居然还发现苏立农在隔壁房里对着他前妻的遗像自言自语，话里有禾儿。她惊愕地想：难道苏立农的身体里也住进了一个鬼？

文秀如同一只猫，蹑手蹑脚地将瘦小的身子躲在房门后。她听见苏立农的声音一会是他的，一会又不是他的。当从男人嘴里出来的声音变成了女声时，她猛地一跳，忽然意识到，原来他是在跟他的前妻对话。苏立农跟死去的前妻对话总在黄昏后，窗口一抹斜阳正好照在他脸上，他的脸显得格外苍白，白到好像不是他本人。他的声音也变了，女人的说话声简直是滔滔不绝的。文秀听不清他到底在说些什么，但她真真切切地听到了禾儿的名字。禾儿的名字反反复复地从男人的嘴里以女人的口吻低低地喊出来，竟是尖酸刻薄的。

某天，依旧是落着细雨的黄昏，文秀被男人的咆哮惊住了。她只见苏立农把禾儿从廊下的竹椅上拎起来，拽进屋，又随即反手给她一记重重的耳光，像是禾儿犯了天大的错。

那耳光清脆响亮，如同打在文秀的心上，她不安地问他："怎么啦？禾儿怎么你？"男人不响，仍是魂灵出窍般狠狠地瞪着禾儿，简直是要把她吃了似的。

禾儿害怕极了，她躲到墙角蹲在那里瑟瑟发抖，不敢哭泣。

思来想去，2003 年惊蛰那夜文秀最终还是把她唯一的女儿放了，她几乎能确信只有放了禾儿，禾儿才是安全的。于是她放了禾儿，放在了菰城碎街太平巷的莫家宅门前的屋宇下，她对禾儿说："会有人来的。"那是她第一次带禾儿去菰城，在碎街的太平巷里拙劣地上演了一场离别的戏码，或许有人躲在小巷的深宅里目睹了这一幕。

那个遥远的雨夜是文秀对禾儿最后的记忆，记得她撑着一把伞，牵着禾儿走进了肓先生的居所。文秀刚收起伞，禾儿就被一个穿着玄色禅衣盘坐在案桌后面的睁着白眼掐指算着命的怪老头吓住了。于是，她"哇"地一声大叫，住在她身体里的"鬼"逃了出来，蓦地惊住了在场的人，肓先生大声喝道："出去，带她出去！"

四

此后，文秀的梦里不是被另一个自己逼问就是被一条叫"阿黄"的小狗喊醒。狗的身后兴许正躲着她的禾儿，然而她总是来不及追赶就惊醒了。苏立农剥夺了她做梦的权利，无论是在深夜还是在黎明。在夜里的任何时候，她的梦总是会被这个男人打断。

男人拧亮床头的灯，痴狂地看着她。

她不吭声，目光定定地看着苏立农。男人伸手去摸她，她挣扎着躲开，裹紧衣裳退到床边墙角。

苏立农恼了，一个巴掌挥去如同惊蛰夜里的一个响雷，那么凶残地打在女人的脸上。文秀顿时泪如雨下，但她不知道肚子里已经早已有了苏立农的种。

…………

2003 年，一种叫"非典"的瘟病在初浔镇旧街巷传出来。起先是隐隐约约、交头接耳、细声细气神神秘秘地传，直到街坊上来了个生病的人，这瘟病就被传开了，传得铺天盖地，神乎其神，像一个从天而降的魔爪，只要抓住了谁，谁就必死无疑。

文秀也不晓得碎街上的那个跟她年龄相仿的中年人生得是不是瘟病，只晓得他是从广州打工回来的。他孤单地来到一条窄巷内住进了一间空屋子（也不知是不是他原先的家），不跟任何人打招呼。街坊私下里议论他是得了瘟病才回来的，没有一个邻里敢进去探望，人们只听见那人孤独地在屋里干咳，没完没了地咳。一天夜里，救护车鸣着急促的笛声来到他家门前，街坊们从自家的窗户里看见几个戴口罩身穿白大褂的人用担架将他抬了出去。从此那人就再也没有回来，但他的咳声还回响在街坊邻里的耳畔。

随即这家街坊破旧的屋子被封锁了，甚至整条窄巷都让人避之不及，好比是黑暗的巷角躲着一个阴魂。初浔镇的每条街巷到处都能闻见一股消

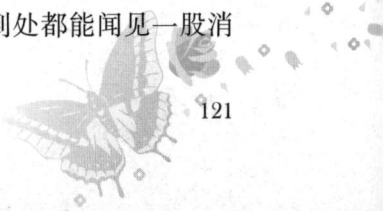

百合

毒水的味道，有人在用 84 消毒液冲厕所、用酒精擦自家的门窗和玻璃，他们都戴着手套和口罩。

一位白发苍苍的老人捧着白瓷茶杯坐在旧街桥头石阶上逢人就讲起从前有关瘟病的故事，他说："过去的瘟病没药可医，只好在病情恶化后扔出门去任由他去等死。死了也没有人埋，苍蝇蚊子叮在上面，臭烘烘，乱糟糟。"老人闭着眼睛，讲得十分生动，仿佛眼前就是一片横尸遍野的景象。他说："这种病，过去只晓得是人传人，不晓得苍蝇蚊子也会把病菌传开去的。"

文秀听见有人附和着说："瘟病本身就是在畜生身上的，这次是从什么狐狸身上传出来。"她猛然想起了那夜将禾儿放在菰城碎街时听到从太平巷里传出的一个声音，那声音像妖媚女人的窃笑，而那妖媚女人更像是狐狸变的。

苏立农在房里看电视，他一会用遥控把电视调到新闻频道，一会又调到电视剧频道。新闻里在讲"非典"，许多人在药店门口买消毒用品、买板蓝根，这些争先恐后的人们无一例外都戴着口罩。北京城被封锁了，所有的医院里全是病人，一个个都躺在床上，在氧气罩下呻吟。医护人员全副武装，在疲惫地奔跑。

正看得心惊胆战时，电视画面又蓦地跳到电视剧频道，那是一出旧剧，几年前在黑白电视机里看过的《聊斋》。从前看只觉得狐狸精的妖气，眼里有毒，笑里藏刀，此刻看狐狸精却是妖艳妩媚，无论男女都会中邪。

文秀恨不得把电视机关了，而苏立农却看得入神。他说："非不非典有什么要紧，还是看《聊斋》最惬意。"

男人看完电视就睡了，女人还在灯下。

男人问："你不睡啦？"女人不响。

男人啪的一声，把床头灯关了。女人便摸着黑，跑了出去。

…………

在黑夜里奔走的文秀觉得这个世界到处都有一种离奇的东西在跟踪着她，甚至跟踪着每一个人，尤其是她的禾儿，却不知是鬼还是妖。

她要去菰城，去碎街上找到禾儿。

不承想，初浔镇旧街上因疑似非典病人的出现而被全部隔离了，文秀被拦在了一堵厚厚的白墙内。

夜里悄无声息中，旧街被圈成一座"监牢"，所有的人都被软禁在这里，而文秀和她的街坊却不晓得，仍是笃定地过着生活。

半夜里文秀折回家时苏立农已经熟睡，男人的鼾声从阁楼的房间里打出来一直到楼下都能听见。文秀在楼下堂屋的桌前坐下来，一坐到天明，竟没有一丝困意。

2003年的惊蛰夜，菰城碎街的雨巷是禾儿记忆最深的。犹记得她在太平巷莫家楼下的院门前等待着，文秀说"会有人来的"，她就相信了。禾儿不晓得等会儿是多久，她要等多久那个人才会来？雨如同烟雾似的笼罩着深夜碎街的巷子，灯影婆娑下，文秀从烟雾里一转身就不见了。

雨声覆盖了许多声响，包括各家屋檐上或巷与巷之间石板路上疾步走过的猫儿狗儿的叫声以及禾儿自己的哭声。后来天亮了，雨终于停了，她也倦了，小小的身子蹲下去蜷缩在墙角睡着了，刺骨的寒就钻进了她的梦里——她梦里除了寒冷竟什么也没有。

深巷的门和窗一扇扇地被打开，一道雨后清晨的阳光射进家家户户。有人看见了蜷缩在墙角的小人儿，那可怜的样子着实令人心疼。

…………

碎街许多条阡陌纵横的小巷还是湿漉漉的，微风吹起一股泥土的清香。这股清香助长了青苔从碎石的缝隙里或是从墙根处滋长出来，紧接着所有生灵都仿佛在惊蛰夜里陆续被叫醒了。禾儿也被叫醒了，她听见了不同于初浔镇的一些吴侬软语，好像在相互打招呼，又在窃窃私语。同时，她仿佛感觉到了一缕暖阳正照耀着她，感觉到有许多双眼睛看着她。一个中年男人蹲在她身边读着一张纸条，那纸条上写着禾儿的生辰八字，也写着请好心人收留的话。

那纸条是男人从禾儿的棉衣兜里取出来的，他读出来的声音很好听，像是禾儿从哪里听到过的。

这中年男人是这家院落的半个主人，姓莫，叫莫图，楼下一爿文房四宝笔墨店是他开的。莫图老早以前或许并不是菰城人，也并不姓莫（究竟姓什么，祖上从哪里来，连莫图自己也不晓得）。莫家曾经是菰城的大户，他的父辈在这大户人家当长工之后又替莫家看房子。莫家真正的主人20世纪为了躲避战乱去了欧洲，将近一个世纪杳无音信，因此莫图就名正言顺地成了这宅子里的人，即便这偌大的莫宅后来出现了一系列时代变革，他仍被默认是莫家唯一的主人。为此，莫图感恩戴德，将楼下的房屋租给了外来的人家开店或居住，几十年来从未涨过房租。

当禾儿睁开眼睛时，已被这个身材魁梧的叫莫图的男人从冰冷的家门前抱起来，一脚跨进了莫家的院落，嘴里还在用好听的声音问："小姑娘，你冷不冷啊？"

禾儿一见莫图就稀里糊涂地喊"阿爸"，他的眉宇间所流露出的父亲的亲切和慈爱让她觉得他就是金水，连说话的声气都一样的，于是，她一眼就认定了他。禾儿惊喜地叫他"阿爸"，又问："阿爸，你怎么在这里？"眼里流出激动的泪水。

莫图啼笑皆非地看着怀里的小女孩，不好意思地说："我不是你阿爸。"可禾儿却紧紧地搂住他的脖子一个劲地喊他阿爸，委屈地问："你怎么能不是我的阿爸呢？姆妈是不会骗我的。"

不知怎的，莫图的心在禾儿的泪水里瞬间融化了。

五

光阴从漕渎河上流逝了许多年，许多载关于菰城碎街的大户人家的曾经荣辱兴衰早已不堪回首。从2003年惊蛰之后，禾儿再也不是从前的禾儿了，所有关于从前发生的事情她竟一件也不愿去回想。她的记忆里只有那个雨夜，她被带进一间昏暗的屋子，屋子里盘坐着一个身穿禅衣的诡异的盲人，随后她又被带出来拐进了一条巷子（这听来像个可笑的别人家的故事）。

那年闹瘟疫，听莫图讲是一种很可怕的病，会死人的。因此他关了店门，让禾儿就乖乖地待在莫家的小楼上。莫图看着她，自言自语道："是谁这么狠心，把介（方言，这么）漂亮的小囡扔下了？！"禾儿默不作声，只当没听见。巷口有孩子打闹的声音，河埠头女人们的谈笑声以及街边小贩的吆喝声，一切都跟从前的初浔旧街一模一样，禾儿也充耳不闻。

三月，莫图把莫家宅院里里外外都消了毒，一呼一吸间充斥着消毒水的味道又恰恰是菰城给予禾儿最初的味道。莫图对她讲："你安安心心住着，莫怕。要是你家里人来，我是会把你还回去的。"禾儿说："你就是我的家里人，是我阿爸。"

关于禾儿的身世莫图问了她几次，几次她都是支支吾吾的。她说是姆妈让她躲在这里等的，后来连姆妈也不提了，只讲她躲在这里是为了等一个人。

…………

莫图偷偷地，认真且含蓄地跟太平巷的老人们讲起禾儿，讲她躲在莫家门口原是为了等一个人。

"那就是在等你啊。"巷子里的老人都这么说（潜意识，他似乎也在等着人对他说句话）。老人们都劝他收养了这女儿，他们附和说是莫家人在保佑他，不想让他孤单无依。老人的话总是有道理的，于是莫图的生活里总算有了一个与禾儿相依为命的理由。

都说孩子想娘，而禾儿根本没有想文秀。她甚至有几次在梦里听见有人在喊文秀，梦醒之后居然会问自己："文秀是谁？"她把七岁以前的记忆几乎全丢了，剩下的就只是朦朦胧胧地记得有人曾指着自己的鼻子让她喊"阿爸"——她的阿爸就是长得像莫图一样和蔼可亲的，或许金水是他上辈子的名字。

但禾儿是她今生逃不开的名字，哪怕她过去被初浔旧街廊桥下的人们以为是不祥的痴子，后来到了菰城遇见莫图又忽然不痴了，她还叫禾儿——她注定是禾儿，脱胎换骨也叫禾儿，因为当年有人在她棉衣口袋里留下的纸条上清清楚楚地写着她叫禾儿。

那年四月的头一天夜里，一个消息从莫家楼上的电视机里传出来，噩耗似的竟让莫图惊呆了。他哑声对禾儿说："怪不得世界不太平了，原来是张国荣要死了。"禾儿盯着电视里一张英俊的男人的脸，问："张国荣是谁？他吗？"莫图点头，叹道："对，就是演《霸王别姬》的，唱《风继

百合

续吹》的那个。"

那夜的风吹皱了一整条漕渎河的水，水波粼粼里倒映着两岸人家的灯火。灯火依稀的影子又被两三条小船一遍遍地划开。后来暮色的天空下起细雨，对岸一家茶楼上有个男人在用浑厚的嗓音唱评弹《西厢记·请宴》：

雨打梨花深闭门，
燕泥已尽落花尘。
小红娘递简西厢去，
东阁筵开为压惊。

莫图将楼下另两间房租出去让苏北人开裁缝店和居住，因为非典裁缝回家过年后就迟迟没有来。有一回，禾儿从笔墨店的偏门误打误撞地进了裁缝店，看见四面墙上都挂着男男女女令人眼花缭乱的好看的新衣裳。禾儿踮着脚取下一件绣着花边的小白裙穿上，在大衣镜里照见了一个漂亮的自己。

禾儿正照着镜子，忽听见吱的一声，一束光亮从门外射进来将昏暗的店面忽然照亮。随即，她看见镜中的那个漂亮的自己露出了怯懦的神色，她看见一个胖乎乎的男孩站在身后。于是急忙低下头去，又听见男孩子在问："你是谁?"

问罢，男孩转身奔出去喊起了他家的大人，紧接着他家的大人就提着大包小包进了店门。

…………

裁缝师傅进门那时是六月，初夏。禾儿怯怯地将小小的身子躲进大衣柜，直到莫图和颜悦色地讲了许多久别的话。莫图说："禾儿莫怕，这是裁缝家回来做衣裳了。快出来叫吴伯伯、筱婶婶还有皮皮阿哥。"

怯怯的禾儿被莫图牵出大衣柜，出来时还穿着那件白色的花边裙子。裁缝家的上海女人说："哟，介漂亮的丫头啊。这条裙子反正也是样品，要么就送给你了!"莫图不好意思地从上衣内袋里摸出钱包来嚷着要付账。

两家大人就这样开始推让，把几张钞票一下拗到你手里又一下拗到他手里。到最后细想想，一个苏北男人偏娶个糯软的上海女人。这般萦萦绕绕，莫图哪拗得过她？

禾儿听见吴裁缝叫上海女人筱琴，她也背地里"筱琴、筱琴"地叫。莫图往她的小脑袋上轻轻地拍了一下，说："记住要叫筱婶婶，小人家不能没规矩的。"禾儿"哦"了一声，低下了头。

"我不是存心要你们家的衣裳，我只是想穿一下。"后来禾儿遇见皮皮就小声辩解，可皮皮却道："反正你是穿了，而且是偷偷跑进我家店里来的。"

裁缝吴师傅是老实人，他家筱婶婶也温和，会时不时地做些点心端过来给她吃，偏偏他家皮皮总是太鲁莽，没规没矩的。

皮皮问："你怎么会在莫叔叔家？"禾儿答："我是他女儿。"皮皮又问："莫叔叔是单身汉，哪来的女儿？"禾儿低着头，默默地愣着。皮皮取笑道："你不会是得了非典，没处去才逃来的吧？"

筱婶听到这话，当即拿了鸡毛掸子从店里冲出来，追着皮皮就打起来，边打还边大声训斥："我让你说单身汉，让你说禾儿得非典，小小年纪讲话一点分寸也没有，看我不好好收拾你！"

从此禾儿便知晓"单身汉"和"非典"是两个不好的词汇。然而时光一年年地过去，关于"非典"的记忆已远去，莫图却依然没摆脱"单身汉"的名声。

碎街的女人们在漕溇河畔淘米洗衣，会不经意地努嘴小声讲起老莫家，讲一声"单身汉"，再偶尔一抬头看见莫家小楼的窗户里这个单身汉在给禾儿认认真真地梳辫子，一双男人的手竟也是这样巧。

六

禾儿有几次跟着皮皮在巷子里走夜路的时候，从一个深宅子的窗户上望进去，见过肓先生盘坐在一间昏暗的屋子里替人算命。皮皮用一根手指竖在嘴边向她"嘘"了一声便蹑手蹑脚地走开。禾儿紧紧地拽着皮皮的衣角一路小跑。深巷里一排路灯从电线杆上照下来，将两个孩子的身影拉得长长的，小鬼似的。

夜里禾儿发起烧来，梦里胡乱地喊文秀。次日醒来，莫图问她："文秀是谁?"她怔住了，摸着脑袋喃喃自语："文秀到底是谁呢?"

莫图带她去医院看病，挂的是精神科。

医生查看了禾儿的眼睛又问她许多问题，禾儿都动心思回答了。

诊罢，莫图将禾儿带到诊室外的走廊上坐定又转身进去问医生："这孩子没病吧?"医生说："蛮好的一个小人儿，还挺聪明。"莫图又问："这孩子已经七八岁了，怎么对自己的身世一点也想不起了呢?"医生笑了："那是她忘了，忘记了的事情要么索性不要让她去想，小囡还小就不要为难她了。"

对于禾儿忘记的事情，医学上叫作"选择性失忆"，是她在潜意识里选择性地忘了一些过去对她不好的经历。她忘了过去，那么从此，她这辈子只做他的女儿，只做他莫家的后人。出了诊室的门，莫图不禁笑了。

莫图将禾儿改姓莫，托街道正正经经地办了领养手续。九月，禾儿同皮皮一道在新风小学读书了。那年，禾儿七岁，皮皮十二岁;禾儿上一年级，皮皮则快要小学毕业了。

傍晚，两个小人儿趴在裁缝店里一台面上写作业，吴裁缝坐在缝纫机前做衣裳，筱婶在一旁的矮凳上帮男人盘纽扣。莫图隔着一扇偏门喊："莫禾，回家吃饭。"筱婶接口："别喊了，你家莫禾吃过哩。"莫图窘笑道："这怎么好意思呢?"筱婶嗔怪道："这又有什么不好意思的呢?"

筱婶的话音里有一半苏北口音一半上海口音，到了菰城跟菰城人交道多了，又逐渐地有了些菰城腔。然而无论是什么，旁人听来全是吴侬软语，软得好比是嘴里含了一颗粽子糖，甜到发酥，嗲嗲的。

仲夏的一天，女人在狭小的卧室里对着镜子试衣裳，边试边说："我过去在上海也是读过高中的。那时，老吴的裁缝铺就开在我家楼下，那铺子小是小得咪鸽子笼一样挤都挤不进去。老吴年轻时卖相蛮好的，待我也是真心的，免费给我做了老多裙子。后来上海房屋租金高起来，裁缝铺开不下去了，就带着我来菰城了。上海的爷娘晓得我跟他跑了，寻都不来寻，你讲。"这番话也不知是讲给谁听，反正老吴在外面店里缝纫，边上只有两个小的。

的确，筱婶是禾儿见过的最好看的女人，这个女人不仅好看并且有学问。她爱逛书店，也爱喝咖啡。她会买些童话小人书之类回来给皮皮，皮皮看完后也不忘借给禾儿看。禾儿不爱看，偏喜欢让筱婶讲给她听。女人就会从店里搬一把椅子出来，坐在门口讲给她听。

禾儿悄声问："婶婶，皮皮这个名字从童话故事里来的吗?"筱婶微笑着刮了一下她的鼻子："皮皮的大名叫吴书丞，你不晓得吧?"禾儿摇摇头，笑了。

大热天里，筱婶会穿着吴裁缝用边角料做的裙子领着吴书丞和莫禾两个小孩从碎街出来往书店路上走，漕渎河畔的女人嘴里讲什么的都有，有人讲她夜里上莫家小楼跟莫图困一觉房租就会减免。还有人说她上莫家小楼就是吴裁缝的主意，吴裁缝做的是女工，空有一副男人的皮囊内里却早就做成了个女的，早已经没男女间的那点情趣了，可他家女人还是那样风姿绰约，有什么办法想?

女人们三两地坐在河畔一棵大树下织毛衣，享受着热天巷子口吹来的一阵阵过堂风。她们编故事的本事赛过手上的织物，毛衣还没织多少故事竟然全编好了，活灵活现的。

关于这种三角关系，横竖是不能莫家院里的人听见的，但筱琴却晓得这些菰城女人是向来看不惯她这个苏北裁缝领来的上海女人的。

筱琴扭身牵着两个小人儿走出巷口，抿着嘴讲出一句："她们看不惯我，我还看不惯她们呢，一个个多嘴多舌的!"还不忘低头问一声："禾儿，你说是不是啊?"

禾儿认真地点头说："是。"

筱琴又问："禾儿，我做你姆妈好不好?"

不及禾儿回答，吴书丞竟不高兴了，噘嘴道："姆妈哪能随便给人做的?"

筱琴见状，尖声笑了起来，笑得前俯后仰。

2003 年，自从禾儿被放走后传说中的非典就来了，初浔旧街被隔离了一个礼拜。

百合

129

这让人惶恐的一个礼拜里，身怀六甲的文秀每天夜里都会奔出去敲那扇圆形的铁门，敲得啪啪一阵乱响好比一颗巨大的心脏突突突地跳在小镇的夜空中。

…………

邻家阿嬷深夜来敲苏家的门，同样是突突突如同心脏似的跳动在暮色下。苏立农赤足从竹梯上吱嘎走下来，开门时却见文秀瘫坐在门外，脸色苍白，形同枯槁。

苏立农自顾对瘫在地上的女人说："你还死回来干什么？"说着就粗暴地一伸手把女人拎起来拖进屋，竟对邻家阿嬷看也不看一眼就啪的一声重重地把门关上了，倒好像这老人多管了他家的闲事。

文秀每晚都在阁楼上哭天抢地，整条街都能听见，而苏立农却无动于衷。阿嬷隔着墙在自家屋里自言自语："我只是让你带小囡去碎街问育先生，又没让你把她放掉喽！"

…………

日子也不知过了多少天，文秀终于清醒了，她终于意识到自己又要当娘了。于是，她下定决心要断了一切过往，决心天天守着苏家，夜夜陪着一个叫苏立农的男人入睡。她自己劝自己，想着现在瘟病也过去了，禾儿是安全的。放走她是对的，至少没有人会说她是苏家的傻儿了。

夜里男人在看电视，文秀看见从他的眉宇间掠过一丝郁闷，就说："我从今往后再也不想过去的事了，我们好好过日子。"她巴望着男人来亲近她，眼神痴痴地看着她。

"你看，我们现在也有孩子了！"文秀指着自己的肚子，羞怯地讲。

苏立农被动地看了她一眼，牵了牵嘴角冷漠地笑了笑，又继续看电视。电视的遥控器在男人的手里被反复地调控，竟一个台也不是他想看的。

这个男人越来越冷了，最后冷到如同一块冰，寒气逼人。她躺在他身边试图焐热他，她一次次委曲求全，一次次向他追悔，用肢体语言向他认错，男人却对她不言不语，只有在他兽性大发时才猛地抓住她。抓住她时，男人依然是块冰，冰上悬着一把利器，他不断弄疼她，不断地划破并且戳伤她的灵魂使她的神志陷入混沌之中，最后又一次次粗暴地把她抱起来像扔一块垃圾一样把她扔下。

很长一段时间，街坊们很少看见苏立农回家，要回也是隔十天半个月才回。男人回来后，苏家的气氛就格外阴森，文秀好比是从阴曹地府爬出来的，一个人在房里自说自话。有天半夜，苏立农请来旧街的一个接生婆，街坊们才晓得苏家的女人要生了。

男婴的啼哭从苏家阁楼里没日没夜地传出来，简直快要哭哑了，而苏家的门却一直锁着。邻家阿嬷隔着墙不停地喊着文秀的名字，说："文秀，孩子饿了，你快给他喂点！"她把耳朵贴在墙上听壁脚，从男婴的哭声里隐隐约约地听见女人在笑，在自说自话。

苏立农在深冬的一个雨夜里将襁褓中的婴儿抱走，文秀追了出来，披头散发地跌倒在雨中哮咆："把孩子还给我，否则我做鬼也不会放过你！"

从此，廊桥下的苏家的大门被锁得紧紧的，门上的铁锁生了锈又落了灰。

文秀就这样做了苏家的鬼，在阁楼的另一间房里待着，那房间阴森可怖，门窗都紧闭着。产后奇瘦无比的文秀在一张僵硬的钢丝床上躺着，日日面对着苏立农前妻的遗像，跟墙上的女人聊天。两个女人，素未谋面却已是阴阳两隔，曾经深爱着同一个苏立农。她要问一问墙上的人，当初为什么要抛下家人跟他私奔到这里？

"苏立农不是好人，我们都被他骗了！"文秀低哑地呐喊，"他不是好人，我们被他骗了！"

七

又一年夏天的黄昏，禾儿在漕渎河的一个埠头边独坐着，自顾用铅笔在一张 A4 纸上画画。河畔的女人们此刻早已散了，各自回家去烧饭了。垂柳间的蝉声终于低沉了下来，不再像白天那么激烈了。巷口有风吹过，还有人按响了一串自行车的铃声，紧接着用木头在楠木箱子上一下下有节奏地敲打并且开始单调地重复："赤豆棒冰，奶油雪糕啊有人要吃？"

随即，巷口响起一串急促的奔跑，那奔跑的声音彻底打碎了黄昏的宁静。一抹晚霞照进深巷，只见一群孩子将卖冰棒的商贩围得水泄不通，纷纷掏出几元或几角纸币来买他的棒冰。这是菰城热天出现在碎街最欢乐的一景，禾儿却依旧老老实实地坐在河边认真地画画，偶尔一抬头，又出神地望着对岸。

对岸，一条大黄狗摇着尾巴跑上一座石拱小桥，然后走到桥的中央竟站住了，巴巴地看着独坐的禾儿。禾儿也巴巴地看着桥上的大黄狗，都有种似曾相识的感觉。手中的 A4 纸从她的膝盖上随风飘落，那纸上竟也有一条跟阿黄相似的狗。她不禁喊了两声"阿黄"，桥上的黄狗便快步小跑下来又在桥阶上站住，远远地朝她摇起了尾巴。禾儿轻声地叫阿黄，阿黄就这样不远不近地站着，跟她默默对视。

不经意地，有个男孩嘴里含着雪糕，悄声到禾儿的身后将她辫子猛地一扯，一只粉色的蝴蝶结扯乱，落下来。她被拉得刺痛，她看见一条粉红色的丝帕紧紧地握在男孩手里。男孩玩弄着丝帕雀跃着奔进巷子，接着巷子里又传来男孩们的打斗声。

…………

皮皮——吴书丞在太平巷跟一帮男孩打群架的那年夏季的某个傍晚，是她小学三年级的那年暑假。那年暑假，吴书丞原本是要在菰城中学升初二的。

记忆是恍恍惚惚的。卖棒冰的小贩已经不知去向，几近疯狂的狗吠声从桥头响起，吴书丞扔了手中吃剩的棒冰挺直腰身对那男孩大喊："把禾儿的东西交出来！"随即，两个男孩脱去上衣赤膊扭打起来，围观的孩子们分成两派在狗吠声里呐喊助威。

…………

那年暑假的一天，黄昏的巷子里有过堂的风莫名其妙地吹进了莫家院落。

夕阳的余晖落在莫家小楼的窗台上，有人远远地望见一个男人在窗口默默地抽烟。楼下裁缝店里的女人哭得厉害。直到楼梯上响起莫图沉重的脚步声，女人的哭声才止住了。

吴裁缝终于硬气起来，他骂的是莫图和他的贱人，他终于听见了弥漫在街巷暗角的女人们的闲言碎语，那不堪的语言里有对他人格的侮辱，而所有的侮辱都是这对狗男女带来的。

"她们嚼蛆，你也信！"女人筱琴跺着脚，胡乱地抹了把泪，歇斯底里地嘶叫。

吴裁缝听罢，一巴掌狠狠地打在自己脸上，压低着嗓门讲出一句："我是个男人，我要脸！"

莫图下楼，来到苏北男人跟前显得有些沮丧，无奈地面对哭泣女人，赔着苦笑喃喃地说："老吴，这种话你怎么能当真呢？我是怎样一个人，筱琴是怎样一个人，你最了解的，你要相信我们！"

吴裁缝冷笑着大喊道："我就是太相信你们两个了才落到今天这个地步的！"

第二天清早，吴裁缝收拾起家什牵起吴书丞打算离开了莫家小楼。男人一夜之间变得粗暴而绝情，任筱琴跪在他面前央求。最后女人将儿子抱住，从绝望里呐喊："你要走可以，儿子是我生的，必须跟着我！"

吴书丞稀里糊涂地被两大人撕扯着，随后渐渐地在母亲的眼泪和父亲的决绝中似乎意识到自己命运的转折。他最终还是投进了眼泪汪汪的母亲的怀抱，街坊邻里只听见这个十五岁男孩说："妈，不哭了，横竖我都跟着你。"倔强地扭头对他的父亲大喊："不管怎样，我不能没有妈妈！"

禾儿经常回忆起那个话音里夹带着苏北腔的上海女人在一间狭小的房间里面对着镜子试衣裳的情景。女人的嘴里讲着她和吴裁缝从前的故事，讲着讲着眼神会瞟到莫家楼上去。

莫家那涂着红漆的木制楼梯看上去很怀旧，是莫家用了几代的。莫图走楼梯的步子总是很优雅，他学着从前绅士的样子穿着皮鞋一步步不紧不慢地走，就连急切时的小跑也是带着节奏感的。上海女人一听见这个声音便跟禾儿讲："你阿爸下来了。"下楼和上楼的声音据说是不一样的，筱琴会听着步子识别他到底是上楼还是下楼。

禾儿还会想起筱琴婶从店里搬出一把椅子坐在笔墨店和裁缝店之间侧门边跟他们讲童话，她讲得绘声绘色。讲着讲着，莫图偶尔从门口经过，

百合

他俩用眼神匆匆地对视，筱琴抿嘴笑的模样像是开到极致的一朵昙花。

后来，禾儿才晓得女人们的话并非空穴来风。在筱琴带着吴书丞离开后的许多夜晚，莫图在空空的裁缝店里独自徘徊，他沮丧地看着这家人遗留下的破旧的物什，那样子像在忏悔。昏暗的灯光下莫图只影孤单，禾儿听见他曾在电话里问女人："你们去了哪里？"女人在电话的那头答："还能去哪里，总归是回上海的喽。"莫图随即道："回上海过得惯吗？"女人反问："过得惯能怎样？过不惯又能怎样？"她糯软的语调里有着淡淡的恨，但谁也不明白她到底在恨谁。

这一年对莫图的生命里有两件事是注定要刻进他的骨头里去的，一件是汶川大地震，另一件便是筱琴的离开。筱琴这个女人，五月还坐在裁缝店里屋的床上对着电视机里悲惨的画面哭得死去活来，用夹腔的上海话讲述那些压在废墟下的小孩真是作孽，还没做人就遭了难。她哭嚷着让吴裁缝做几件小人的衣裳捐过去，又悄声让禾儿到莫图身边做说客让他多捐些财物。六月竟跟吴裁缝决裂，搬出了莫家小楼，离了菰城回了上海。

禾儿不晓得上海这个传说中的魔都究竟有多好，只晓得从此菰城的碎街上再也没有为禾儿打群架的吴书丞。有一回，一个胖胖的男孩从太平巷里路过，她忍不住叫一声"皮皮"，当陌生的胖男孩转身时，她便猛地意识到此地再也没有跟她打闹又为她挺身而出的皮皮了。

她生来就是孤独的，没有朋友。碎街上所有的孩子对禾儿而言全是陌生的，就如同这里所有阡陌纵横的巷子那样，除了太平巷，哪一条她都不熟悉。有几次，她夜晚回家，误入了肓先生的巷子，看见深深的宅子里亮着一束幽暗的灯光，不觉吓出她一身的冷汗。

她偶尔会想起一个叫文秀的女人，竟在梦里傻傻地分不清上海女人的名字到底是叫文秀还是筱琴。后来就连吴书丞这个名字都快被遗忘时，她已在岁月里出落成一个漂亮的江南女子。

转眼十多年过去了，禾儿已是二十出头的年纪，莫图也老了，碎街早已不再是旧时的模样了，可深巷的某一户人家窗口端坐着的肓先生，他仍是当年那个穿着玄色禅服的怪老头。

八

2019年禾儿二十三岁，在省美术学院毕业。她的油画作品有江南老街，那是她记忆中的老旧模样，许多条阡陌纵横的小巷，还有一些旧宅。巷子的风景各有不同，有巷口独坐的老人；在河畔大树下的几把竹椅上斜倚着织毛衣的女人们；裁缝店里手持卷尺为女人量身裁衣的男人；理发店里拿着剃刀跟着师傅学剃头的十五六岁的男孩；还有廊桥下看雨的小女孩的身后总有一条大黄狗安静地蹲在那里摇晃着尾巴。

画中的一切跟菰城的碎街旧貌相似，又似乎有些别样气息。只是这种别样的气息来自哪里，她不想深思。总之，那是江南人家特有的烟火气，继而从烟火气里分离出来的人间悲欢。

从碎街太平巷搬出来那年，禾儿高中还没毕业。离开那天，莫图独坐在旧宅堂屋里念念叨叨地说老莫家的那些历史。莫家的历史一追溯，就追溯到了晚清，但对于如此久远的记忆，莫图怎么也想不起来了，他唯有老泪纵横。

生命里有无数次离开，比如生离死别，比如成长和衰老，再比如这栋居住了多年并且在时间里住旧了后来又翻新的老莫家的宅子。禾儿不知道是他们离开了岁月还是岁月离开了他们。

漕渎河里的来往的船只划开水面的无非只有那些渐行渐远的光阴，光阴中有个四月微雨的夜，夜里对岸茶楼里唱起评弹《西厢记·请宴》：

> 雨打梨花深闭门，
> 燕泥已尽落花尘。

那男人浑厚的嗓音蓦地远了，远远地躲在收音机里这小小的方寸之中，等待着听众偶然地打开。

莫图在阳台上听评弹时已是又一年秋天的午后。准确地说，那是十月，他斜靠在一把从老房子搬来的躺椅上，阳光懒懒散散地洒下来，洒遍

百合

135

了他的周身。老男人眯着眼睛，手持一把紫砂壶，壶里是新沏的铁观音，那是他从年轻时就爱喝的茶——他钟爱了一生的味道。收音机里传出来的久远的调子在被政府安置的居民楼里盘旋竟然毫无违和感。此刻，他与砂壶嘴对着嘴，一下下地亲吻。

禾儿从背后看着他，想起了多年以前的画面，想起他在人去后的空屋子里打电话的情景，他低低地追问电话那端的女人："你们去了哪里？"这些年来，他一直是人们眼中的单身汉，他孤独了将近一生的时光。而上海女人筱琴就这样从孤城碎街的光景里掠过，像掠过巷口的风，风里是一阵狐媚的浅笑……

一曲评弹听罢，收音机被男人换了台，继而响起了中华人民共和国成立70周年的高亢旋律，禾儿的思绪被打断了又顿时激动了起来——男人老了，他和共和国同龄，今年也有70岁了。

她背后叫莫图："爸。"

莫图从躺椅上回身，惊喜道："禾儿回来啦？"

禾儿道："爸，我们可以回碎街了！"

老男人动了容，顷刻间热泪盈眶。

…………

中华人民共和国成立70周年让这个十月的孤城变得很隆重，碎街上张灯结彩。许多种怀旧的声音从各个街巷里传出来，每一种声音都是带着高亢的调子的，而所有的调子却都听不见回响。

禾儿竟然在许多种高亢声音中想起一张精致而单纯的小小脸庞，像极了一个等着被提线的木偶。那是些静止在光阴里的生命，静止到让她有种落泪的冲动。当她把当年独坐在廊桥的女孩呈现在画纸上时，她几乎可以明确地告诉自己，那不是她，是另一个叫作"禾儿"的小女孩。

晚霞温柔地照在碎街的石板路上，跟从前一样细长的巷子、一样涓涓的漕溇河的流水、一样的石拱小桥。从前的民宅一部分保持原样，又有一部分改造成了生活艺术馆、书局、咖啡馆之类的场所，所有的街巷皆是集市，熙来攘往，随处有时尚元素供当下年轻人玩味。禾儿很快就融入碎街极简的艺术气息里。

然而莫图的心是慌乱的，不知道改造后的老莫家的房子会是什么样子的。当禾儿领着他走进一栋宅子，站在一口天井里仰望小楼，从前上上下下踏了无数遍的红漆木梯如今却让他望而却步。禾儿说："上去看看。"他竟摇头，黯然泪目，也不晓得楼上是怎样一幅场景。老男人转身看了看当年的笔墨店和那两间被他租出去的屋子，愣了愣神，一时恍惚了起来。

　　深秋的风里夹带着一股甜甜的桂花的香气飘进了莫家小楼，禾儿在窗口画画，只听见一扇虚掩着的门被嘎吱一声推开，有人在门口说："莫小姐，您的外卖。"禾儿一回头，看见一个清瘦的男孩站在那里。男孩看上去还小，十六七岁的样子，他笑得殷勤而疲惫，表情里还有一点点青涩的痕迹。

　　禾儿走过去接过男孩手中的外卖，说了声："谢谢。"并下意识地看了他一眼，发现男孩竟羞涩地看着她。直到她再次向他说了"谢谢"，男孩才不好意思地转身离开。

…………

　　政府让莫图回迁的房子最终还是让禾儿改造成了画坊，她从美院毕业回到菰城碎街，回到年幼时她重生的地方。楼上一间是她的画室，另一间被改成了茶艺室，大学时的闺密顾蕾领着几个菰城女子在里面穿着汉服向顾客展示茶艺。原来的笔墨店被用来出售一些名人字画以及自己和别人的油画作品。楼上还有一间住着莫图，平日里莫图在房里听评书，不轻易下楼，怕打扰了孩子们的营生，要下楼也是背着手去对岸茶坊看人推牌九。

　　节假日，一大群小孩子会抽空在父母的护送下拥进来请她教画画。他们坐在莫家楼下另两间并作一间的大教室里或是一起在院子里围着天井听她讲一幅幅名画背后的故事。她会手把手教他们在白纸上画画的本领。她的教学是开放式的，家长们从玻璃的门里可以看见一个个天真无邪的孩子和同样天真无邪的老师。

　　平安巷的一面老墙上依然写着"盲人在此"四个字，而禾儿记忆里的怪老头到底还在不在却无人知晓，只觉得这处老宅比从前更神秘了，神秘到初来乍到的顾蕾每次夜里路过都踮着脚轻轻地走，生怕惊扰了里面的老先生。

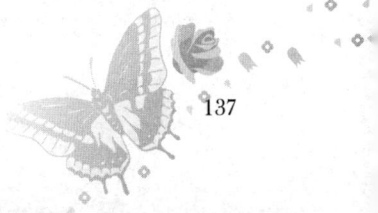

百合

顾蕾起先忍不住问："听说这里有个盲人会算命?"禾儿不响,顾蕾又问:"什么时候咱们一起进去请他算算姻缘?"禾儿还是不响。顾蕾觉得无趣,就噘起嘴不再讲了。

九

深秋的雨巷起着层层白雾把碎街浸染得湿漉漉的,目之所及是一幅水墨画,尤其是站在莫家小楼的窗口,禾儿总能将漕渎河以及河两岸的景象想象成一幅"上河图"。河水是波光粼粼,雨一滴一滴地落下来随后溅起一朵朵的水花,晶莹剔透。河埠边捣米洗衣的女子早已不见了,而石拱桥还在,禾儿记得曾有一条黄狗立在拱桥上。

那个下着雨的午后,外卖小哥在门口一遍遍地叫着"莫小姐"。男孩的声音很轻,他一遍遍地叫,雨声竟一遍遍地将他的声音淹没。最后一声,他终于鼓起勇气大喊了出来:"莫小姐,您的外卖。"

禾儿一惊,本能地一转身跑过去接了男孩手中的外卖。男孩还是那个男孩,外卖送餐的十有八九都是他。禾儿喜欢吃衣裳街的牛肉粉丝汤,每次在"美团"App上点,送餐的都是他。她和顾蕾偶尔也会点些咖啡、奶茶之类的,也有几次是他。

"怎么又是你?"禾儿微笑着问,十六七岁的男孩就腼腆了起来。但他依然看着她,不好意思地看着她。窗外的雨滴滴答答地下,禾儿说:"进来坐坐吧。"

男孩说:"不了,我还有下家要送。"然而正当他扭头要走的时候竟突然扔下一句:"你长得像我姆妈。"

禾儿越想越好笑,她居然长得像外卖小哥的姆妈。她把这句话告诉了顾蕾,顾蕾竟嬉笑着说:"该不会是看上你了吧?"

时隔十三年,筱琴从上海来到菰城碎街时已入冬,女人穿一身天鹅绒旗袍外加一件咖啡色大衣,看上去就好像是从前她家吴裁缝为她定做似的。女人挽起的头发已经花白,化了淡妆的脸上早已被岁月刻下了几道深深的鱼尾纹。她的身材也走了样,稍不留神紧身旗袍里就会显现出一个微微隆起的肉肚子。但这些丝毫不影响上海女人的风情。

碎街对她已是物是人非，恍惚间已是另一世，但莫家小楼的旧模样却深深地刻在她的记忆里。

那是个周末，莫家小楼的天井四周坐着前来学画画的孩子们，禾儿在一束冬阳下认真地教学。筱琴一进门就喊"禾儿"。这糯软的调子好比是隔着时空穿梭而来，落到这栋小楼里，禾儿就听见了回响"禾儿"。

"筱婶。"禾儿叫道，她丢下绘本解散了孩子们，站在女人的面前，笑道："您终于回来了！"

久别重逢，筱琴的目光在打量她，在追溯从前的光影："时间过得真快，禾儿都成了大姑娘了。"她糯软语调里带出一丝丝细长的牵挂："听人讲菰城碎街现在改造得蛮好，我特地过来看看，你阿爸好吗？"

十三年，好比是戏文里的某个被省略了的一长串时间。是落在旧体小说里的某一章节的开头的一句"话说十三年后"，或者影视剧里闪烁在荧屏正中的被加粗了的那几个字幕。十三年后，是要另启一行的意思，是上篇与下篇的承接，又或是一个故事里最耐人寻味的再次开场，是开场前女人的一次深情回眸。

莫图得知后，西装革履地从楼上下来。他在女人面前站了许久，五味杂陈地看着她。跟着又上楼，看着她侧身坐在茶艺室的一把椅子上絮絮叨叨地跟禾儿讲话，待到女人回眸时才喊出了她的名字"筱琴"。

"筱琴，这些年你们过得好吗？"莫图问。

女人起身，喃喃地答了一个字："好！"

在茶艺室，禾儿为她和莫图重沏了茶，继续听女人讲。

筱琴讲："我老早就想回到菰城来看看，只是条件不允许。你不晓得我们回到上海有多少苦，我的娘家人起先不接受我们……那年皮皮原本是读初二的，可是在上海没家庭关系就哪里有学校可以收。我是在我爷娘面前跪了一天一夜，他们的心才软下来的……"女人讲着讲着就哭了，哭着哭着哽咽了，最终还是没讲下去。

筱琴哭的时候，莫图就从餐巾盒里抽出几张纸巾给她。他看她的眼神有愧疚，这愧疚像她的鱼尾纹一样深深刻在那里，难以弥合——时光不能

百合

139

倒回，即便倒回了又能怎样？

禾儿不禁问了一句吴书丞，筱琴即刻破涕为笑，摸出手机给她看照片："阿拉皮皮小时候胖，大了就瘦下来了，而且越来越帅气了。"

吴书丞长大后的样子确实好看了不少，眉宇间有些吴裁缝当年的神态，但比他父亲要耐看得多。

筱琴偏偏说："儿子像娘！"她讲："皮皮现在不在上海，他上两个月跟朋友去了武汉，好像是参加一个项目设计，到现在还没完。皮皮很忙的，他是工程师，老吃相的，哪里都有可能需要他……皮皮不在上海嘛，我就来菰城了！"

筱琴是娘，是吴书丞的娘，所以她的嘴里开口闭口都是皮皮，皮皮长皮皮短地在他们面前念叨。

又是一个冬季的落雨天，禾儿在楼上画画，筱琴悄声进来将一件外套披在她身上。禾儿转身，微笑道："谢谢婶。"

"你该叫我姆妈。"筱琴说，"你老早就可以叫我姆妈了。"

这话一出，她俩不约而同地想起了皮皮，想起当年那个胖男孩噘嘴讲的："姆妈哪能随便给人做的？"于是她们笑了。

筱琴讲："皮皮在大学时谈过一个女朋友，那女孩的眉眼跟你非常像。他把她带到上海来见我时，我差点把她认作了你。"女人滔滔不绝地讲述着儿子的恋爱史，不断地重复着那句"可惜是个北方的女孩，性格跟你完全不一样。我不喜欢"。而筱琴不喜欢的原因竟然是女孩在晚餐时多吃了一块羊排。

"这天夜饭，我炸了四块羊排，本来打算我和她各吃一块，剩下两块给皮皮吃。"筱琴皱着眉回忆，唱戏似的，"结果倒好，她啪啪吃了两块，阿拉皮皮倒只吃一块。"

禾儿插嘴道："他女朋友肯定是觉得您炸的羊排好吃，才多吃的。"

"好吃也不能多吃！这个女孩一点规矩也不懂，吃相介难看，怎么当阿拉上海人的媳妇？"筱琴一本正经地，"换作你，肯定晓得要让男孩子多吃一块的呀。"

这个故事被顾蕾上楼时无意间偷听了去，在女人背后嬉笑了好久，轻声细语地学着上海女人口吻，说："你是你儿子的娘，女孩又不是，凭什么要省下一块来给你儿子吃？再说了，人家还是客人哎，你不好多炸几块的啊？"

吴书丞原定年前从武汉回来，他计划先到菰城接上母亲再回上海过年。谁知计划赶不上变化，武汉竟出现了一种"新型冠状病毒"，吴书丞因此被困在了那里。

2019 年的冬天很快就进入了一种严寒，这严寒里渗进了一种传说"新型冠状病毒"，让禾儿想起了十六年前的非典，想起了莫图把莫家宅院的里里外外都消了毒，那 84 消毒液的气味正是她初到菰城最亲切的气息。十六年后，那气息又弥漫在了街头巷尾。

筱琴不断地给吴书丞打电话，不断地问他武汉那里的疫情。吴书丞在电话里却轻描淡写地讲，他停了工程，在传染病医院"爱心车队"当志愿者，积极地去面对疫情。他的脸被口罩勒出了印痕，甚至必要时还要全副武装进入病区帮病患采买生活物资，厚重的防护服使他看上去不仅胖而且滑稽。

吴书丞的微信号是筱琴推送给禾儿的。一经为娘的推送，吴书丞就有了惊喜，好比是小时候喜欢吃的大白兔奶糖，心心念念了许久终于重新又被含在了嘴里。

大年夜，菰城碎街的万家灯火里最不安的一盏亮在姓莫的人家。家里有筱琴忙碌的身影，她烧了一桌的上海菜吩咐禾儿和爸爸要好好尝尝她的手艺。女人在厨房里喋喋不休地讲着过去她小时候在上海里弄过年的情景，讲着当年一排低矮房子，人们在屋外生煤炉，屋内祭祖宗的情景。讲着烟火人家里生出的万般情愫，那对于"年"的期盼，讲到最后竟是一把辛酸泪。

筱琴在用手背悄悄擦眼泪，禾儿看见了。她看见女人含泪把做好的上海菜一样样地端在桌子上，然后坐下。莫图将醒酒器里的红酒倒给她，她喝了一杯又一杯，把句句上海话讲得莫名其妙。餐桌前，禾儿抱住她，替吴书丞叫了几声"姆妈"。窗外的万家灯火彻夜不熄，"年"的气氛在时间里渐渐热烈又渐渐消退。后来电话响了，筱琴终于听见皮皮在电话里喊她

百合

141

姆妈了。他笑着说："姆妈过年好！莫叔叔过年好！禾儿过年好！愿所有的亲人过年都好！"

十

2020 年春，筱琴已不再奢望儿子能在短期内回来了，她在电话里对儿子说最多的一句话就是"保护好自己。"

菰城的社区街道也都陆续发布了禁足令，禾儿、莫图和筱琴都被困在莫家小楼里。小楼的生意也歇下了。禾儿不禁心想非典那年吴裁缝一家要是困在苏北老家不来了，那菰城碎街岂不是要少一个故事了？

碎街就此冷冷清清，外卖小哥的电瓶车铃铃铃地还穿梭在小巷里。微雨天，猫儿狗儿悄声走在石板路上，时不时被拐角处铃铃的声音惊住并且发出一连串嘟囔声，像负气的孩子。阡陌交错的小巷子里一排排白墙黛瓦的江南老宅在水雾弥漫中静默，等着做另一场历史的见证者。

午间休息，禾儿被一个熟悉的声音喊醒。依旧是那个外卖小哥出现在她家的窗下，口罩将他羞涩的笑遮住了，但禾儿还是会想起他说话的样子，尤其是那句"你长得像我姆妈"。

"莫小姐，您的外卖需要下来拿一下。"男孩说。因为疫情，外卖不能送进家门，只好由买主出来取。

禾儿下楼，撑着伞来到门外取餐。她看见男孩的身后躲着用雨衣包裹着的瘦弱的女人，男孩先是将女人托上电瓶车，随后自己再骑上去，稳稳当当地将车开走了。

"巷子里有妖——狐妖。"电瓶车后座，雨衣里瘦弱的女人在轻声讲话。

"没有的，姆妈，没有狐妖，是疫情，新冠病毒！"男孩说，哄孩子似的，"你以后不要乱跑，要乖乖地待在屋里，戴好口罩。"

…………

筱琴和莫图每天都在用酒精消毒、84 消毒液拖地，小楼上上下下都弥漫着消毒水的味道。这种味道是安全的，禾儿在这种安全的味道里开设网课，线上教孩子们画画。

那天课后，吴书丞来电话说："禾儿，我看见我爸了！"他的话音低沉，听来有些忧伤。

一个苏北裁缝后来怎么会跑到武汉去，这是谁也没想到的事情。吴书丞说，当年跟他姆妈去上海后就跟他爸断了联系。他也曾试图给老吴打过电话，但他的号码早已换了。为父的不主动寻找自己的儿子，吴书丞就想当然地认为老吴不要他了。

"没想到他在武汉，更没想到这个时候在医院挂急诊。"吴书丞讲。他们在行色匆匆里不期而遇，彼此看了一眼。尽管吴裁缝已苍老了许多，吴书丞还是一眼就认出他来了。

…………

"皮皮遇到谁了？"筱琴后来心急如焚地问。

她是无意间上楼来听到禾儿和吴书丞的电话的，她在画室门口隐隐约约地听见好像是谁感染了新冠病毒，心急如焚地下楼让莫图去问禾儿。禾儿迟疑了半天才把吴裁缝的事说了出来，又慌忙道："婶婶放心，应该没事的。"

筱琴惊呆了，她跌坐在那里愣愣地看着窗外烟雨里空落落的碎街，低喃："怎么这个时候生起病来了呢？"说着便眼里就泛起了泪花。

这两天，筱琴没有理睬莫图。莫图会无意间讲几句关于天气或疫情的话，筱琴也装作没听见。她会哀叹，喃喃自语：疫情早点结束嘛，好早点让皮皮接她回上海。她还是不断地给吴书丞发微信打电话，可电话一接通竟不知该讲些什么，反反复复只有一句"保护好自己"。

女人动不动就哭，莫图恼了，自顾自背着手走出了家门，又被人劝了回来。

后来女人决定不哭了，她靠在门口一把躺椅上，看着阴沉沉下雨的天，听着天井里落下的雨滴声，开始跟莫图细声细语地讲话，她讲起有关天气或疫情的话却一句没再提回上海的事。她起身上楼，搂着禾儿悄声道："其实，我老早就可以当他死了。"随后又自嘲："呃，也许他十三年前就当我死了。"

百合

143

禾儿不语。她伸出双臂抱紧了筱琴婶，心里想着：一个女人的心里会不会同时装着两个男人，并且同样深爱着他们？

碎街的夜里，雨滴在屋檐下发出长串单调的音符如同一支离别的挽歌。街巷里的路灯迷雾蒙蒙着，聚光下有飞蛾扑火的影子。春天的泥土里有股香气在风雨里滋长，让人感到了刺骨的寒。在寒里，在迷茫处，在肉眼看不见的任何角落里都有可能攀爬着一种微生物在侵扰人类。

禾儿终于梦见了那个惊蛰的雨夜，雨丝密密斜斜，小小的她被一个女人牵着在碎街上急切地走。她们下了石拱桥刚进巷子，霎时一转身头顶上的伞被吹跑，女人不见了。她在陌生的巷子里喊"姆妈"，一声比一声凄凉无助。

蓦地，她在梦里辨认出巷子里的喊姆妈的声音不是自己的。于是，她惊醒在深夜里，听见雨声还在，那凄凉无助的声声叫喊还在太平巷里回荡。那是男孩的声音，她听出来了，是那个不久前还说她长得像他母亲的外卖小哥。他竟然此刻就在楼下喊姆妈。

细雨中，一个女人在手舞足蹈，在雾蒙蒙的街灯下如同一只巨大的飞蛾。男孩追到这盏灯下，女人就跑到那盏灯下去。她不让他喊，他每喊一声女人就发出一声尖叫。她让他站住，神秘地凝望着每一盏街灯。她神神秘秘地说灯光里有妖气，说瘟疫是狐狸精变的，说着她就打了寒战。

一扇老房的窗户被支开，疯女人在灯下一转身吐出一个字"禾"。

…………

一大清早，临街的居民纷纷开了窗在问，昨夜有没有听见一些奇怪的声音？于是相邻的几户人家就热闹了起来，话语一句接着一句，七嘴八舌的。他们都说声音是从太平巷传出来的，好像是一个女人，疯了，披头散发在那里唱歌。

禾儿默默地独坐在小楼的窗前出神，仿佛要从眼前空白的画布上去寻找从前的自己。

2020 年的三月春雨绵绵，草木正在萌芽，万物急需一个响亮的春雷把它们唤醒，到自然界的一切生灵在醒来的路上。

宅家的人们在手机上点外卖，街道办规定外卖员不能进碎街只能将东西放置在桥头的驿站并向专管员出示健康绿码后方可等待买主来取。某天，禾儿来回取了几次外卖，最后一次，她看见年轻的外卖小哥在驿站等她，依旧是一张十六七岁少年的脸。这张脸此刻有些阴郁，看她的眼神充满了质疑。他问她："你叫莫禾？"禾儿点头后，他又问："你认不认识一个叫文秀的女人？"

外卖小哥说，他叫苏勤，是苏立农和文秀的儿子，才十六岁。

禾儿终于想起十六年前文秀把她放在碎街的太平巷里的那个雨夜。当年的雨巷深邃而悠长，她想起文秀让她在这里躲雨，她去去就来。她躲在莫家宅院的屋宇下，檐下滴落的水珠如同帘子般密密地垂下，两盏灯笼悬在门堂上，朦胧的光线照出的斜风细雨的样子好比是一场迷梦。

那是惊蛰夜，雷声响在她的迷梦中，万物皆在苏醒，唯有她还睡着。一个七岁孩子的梦里不仅有雷声，有她喊姆妈的急切声，还有一股巨大的寒冷渗进她小小的身子。她听见从幽深的雨巷里疾步走过的猫儿狗儿，听见碎街上的人们在议论，听见莫图抱起她时问她冷不冷？而那个说是去去就来的女人却始终不见了。

苏勤说："你误会她了，她找过你，可是那年非典，旧街上有疑似非典的病例，所以旧街被封，她出不去。"

对，那条临河的街叫旧街，文秀再嫁的地方叫初浔镇，她改嫁的男人叫苏立农。禾儿的记忆复活了，那段她最不愿回首的往事以苏勤的出现方式真真实实地摆在了她眼前，她倔强地径直从他身边走了。

苏勤在桥头喊："姐！"

禾儿站住了，大声道："别叫我姐，我不认识你！"

十 一

莫图倚在楼下天井口的躺椅上喝茶，他终于学会了不用收音机也能绘声绘色地清唱《西厢记·请宴》了。他一口苏州评弹唱得正宗，那浑厚的嗓音堪比从前对岸一家茶楼上的男人，让人想起许多往事来。此时碎街上忽然有个上了年纪的女人悲恸地大喊了声："肓先生升天了。"即刻，莫图

百合

145

的"请宴"才唱到一半就被打断了。

得到这个消息，许多人不管禁不禁足都跑出去围观了。

"到底是九十多岁了，家里也没人照顾。"筱琴讲，不由伤感了起来。

育先生在碎街上存在了几十年，是人们供养在深宅陋巷的一尊仙人，这尊仙人终于在一草长莺飞的四月天归去了。莫图感慨地道："育先生是菰城几代人心里的一个念想，现在这个念想没了，谁来算老百姓的命？"

在禾儿记忆里的育先生无非就是一个穿着玄色禅衣的怪老头，那怪老头端坐在蒲团上给人掐指算命的时光已然成了菰城的一段深刻的记忆。当他的尸身被人从碎街老屋里抬出来穿过几条巷子时，每条巷子里都站着几个上了年纪的老街坊，他们戴着口罩在一个晴朗的春天的午后不约而同地目送着先生远去。

"太平巷那个怪老头死了。"她在微信上告诉吴书丞。吴书丞回问道："终于死了？"她讲："对，终于死了！"她长舒一口气，笑了："以后半夜出门再也不用害怕了。"

…………

吴书丞是四月十日启程从武汉来到菰城碎街的，他在莫家小楼里找到了自己孩童时的记忆，看见了长大后的禾儿和逐渐老去的莫叔叔，不禁泪目。然后他还是笑，笑着调侃禾儿看着比视频里胖，莫叔叔还是那样帅。

吴书丞是瘦了不多，样子看去有些憔悴。筱琴抱着他，兴奋地说："儿子，你总算回来了。"而关于吴裁缝，她只字不提。

当夜，禾儿和吴书丞走在碎街的巷子里，一轮朗月高挂在漕渎河上空将银辉洒遍了河面、巷口以及古老的石板小桥。

吴书丞告诉她，他跟病中的吴裁缝相认了。吴裁缝的女儿，他同父异母的妹妹十一岁，还在读小学。吴裁缝再婚的妻子看上去很美也很年轻，只可惜是一副病态，据说是轻度脑瘫，行为能力差，说话迟缓，但智力没有一点问题。吴裁缝康复后，他就去了父亲在武汉的家，他看见父亲一家住的是女方父母留下的旧房子，他们在旧房子里开了家裁缝店维持生计。

他说："可能我爸天生就喜欢漂亮的女人，喜欢给漂亮女人做衣裳。从前把客人用剩的边角料给我妈做，后来给媛媛和她妈做。媛媛和她妈一样美还很健康，是个漂亮又聪明的孩子，没错！"媛媛是他妹妹的名字，说起这个名字时他眼里充满了疼惜。他偷偷认下了她们。

吴书丞很善良，善良到让禾儿动容。她在街灯下站住，迷离的灯火让她蓦然想起一个在街灯下跳舞的女人。她问："皮皮，你相信吗？我也有母亲，我的母亲在十六年前的一个下雨的夜里把我放在这条太平巷子里……前不久，我居然意外晓得自己还有个同母异父的弟弟……"

他错愕地一低头，发现她眼里全是泪。

吴书丞带着筱琴决定坐高铁回上海，临走前他要求莫图跟他们一起去。

莫图婉拒道："不了，我跟你姆妈之间需要有点距离才是最好。"

筱琴听出了弦外之音，不禁对他客气起来："那么莫大哥，谢谢这段时间的招待，再会哦。"

娘儿俩到了上海的家，吴书丞打电话给禾儿报平安。他第一句话便问："我妈一上车就哭，哭了一路，她跟莫叔之间到底怎么了？"

禾儿一时间不知道如何回答，只说："会好的，也许他们需要时间。"

疫情逐渐好转，菰城陆续复工复产，碎街恢复了先前的生趣。

顾蕾回来了，莫家小楼又开始了先前的营业模式。禾儿继续在画室里画画及出售别具风格的当代艺术字画，顾蕾继续领着几名菰城女孩子在里面穿着汉服在茶室里向顾客展示特色茶艺。日子过得安稳且踏实，年过古稀的莫图继续在筱琴离开的日子里要么在自家楼上独坐，要么在禾儿有课的时候背着手走去对岸的茶楼里喝茶听书，跟人打会儿小牌。周末，一群小孩在家长的护送下来到这里，一张张小嘴如同喜鹊叽叽喳喳地围着莫家的天井齐声喊："莫老师好！"

偶然有一个忙里偷闲的午后，顾蕾点了衣裳街的奶茶，等到陌生的外卖小哥送来时，她竟失落地问了起来："那个爱害羞的小哥这两天一直没看见，是不做了吗？"对方开口道："您说的是苏勤吧？他带着他妈回初浔镇了。"

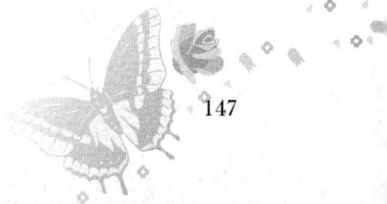

百合

十　二

　　隔年，又一个深秋，禾儿才在顾蕾的陪伴下终于回到了初浔镇，并且被苏勤约在旧街廊桥下茶坊见面。

　　那个她从梦里落到画布上的有着碎街相同景象的江南小镇，是她灵魂牵系着的地方。只是许多年过去了，旧街廊桥两岸的老房子已经被改造，像菰城碎街那样保留了水乡的原貌却没有让居民回迁，而是彻底改成了江南古镇特色街区。从一座座石桥上下来，人们会闻见从袅袅的烟火气里依稀飘来的咖啡的香醇，又从咖啡的香醇中闻见一种被烤到七分熟的牛排散发出的淡淡的烤肉味。

　　禾儿坐在茶坊里看着窗外站在桥头拍风景的顾蕾，恍惚间想起在廊桥下的竹椅中独坐的一个小女孩。这个才六七岁的女孩曾经好几次被拖拽着强行带进阁楼一间小黑屋，当禾儿回忆起这段往事时，总觉得那个小女孩不是她，然而不是她又是谁？

　　"你爸苏立农，他就是个魔鬼！"在廊桥下的一家茶坊里禾儿忽然对苏勤低喊。

　　苏勤坐在茶桌对面，看着她，弱弱地喊了声："姐。"

　　禾儿的心瞬间柔软了下来，她喝着杯中的茶继续看着窗外。男孩苏勤的外卖电瓶车就停在门外，他的手机里时不时地会跳出要求接单的信息。然而他不接，仍是固执地坐在她面前，巴巴地看着她。

　　秋高气爽，阳光安静地洒在河面上，一艘装点古朴系着红绸的戏船带着节奏从一个桥洞钻出来优哉游哉地划向另一个桥洞。一个中年女人扮成少女的样子在船头唱戏曲，那细长的咿呀声里唱的全是前世的冤孽。

　　苏勤害羞的样子像极了当年的文秀，他说："姐，这个地方原来是我们家。"

　　禾儿不响，七岁时的记忆已经很遥远，遥远到令人感到迷茫，然而她却在这里生活了一年之久。为了摆脱这一年炼狱般的日子，摆脱一张男人丑恶的嘴脸她曾不止一次地问文秀："我们回去，好不好？"文秀是个傻女人，她丝毫没有察觉到苏立农对她女儿的威胁，傻到认为禾儿是鬼附了身。

禾儿真的是鬼附了身，十多年前因鬼附身而被放在菰城碎街的太平巷里，十多年后她又一次鬼附了身居然回到初浔旧街。

时隔许多年，这条街依然叫旧街，而原来的苏家的旧宅早已被改成颇具文艺气息的茶坊。阁楼拆了，保留了很高的一个三角顶，四面的墙都用红砖叠起的，顶上高高地悬着几盏昏黄的琉璃灯盏使茶坊的氛围变得扑朔迷离。从顶上往下看，也许茶客们就会显得渺小，几张木制的茶桌被布置在高顶之下多少让人觉得有些空旷而突兀，复古留声机里附和着门前河面上戏船里的调子整日咿咿呀呀地唱出一些越剧旋律来吸引有情怀的顾客。这多半是年轻人的设计，唯有不同才会彰显个性。否则，这家当年闹过鬼的地方是怎么也不会有人来光顾的。

…………

初浔旧街改造的时间比菰城碎街晚了几年，当时的苏勤还是个小男孩。十岁之前，他饥一顿饱一顿地跟着父亲苏立农一起在镇中学的教师宿舍里胡乱地生活，从未见过他的母亲，更不知他母亲就在旧街的老房子里。得知旧街要拆的消息后，年过半百的苏立农开始坐立不安，他的一系列举止反常到令人生疑。他常常丢下苏勤去老宅，有时索性彻夜都留宿在那里，好像彻底忘了他还有个小儿子。

某天深夜，十岁的苏勤被警车的警笛声吵醒。他赤足下了床，惊讶地看见父亲戴着沉重的手铐被几名警察带走。其中一位警察叔叔从门口折回来俯下身子在他耳边讲："小朋友别害怕，会有人来照顾你的。"他追问：为什么要带走他爸爸，没有人给他答案。当时记忆中的父亲被带走时是一副失魂落魄的样子。

"那是个夏天的晚上，"苏勤告诉禾儿，"我印象最深的是看见我爸被带走时吓得脸色苍白居然还尿了裤子，就觉得他是犯了很严重的罪。"

人们在旧街拆除中从苏家阁楼上解救出一个瘦骨嶙峋的疯女人，这个邋遢得衣衫不整的女人直到被解救的那一刻还心心念念盼着她的男人能回家。她抓住别人的衣角，将陌生男人误认成苏立农。她说："立农，我们

百合

149

什么时候去菰城接禾儿？"这个女人就是文秀，苏立农骗了她许多年，然而她明知是骗，还要这样问。在文秀逐渐糊涂的意识里早已不记得她还生过一个儿子，但她记得禾儿，记得她曾经把她放在了菰城碎街，她只有讨好她的男人才能把她女儿找回来。

"太平巷。"她一遍遍迫切地说，"我记得禾儿是放在菰城碎街的太平巷里。"把长大后的苏勤当成了她唯一的救命稻草。许多年过去了，女人始终不认为男孩就是自己和苏立农的儿子。

当年在苏家的阁楼上除了解救出一个疯了的文秀外，还发现了一堆白骨，据证实是苏立农的前妻。

禾儿可以想象苏立农杀妻时那狰狞的面目有多少恐怖，他曾如此恐怖地对待过一个年仅六七岁的小女孩。当年她一进苏家就闻见了一股奇臭，那气味从阁楼黑屋子里钻出来顺着竹梯一路下来弥漫在苏家的各个角落，而文秀却毫无察觉。也许文秀是闻到了却没有警觉，她当年是太爱这个男人了吗？甚至就连禾儿一遍遍地央求："我们回去好不好？"女人居然充耳不闻，结果居然把她的女儿放了。

当年她不敢进苏家，不论刮风下雨都坐在廊桥下，因为见了不该见的。那不该见的物件被一条破旧的女人的外套包裹着就藏在黑屋的钢丝床下。她可以肯定这奇臭就是从那条用来包裹的外套里散发出来的，而文秀竟然没有闻见，难道是爱情让她的鼻子也跟着失灵了吗？

当她看见文秀赤裸裸地被苏立农拖拽在嘎吱作响的钢丝床上颠鸾倒凤时，就哇的一声叫了起来。此后，她就过上了被苏立农威吓的日子。他在许多次深夜里悄悄跑进黑屋在女人的遗像前学前妻说话，学幼儿唱歌。禾儿看见他在文秀的茶杯里放药，让傻女人沉沉睡去，然后把年幼的小人儿引过去，吓她，甚至打她。

那夜文秀终于醒了，从隔壁跑到黑屋来找她。她在供放着男人前妻遗像的五斗橱边瑟瑟发抖，想告诉她一个真相，而黑暗中男人一双眼睛狼一样盯着她。男人故意穿着人字拖来到她们跟前，故意不耐烦地打着哈欠问："深更半夜的，你们还睡不睡啦？"

她一进苏家就有一种逃的念头而且这个念头越来越强烈，但她想逃，想和文秀一起逃，回到那个生养她的村落里去。然而她想让文秀把她独自放了，放了她就等于放了她一条生路并且断绝一切过往，包括跟文秀的母女之情。

那么，文秀又何苦来寻她？

……………

苏勤是十四岁那年从福利院里偷跑出来的。他说父亲被捕后他就一直想着这个疯女人，他想着是这个女人把自己带到这世上来的，所以他要对她负责。说这番话的时候，男孩的表情很严肃，他成熟的样子霎时揪住了禾儿的心，让她隐隐感到疼。他说，后来一位老街坊看着可怜就去跟福利院沟通让他回到文秀身边照顾。又过了几年，智能手机上有了外卖平台，苏勤就当起了外卖员。

年纪轻轻的苏勤起早贪黑，但他不怕苦，只要能在母亲身边，只要她能好好的。文秀不疯的时候很安静，安静地歇在屋里。而无论疯还是不疯，她的嘴里只有碎街上盲先生和太平巷里一个大宅子，还常常神秘地说碎街太平巷里的灯光里有妖气。时间久了，他对母亲嘴里的碎街、盲先生以及太平巷滋生了一些情愫，他答应要为她找到禾儿。于是2019年秋天，苏勤就带着文秀去菰城应聘外卖员。

……………

又一年深秋的下午，禾儿在顾蕾的陪伴下跟着苏勤走进了初浔镇的一间简陋的出租屋。屋子里什么也没有，简单到只有灶台上的锅碗瓢盆和室内一张上下铺，下铺床上是她的痴娘。

文秀跪在床上仰着天看着窗外，她依旧是衣衫不整，花白的乱发被扎得松松垮垮，但状况比先前好了些。苏勤在门口只是轻轻地喊了声"姆妈"，女人便是猛然一惊。她回过身，仍旧跪在床上用迷离的眼神看着来客，像极了一只被训的老猫。

"阿姐来看你了！"苏勤走到她面前指着门口的禾儿说。但见女人的眼神从迷离里流出一丝困惑，他又说："禾儿，是你一直要寻的禾儿！"

"禾儿？"女人念出了埋在心里的名字，困惑地顺着苏勤手指的方向看着门口的两个年轻女子，随后一个劲地摇头，从嘴里木讷地吐出一个

百合

151

"不"字。直到苏勤把禾儿拉到她身边，告诉她："这是长大了的禾儿，是从菰城碎街来看你的！"女人的眼圈才一点点地红了。

"菰城碎街？"哭泣的女人低问，"太平巷？"她下了床躲到苏勤的身后去，目光定定地落在禾儿身上。她就那样看着禾儿又那样看了看她的同伴顾蕾，看着看着就露出了怯色，她哇的一声尖叫像极了当年的那个小女孩。现在文秀就躲在儿子身后指着两个女孩疯狂地大喊："她是妖，她们都是狐妖！"

"她已经老了，也疯了。"回到菰城碎街莫宅，禾儿对莫图讲，"只认得我七岁时的样子。"她低着头，像个犯了错的孩子。

深秋的天已是暮色沉沉，一钩弯月把太平巷照得朦朦胧胧。莫图靠在门口的躺椅上望着昏黄的月色，不说话。

禾儿默默地搬了一把椅子在老男人身边坐下，随后趴在他膝上一遍遍喃喃地喊着："阿爸。"

莫图终于开口道："你还记得吗？你当年一见我就喊阿爸，说我跟你的阿爸一模一样。"老男人笑着笑着，眼里泛出了泪，于是泪光中的月亮就更朦胧了。他接着说："当时我想，介漂亮伶俐的女孩放在我家门前，是我几辈子修来的福，但我也做好了思想准备，你到底是别人家的，将来人家要是后悔了，要来领，我是可以还给人家的。"

禾儿不响，自顾将头埋进老人的怀里。

莫图双手抚着她，叹了声，道："这两年，几乎每个周末都会有孩子来上你的美术课，我看见小女孩们开心的样子就想起了你小时候。我的禾儿，你小时候并不快乐，你说忘了从前，但我知道其实你一直记得你的姆妈，她叫文秀，你在梦里喊过她的。"

十 三

莫图在禾儿刚上小学时曾为她在新风小学门口拍了张照片，夹在当年一本日记簿里。记忆中那是九月初的某一天，禾儿穿着吴裁缝送的那件绣着花边的小白裙，笑得俏皮而又美好。这想必是禾儿童年时期最快乐的一个瞬间了吧，莫图把这个瞬间用相机记录了下来，现在又从尘封已久的日记簿里翻出来递到禾儿的手中。

"她不是不认得你了吗?"莫图讲，"你把这张照片拿去给她看，她总是会认出来的。"老男人把"她"字咬得很轻却又故意重复了两遍，有仇似的。待禾儿接过照片，男人又像是完成了什么仪式，转身准备离开。

"爸，"禾儿在背后叫住并告诉他，"我永远是你的女儿!"

禾儿见了文秀以来，仿佛觉得自己也变得不大正常了。她常常在深夜里端一杯清茶独自站在小楼画室的窗前看着巷子里的一盏盏街灯，想起光影下七岁的自己。尤其是下着细雨的夜里，当一只肥硕的白猫从潮湿的青石路上走过时，她会不经意间吓出一身冷汗。她不禁想起了文秀所讲的狐妖，耳边也似乎传来了阵阵狐媚的轻笑。

苏勤带着文秀从初浔来到菰城碎街，当她在碎街太平巷里路灯下疯到极致又重返初浔镇，这个女人的疯病始终没有想到更好的办法去治疗。他只能用药物来控制她，而这种药物的副作用就是使他的母亲看起来越来越傻。小镇医生劝他把文秀送到菰城精神病院去治疗，但苏勤下不了这个决心，他无法扛起高额的医疗费用，同时也无法接受母亲囚徒般被禁锢的现实。

苏勤一趟趟地抽空独自来到菰城碎街，一遍遍地站在禾儿身后腼腆又锲而不舍地喊她阿姐。男孩喊得连顾蕾也动容了，劝道："你弟弟真是可怜，小小年纪一个人养娘不容易。"禾儿才被动地又去了初浔镇。

再回去，文秀仍旧不认得她，仍旧是一只受训的老猫般安静地跪坐在出租屋的床上。女人的眼神一再地躲避她，直到她从包里摸出一张儿时的照片来，女人终于喊出了她的名字。

"禾儿，这是我的禾儿!"文秀一把抢过她的照片，细细地看着抚摸着，又将它藏进怀里。

禾儿见状，这才流下泪来。文秀把她照片藏在怀中的样子就好比是把年幼的自己重新搂进了怀抱。于是，她含着泪，骗她的痴娘："跟我去菰城，我帮你去找禾儿。"

…………

百合

文秀到底还是住进了菰城的精神病院，这是苏勤不想面对却必须面对的事。

禾儿对他严厉了起来，摆起当姐姐的样子，说："你还小，才刚十八岁，你得读书，你娘不用你照顾。你要是认我做阿姐，那就听我的话，辞了外卖员的工作，给我去夜校上课！"

苏勤无奈，只得乖乖地接受了他阿姐的安排，白天或去医院看文秀或在她店里帮忙，晚上去禾儿给他报的夜校上课。

苏勤跟他的名字一样，在莫家店铺里帮忙是手脚最勤快的。他把禾儿的画从楼上搬到楼下，又将客户预订的字画墨宝准时送到人家中。他还去顾蕾的茶艺室帮忙浇水，替前来赏玩的小姐姐们备好茶具再羞涩地走开。周末，他躲在教室墙角看玻璃门内的姐姐上课，看小孩子们画画的认真模样儿。

莫图很喜欢苏勤，喜欢他眼疾手快的做事方式。他说："这小团懂事的。"但他不喜欢苏勤喊他爷爷。

七旬老人从躺椅上支起身来，不紧不慢对苏勤讲："你阿姐叫我爸，你喊我爷爷，辈分不乱了吗？"

苏勤摸着脑袋，不好意思地窘笑。

莫图又道："你应该叫我伯伯，如果嫌我老，叫我老伯伯也是可以的。"

苏勤一转念，说："伯伯，您不老！"

莫图听罢，蓦地一拍大腿，惊喜道："哎哟，这小团机灵的！"

筱琴回上海后很少跟莫图联系，吴书丞发来微信对禾儿讲："我妈心里有莫叔，时常惦念他。"

禾儿对吴书丞讲："有时候，男人的心思比女人难猜。"吴书丞不语，只回了个憨笑的表情给她。

…………

2022 年春节后，筱琴说她身体不好，夏天怕热冬天怕冷，立春后又觉得体虚，昏昏沉沉的。因此，她在上海一个人闲来没事总是往朋友圈里发一些养生的图片和链接。莫图不爱发朋友圈也从来不给人家点赞，即便是禾儿发的美图美景也从来没见他点赞过一次。

"他不点赞，我们又不会少块肉！"有时筱琴会赌气似的在微信里说，禾儿忍俊不禁，跑到莫图跟前把对话框里筱琴的话给他看，莫图看过笑过继续噘嘴亲吻他的茶壶。

偶然有一次，禾儿在画画的间隙打开朋友圈竟然看到了莫图在筱琴发的养生链接下点了赞，还写了四个字"保重身体"。她不禁心想，这老男人总算是开窍了。

老头子最近有些忧郁，总是看着一些老物件发呆，喃喃自语：这些老物件虽好却是带不走的。人在的时候，它们就在了，人一辈又一辈地老去，它们还在。它们一辈辈地供人使用从来不埋怨。莫图絮絮叨叨地讲："莫家小楼的物件，比如红木的椅子、雕花的窗和一些从前隐藏在角落里的铜器及青瓷都被搬了出来，而莫家的故事却怎么也唱不完整。"

莫图习惯每天晚上喝点酒，却从不贪杯。他一个人在桌前自斟自饮也无非是一小盅白酒的量。菰城男人喝酒跟喝茶一样，喝下去的是情怀。然而，那晚他却喝醉了。

那一晚，禾儿在画室听着楼下的微醉的莫图清唱评弹，唱着唱着忽然就停了。莫图从沙哑的喉咙里嚎出一个女人的名字并用软绵的唱腔道出一句："筱琴，你好啊！"

禾儿忙下楼来到他面前，问："爸，你怎么啦？"

看着禾儿，莫图止住唱，笑了，问道："这上海女人怎么就那么作？"

禾儿看见养父一张绯红的老脸上笑出一道道深深浅浅的爱恨情仇，跟谁欠了他似的。他掏出手机，把筱琴发给他的微信一条条翻给她看，才晓得筱琴这个老女人竟然背着所有人对他写了许多深情的话。

…………

早春夜色下，江南深巷里有水雾弥漫的倒春寒从窗户的缝隙里悄悄地渗进来，阴冷飕飕的。莫图躺在床上说胡话，禾儿在床前握着他的手轻声地喊"阿爸"。喊到最后，只见他微微睁开眼把食指竖在唇边，仍是醉醺醺地讲："别告诉筱琴。"

一段日子过后，禾儿回头想想还是忍不住把莫图那夜喝醉的事情告诉了筱琴。筱琴不禁哭道："这么说，你爸心里还是有我的。"

百合

155

尾　声

医院草坪上，一棵棵高大的梧桐树上蝉声急切，好比是一支久远的歌以单调的节奏反复地唱出来，怎么也不肯停歇。仲夏的阳光被茂密的树枝切割成无数道细碎的影子，斑斑点点地落下来。草坪的不远处有条河流，流水的声音让文秀想起了从前的自己，她说她曾经在水流湍急的河港边洗过衣裳。那是她下地回来的男人金水换下来的衣裳，那些粗布衣衫里有股浓浓汗臭味和泥土的气息。

当年，她挺着肚子下到河埠上，肚子里怀着一个小人儿，那小人儿的名字叫"禾儿"。"是金水取的。"文秀下意识地摸着肚子对身边的女孩讲，"禾儿是金家的独苗。"她又说："金水最爱禾儿了，每天吃饭睡觉都抱着她。"她说着说着就笑了，笑着笑着就哭了，哭的时候就像个任性的孩子。

这个老小孩带着哭腔不停地说："要不是那天遇上大雾，金水的船就不会沉。船不沉，金水不会死。金水不死，我就不会改嫁给他！"文秀在"他"字后面拖出了一长段尾音，那尾音是无数个被忽略的日子，那些日子里埋着苦难，埋着她被紧锁的思念，但她总也搞不明白具体是什么。

文秀也已经忘了"他"的名字叫什么，当神态模样跟"他"有些相像的苏勤出现在她面前时，她竟迟疑地笑了起来，恍惚道："这个人好像是在哪里见到过的。"

…………

自从文秀在病房的窗外发现一大片草坪后，她就再也坐不住了。她肆意地张开双臂飞奔，好比是瘦弱的身体里顷刻间跑进了一个渴望自由的灵魂。她把梧桐认作槐树，高大而茂盛的槐树曾经长在河边，小河围绕着整个村子，村子里从前住着一个叫作金水的粗犷而忠厚的男人——她的男人，而要她跟金水过日子却多少是有些不甘心的。

文秀在树荫下的石椅上坐下。梧桐树下有风，风是热的，蝉在热风里无休止地叫，她听着听着就烦躁了起来。

女孩将一瓶水递到她的面前，轻声问："要不，我们回去吧？"

文秀蓦然转身，看她的眼神惊诧了起来。

"我们回去，好不好？"女孩再问。

文秀端详着女孩，随即哇的一声哭了，无数个被忽略的日子又重新鲜活地立在眼前。她如梦初醒，哭喊道："你是禾儿，你就是我的禾儿啊！"

…………

文秀止住哭声，一把牵起她的手，转身往回走。

文秀喃喃地说："走，我们回去。姆妈答应你，我们回去找金水！"

禾儿就被动地跟着她走。然而，她们要往哪里去？

往事像一面镜子照见的光景竟全是虚像，她们再也回不去了。

（原载《躬耕》2023 年第 1 期）

百合

探险左世界（长篇节选）

尹奇峰

第一章　人类失控

金卫走出救援队的办公室，脚底一滑，摔了一跤，他想伸手扶墙爬起来，奇怪的是两手突然没有了感觉。刚才这一跤摔得不重，只是滑了下，应该没有伤着身体。金卫意识到身子在变得麻木，先是一点点，渐渐地全身都麻木，自己除了有意识，整个身体毫无知觉。令人惊讶的是，身体竟然在自己没有知觉的情况下慢慢地站了起来，这是怎么回事啊！马上自己的身体变得非常疯狂，挥拳踢腿击打着办公楼的墙壁，灰尘纷纷落下来。

身边同事围了过来，自己的助理束远操着大嗓门大叫："金队，你这是怎么了？"束远和几个队员想冲上来劝阻，被自己狠狠地踢了几脚，疼得哇哇直叫。自己可是历届综合格斗冠军，这脚踢得不轻。束远高胖身体不断打着圈，大叫："金队，你发什么疯，下手这么重。"金卫有苦说不出，想停下身，整个身体麻木着，根本不听自己指挥。

这时走来一位女队员，自己的身体冲上前一把抱住那位女队员，伸嘴上去要吻她，这可是尴尬了，自己有意识地要去阻止，可手、嘴麻木着，不受自己控制，女队员在自己怀里，吓得"哇哇"大叫。

束远拿着一根粗棍狠狠地砸在自己的背上，想把自己砸晕，没想到粗棍断了，自己麻木的身体却是没有一丝疼痛的感觉。趁着自己身体停顿那会儿，那女队员一弯身溜走了。

"队长，你究竟是怎么了？"队员路遥匆匆地从后面的办公室冲过来，平头小眼，瘦高健壮身子，穿着迷彩救援服。他又转身问束远，束远皱下眉："我也不知道，金队在抽什么疯。"

金卫想说话，却是张不开嘴，那嘴好像不是自己的。

束远、路遥和几个队员愣愣地看着他，觉得不可思议。

自己的身体一个转向，朝着那几位队员，冲上去要攻击他们。束远和路遥迎上去和金卫交起手来，想不到金卫的力气大得吓人，束远、路遥和几名队员死死地抠住金卫的两只胳膊，却还是被渐渐地推离。金卫吓了一跳，自己的身子怎么会有这么大的力气，束远可是队里有名的大力士，平日里，自己摔跤不是他的对手。

刚执勤回来的东方明珠看见眼前一幕，愣住了。束远和路遥大声喊："明珠，快帮忙将金队摁住。"东方明珠应了下，上前将金卫死死按倒在地，多了这一个人的力量，金卫的身体再动弹不得。

金卫感觉自己身体好像有点疼，麻木在消退，疼痛阵阵袭来，下意识张嘴大叫："快松开，我是我了！"

路遥朝着大家示意了下，束远和几名队员小心地慢慢松开手。金卫动了动手脚，现在完全恢复了正常。东方明珠放开了金卫，站起身，好奇地问着这是怎么回事。路遥、束远和其他队员连忙问金卫出现了什么情况。

金卫将自己身体发生的事情向大家说了下。

"金队，你这是失控！"东方明珠说。几人不由朝他看去，刚毅英俊的脸显得严肃，有神的大眼盯着金卫，"前几天，我在街上遇到这样一个人，已经六七十岁了，疯狂地攻击路人，力气很大，我将他制服后，他说刚才不是自己的身体，说是失控了。"

路遥和其他队友听了也是纷纷说着，有的说也曾遇到过这样的事情，有的说曾听到过这样的事情发生。

束远操大嗓门说："原来是金队失控了，那以后我们可要离他远一点，万一再失控，我们可能会轻易被他给弄死！"说着胖脸露出笑容。其他队员也笑着点头说是。

金卫敲了下他们的头："快忙去吧，哪来这么多的失控！"束远、路远他们离去了。

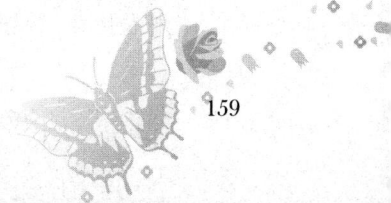

金卫觉得不可思议，好端端的自己怎么就会失控，以后还会不会出现呢！他担心人类的失控会带来非常坏的结果，自己必须去找国都大学非正常事件防范处理研究所的都教授，将这一情况向他报告。正好有份救援队的文件要交给他，想到这，他去了办公室拿出那份文件，匆匆地出了救援队。

清河街上还是和以往一样热闹，今天是周末，天气晴朗，五月的气温适宜，天空飘着白云，四周却是灰蒙蒙。早上电视报道这几天空气污染指数达到三级。看着街上匆匆往来的行人，似乎已经习惯，有的戴着过滤口罩，有的戴着个头盔。

金卫沿着清河河堤走着，眼前的清河已根本不清，泛着黄，滚滚向前流动，河上大小船只鸣笛行驶着。金卫心里不由长长地叹了口气，清河市和整个地球环境变得越来越差了，以后人类真不知在这样的环境下怎样生存。

这时，听到身边的行人大声说着话。

"前天发生了特吓人一件事？"

"怎么了？"

"那天好端端的，突然我的身体不受控制，好像被人操控，明明坐在那里，却莫名其妙地站了起来不断地蹦呀跳呀，我老婆说我神经病，我说不是我，这身体不受我控制，我老婆根本不相信。要命的是，那天在走路，前面是座断桥，自己想停下身，可身子不受控制继续往前走，幸亏绊了下倒在地上，否则就从桥上掉到河里淹死了，真是吓死人啊。"

"我也是！昨天我和老板争了几句，本想离开公司，身体却完全不受控制地上前打了老板一个耳光，还狠狠地骂了他。老板气急了，我拼命解释，可谁信啊！害得我被解雇了！"另一人大声地说。

"你说这是怎么回事？明明自己要做这件事，身体却莫名其妙去做另外件事。"

"莫非是近日知名星惑空公司试验的新型过敏原药剂作怪！因为这种新型药剂的挥发，让我们吸入后，所以才变麻木了！"

"那是什么时候的事？什么东西能让人变得麻木？"

"大概一个月前！当时所有媒体发出通报，让我们那段时间尽量待在家里，别出门！据小道消息称，他们生产的这种药剂是专门为控制宠物的行为，让宠物永远地忠于主人，因此这些药剂可能会影响到人类。"

听着他们的谈话，金卫想起自己刚才的事，难道真是星惑空公司新型药剂引起的失控，不由有些气愤，星惑空公司行为太草率了，为了自己的利益无视给人类带来的恶果。

金卫长叹口气，加快了脚步，朝国都大学非常事研究所走去。走上河堤，再过两条街，便看到前面一座椭圆形的十几层大楼，门口刻着"国都大学非正常事件防范处理研究所"几个大字。

金卫向传达室通报了一声，朝里面走去。

都教授办公室在四楼。金卫敲了下门，里面传来一个洪亮的声音"进来"！金卫走了进去，坐在办公椅上的都教授忙将手中文件放在了办公桌上，抬起头。金卫第一次见都教授，对方中等个子、穿着蓝色衬衫和牛仔裤，年纪五十岁上下、满脸络腮胡、有神的眼睛。

"我是清河市救援队队长金卫，奉命前来送一份文件！"说着敬了个礼，毕恭毕敬走到都教授面前。都教授让金卫在前面沙发上坐下，拆开信封，皱起眉看起文件。

"金卫队长，最近你们那里有没有发生什么异常情况？"

金卫愣了下，马上将刚才自己失控和路上听到的事说了一遍，着急地说："都教授，人失控的事已经发生很多次了，照现在情形，可能会越来越多，解决人类失控的事已是刻不容缓！"

都教授没有说话，往后靠在办公椅上打量着眼前英俊的年轻人：高大健壮，长脸棱角有型，浓眉下一双不大却有神的眼睛，穿着迷彩的救援服，整个人显得稳重而有精神。其实自己早已知道人类失控的事，暗地里也派人去调查过，可是没有一点的头绪，之前还正为此事着急。

金卫见都教授没出声，继续说："教授，你说这是不是与那星惑空公司试验的新药剂有关？"

都教授摇了摇头，指了指桌上一份黄色文件："这就是他们星惑空公司送来的药剂试验证明书，证明那些新型药剂对人类神经没有任何的影

百合

响。我们对这些新型药剂进行了化验，确实没有发现影响人类神经的元素，还有据我所知，这种情况已经发生一段时间了，在星惑空公司新药剂试验前就已发生了。"

金卫皱了皱浓眉，绷紧了脸，显得几分疑惑，"那会是什么原因造成的？"忽然又想起什么，"最近听说有什么外星人光临地球，会不会与这有关啊？"

都教授笑了笑："简直就是天方夜谭！瞎扯淡，人类探索宇宙都几百年了，就没有发现文明等级超过我们的外星生物？"

金卫一下沉默了。

都教授摸了下浓密的胡须，皱了下眉："随着科技日新月异的发展，也带来了恶果，人类的有些器官功能出现衰退，譬如：飞行车、汽车成为常用的代步车，人类的下肢就没有了以前强健的走路功能；自从有了感官触摸器，人类眼睛功能不再需要以前那么感光；用生物液代替了食物，人类嘴巴和牙齿逐渐失去咀嚼功能。这些高科技的东西逐步引发了其他器官功能的衰退，从而导致了人类整个身体器官功能平衡的缺失，对于身体机能协调可能带来了一定的影响，出现短暂的身体失控或许和这有关系。"

金卫听了忧虑地说："如果这样的话，那人类岂不是面临一场大的灾难。难道没有应对的办法？"

都教授深吸了口气，离开办公桌，踱步到金卫面前："这不过是我的猜测，现在真正的原因还是不得而知！所以我们所里决定成立一个研究小组，立即对此事件进行研究，制订对策。"

"那好啊！应该立即开展调查，否则人类会面临着瘫痪的后果！"

都教授点了下头，"成立研究调查小组必须周密筹划，成员是专家，还必须自愿。"金卫点了点头，如果条件允许，他想参加此次调查小组。都教授似乎看出了他的意思，抖了下蓝色衬衫，走到他面前，笑着拍了拍他的肩膀。

两人又是谈了会儿，金卫便是告辞走出国都大学非常事研究所。

此刻正是中午时分，街上人来人往，非常地热闹，各个餐厅里也都是挤满了人。金卫感到肚子饿了，准备找个餐厅饱餐一顿。忽然，一阵风吹过来，顿时尘土漫天飞舞，刚才还明朗的晴天变得灰蒙蒙。金卫骂道："这环境真是差啊！再过个几年，也不知这世界会变成什么样子！"正想着，听得有人大喊着："要杀人了！"

职业习惯使他忙寻找起来，透过茫茫的尘雾，他看见前面有三四个健壮的男人正拿着东西与一位五十岁左右的妇女对峙着。金卫拨开人群冲了进去，那妇女吓得紧贴墙站着瑟瑟发抖。奇怪的是，那三四个男人不过三十来岁，面无表情，眼睛发呆，而且他们手上拿的凶器也是稀奇古怪，有砖头、椅子、泥块，还有一卷广告纸。金卫来不及多想，那些人已是冲过来了。

金卫先来个扫堂腿，绊倒了冲在最前面的人。后面冲上一个，用砖头朝着金卫头上砸来。金卫去挡已是来不及，忙屏住呼吸，砖在头上砸了个粉碎。金卫摇了摇头，一脚朝那人小腹踹去，那人后仰倒地。接着又是非常清脆的一记连环腿，另外两人应声而倒。

第二章　成立调查小组

围观的人拍起了手，不断为金卫叫好。

那妇女战战兢兢地走到金卫面前，不断致谢。金卫把她送出了人群。等回到人群，金卫发现那几人已坐了起来，摇着头，睁大眼睛左张右望着。金卫知道他们很可能失控了，出于职业习惯，还是喝道："你们犯了破坏公共秩序罪，涉嫌伤人，起来跟我到救援队。"

那些人大叫着："等等！这不是我们干的！"

围观的人大叫："怎么可能，我们都看见了！"

那些人忙辩解："是啊！刚才我的身体根本不受我控制，真的和我没有关系？"

金卫笑了笑，和早上的自己一模一样，走上前拍了拍他们："你们现在感觉怎么样？"

"没有力气，但身体至少可以由自己控制。"

"头还是晕乎乎的，走路像是踩在棉花上。"

百合

金卫放了他们，要他们以后注意自己身体，这段时间里待在家里，没事不要出家门。

正想缓口气来，这时人群又是传来一阵骚动，听到有人大喊："清河桥上有人跳河了。"金卫大惊，朝着清河桥跑去，来到桥下，抬头看去，清河大桥梁上站着三人，他们不断地扭着身体，像是在跳舞。

金卫心里咯噔一下，看来他们也是失去了控制。人群中已有人打电话向救援队报了案。为什么今天这么多的人失去了控制，难道是病原发作了？金卫小心地朝上看去，他们很危险啊！如果直接坠入河里那是必死无疑。眼下怎么办？只能等救援队到现场。

这时，有两辆救援车飞速驶来。两辆救援车快速行驶到桥下，第一辆车里下来的两人快速来到金卫面前，恭敬地敬了个礼："队长，我们前来报到。"

金卫见是路遥和东方明珠，忙命令："你们看下现场，考虑下该如何去救！"第二辆车下来的十名救援队员，排着整齐队伍在边上候命。

路遥和东方明珠围着桥上下仔细看了遍。

路遥跑过来报告说："金队，建议桥下先铺一条气垫，我也上桥劝阻他们，另外在河中放置气垫船，如人掉入河中，组织打捞。"

金卫点了下头："只是他们现在已是不受控制，很难能够将他们劝解下来。我看还是带几人上去，将他们给押下来。"

东方明珠皱了下眉，"他们可是大活人，怎么从桥上押下来？"

金卫沉思下说："这我自有办法，你们迅速做好安全措施。"

路遥和东方明珠敬了个礼，清脆应道："是！"

金卫带着两名队员爬上了桥梁，攀着铁栏一步步向上而去。这桥梁离地面有几十米高，站在上面的人像鸽子大小。此时，人群一阵惊呼，只见一个人扭着屁股一脚踏空，差点从上面摔下来，摇晃了几下，幸好又回到了里面。

金卫看着也是惊出一身冷汗，他加快了攀爬的速度。

桥下的路遥和东方明珠迅速地将气垫铺开。河里也已出现了三艘快艇。金卫三人很快就爬到了桥梁顶上，他们似乎在劝着那三人，可那三人并不理会他们。忽然金卫三人伸手击昏了他们，并将他们背在身上，准备从桥梁顶上爬下来。

空中出现了一架白色直升机，朝桥梁上扔下了救生绳索。金卫将绳索套进了一人胳膊下，直升机吊起，慢慢地下降将人放在河中的小艇里，接着其他两人也是顺利地被救了下来。

直升机慢慢地降落到桥边。金卫爬下桥急忙地跑了过去，出来的正是都教授，他身后还跟着两人。一位是女的，上穿着白色花边短衣，下穿牛仔裤，短碎头发，大圆眼，高挺鼻梁，红唇小嘴，显得非常干练，是位标准美女。另一位二十岁上下小伙，戴着眼镜，中等瘦个，穿着一套黑色西服，看去有些斯文柔弱。

"都教授好!"金卫敬了个礼。

都教授笑了下，伸手指着后面两人："给你介绍下，他们是我所的人员，叫魏小英和王明。"

都教授也将金卫介绍了下，金卫分别和他们握了下手。

魏小英打量了下金卫，高高身材，双眼有神，像极了某个偶像明星，忍不住打趣："听说金队长曾经以一对十，孤身从凶恶的歹徒手中救出人质。今日一见果然名不虚传。"

金卫摸了下头，不好意思笑了下："这都是很久以前的事了。"

都教授摸了下浓须，神情严肃，用洪亮的声音说："我已将人们失去意识的事情和我的学生们好好地分析了下，我推测人体器官功能平衡的缺失而引起的失控，可能还是缺少严谨的调查依据。

"此事紧急严重，所以我们决定立即成立一个调查小组，进行全面研究。我对人员进行梳理，挑选了几位。魏小英是研究宇宙天体的，可以对外来物体进行调查。王明是专攻人体研究的，可以调查人类基因。人一旦失去意识会出现暴力行为，我考虑让你们救援队也参加，挑选几名身手不错的队员。由于事关重大，为避免引起恐慌，我们要秘密进行，你的队员也要严格保密。"

金卫敬了个礼："我愿意加入您的团队，一切听从您的吩咐。"

都教授看了看他，支吾着："你的身手自然不必说，只是你曾出现过

百合

165

失控，以后还会不会——"

金卫急了，想回应说以后不会再出现失控了，可一想，这不是自己所能控制的，马上表态："教授，我会全力以赴帮助你们，放心！如果我再失控你就让人杀了我！"

魏小英看他急样，不由笑出声来。都教授见他满脸诚恳，笑着点头答应了。

金卫满是开心地说着谢谢，立即找来了路遥和东方明珠。都教授对路遥和东方明珠挺满意。金卫本想将束远也叫来，想他如再参加调查队，救援队就连一个负责的人也没有了。

"刚才从桥梁上下来的人，不要先送医院。因为他们的身体没有伤，先将他们送到我的研究所吧。"都教授对王明说。

"教授，你是想先对他们的人体技能进行测试！"王明挺了张瘦尖的脸，推了下眼镜说。

都教授点着头，接着挥下手："我们回所里。"转身对金卫说："你们回去准备下吧，可能很快就开展调查行动。"

金卫点下头，几人便分头散去。

国都大学非正常事件防范处理研究所的地下室一层，灯火通明，房内各种仪器亮着红色灯光。刚才桥梁顶上三人正被绿色带捆绑在床上，身上包满了指示灯和仪器，有一人不断挣扎着，大声喊叫："你们放开我，我现在已恢复正常，是正常人了！"

那人是位五六十岁的半老头，床边两只大机械臂伸出小针分别刺进了那人的左右脑，机械臂上仪器不断显示着数字。

王明和几人一边观察着，一边拿笔记录着。

那人不断嘶喊着，两手使劲挣扎。站在玻璃屏后面的魏小英皱了皱眉，对身边都教授说："叫他们停下试验吧！直接取脑液进行分析，太残酷了，再说他已经恢复意识了！"

"这也是不得已而为之，还不是为尽快找出结果，结束人类无端的失控状态。"都教授摸了下浓须，叹气说。

"教授，你认为这是人自身器官功能衰退引起的?"

"人类很有可能出现了进化不平衡，有的退化，有的进化，身体器官功能失调，导致神经流减少，才出现了意识模糊、失去控制的情况。"

"这让我很难想象，觉得不大可能发生。人是复杂动物，身体如出现刚才像你说的功能失调的话，那只能说是生病了！"

"你认为这不是一种病态吗？"

"那直接交给医院去诊治不就行了！"

"怕没这么简单！如果一个人出现这种情况，那当然送医院了，可现在大批人出现了类似的情况，那必须得进行全面研究，以后很有可能我们也会暂时性地失去控制，就像金卫一样。"

魏小英点了下头："教授，你说金队还会再出现失控吗？"其实自己心底是不希望他再出现失控，对他还是有着挺好的印象，帅气，身手好，人也耿直。想到这，不由脸红耳热，偷偷瞥了眼教授，还好对方没有看自己。

都教授摇了摇头，表示自己也不知道，沉默了会儿，对魏小英说："你也赶紧做好你天体方面的调查，最近宇宙星系有没有异动，是否发生新行星爆发事件，有没有生成新的黑洞，是否由宇宙射线或什么外来原因造成的这次人类失控。"

魏小英沉思了下："最近接到国家天文方面的报告，位于狮子座的NGC3627旋涡星系与附近小星系发生碰撞交融，爆发出的能量非常强烈，达到宇宙强级别。"

"前一次宇宙星系碰撞爆发是什么时候？"

"那次应该是在远古时代的奥陶纪。不过此次似乎更强，而且国家天文部门还测到了此星系喷发出大批射线和暗能量。"

"有没有测试出这些射线的成分和放射范围？"

"测试过了，没有测试出其成分，那些射线和暗能量尚未波及开来，被狮子座星系中的几个中等黑洞给吸收了！"魏小英停顿了下又说，"我现在倒担心附近的星系，如大、小麦哲伦星云和仙女座星云中出现的超新星爆发，这种产生的伽马射线暴具有很强的穿透力，能轻易地杀死人类细胞，即使微量的伽马射线，也有可能导致人类身体失控。"

百合

都教授皱了下眉，点了点头，叹口气："最近宇宙也不安宁啊，我们要密切关注宇宙动向！"

这时，有队员拿着记录本走了过来，递给了都教授。都教授看完皱起了眉，顺手将记录本递给了身边的魏小英。

魏小英撩了下耳边短发，仔细看了下："看这些记录好像都正常！"

都教授没有应声，对身边队员说："再进一步开展研究，如还是没有什么发现，就把他们都放了吧！"

第三章　一入虎不跃

王明匆匆地走了过来，推了下眼镜，挺直瘦长的身体，用轻柔的声音说："教授，他们已经都醒了！"

"哦！那你就查问下他们在这期间的感受，是否感受到有外来因素的干扰。"王明应声而去。

这时，有一名胖胖的队员走了过来，"报告教授，外面有人要见你！"

都教授说："将他带到我的办公室！"

来人有些胖，头发花白，眼眶深凹，五六十岁年纪，西装革履，显得有些深沉。身后还跟着一人，国字脸，高大身材，歪歪嘴角，看去有着一丝坏意。都教授开心说："终于把你小弟给盼来了。""以后可要和你并肩作战了！""荣幸至极！"都教授接着对身边的魏小英说，"徐达，南方大学副校长、能量学教授，曾经是科学界最年轻的院士！"

魏小英忙上前与徐达握了下手："我是研究宇宙天体的，以后还请徐教授指教。"

徐达笑了起来："何谈指教啊，隔行如隔山，天体方面我可是白纸。"接着马上夸道："想不到研究天体的学者还有这么漂亮的女士，真是难得。"

被徐达这么一夸，魏小英脸红了。徐达看了魏小英一眼后，开始介绍起身后的人："邱荣，我的助手。"邱荣接着与大家握了下手。

徐达对都教授说："这次受你老兄所托，专门就成立调查组一事特意过来与你相商。"

"欢迎欢迎！你来得正是时候！"都教授开心地说，"刚才我们对那些失控人的身体进行检查和测试，很遗憾没有查出什么重要的缺陷！"

徐达点了下头，沉思了会儿："我想最好现在召集人员，先开个会，商讨下我们下一步的行动。"都教授说："好的，我马上去召集。"说完让魏小英立即通知王明、金卫几人来开会。

国都大学非正常事件防范处理研究所的会议室里，灯火通明，座位上坐满了人，气氛显得紧张。都教授和徐达一前一后走进会议室，两人在上首并排就座。徐达沉着脸、睁大深凹的双眼，严肃地说："各位先生、女士，我不用说，大家都知道现在外面形势紧张，人类遇到了麻烦，不断地在失去控制，如果照此下去，人类将面临灭亡的危险，这一切是幕后有人操控，是人类自我进化，还是外星生物入侵的原因造成？我们不得知，也没有头绪。都教授和我看到了问题的严重性，出于责任，我们决定成立一个调查组开展对此次事件的调查，现在调查任务很重，必须在最短时间里查出幕后元凶，并予以制止。"

都教授马上接过话："徐达教授担任我们这支调查探险队的队长，我任副队长，我们调查探险队就叫重生队。"

金卫有些意外，这次调查活动是都教授发起，为什么让那徐达当队长呢，下面的人也是面面相觑，有些不解。倒是都教授非常镇定："我们欢迎徐达任我们队长，徐教授是能量领域里非常杰出的带头人，对宇宙能量方面有着很深的研究，我们大家要鼎力支持他，希望能够尽快找出原因，制止这场灾难的发生。"

徐达随即对每位队员点了名，当他点到金卫时，说认识他。金卫感到意外。原来自己曾经在一场火灾中救过他的学生，金卫想了下，自己的救援任务太多了，救下的人也是无数，已是想不起具体哪一次。

徐达接着要求每位队员对人类出现如此情况提出一个假设。

魏小英首先开腔，似乎有着很大的怨气："我认为这就是星惑空公司的责任，前段时间他们在研发一种新型过敏原药剂，这是一种含有 U 型粉尘、容易散发、进入空气而被人吸入让人出现暂时性失控的药剂。"

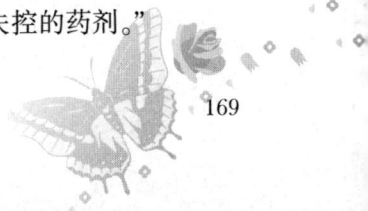

百合

都教授听后皱眉打断说："星惑空公司已经送来资料，我们也悄悄地专门到公司周围进行了检测，未发现有这种药剂痕迹，所以不存在泄漏问题。"

这时也有人站起来说："既然生产，那肯定会有泄漏！"

徐达也忙辩解："大家知道星惑空公司在世界 100 强公司里排名第二，公司里所有的装备设施都是世界一流的，研制的专家也是世界上顶尖的，里面专家不少还是你们的学弟学妹呢！所以他们研制这些新的产品，防护措施是万无一失，再说之前我们也是对公司四周进行了检验，因此不存在公司泄漏粉尘而导致让人失控的问题。"

都教授接过话："星惑空公司的制造基地一处是在地下，还有一处是在月球，因此大家放心，星惑空公司粉尘是不会挥发到外界的。"他停顿下接着说："大家还记得第一起关于人类失控的记录是在 2058 年 4 月 18 日，远在一个月前了，之后又发生了几起，这一点便可以充分证明人类失控事件与星惑空公司完全无关。"

众人面面相觑，两位队长都在竭力为公司辩护，难道里面有什么隐情?!

会议室内安静下来，大家纷纷私语。

"虽说这次星惑空公司制造的产品没有影响到人类，但我们也难以相信，他们以前没有发生过泄漏事件。"

"是啊！"顿时大家都附和着，都教授和徐达一看是王明。

魏小英站起来，撩了下耳际短发："两位老师这么袒护星惑空公司，是不是你们之间有什么内幕啊?"

这下大家一阵躁动，相互间讨论声此起彼伏。

徐达连忙用手制止了大家交谈，严肃地说："大家静一静，我敢百分之百向大家保证，这次人类失控和星惑空公司没有关联！如果真的是星惑空公司所为，我和都教授立即予以制止了，何必要如此大张旗鼓成立什么调查小组?"

下面队员面面相觑，半信半疑，彼此看着没有再发声。

此时，有人走进会议室，径直到都教授面前，在他耳旁轻轻地说了几句。都教授顿时神色凝重，立即又对徐达轻轻说着话，接着两人相互交谈起来。

两人说了会儿，徐达抬起头，神色凝重："各位队员，向你们通报一个坏消息。"

顿时下面一片寂静，大家都屏住了呼吸听着消息。

徐达队长一字一句地说："刚才接到消息，在清河市西部一个叫虎不跃的地方，发生了大范围人类失控的现象，更为严重的是他们会无端疯狂地攻击正常的人！现在这地区已经封锁。"

都教授严肃地站起身，"看来此次是大暴发，不过也是我们深入调查的好时机，但也充满了危险，所以我有些担忧！"

这时，金卫站起身说："教授，我们救援队排在队伍前面，可以探路，保护大家。"

都教授摸了下浓须，点了点头："不过，你们要万分小心，有危险及时通知后面队员，还要避免与那些失控人发生冲突，保护好自身安全。"

金卫坚定道："请两位队长放心，我们会小心的。"话虽这么说，其实自己心里也是无底，失控人力气大，要制服对方不是一件容易的事情。

都教授点了点头。徐达疑惑地看了看金卫："你们千万不可大意，失控人有着超乎常人的力量，遇到他们尽量避战，还有必须出手时，也要谨慎。"

金卫点头大声应着。徐达马上正色道："我现在宣布，我们研究小组重生队即刻起进入战备状态，大家分头准备，一个小时后，我们出发！"

大家匆匆地离开会议室准备去了！

虎不跃在清河市西面四五百公里，那里崇山峻岭，群山绵延，有着大片的原始树木，是一个风景宜人的旅游景点，也是世界上少有的原始风景区，每年接待游客几亿人次。此次发生的失控事件非常突然，里面有游人几万，有近千人突然失控，疯狂地攻击着身边的人，已造成几百人死伤。

随着一架先进的喷气式直降机徐徐地降落，徐达和都教授率领的二十名队员顺利地来到了这座全人类聚焦的地方。此时中午时分，太阳正挂当空，视线非常清晰，队员没心思欣赏四周的风景。都教授站在一块大岩石

百合

上，远远地望着眼前一望无际的深山密林，摸着浓须，皱眉叹气："这里究竟发生了什么？"

徐达在岩石下面跟着说："是啊！什么原因让这里出现了大量失控人。"

魏小英、王明、邱荣纷纷准备着。他们穿着迷彩救援衣，头戴灰色头盔。这是救援队为每位队员配发的衣服，紧身束衣，手脚包裹着。这些救援衣非常结实，一般刀削砍不进，还能防轻度辐射，非常轻便，背后还配备了救援包，装着必要的医疗用品和救援设备。

金卫感到责任重大，皱着眉扫视四周，现在进入了一个未知场面，不知将会发生什么暴力事件，虽身经百战，但还是有几分紧张。他朝路遥和东方明珠看了一下。三人手持多功能变控枪，戴着头盔，身穿迷彩的救援服，携带着最新的装备：驱人弹、全球定位仪、百呼通讯和一些长刀、匕首等近身武器。

三人作为先行小队，走在调查队的最前面。进入里面，金卫发现东方明珠携带的百呼通讯一直"嗡嗡"作响，还有路遥身上的全球定位仪也是"巴兹巴兹"地抖动着。金卫感觉附近有电磁干扰，向都教授汇报了这种情况。

都教授向徐达说了下，徐达睁着深凹的眼睛看着前面沉思起来。

都教授身后的魏小英用通话耳机问："你们有没感到耳朵里有耳鸣声！"

路遥和东方明珠摇了摇头。

魏小英停了下来试着感觉，都教授和徐达也说没有。

几人小心朝前走着，前面是一片茂盛的原始森林，高大树木直耸云间，森林下的一条小路似乎许久没有人走了，茂盛的杂草覆盖路面，小路已是模糊不清。据通报，现在有些人被那些失控人给挟持。

随着渐渐地深入密林，凭着自己多年的经验，金卫预感此次任务不乐观，后面可能要经历大战，不由充满担心，现在除了应付那些失控人，还要保护这些文弱的知识分子，真是够呛。

"金队，我觉得这些失控人和之前在清河街上出现的失控人有所不同，他们目的性好像很强！"路遥睁挺了小眼看了看四周，非常肯定地说。

第四章　遭遇失控人

"应该不会吧，他们只是失控了，没有什么目的吧！"东方明珠端着变控枪紧跟在金卫身后，看着左右两边茂密丛林。

金卫小心地用手中的枪拨开前面小路上的杂草，试探着朝里面走去，他没有回答他们的提问。

这是条石头砌成的小路，不过一米宽，应该也是进入景区的路，感觉好久没人走过了。金卫用枪管拨起来太麻烦，便拿出大砍刀不断地砍着前面杂草，"啪啦"的砍草声惊得四周密林里不时传来响动声。路遥和东方明珠背靠在一起，警惕地看着四周。

金卫专心地继续砍着杂草，朝前砍出几米后，渐渐地杂草变稀少了，周围没有了高大的树木，变得明亮许多。头顶露出了蔚蓝的天空，小路变得清晰起来，几个转折后直通向里面的茂密森林，依稀可见路两边有着低矮的栏杆。

金卫收起大砍刀，端着枪沿着小路小心地朝前走着。路遥和东方明珠跟在后面，周围一片寂静。

"真是静得可怕啊！"路遥说。

"这里应该被失控人袭击过，所以没有了生气。"金卫蹲下身，从低处看了看路面四周，严肃地说。

三人向前走了一段路，前面出现了一个空谷，空谷上有一座由粗麻绳构成的通道桥。通道桥头底下的粗麻绳断了几股，漏出个大洞，朝下看去深谷绿油油的，边上插着的"空山谷"指示牌掉落地上。

金卫伸出一只脚慢慢地踏上去，"嘎吱"！那麻绳通道顿时晃动起来。路遥马上伸手过来拉金卫。金卫推开了他，扶着两边的绳栏晃悠悠地朝前走着。上面布满了草藤，金卫小心地朝前走着，通道不再晃得厉害。那通道桥不长，不过五十米，金卫一会儿就到了对面。接着路遥和东方明珠也过了通道桥。他们用绳子加固了通道桥，在另一头歇息起来，等待着都教授和徐达、魏小英他们。

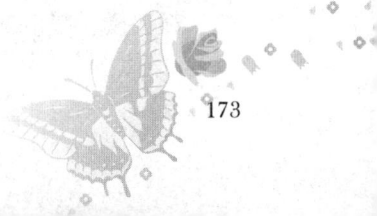

百合

过了几分钟，都教授他们到了麻绳通道的桥头，他们看了看下面，没有继续前进。金卫用手势示意他们过来。徐达小心伸出脚踏上去，站稳了，朝前走去。经过金卫他们加固，通道桥稳定多了。金卫让路遥和东方明珠保持警惕。

徐达走过通道，接着魏小英、都教授跟着过来。王明和邱荣正走在桥中间，突然山谷传来一声响亮的嘶吼声，接着又是"哗啦"的声音。大家紧张地看去，在南边高耸的山崖上，树木晃动。金卫命令路遥和东方明珠密切注视那个方向。等了会儿，山谷安静下来，那边也是没有了动静。王明和邱荣连忙飞快地朝对面走去。

"刚才是什么声音？好像不是什么猛兽发出来的。"魏小英撩了下耳际短发问。

大家围在一起，你一言，我一语，纷纷讨论起来。只有金卫、路遥和东方明珠在离他们几米远的地方端着枪不断环望四周，保持警觉。过了这麻绳通道桥，往里面去的路被杂草密密麻麻覆盖着，眼前成片的高耸粗树交叉着，遮得一片阴暗。

"这应该不是老虎、狼的嘶吼声，听去反而像人的声音。"王明怯怯地说。

邱荣马上否定："人能叫得这么响?!"

"他们因为是失控人，有着特殊的本领，所以才能叫得这么响。"王明继续辩道。

都教授摸着浓密的胡须，没有出声，睁大眼看着四周，看神情似乎默允着王明的观点。徐达轻轻地跟了句："有可能!"好像顾及着自己学生邱荣的面子。

这些人缺少野外锻炼，体力不支，累得气喘吁吁，有几个队员瘫坐在地上，摘下灰色头盔扇着风，现在是五月下旬，天气开始有些闷热。

"我们还是快走吧!"金卫催促道。都教授和徐达也是催促大家起来往前走。

金卫、路遥和东方明珠收起枪，拨开杂草利索地钻进那条小路。徐达、都教授、魏小英、邱荣和王明等几位队员跟在后面，小心翼翼地看着周围。走进这公园已有大半个小时，现在那些失控人和被挟持的人质躲到哪里去了？

一行人深一脚浅一脚往里面走去，渐渐地进入森林深处，参天大树盘根错节，藤蔓遍布，杂草葱葱，不时响起鸟兽咆哮声，四周一片阴森，只觉身在林海之中，根本看不清前面的路和环境。

金卫用着军用大刀使劲砍伐着那些茂盛的草木、藤蔓，努力地开辟出一条路来。徐达、王明几人没有经历过如此险境，心里不断紧张起来，小心翼翼地看着周围。现在进入景点应该有几公里了，没有看见一个失控人的影子和猛兽的踪迹，奇怪的是，这景区出事没有多长时间，为何却变得这么荒凉？都教授看了看眼前连绵的高大树木，又抬头看看头顶，天空被茂密的树枝遮得严严实实。

突然，路遥和东方明珠身上的百呼通讯和全球定位仪发出一阵尖尖的"吱吱"声，接着又是"嗡嗡"低吭声，听了让人发怵、头昏脑涨、泛着恶心。几人忙是用手捂住了耳朵。

金卫立刻意识到危险在逼近，和路遥、东方明珠三人迅速就近闪到大树后面。金卫用手势示意徐达、都教授几人躲起来。大家纷纷躲在几棵大树后。

森林传来阵阵窸窣声，越来越近。金卫三人忙端起变控枪瞄准前面。"哗啦"一阵声响，一只野兽从一丛茂密的草丛里冲了出来。几人根本就没有看清。金卫眼快，立即扣动扳机，带火星的子弹朝那野兽射去。路遥和东方明珠也拼命地射击着。

三人射了几分钟，金卫停止射击，挥手制止了路遥和东方明珠。几人小心地走上前，却见满身灰毛的大野兽躺在地上，身上都是窟窿，咕噜地流着血，嘴里两个长牙齿扎凸出来。徐达几人忙上前围看起。

魏小英蹲下身仔细看了看说："是头大野猪！"

"它怎么会突然冲出来。"王明推了下眼镜疑惑地问。

都教授说："肯定是受到了我们惊扰奔窜出来的。"这时，百呼通讯和全球定位仪又是突然发出阵阵"吱吱"声，声音尖得直刺耳，顿时边上树林里的群群鸟雀被惊飞，几人急忙捂住了耳朵。

百合

175

金卫大喊："快，我们围在一起。"探险队员们迅速围聚一起，纷纷惊恐地左张右望。树林里一阵动静，从四周的树木丛里钻出来一群人，正好将他们围了个圈，足足有四五十人。"天啊！他们就是失踪的失控人！"有人叫着。金卫看了他们一眼，男男女女，老的估计有六七十岁了，小的不过二三十岁，他们有个共同特点：神情木讷，眼睛呆滞。不过看他们模样，精力充沛，年老的根本不像老弱身体，年轻的血脉偾张，睁大眼紧紧盯着队员，呈现出很强攻击欲望。他们身上衣物也是非常好笑，都是休闲旅游衣服，有的头上还戴着某某旅行社标志的帽子，斜背着包。

"不知他们有意识没？当时我失控时是很清醒的。"金卫转身小声问都教授。

都教授皱了下眉："这很难说，像清河的失控人短时失控、很快恢复，应该说只是身体失控，意识还没有失控，而这里的失控人是完全失控，不仅失控时间长，攻击性更强！"

金卫点了点头。

"教授，他们为什么会在这里成批失控？"王明紧张地问。

都教授没有回答，估计现在他也回答不出来。徐达想要说些什么，但最终还是没有出声。

有个失控人动了下身体。金卫喊着："准备驱人弹！"路遥和东方明珠将变控枪调到"驱人"模式，举枪对准他们。金卫举起手，正要挥下。突然间，那些失控人迅速钻进密林中，消失得无影无踪，动作之快超出了常人。

"路遥，你去探看下！"

路遥点下头钻进了前面树林里。

"你让他一人去，可是有些冒险啊！"徐达深陷的眼睛露出担心眼神。

"放心吧，他会保护好自己。"

魏小英、邱荣几人还是不敢放下心来，紧紧地背靠在一起紧张地看着四周。

"呼呼"！空中出现了许多石头，高速地飞向人群。"戴好头盔，找好掩蔽点！"金卫大声喊着，迅速躲到身边大树后。不少石头都被树木挡住了，但还是有人被砸了，而且那石头力道很足，一名叫石清泉的队员被砸中左肩膀，立即瘫倒在地，惨叫着不断翻滚。金卫上前查看，估计他肩胛骨已被砸碎。金卫将他扶到一棵大树后面，此刻只能先简单地包扎一下。金卫从身上的医护包里拿出了护理纱布将他的伤口包住，这纱布有着止疼的功效，马上石清泉不喊疼了，静静地靠树躺着。

探险队员们迅速地散开了，魏小英躲在一棵大树后面抱着身子缩成一团，张嘴大声喊叫着。另一棵树后徐达将头上头盔压得低低的。大土堆下邱荣蹲着紧缩起高大个子，两手抓着那灰色头盔，仿佛要让头盔遮住全身。都教授淡定许多，将身子紧贴大树，睁眼瞄着四周。东方明珠背靠大树，不时闪躲，乘机用枪朝外扫射着驱人弹，但也是盲目地对着树丛扫射。这石头不时飞过来，在空中发出"哗哗"的声音，没有减少的迹象。

金卫有些急，这样也不是个办法啊！不知路遥怎么样了？朝肩上呼叫器使劲喊着，却是没有任何回复，他为刚才的命令有些后悔，毕竟现在面临的是特殊失控人。

飞进来的石头没有丝毫减少，不时砸在身边，溅起的泥土、枯枝四射，如此下去只能是坐以待毙！金卫不觉充满疑惑，这些失控人与清河市街上的失控人不同，他们不仅失去对身体的控制，好像也失去了自己的意识，奇怪的是，这些没有意识的身体为什么等到我们的到来而准确地发起攻击呢，这些人的身体又是由什么控制着的呢！

这时都教授爬了过来，金卫将刚才的疑惑向都教授说了下。

"是啊！我也觉得够蹊跷的，到底发生了什么？我也是百思不得其解啊！"

徐达也弯身、躲着石块走过来："都教授，这样下去，我们就会被困在这里了，赶紧得想个法子应付啊！"

"我和金卫正在商量着呢！"

（原载《小学生世界》2019 年总第 1592—1595 期、总第 1596—1599 期、总第 1600—1603 期、总第 1604—1607 期/中高年级版）

百合

百　合

何丽萍

1

这一日，水镇的女人都在传，田加慧又要嫁人了，这次嫁的是百合歌舞厅的老板唐丽民。她们都不觉得意外，因为田加慧已经嫁过两回，头一回是南下干部老陶，第二回是丽联总头头老林，生下好几个花朵般的女儿。此刻，女人们突然好得像亲姐妹，个个咬牙切齿，把田加慧说得一分钱不值。也是水镇女人的德行，够不着，骂得着。当然，她们的仇恨是有理由的，田加慧的日子过得太好了，嫁的男人都把她捧在手心里，哪种年代都能吃香的喝辣的，要风得风，要雨得雨。那眼睛，是向来都长在额头上的。恨归恨，她们都觉得田加慧活得漂亮，年轻时是水镇所有男人心里想吃的天鹅肉，现在还是，手段不是一般的了得。

田加慧的女儿陶大葵越想越有气，靠在床上，粗壮的背板一抽一动，眼泪水流了一担，打湿了半条枕巾。老娘要嫁唐丽民，全水镇都传疯了，她竟然最后一个晓得，想来，老娘的心里真的是从来没有过她这个女儿的。

快到中午，陶大葵藏着一肚无名火，也没心思做饭，马马虎虎地炒了一盘豆芽、一盘豆腐干。都咸得发苦。陶多多吃了半碗就放下筷子，说："留点肚皮，晚上去外婆家吃排场。"一副热巴巴的样子。陶大葵就有些失望，叹口气，说："我看你，喂不熟的，长大肯定是白眼狼一个。你外婆家的饭，千年打一更，不吃也罢。"在水镇人眼里，田加慧与陶大葵最不像母女，平常除了过年，基本不走动。路上碰到，也没话讲。就是有，也是几句客套话。两个人离得远远的，眼神从来不交集。陶大葵恨田加慧很小就抛弃她，田加慧恨陶大葵贴过她大字报，两个人都恨得很有理由、恨得理直气壮。陶多多倒是记得田加慧，一身时髦的衣服，嘴巴涂得血红，看上去比陶大葵还年轻。陶多多出生后，田加慧好像总共来过两次。一次是陶多多三周岁生日，送来一个红包。一次是陶多多十周岁生日，也送来一个红包。她记得田加慧对陶大葵说："我送的红包，可是水镇最大的。"田加慧是水镇最有名的医生，但陶多多生病的时候，一次也没有见到田加慧。因为田加慧从来不知道陶多多生病。

陶大葵小时候没人管，粗枝大叶地长大了，别的姑娘到了二十来岁都骄傲得不得了，挺着胸，目中无人，唯有她，明明要容貌有容貌，要腰身有腰身，抓了一手好牌，自己却不晓得，走个路也身子往前倾，像个呆鹅。性格冲动，一点小事就和别人开打，和男的也敢动手，好几次打得头破血流，眼泪也不流一滴。做姑娘时就大了肚子，在 20 世纪 80 年代的水镇不算秘密。水镇的人都说她被那个杭州知青骗了，只有陶大葵自己到现在梦也没有醒过来，死活相信他们是爱情，嘴硬说她人卑微可爱不卑微，把那个名副其实的渣男看得天样高，想得天样好，亲戚朋友要是当面说句杭州知青不是，她马上就翻脸不认人。父亲老陶是山东大汉，脾气大，喉咙一叫，全镇都听得见，哪忍得下这口气，要找上门去算账。陶大葵就学水镇泼妇的样，拿着一瓶农药披头散发堵在门口，要死要活，弄得老陶一点办法都没有，只好作罢，眼睁睁地看着陶大葵把孩子生下来。陶大葵说了，自己再没路，也不会伤及无辜的。以后，孩子的命就是我陶大葵的命。老陶心里难过，找田加慧说了几次，田加慧一次在打麻将，一次在看电视剧，都很认真，没听清老陶在说什么，只笑着"嗯嗯"了几声，弄得老陶心里更难过。

之后，陶大葵有过两次短暂的婚姻，都维持不到半年。第一个丈夫从来不看陶多多一眼，家里有点好吃的东西都做记号放好，防陶多多像防贼。有一次，陶大葵没经他同意给陶多多买了一件连衣裙，他就像讨饭人倒了粥，骂了个把月，嘴巴都骂出血泡来。好几次探陶大葵口风，想把陶

百合

多多送人。陶大葵一咬牙，把婚离了。第二个丈夫对陶多多太好，陶多多要什么给什么，连天上的星星也愿意去摘。陶大葵怀孕了，丈夫偏要打掉，说怕自己偏心眼，伤了陶多多。整天围着陶多多转，给她梳辫子，还给她描眉、涂胭脂。陶多多就黏着他，连洗澡也要他洗，而且时间越洗越长，他眉开眼笑的样子，很柔软，柔软得好像要把陶多多整个吃进心里去。陶大葵一咬牙，又把婚离了。田加慧知道后，笑了一下，对老陶说："我早就算到了。陶大葵这人就是喜欢装样子，屋檐下不知低头，以为自己有多伟大，一条道走到黑，吃苦头还在后头。"说得轻描淡写，好像在说一个完全不相干的人。

唐丽民现在很红，风头已经明显盖过当年的老陶和老林。经常到陶大葵的学校捐钱捐物，打扮也越来越像知识分子，戴金边眼镜，留小分头，头上抹摩丝，整个头亮得苍蝇爬上去要跌断腿。还戴宽边帽子，围丝绸围巾。据说他捐了很多钱，和镇里的领导也称兄道弟起来。站在台上，两手叉腰，有点睥睨天下的样子。在水镇，陶大葵最看不透的人，就是唐丽民，不知道他究竟想要什么。一个没有破绽的人，总归让人有点害怕与不安。不过，陶大葵知道，一个金钱说了算的时代已经到来，水镇早就是唐丽民他们的天下了。陶大葵就在心里狠狠地笑，兜了一个大圈子，又回到了原地，我老娘这辈子全白忙乎了。

见陶大葵不肯去，陶多多就咬着牙，坚定地说："今天不去外婆家吃饭，我就绝食。"声音尖锐地落到地上。陶多多和人说话，从不看别人，眼神飘散到很远的地方。陶大葵马上就闭了嘴。对陶多多，陶大葵向来是没有办法的。陶多多十二岁了，经常用这种方式得到她想得到的东西——糖果、棒冰、苹果，有一次甚至是一只粉色的布娃娃。陶大葵细看陶多多，发现她和田加慧越来越像了，心里一阵发凉。这个世界上，她最讨厌的人就是田加慧，没有之一。

2

田加慧的家在下街脚底，独门独院，水镇仅存的几座老宅之一。老宅三进，窗上雕了花鸟，大半已经残缺，看上去有些年头了。院子也相跟着旧下去，满眼的苔藓和杂草。唯有一片百合，开得热烈，大瓣的，连气味也不同，是那种最浓的暗香。有种不开则已，一开惊人的派头。多年前，田加慧的父亲就吊死在院子里。之后，那具苍白的尸体被拉到大街上示众，许多水镇人往尸上体吐口水，有人还倒上了大小便。尸体横了多日，生出了无数的蛆虫，臭味经年不散。水镇人自己也不知道，他们对有钱人竟然藏了这么深的恨。那年，田加慧十五岁。

两个同母异父的林家姐妹已经在门口等了多时，见了陶大葵，一口一个大姐，亲亲热热，好像从小一起长大从来没有分开过的一样。喊完后，就哭了起来，一个比一个哭得起劲，说："想不到，我们家就这样散了。以后，我们就是没人管的孤儿了。"陶大葵没好气地说："要哭，也轮不着你们先哭，她可是十岁就扔下我了。那又怎么样，也没见天塌下来。"林家姐妹正是花苞年龄，却浓妆，妇女打扮。一个喜欢打麻将，一个喜欢谈恋爱，在水镇都很出名。

进里屋，只见几个菜做得很地道。文火炖了半日的鸡，加了西洋参和枸杞，盛在白色砂锅里，汤是清的，里面该有的味道却全部有了。桂花鱼也不像家常做法，菠萝打底，颜色格外惊艳。是田加慧临时抱佛脚跟水镇的厨师现学的，说唐丽民的太太不是那么容易当的，起码要会做几道拿得出手的菜。以前，田加慧对过日子不大上心，经常不是喊这里疼就是那里痛，基本手拢着吃现成，最多摆个碗筷。喜欢的家务，笼统就几样，给几盆绿植的叶子抹灰尘，或者把自己的毛巾洗得雪白。老林坐牢那几年，家里不开火，领着女儿在食堂里混三餐，厨房都长出尺把长的白毛。

席间坐着老陶和老林。田加慧穿一件暗红色的海棠花旗袍，脖子手腕珠环翠绕，完全不是当年那个不爱红妆爱武装的女人了。一尺七的腰身，腰板笔直，看上去瘦，却瘦得依旧很有内容。在水镇，田加慧是唯一日日跑步的人，三十多年，雷打不动。她扬着头，嗖嗖跑出一阵香风。

老林一直低着头，一口菜都吃不进去，坐牢都没哭，这下却哭了，一把鼻涕，一把眼泪，都往袖口上抹。老林劳改回来后，水镇好些人看见他都不理不睬，还有一些人，假装关心他，但说出的每一句话，都在戳他的

百合

心。比这难受的还有，工资一分也没有，买根葱还要问田加慧要钱，人更是矮去一截。老林原来是水镇的搬运工，一身力气，除了天不怕地不怕，没有其他本事，再加上年纪也到六十岁，实在寻不出事情好做，只好整天和弄里的老太婆打一角钱一个子的麻将，几盘不和，冷汗都流出来。老林有权那几年，狂热得很，语录倒背如流，喜欢讲天话，自家老娘有没有饭吃不愁，倒是操心隔壁寡妇头上是否有花戴，一个眼风都能吓死人。当时，田加慧以为老林是大人物，看他的眼神，也是看大人物一样。人一没了权，威就自然没了。这次离婚，田加慧说把自己的退休金留给他用，老林就满口答应了。他也是有脾气的人，早就受不了田加慧的冷脸，坐牢回来后连手都不让他碰一下，有几次实在忍不牢，厚着脸皮找前妻哭诉。前妻就笑着说："我这么多年没去寻死，就是为了等着这一天看你的笑话。我早说过，娶个天鹅，迟早要噎死。"前妻一辈子也不会忘记，那年全水镇人排队看田加慧的屁股，老林竟然当着黑压压一群人的面哭得呼天抢地，把她的脸都丢光了。她也知道，老林就是从那个时候起，变成了一个疯狂的人。

见老林哭，老陶想笑，却眉心打结，笑不出来。当年，老陶和田加慧离婚，是老陶先提出来的，老陶最受不了的，就是田加慧受连累吃苦头，一心一意替她打算，直到田加慧转眼嫁给老林，他才发现上了这个女人的当。但老陶好像并不恨田加慧，因为田加慧嫁给他的时候，才十六岁，在老陶眼里就是一个孩子。老陶虽然是个粗人，但真心拿田加慧当宝贝，田加慧不想生孩子，老陶就一直依着她，熬到快四十了，才有了陶大葵。离婚后，老陶另娶了一个拖着四个孩子的寡妇，两个人又接连生下两个孩子，从此家里从早吵到晚，没一刻安耽（方言，安静之意）。老陶一心一意对付九张嘴巴，买块豆腐都要算来算去，人便败给油盐酱醋，工作也失了心劲，刚解放时是水镇派出所副所长，到离休时还是，三十年原地打圈，没一点进步。

这个晚上，田加慧看上去心情很好，她居高临下地看着两个前夫，说："一切都是命数，还是一起往前看吧。"站起来，将杯里的酒一口喝干，动作和多年前一样优美。老林和老陶就相互看看，说不出话来，都嘴张着，露出一口参差不齐的黄牙。两个人穿了同样的灰不溜秋的衬衣，领头皱着，看得到一层油腻。散席时，田加慧送给三个女儿一人一件旗袍。都是按她自己的尺寸做的。她说："男人本质上都是动物，心好心坏一点不要紧，有女人味才要紧。"说完，摆出一个造型。陶大葵小时候看电影，总觉得田加慧就是那个隐藏起来的女特务，这时看着，愈发像了。

大家都觉无趣，作鸟散状。刚走到门口，屋里就传来了箫声。是田加慧平常最喜欢的《清平乐》，听得人汗毛都竖了起来。老陶用力吐出压在喉咙的一口浓痰，说："这音乐，听着像家里死了人一样。"这次，田加慧嫁给唐丽民，对老陶打击很大，比当年嫁给老林打击还要大。老陶十三岁那年家里穷得没饭吃，才跑去打游击，生平最恨的就是唐丽民那种有钱人。最让他想不通的是，田加慧在水镇生活了这么多年，看上去一直很进步要革命的样子，补丁劳动装一大箱，开会总是第一个到，口号喊得比他还响，他原以为田加慧已经完全被他改造好，真正脱胎换骨，成为新社会的新人了，想不到都是装的，一旦遇上机会，马上就露出了原形。老陶回家想了半日，终于想起来，这个唐丽民的老娘就是当年举报田加慧父亲藏枪的人，唐丽民看人说话的习惯和他老娘很像。

3

小时候，唐丽民的老娘经常对唐丽民说："我这辈子最开心的事，就是分水镇大户人家的东西。你看那张分来的红木老椅子，包浆越来越亮了。讲来讲去，还是老货最值钱。"据水镇人传，唐丽民的老娘原来想给田加慧父亲做小老婆的，没有做成，一气之下，就嫁给了田家看门的驼背。对这个传说，唐丽民从来就是不相信的。因为唐丽民的老娘一辈子说得最多的一句话就是："小富靠省，大富靠抢。钞票多的人，没有一个是好东西。"好在，唐丽民还没有成为有钱人时，他老娘就病死了。死于浮肿病。

现在，田加慧和唐丽民开始在水镇出双入对。一个穿着红色的皮衣，一个穿着黑色的皮衣，领子都翻着柔软的水貂毛。两个人看上去很搭的样

百合

子。早年前，唐丽民在供销合作社下的大众小吃店泡油条，人软得像一泡鼻涕，见人点头哈腰，腰杆子从来就没有挺直过一回。有钱之后，气场就有了，出门跟个拎包的，吃饭请到上横头，话落在地下，啪啦有声响，没有一句不作数，完全变成了另外一个人。这些年，田加慧和唐丽民不咸不淡地做着朋友，平常隔三岔五一起吹箫拉胡琴，合奏的《高山流水》听哭一街人。也有话讲，说佛教，说基督教，说马克思，常人不懂的东西，他们都懂。但也仅仅如此。关于唐丽民突然发财的故事，水镇有许多版本，有说在北京打赌赢的，有说贩卖仿古瓷赚的，还有说摸奖摸来的，莫衷一是。但唐丽民自己从来不说，估计是要烂到肚子里了。田加慧以为唐丽民会跟她说，但以前没有，结婚后也没有。田加慧偶然提及，唐丽民每次都说："就是大风刮来的。"这个说辞，跟对别人说的没什么两样。

　　唐丽民的老婆葛红来几个月前死于自杀。她经常自杀，几十年来，吃农药、上吊、割脉，把戏做尽，像上了瘾。她动不动就说："我一个死都不怕的人，还会怕什么呢。"不过，葛红来怕田加慧。几次自杀，都是田加慧救下的。在水镇，田加慧的医术最高明。两个不怎么搭的人，就认了姐妹。田加慧待葛红来很好，经常送一些葛红来不认识的东西，比如天鹅绒布料、苏绣手帕、胭脂盒。有一回，田加慧送给她一个文胸，纯白的，缀着蕾丝，有着贴心的柔软。多年后，葛红来才知道，这个文胸就是最有名的古风牌文胸。有一天，田加慧开门见山地说："你以后，不要再闹自杀。用命演，太不值得。"葛红来就老实地承认下来，说："没有你，我的戏自然也演不成。我知道，你早就看穿我了。"田加慧笑得很淡，说："你在演戏，我也在演戏，大家都是可怜的人，谁有资格笑话别人呢。"葛红来这才完全放松下来，第一次推心置腹，说："其实，你是水镇最差的演员。而我可以肯定地说，我比你演得好，即便你现在告诉他们真相，唐家人也没有一个会相信的。"葛红来看了一眼田加慧，略微停顿片刻，说："我告诉你一个秘密，唐丽民经常在梦里喊你的名字，我耳朵都起老茧了。"田加慧突然说不出话来，她这才发现，这个她眼里没有文化压根看不上的女人，才是生活的天才。之前，葛红来每次自杀，唐丽民都要哭得死去活来，但这次真的死了，却一滴眼泪也没有。他对田加慧说："葛红来饭吃生渣，白死了一回。这个世界上，我喜欢女人，但我更爱金钱，葛红来这么聪明的人，怎么就看不明白呢。"田家慧说："你和葛红来其实是天生的一对，可惜你们自己不知道。"

葛红来死后的某一天，田加慧请唐丽民来田宅喝咖啡。她也是水镇这些年来唯一天天喝咖啡的人，喝得很讲究。在田加慧的卧室里，唐丽民看到了传说里的红木床和紫色天鹅绒窗帘，床和窗帘都很惊艳，看得唐丽民一阵眩晕。还看到了传说里的田老板。照片上的田老板西装革履，很新式的打扮，表情却有点忧郁。在水镇人的故事里，田老板天生就是一个做生意的人，去过的地方、做过的事情，都是水镇人做梦也梦不到的。不过，田老板是个很迷信的人，做生意外出从来不带女眷，他娶了四房妻妾，让她们凑成一桌麻将。据说，田加慧的母亲是麻将打得最好的一个，脸上从来看不出表情，还经常把两个口打成一个口，其他三个女人的私房钱，都送到了她的口袋。田加慧的母亲新中国成立前夕突然失踪了，有说去了台湾，有说去了香港。水镇人后来才明白过来，田加慧母亲为什么会麻将打得这么好。母亲逃走后，田加慧一度非常憎恨她，撕烂她所有的旗袍，烧掉她全部的照片。但没有想到的是，多年后，她已经变成了和母亲一模一样的人。那天，唐丽民问："你父亲临死前，和你说了什么。"田加慧想了想，说："他说了一个故事。夜深人静，一只老鼠出没街头，镇里的一只狗吠起来，全镇的狗都吠了起来。"说完，田加慧号啕起来。唐丽民待了一会儿，突然想起多年前田加慧也这样号啕过，那一次，她告诉他："我终于入党了。"

关于葛红来的死，水镇有许多说法。说法最多的一种是，葛红来这次自杀，田加慧没有出手相救，所以死了。对这个说法，陶大葵坚信不疑。老陶说："你总是把你老娘往坏里想，其实，她是太聪明，什么潮流都跟得上。不过，那可能也是她的命。"连革命了一辈子的老陶都开始相信命了，陶大葵觉得很好笑，说："我看水镇，也就你一个人说老娘的好话，泥土都快埋到脖子了，还没清醒过来，活该一辈子受苦。老话早说过了，聪明反被聪明误，谁看得见自己的后脑勺，谁又能跑得过大时代呢。"她看了一眼老陶，发现他越来越像水镇那些在太阳底下晒暖的老太婆了，一脸慈祥。陶多多是老陶一手带大的，带着带着，老陶原来的脾气都带没有了，说话轻得像耳语。这些年，老陶最喜欢的事，就是给陶多多当马骑，骑得一身汗。

4

原先的水镇供销社宿舍，现在变成百合歌舞厅。开业那天，最出风头的是田加慧，表演了三步、四步、伦巴、恰恰、探戈几种舞，都结实练过，跳得很内行。田加慧当年跳忠字舞，也一度风靡水镇。看热闹的人里外围了好几层，只剩喘气的份，一时场面喧哗。他们没想到，娱乐时代竟然这么快就来了。

水镇人骨子里喜欢娱乐，喜欢由着性子来，追踪下去，可以追到 20 世纪 30 年代。当时，水镇满大街都是被战争带来的外地女人，她们顾盼生姿，比寻常更加使劲地热爱俗世日子，烫发，抽烟，打麻将，胭脂染红了一江东流水。据说，那些女人离开水镇时，大包小包，能拿一样是一样，连一根针都不舍得落下，却把孩子扔在了这里。老人们说，水镇的风气，就是从那个时候开始变坏的。

百合歌舞厅的服务员一律穿旗袍，因为老板唐丽民只喜欢穿旗袍的女人。她们身份各异，有下岗工人、逃婚的乡下大姐、被抛弃的二奶，还有做什么活都嫌累的无业女游民。唐丽民是个怜香惜玉的男人，出手很大方，除了旗袍，还配备了进口香水和古风牌文胸。生意好得可怕，来钱最多的是乡下大姐，一股豁出去的狠劲，脸皮厚得是剃头刀都戳不进去的，每天数钱数到手抽筋。乡下大姐寄钱给家里盖了一栋全村最好的房子，她的父母马上给她当孙子，闭口不提换亲的事，弄得乡下大姐心里很痛。回来后，她对唐丽民说："想想真没意思，亲人之间，也就剩个钱了。"唐丽民就笑起来，笑得满脸慈祥，说："幸好你开窍得早。这个世界上，什么都是假的，只有钱才靠得住。"他知道，满天下看过来，没钱想有钱，有钱想享受，享受往死里作，就剩这点破事了。乡下大姐五年的卖身生涯里，看清了水镇的许多男人，比如：喜欢处女的老领导，每次讨价还价的小老板，扭扭捏捏的寒酸乡镇干部。但她一直没有看清唐丽民，因为唐丽民从来不碰女人。而且，他也不大花钱，通常吃一碗素面，上头两片青菜，连一滴油都不放。唯一的喜好就是看百合，看得很投入，好像要把一朵花看出天大的名堂来。

但后来发生的事情，让水镇人觉得人生无常，一个人要是过得太好太顺，想得到什么就有什么，就到头了。百合案其实很简单。水镇中学初二女学生下体不适，她母亲带医院检查，发现得了性病。细问下去，才知已经在百合歌舞厅卖淫多次。女学生最初只是想买一双白色的镂空小皮鞋，后来发现赚钱太容易，就收不住了，一步一步滑下去。和枯燥的书本相比，涂口红，描眉，烫头发，还有穿蕾丝内衣，给她带来了更多踏实的舒服和摸得到的新鲜。很快，女学生就成了一颗磨圆了的石头，进退自如，举止多出许多风尘的味道来。她把赚钱的门道告诉了几个要好的同学，渐渐地，你带我，我带她，至案发，人数已逾二十人。女学生的母亲当即报案了，瞬间，水镇一片哗然，都说："唐丽民难怪这么有钱，原来早就烂到脚了。倒是以前没钱的时候，还像一个人。"

陶多多也是其中一个。陶多多其实什么都不缺，她要什么，陶大葵都会满足。她还没想到的东西，老陶都给她早早准备好了。背的书包、穿的连衣裙、骑的小飞鸽车，都是水镇女孩子里最好的。前不久，陶大葵还刚刚给她买了古风牌文胸。陶多多只是要用这样的方式，融进去，融进一个群体里。一群人手拉手、背搭背、扑在耳边说悄悄话、拥有共同的秘密，在陶多多看来，是一件多么温暖的事啊。陶多多害怕孤独，这么大了还没有和陶大葵分床睡。陶大葵后来才想起，那是陶多多最放松的一段日子，走路一跳一跃，像一只顽皮的小兔子，笑起来，也像春天里刚刚开放的花蕾。

秋天的一个晚上，唐丽民死在百合歌舞厅里。凶手是老陶，用的是水镇人人都认识的那把战场上缴来的三八式刺刀。搁置多年，刀生了老锈。老陶的刀法很精准，直接插入胸口。他的动作娴熟自如。之后，老陶坐在百合歌舞厅宽大的舞厅里，耐心地擦着刀把上的血迹，看上去很平静。老陶那双手现在也已经变成老太婆的手，无骨多肉，陶多多经常说，外公的

百
合

手最柔软，扎辫子一点都不疼。老陶看着进来的派出所警察——之前的同行，笑了笑，又摸了下一个后生的头，说："我一生做得最痛快的就是两件事，一个是今天杀唐丽民，一个是五十年前杀日本人。"老陶被带走的时候，老林在围观的人群里哭得呼天抢地，和当年哭得一模一样。

后来，案子破了，杀死唐丽民的还有其他人，因为唐丽民身上有两个不同的伤口。据最后的法医鉴定，唐丽民其实死于乱棍之下。水镇人私下传言，第一刀是陶大葵捅的，老陶为了给陶大葵顶罪，补了一刀。她们父女，真的是过命的情。不过，也只是传言。

唐丽民死的时候，田加慧正在北京旅游。自从嫁给唐丽民后，田加慧就热爱上了旅游。她去过许多地方，有名的和没有名的，和她父亲当年一样。她狠狠地花着唐丽民的钱，从不心疼，因为她知道唐丽民的钱太好赚了，真的就像天上掉下来的一样。唐丽民也很大方，田加慧要多少给多少，他喜欢看田加慧为了钱做出的各种媚态，以及装出来的喊叫声，感觉好像征服了一头野兽。到现在，唐丽民才明白过来，田加慧这个让自己牵肠挂肚了一辈子的人，其实和其他女人没有什么区别，装了这么多年，骨子里的东西根本就没有改变。他有点恨田加慧，这样一来，他所有的执念，甚至一生，都变成空的，轻得一点意思也没有了。这个晚上，田加慧刚刚从香山回来，身上还带着枫叶的气味，她感觉自己好像回到了少女时代。田加慧换上粉色的睡袍，又喝下一杯红酒，然后兴致勃勃地给十个脚指头涂上猩红色的指甲油。那确实就是一双少女的脚，剔透晶莹，一尘不染。这个时候，田加慧突然想起了她的三个丈夫，虽然他们毫无相同之处，但却有一个共同的毛病，就是脚气。田加慧觉得自己这一辈子最成功的地方，就是没有传染上脚气。多年前，老陶问田加慧为什么选择嫁给他，十六岁的田加慧天真地说："因为，你是英雄啊。"眼睛里闪着很亮的光芒。老陶很满意。

（原载《野草》2023 年第 2 期）

依 我 心 想

朱建华

　　凌晨2点，女儿和女婿就出门了，他们开一辆灰色的斯柯达小车，去苏州东山扫墓。林老太醒着。涛涛昨晚也被他妈妈领走了，因为今天是清明节，都休息。整套房子里就只剩下林老太一个人。她直到天亮，都是似睡非睡。

　　这两天，林老太一直有心事，仿佛有一件物事沉甸甸地压在胸口，本来睡眠不好，就更加不好了。有时，明明觉得事情已经想清楚了，却又觉得还是没有想清楚。要么，明天就试试看，和他们提出来。她闭着眼，嘴里嘀咕着。她知道，和子女说话，不是想说就好说的，是很难说的。

　　该起床了。她把盖在身上的被子掀开，停了一下，便慢慢地把两腿抬高，抬到屁股也翘起来，身体就向左边的床外倒下去，右手忙过来撑住这边的床面，左手肘则紧急往下抵，这样用着力，上半截人就渐渐坐直了，双脚也缓缓落地了。又坐一会儿，方取衣披上。

　　林老太矮小清瘦，八十三四岁年纪，脸上布满了皱纹，却几乎没有老年斑——这是老人引以为傲的。她住的这套房子，是位于六楼的复式房。这会儿，林老太一瘸一拐地挪出卧室。卧室外就是一道楼梯，从六楼通到"七楼"，这儿在六楼半。她一只手抓住楼梯的栏杆，另一只手攥着一部手机，一步一停地往下走。客厅就像被掀掉了屋顶的房间一样平躺在楼梯下面。

　　按宁波老家的习俗，清明期间要摆羹饭。这次全家都通知到了，最迟明天上午十点半，要到恒南小区。否则香撤了，烛灭了，磕头也磕不到了。林老太自己今天就去恒南小区，有些事情先做掉，明天的时间就好宽裕一些，或许，她可以说说自己的事情。

她想跟阿珍打电话，但宁波天亮的时间和上海差不多，阿珍一定已经被小辈接走，到岭南山里上坟去了，只好等她回来再说。

她煮了一碗泡饭，慢慢地吃完了。起身收拾碗筷时，她忽然拿过那把塑料饭勺，在小钢精锅的盖子上哐哐地敲打一阵，顿时眉开眼笑，又敲了几下，才住了手。

她又在桌上捏起一根筷子，随手甩到地上，人再挪过去，踢一脚，看着它溜到阳台门前，差一点竖了起来，这才乐呵呵地去捡起。接着，她走进厨房忙碌去了。

她真想现在就和阿珍说话，她真的太想说话了："阿珍，你就听着，听我说。

"阿珍，我先说第一次。这件事，实际上发生在春节前半个月。刚开始，我只以为是胃痛，止痛片吃了几天，没有用场。晓露说，去看看吧，万一是什么毛病呢？我说不会是毛病的，可能明天就好了。那天晚上，依依来给涛涛送一盒玩具，我就坐在阳台门这里的沙发上，依依听她妈妈说了，就过来问我，外婆痛在哪里一块？我说右面这块。外孙女说这不是胃，是肠子，一定要去看，可能是阑尾炎，现在就要去。我说没事，依依你明天还要上早班，快点回去吧。要去看的话，我明天自己也会去看的。

"'还说没事，没事，没事天天喊痛啊？'晓露生气了，哇啦哇啦说，'依依是三甲医院的护士长，不听她的话听谁的话？'

"已经是晚上七八点钟了，小康把我背起来，背下六楼，到医院挂急诊，一查果然是阑尾炎。幸亏送去还算及时，否则真的要动手术了。结果就打针吃药消炎，凌晨2点钟才从医院回来，小康再把我背上六楼。

"阿珍，六楼啊，八十来级楼梯，小康背着我，一级一级往上爬；依依跑在前面为我们开楼道上的灯，一只一只开上去。好不容易到六楼了，但六楼只不过是客厅，小康是真正吃不消了，但又不肯把我放下来，像牛一样叫了一声，哼哧哼哧，硬撑着又往上爬了八九级楼梯，才把我背进了卧室，放到床上。

"阿珍，你知道的，小康六十岁出头了，三高里有两高，高血脂、高血压。我人说说瘦小，总也有八十斤。你说，这样子要出事情吗？"

阿珍说："阿姐，你的意思是，小康半路上吃不消？"

"吃不消可以放下来的，边上有个人扶一把就可以了。是怕他中风。你知道吧？"

阿珍说："中风？阿姐你怎么知道？"

"现在人谁不知道？依依也经常在说的。问题是，中风就完结了！但是，小康不背谁来背？叫晓光来背？不可能的，他空手走到六楼，已经要命了。要么将来就叫120，让外面人来担架抬。"

"还有，阿珍，你被女婿背过吗？好了，不说了，阿珍，这只不过是第一次。"

林老太把一只不锈钢水杯灌满水，盖子旋紧了，放进一只黑颜色的挎包里，还有她的老人手机。——"我妈耳朵不好，手机倒是不离身的，但她只负责打出去，不负责接进来的。"曹晓露说的，倒也是实际情况。——老花眼镜盒打开看看，眼镜是不是在里面？嗯，在里面。就嘣一下，合上盒子，把它插入包内的一个侧袋。

把包挎好，把房门拉开。明天，孙子和孙媳妇都会去的，有一段时间没有看到他们了，心里真是想念啊。这两个孩子结婚五年了，一直没生。她小心翼翼地问过晓光，晓光却说："他们的事情，我怎么知道？"

阿珍说："阿姐，你得阑尾炎的事，我怎么不知道啊？"

"你那个时候身体不好，怕你担心，所以没跟你说。现在你身体好点了就和你说，不好还是不和你说。"

阿珍的丈夫死得很早，她后来一直住在大女儿家里，临河的一个套间单独给她住。但她和亲家母合不来，在同一个屋檐下，每天你眼睛白我一下，我眼睛白你一下，日子没法过下去了，她就搬了出来。正好区里新建了尚礼敬老院，她就住了进去。

算起来快一年了，去年梅雨时里，阿珍查出抑郁症和焦虑症，好在都是轻度的。到国庆节，外甥女和侄子从宁波开车来上海看望林老太，外甥女说阿姆一直在吃药，晚上睡得好点了，人也好点了，请嬷嬷放心。外甥女又给老人听一段录音，是初诊的时候医生给阿珍做测试的情况，她把手

百合

191

机举在老人的耳边——

医生："你想过死吗？"

阿珍："想过的。"

医生："你说在说，行动有吗？"

阿珍："我想死啦，想快点死啦。做人，没有意思。"

医生："你是担心自己身体吗？"

阿珍："一直有人在喊我，有人在敲我门，有人在我人边上站着，催我好走了。我真想走啦。"

说着，阿珍啜泣起来。"

林老太不要听了，听得自己的眼泪擦不及了。侄子说："小阿姑确实好多了，否则和她说话，眼泪鼻涕不得了，医生给她吃的药调整了几次，效果是有的。"他有空也开着车，带她出去散心，去山里溪坑旁边，去岙里老村，上次到三山大闸，就是象山湾头上，让她看海水。

依依说："舅舅，宁波的海水有什么好看，浑滔滔的，和上海黄浦江水差不多的。"

舅舅说："你不知道了，要候潮水，看天气，就是碧绿生青的海水。下次我带你去看。"

一共两站路，横穿共和新路，就到第一站。隔着公交车的车窗玻璃，林老太看见了阿丽，是恒南小区 22 幢的阿丽，老顾的女儿。她推着一辆婴儿车站在站台上。婴儿车里的孩子比涛涛小，瞪着两只大眼睛，嘴里像在啊啊地叫，人往上一耸一耸。阿丽则眼睛看着孩子，嘴里不停地在说着什么。他们好像是在等人，等人怎么不在恒南路站等呢？恒南路站是下一站。

上一次碰到阿丽，是去年秋天林老太丈夫的忌日，她到恒南小区摆羹饭。阿丽去小区门口的丰巢智能柜里取快递，她说不急，只是一箱尿不湿，然后她对林老太说：

"阿姨，我上个月去苏北的那个寺院里看过我爸爸了。他们的养老费，又涨了一百元。"

老人微笑着拍拍阿丽的手，安慰她："不要紧的，涨这点钱，老顾养老金虽然低，还是足够的。"

"他身体还好，就是人更加木笃笃（方言，木呆呆之意）了。"

"阿丽，人年纪大了，都会木笃笃的。"

林老太不会忘记老顾的。八九年前，在那些晴朗的早晨，曦光初露，孀居的她常去恒南公园锻炼身体。她几乎每次都遇见老顾。"你走路要当心。"老顾提醒她时，声音亲切温柔，如同和风细雨。她走路一向头抬着，不看脚下。那时她的腿还没出事。

公园里一起坐在长椅上，老顾的手压在她的手上，她慢慢地抽出来了，心里有数。在八角亭子前的大合欢树下，老顾邀请她一起跳交谊舞，她随便怎么也不肯。

老顾好不容易找到苏北那个寺院，办妥养老手续，又回上海一次，料理一些事情。然后，林老太跟他走了。晓光和小康第二天就开着小车赶到了当地，他们两个，差点跟老顾动手，林老太生气地喊叫起来：

"我自己要来看看的，又不是他拉我来的！你们想做什么？"

她后来和阿珍说这件事情，阿珍咯咯直笑，说："阿姐，他们当你跟老顾私奔了，当然要急死了。但到底是怎么一回事，你要好好和我交代。"

"你也是十三点啊？他们都是十三点啦！我去看那个寺院，主要是它养老费便宜，一个月一千元都不要，到哪里去找？晓光和小康根本不听，说这种偏僻角落，医疗条件一塌糊涂，价钱便宜有屁用啊！说了乱七八糟一大堆，害得我回来时和老顾再见也没有说。"

其实林老太早就要儿子帮她找过养老院了。儿子告诉她："你这点养老金，想找附近的养老院，差远了，也不想想上海是什么房价！"她叫他再远一点，松江，金山，甚至崇明也行，可是她那点养老金仍旧不够。

林老太曾在恒南小区住过十几年，这是晓露的房子，二楼的一套一室户。七年前，也就是她和老顾"私奔"之后，不出一年，林老太在小菜场一个河鲜摊位旁边的泥地里摔断了右腿的股骨；伤好后，她从女儿家里住回恒南小区。过了半年多，她又在卫生间门口被鞋架子绊倒了，摔裂了左脚的踝骨。这次痊愈后，她还想住回去，被子女拼命拦下了。她从此就住在望隆花园，住在高高的没有电梯的六楼半，而恒南小区的房子，除了有事去一次，平时都空关着。

那段时间，曹晓露曾和母亲说，她原来想把恒南小区那套房间租出去的，否则白白空着，太浪费了，但是小康不同意。小康说，这套房间，不可以借出去，我们要让妈也有套房子，像她娘家一样，好去走走，否则妈什么都没有了。

"你女婿好吗?"晓露说完，笑着问道。

"好，当然好。"

但她的心里，是最好房子租出去，租金给她，让她住到近一点的养老院里去。她只是说不出口，觉得自己能说出来的理由，都会被女儿否定掉。她住在女儿这里，每月都拿出房钱和饭钱，女儿要也得要，不要也得要；她这样做，是为了保住她的"娘家"。是的，是娘家，小康说得不错。

第一次骨折痊愈后，女儿和女婿送她回恒南小区，她一进屋就哭了，越哭声音越响，怕惊动隔壁人家，就拿一只枕头捂住脸，哭声都传到枕头里去了。

这一次因为患了阑尾炎，自去年摆过冬至羹饭后就再没回来过。二楼的楼梯，总共才十几级，脚一踩上，就感觉马上要到家了。打开了 203 室的房门，立刻，有一股熟悉的气息扑面而来，好像有一个感觉很亲的男人把她的瘦小的身子抱住了。她闭上眼睛，让他抱了会儿，眼里忽地噙上了泪水。自己要是不出事，就天天都在这里，这里多少亲啊。她慢慢地走进去推开了卧室门，接着，又进去把阳台门打开了。

落地窗帘也被拉开，是轻轻地拉，因为上面有灰；拉不动的地方，比如被八仙桌挤住的部分，就不拉了。她的丈夫的遗像，挂在五斗橱的上方，好像等着老伴把窗帘拉开，放进光线，就好端端地显现出来。他穿着他自己亲手做的藏青色的西装，里面一件白衬衣，系着一条灰色的领带。这张照片是他六十岁退休的时候拍的。他在她的眼里英俊了一辈子。她说：

"老头，后天，儿子女儿他们，会去嘉定看你的，年年都这样的，你放心好了。"

她又说："小康的爸爸是新坟，所以小康和晓露一定要在清明当天去。

今天扫好墓，晓露还想到灵岩山去兜一圈。"她叹了一口气，接着说："都是我，否则他们退休了，想去哪里就好去哪里，想去几天就好去几天。"她继续说："老头，这几天，我一直在想，想住到宝山的一家养老院里去。天福里的罗大姐，你认得的，也住在那里。我还没有和晓露他们说，我想明天和他们说说看，如果他们同意了，依我心想了，我会来把你这幅照相带在身边，将来放在养老院的衣柜里，每天一开柜门，就好看到；我多少开心啊。"

丈夫好像一直在听她说，并且一直在微微地点头；丈夫的嘴唇动了动，似乎说道，你过来累了，不要老是站着，坐一下。她心里答应，我是想坐呀，到处都想坐呀，只要是这间房间里，床沿上，椅子上，小矮凳上，就是地板上我也要坐。但现在到处是灰，我要擦过再坐。

他过世前一星期，就靠在和这张遗像并排的床头上，声音虚弱地对她说：

"我做了一辈子衣裳，没有好好给你做过一套，对不起。"

她眼泪汪汪地说：

"你不要这么说，你给我做过的，做了那么多。"

他是邻村的，独自在上海当学徒，不是喜欢他，她不会在十八岁那年，独自来上海找他。记得离家那天，阿珍送她，走了十几里地，走到了一个汽车停靠站，天上下起了大雨。她们没有带伞，躲到车站旁的一棵大枫阳树下，依偎在一起。许久，看到一辆客车，在震耳欲聋的雨声中慢慢地驶来。

一个电喇叭的声音，清清亮亮的，就从阳台的下面传上来，又往东去，越来越低：回收旧手机、破手机、烂手机、电脑……声音静下来的地方，好像是吉买盛超市。

这是去年的夏天。林老太在老盛昌吃了一碗小馄饨，一客生煎。她吃得太饱了，回家爬不动楼梯，就想出一个办法，先到吉买盛里去兜几圈，帮助消化。结果她碰到了原来住在四川北路天福里的老邻居罗大姐的儿媳妇。

21 世纪初，天福里拆迁，至今二十来年，她们一直没碰到过。在收银口外边靠墙的休息椅上坐下，林老太侧过身对罗大姐的儿媳妇说："惠芬，我耳朵越来越聋了，你说话声音大一点。"

惠芬点点头，提高嗓门说道，她公公早死了，没几年，婆婆把在闵行的安置房出租，加上自己的养老金，笃笃定定地住到宝山的养老院里去了。惠珍又说，住在天福里接水站旁边的，叫马什么，个子高高的，他们也是要安置房的。老公死掉后，她和子女谈不拢，干脆把房子卖掉，住到养老院里去了，听说是在青浦那边。

"当初，也像你们一样要安置房的话，我现在就自由了。"林老太说，笑了几笑，一边用手摸摸肚子。

林老太和丈夫选择的是货币安置。他们把拿到的钱，小部分给了儿子，大部分给了女儿，帮助她和女婿购买望隆花园的商品房。后来，他们住进了女儿一家腾出的老房子——恒南小区 11 幢 203 室，是一室户。

"林阿姨，你真好啊，怎么你脸上老年斑也没有的啦？"惠芬挽着林老太，送她回家，一路说笑。

"哎，这点他们都说的，说我老年斑没有的。确实也是的，我这个岁数，没有老年斑是蛮奇怪的。但皮肤皱是皱得来一塌糊涂。"

"还好。蛮好的。但是，你腿不好，为什么不用拐杖啦？"

"我儿媳妇给我买过的，还说是新式的呢，下面有四只小吸盘，我是没有用过。我想，我本来已经七瘸八拐了，再手里拿根拐杖，就像妖怪了！"

那天，惠芬一直把她送到望隆花园的西门口。老人对惠芬说："惠芬，如果有电梯，我肯定要请你上去坐坐，蛮抱歉的。真的，没有电梯，没有办法。有一年，杨梅上市的日子，我从楼上走下来，去买杨梅。走到楼下，出了门洞，才想起来钱没带。我就不会动了，像个木头人，只会眼泪落下来。"

她又指点着说："这个东头，是去年，已经在加装电梯了，电梯井也挖好了，谁想到又出来反对的意见。后来，不知从哪里运来一大块钢板，把电梯井盖住了。本来想，东头造好，我们西头也有希望了，谁想得到发生这种事情。但说起来，希望还是有的，他们什么时候谈判谈好了，意见统一了，又会重新造，否则，这个电梯井就应该填掉，留着做什么！惠芬你说对吧。"

林老太最后说："要么我叫晓露下来，你们也至少十多年没碰头了？"

"不用了，不用了，晓露也忙，我也马上要回家去。反正我们已经接上头了，下次有机会。"

她们挥手道别。

罗大姐的电话、宝山那个养老院的地址，她都记下了。小车从这里开过去，经过宝华寺，经过上海大学，最多二十分钟就到了；还可以坐地铁，七号线。惠芬又说，她婆婆的腿也不好，是严重骨质疏松，上次还扭过一次，粉碎性骨折。她婆婆平时下楼散步，手里就推一辆空的轮椅，又轻，又稳，上下电梯都方便，可以推着走公交车的两站路，尤其是，她推着轮椅朝前走的时候，本来伛偻的腰背也直了。

想着往事，林老太咧开嘴笑了起来。是啊，罗大姐，等她住到那个养老院里，她一定也去买一辆轮椅。以后和罗大姐一起推着走，一边谈谈"山海经"。

所有的碗都在冰箱里。冰箱是双鹿牌双门的，长期不通电早已坏了。碗筷拿了出来，还有调羹，至少要十二只，这些全得洗一遍。是的，脸盆里的水，只要用过了，不会再端过去存起来冲坐便器了。那一次就是这样，端着一脸盆用过的水走过去，在卫生间的门口被鞋架子钩了一下，人摔倒，脸盆飞出去，水漫金山，左脚踝骨骨裂。两条腿从此就变得一瘸一拐。

慢慢地洗吧，有的是时间，过会儿吃午饭就到老盛昌去吃。今天吃素浇面，油面筋特别好吃，汤也鲜。

是的，黄酒不用去买，去年国庆节，侄子他们从宁波开车来上海看她，带来的两箱老家产的黄酒，平常日子都是小康在喝，小康没有酒量，肯定还没喝完，拿一瓶就够了。还有，明天烧锡箔，仍在那只坏掉的电饭煲的内锅里烧，那只锅就在水池的下面，木门打开就看见了。

"阿珍，说他们对我不好，是没有良心的，但是小事情总是有的。虽然，讲讲是小事情，但胸口总归是被它堵住了，有时候堵得气都透不

百合

197

过来。

"我喜欢吃鲜肉小馄饨，有一回，我买了一袋生的回来，放在冰箱下层。小康一天开冰箱，把我的小馄饨拎出来了，说这种东西还放着占地方，别的东西不要放了，一边就给我扔到外面桌子上。我只好马上煮了吃掉。

"还有，他们买来一只鸡，杀好弄干净的。他们有事出去了。我想吊橱上有一只大钢精锅，帮他们拿下来，洗一洗，他们回来好煮白斩鸡。我就在厨房间台板上放一个方凳，我人先爬到台板上，再慢慢地爬到方凳上，再立起来。但是没有想到，我要下来的时候，下不来了，只敢膝盖弯一弯，不敢把脚伸下去，如果他们再晚回来一会儿，我就要从上面翻下来了。结果，他们没有一句安慰我的，我好像犯了什么大罪。

"还有一天，我一个人吃饭，掉了一根筷子。当场没找到。后来又找了几天，仍旧没有找到。我不相信了，一定要找到它。晓露说我脑子出毛病了。我其实也是开心，觉得好玩。这一天下午，涛涛睡醒，我叫他帮我一起找，把两张沙发头上、墙角里的一只方茶几也拖了出来，没想到涛涛脚下被一只变形金刚一绊，人朝前一冲，额头碰在茶几角上，撞出发青的一块。他们回来问了，很凶的，怎么回事啊？我说是撞在茶几角上了。晓露说，茶几在沙发里面墙壁角落头，怎么会撞到的？我已经有点发抖了。又听涛涛说，我和阿太在找筷子。好了，不说了。"

阿珍问："阿姐，还有呢？"

"哦。我前面说的是第一次，再说第二次。事情是前天发生的。今天是清明节，前天就是节前第二天，这样说以后好记一些。

"涛涛上午九点半喝过牛奶，替他擦好嘴，他说他要玩'捞鱼'。小康不在，出门去修一只电热水壶去了，晓露就要我一起配合。她说，我们圈子小一点，陪涛涛玩一会，否则哭起来烦死人。我马上说好的好的，我来！我们就双手拉住，一高一低地摇晃起来，用当中的那个空当去套——也就是捞——涛涛，一边唱山歌：

"'捞啊捞，捞啊捞，捞到一条大头鱼！'

"涛涛咯咯笑着，满地乱跑，不让我们捞到。我们两个就转来转去，去套他。就这样晓露一个不注意，拉得猛了一点，我被带到地上，看起来摔得蛮厉害的。

"晓露忙说：'你不要动，不要动。你要动我就不管了。'

"我说：'没事情的，你不要紧张，没事情的。'

"晓露打电话让小康马上回来。阿珍，你知道我一听，马上脑子里就在想什么？我身上衣裳，只有薄薄的两件，叫我咋弄弄？我要晓露把我睡的枕头拿来，说我胸口卡在小康背脊上痛，当中塞一只枕头，好一点。就这样，小康回来，把我从六楼背到底楼，再背上小汽车，到医院里又背到急诊室，最后放到了一张轮床上。还好，拍过 X 射线片子，骨头没断，没碎，也没开裂。我重新立起来，也不知道怎么回事，想到过一会，自己可以爬楼梯到家里去，哭出来了。

"阿珍，没想到三四个月时间，又要叫小康背了。我变成危险分子了。将来，说不定什么时候，我又这个那个了呢？叫救护车真的靠不住的，叫了不知道什么时候才能到，性命攸关的时候，还是要小康背，否则怎么办呢？"

林老太把包里的水杯拿出来，拧开盖子。她的手有些颤抖，杯沿在唇边晃动一阵，才喝了一口水。在家要多喝水，出门也要带水杯，经常喝几口，这都是依依教的。她又喝了几口，长长地舒口气，把水杯放回桌上。

"阿珍，你再听我说。像上礼拜，涛涛说要撒尿，晓露在厨房间里大声叫，依依，给涛涛拉尿！我听见了。但依依不睬，自管自斜在沙发上看手机。我在阳台上剥毛豆，怕涛涛拉到裤子上，连忙搓搓手，身上擦两擦，来不及地走过去，一只膝盖就跪在地板上了。结果，小家伙最里面还有一条短裤没拉下来，我以为全部拉下来了，就这样，他一大泡尿，把里外裤子衣服都拉湿了。依依皱着眉头，埋怨我，外婆你怎么回事啦，你这个是越帮越忙，你知道吗？晓露也出来怪我。但她们说的，我一点都没往心里去；我脑子里已经吓死了，担心刚才这一跪，把骨头跪碎了！

"阿珍，我如果还住在女儿这里，小康还这样一次一次背我，迟早要出人命的！两个人一起摔下去，要么一死一伤，要么两条人命。

"阿珍，依我心想，把这间房子租掉，把钱给我，让我住到宝山的养

百合

199

老院里去。他们如果不同意，就再远一点，崇明、松江都可以，嘉定更加好，办法总归有的。当然，苏北老顾那里，我提也不会提。

"阿珍，真的最好就是让我回到宁波去，我去陪你，你也陪我，我们像小时候一样，最好像三四岁、四五岁的时候一样，每天什么都不知道，只知道玩，每天都开开心心。

"阿珍，我现在别的不怕，就怕明天我一提出来，马上被他们一口回绝，也不听你有没有道理。如果是这样，我就不知道了。"

手机接连打了两次，都没人接。人老了，真的，到岭南山里上坟，阿珍还能再去几年？外甥女电话里和她说过，去年清明节，阿姆到爸爸坟上去，一个人坐地上哭了半天，拉也拉不起来。

林老太看了看时间，又喝了口水，戴上老花镜，再给阿珍打一个电话，仍没人接。她便走到灶台前，拿了一块抹布——是专门擦桌椅的，用水润湿绞干，走进了卧室。

阿珍在尚礼敬老院住的房间，比这间稍微大一点。三年前赴哥哥丧事，全家都去宁波老家了，回沪前，到尚礼敬老院去参观了半天。

阿珍睡在靠阳台的一边，另外一边是大树村的歪嘴阿嫂。阿珍给她介绍，这是我嫡亲的阿姐，从上海来的。歪嘴阿嫂微笑着，点点头。

阳台外面，东南方向，半空中横过一条高架公路。更远一点，雾气蒙蒙的，半空中还有那么一条，却是从育王岭那边钻过来的地铁。

晓露说："昨天表哥说，上海高铁到宁波，不出站就好转地铁，2号线到鼓楼，再换1号线，松花江路站下来，跳上一辆三轮车，眼睛一眨就到了。"

餐厅在走廊的对面。阿珍说："每餐一荤两素，但是咸蟹、臭冬瓜、乌贼卵黄、酱毛蚶这些东西，是没有的。自己要吃的话，叫女儿带来。"

"电梯这么大呀！"她说。

阿珍说："送饭车也要推进来的呀。"

敬老院的东边有一条河，看得到河水在流动，蜿蜒着从南方流来，向北流入大海。阿珍说："阿姐，这就是岩河呀！"她激动了，说："这是岩河？就是我家门口的岩河？它怎么流到这里来了？"

"阿姐，"阿珍在叫她，"你看，这不是牛角山吗？我和你两个人去牛角山打柴，阿姆说，柴打来有粥吃。后来，挖到一只萝卜，还看到一只死鸟。你记得吗？"

"怎么会不记得呢？"

她们把萝卜藏在背在肩上的柴捆里。那时候，一只萝卜可以换一只热水瓶呢。她们又看到田里有一只死乌鸦，觉得它跟鸡差不多，可以吃啊，就把它拾起，放在柴捆上。这时天上有一只乌鸦跟上来了，在她们头顶，不停地呱呱地叫。她们想，会不会是我们偷萝卜被它看见了，所以才不停地叫？要么把萝卜扔了，否则被它叫出人来，查到我们偷萝卜，打也要被打死了。她们就把萝卜从柴捆里抽出来扔掉了。可是，乌鸦并没有飞走，仍旧呱呱呱呱地跟着叫，好像越叫越急了。这就奇怪了，难道它是要这只死乌鸦吗？她们就停下来，把原来就放在柴捆上的那只死鸟扔了。哎！乌鸦果然不叫了，也不跟来了。

"结果，萝卜没有了，死鸟也没有了，贼倒做过了。"她说。姐妹俩手拉着手哈哈大笑，眼泪也笑出来了。

她忽然止住了笑，说："阿哥刚刚过世，我们这样笑，阿哥要骂了。"阿珍说："这是的，阿哥要骂了。"

路边有一张赭色的仿木陶瓷长椅，都坐下休息。草地上开着纤小的黄花和白花。她就去摘花，说要给阿珍插在头上。晓露一把拉她起来，板着脸说："你又腰弯得这么低，头冲在前面，说你多少遍了，这个动作要出事情的。"一边扶她在长椅上坐下。

回上海的路上，曹晓露对弟弟说："我们再不走，妈真的要留下来陪阿姨了，你没看到，她连那个灵堂都说好。"

她回答说："是嘛，这里样样好，让我到这里来，你们又不肯。"

晓光说："老娘，我们当然不肯的！你想，让你到这里来养老，等于是我们不管你了，让阿姨和表哥表姐妹去管了，我们还是人啊？"

小康在开车，他不说话。

晓露说："这是的。但妈只要身体好，以后有机会还好来玩。"

几块抹布搓洗干净，重新整齐地摆放到灶台上。坐一会，再喝口水，然后，林老太打开了房门。好了，今天差不多了，可以走了。她站在门口，眼睛朝里望着，在阳台门一边的通道上，是那把用了几十年的竹躺椅。丈夫在躺椅上坐着剪脚指甲，抬起脸笑着对她说，他这辈子可能是最后一次剪脚指甲了。她垂下重叠打皱的眼睑，又一次让那个她感到很亲的人拥入怀中。她喃喃自语。然后，她走了出来，把房门关上。

"阿姨！"她刚踏出楼门，阿丽叫了一声。"你又回娘家来啦！"阿丽乐呵呵的，说正要上楼去看望老人，因为她听人说，林老太来了。老人很高兴看到阿丽，说：

"是的呀，阿丽，回娘家来了。阿丽啊，你刚才在公交车站台上？"

阿丽说：

"你看到的啊？你在车上？"

她说，她带小外孙逛马路的，一直走，穿过高架桥，到老盛昌才回转来。好了，小家伙一定说他外公在公交车上，明明外公在家里啊，他不听。"阿姨，现在小孩主意多少大啊，我只好在站头上停下来。你看呀，上面有外公吗？"阿丽说着笑起来，"阿姨，你是来摆羹饭的？现在做什么事情去？他们都在上面？"

老人和她说，今天她是来做准备的，就她一个人，明天摆羹饭，她又说：

"阿丽啊，告诉你一个消息，我想住到宝山的养老院里去了。这套房子租掉。"

"真的？阿姨，这样你就称心如意了。"阿丽说，又似乎随口问道，"房子租掉，他们同意的？"

"我想他们应该同意的，但我还没和他们说。不租掉，我住养老院，钱不够的呀。"

"这对的，否则是不够的。但是，上两个礼拜，也巧，阿姨我和你说，我正好和肖琼丹聊天，肖琼丹就是住在你们家下面一楼的，你记得吗？"

"小肖，当然知道。"

"我们也是东聊西聊，聊到小区里房子，肖琼丹说阿姨你的这套房子，永远也不会租出去的。"

"小肖说的？"

"是的，她说的。"

"什么道理啊？"

"她说，第一次，记不清什么时候了，有天晚上，她看到小康上去，小康前面，还有一个女人样子的人，她以为是晓露。后来看到不是的。"

"是谁啊？"

"她说她不认得。我和她说，不是晓露，肯定是依依。她说不是依依，依依她认得出的。"

老人转着头，四下里看了看，说："阿丽，你说话声音稍微轻一点。"

"好的。"阿丽点点头说，把声音放低了一些。"这个肖琼丹说，后来，她就注意了。过一段时间，他们就要来一次。"

"噢。"

"但是，我对她说，这很正常的呀。小康原来是做外贸的，客户多，退休了也好继续做的呀，到这里谈业务，冲杯咖啡，泡杯茶，又经济又实惠……"

阿丽在说，但林老太已不在听了，她转过身，低着头，朝小区外面走了。阿丽一看，急忙跟上去，搀住老人，在她耳边说：

"阿姨，你慢点走。"说着，两人走出了小区，站在马路边上了。阿丽又说："阿姨，我真的后悔了，蛮好不和你说这种事情的，我一说，你就往心里去了。实际上，这种事情不可能是真的，如果是真的，人家让你看到啊？都在瞎传呀。"

老人扭过脸，笑着对阿丽说：

"阿丽啊，你不要送我，你自己去忙去，我自己会过马路的。"

阿丽还是搀着她，过了马路，进了恒南公园，走到公园入口处的一棵大合欢树下的长椅旁，阿丽说："阿姨坐一会好吗？"老人点点头。两人坐了下来。阿丽又想说话，老人呵呵笑着，先说了：

"阿丽，你刚刚说到小康的时候，我想起来了，小康喜欢吃蛏子的，我现在应该到菜场里去看看，有蛏子就买点来，养着，明天中午好吃。"

"阿姨，我刚刚和你说的事情……"

"阿丽，你不要怪我。我耳朵不好，你是知道的。我刚刚要你声音轻

百合

点，是想弄堂里我们两个人说话，声音太响不好，结果你说什么，我一点也没听清楚。反正算了，我没听清楚的事情多了。还有，我这个人，年纪真的是大了，想起自己事情，连你正在和我说话都忘记了，掉转屁股走掉，礼貌一点也没有，真真难为情死了。"

"这个无所谓的，阿姨。那么，阿姨你，一个人当心点。我要回去给小家伙喝牛奶了，十点半了。"

"噢。阿丽，你去忙，走好，谢谢你。"老人嘴角动动，漾出一些笑意。

她坐着，不动，忽然喉咙口一阵难过，忙站起来，在长椅后面种满了麦冬的草地上，俯身弯腰，连连干呕。那一蓬蓬的长得十分茂盛，盖住了老人的小腿肚子，她的泪花闪闪的目光里尽是摇晃着的碧绿生青，像侄子说的、像山湾的海水一般。老人稍停，用手慢慢地在胸口上摩挲，渐渐好些了。她又从挎包里拿出面巾纸，擦拭满眶的眼泪，然后颤颤巍巍地走到附近一个垃圾桶旁，把纸丢了进去。垃圾桶后面长着一大丛紫薇，那些柔长的枝条随风舞动，有几片紫薇叶子拂到老人的脸上。

她把挎包带整了整，又用手摩挲几下胸口，脚下慢慢地绕过八角亭子，在荷花池的旁边，走进一条幽暗狭窄的拱顶柱廊。她觉得脸上紫薇叶子拂过的地方长出了老年斑。

阿珍说："阿姐，你咋弄弄?"

涛涛说："阿太，你在做什么?"

她没回答。

她一瘸一拐地朝前走。近午的阳光，透过柱廊拱顶的一个个间隔，在老人的白发上不停地闪耀，仿佛是一个个的吸盘，用力地将她朝上吸引，为她走路省力一些。走完这条柱廊，便是恒南公园的南门，南门外有一个公交车站。

(原载《文学港》2021 年第 1 期)

半 人 马

余 涛

　　一九九八年冬天，我在环城二中上晚自修课，听到走廊上有人尖叫说看见飞碟，所有人鱼贯而出。我们仰着头对漆黑的夜空四处张望，除了几颗闪烁的星星什么也没看见。一个带着鼻音的人说，飞碟是光速运行，早走了。大家将目光投向一个披着军大衣、嘴唇上留着稀疏胡须的家伙。他叫刘丁洋，来自高一（2）班。

　　环城二中围墙内全是一群无心向学的家伙。那时，我对外面世界不感兴趣，沉迷武侠小说，从金庸看到古龙又看到黄易。我们是学渣，但在取绰号上却体现了充分的聪明才智，将班级以人物命名。班上有个能歌善舞、长相像俄罗斯人的女孩叫米娜，我们就叫那个班为米娜班。还有个刘丁洋班。刘丁洋神道道的，他常穿着一件脏得像柏油中浸过的军大衣，神色凝重地从走廊走过，他说正在研究《相对论》。我们在谈论他时都洋溢着欢快的气氛。

　　高二文理分班。我和刘丁洋分到同一个班，他坐在我前边。他的穿着令我震惊，他粗壮的双腿套了一条棉毛裤，裤子的线头从裤裆挂出来，随着他的步伐四处飘荡。上课时，他回过头一脸严肃对我说，地球人，我来自半人马座的 A 星球，能量耗尽在此迫降。我说，幸会幸会。他吸了下鼻涕，塞给我一个类似线圈的玩意，说是见面礼，像是从什么航模玩具上拆下的。

　　学校门口有个书屋，押十元钱可以借一本书，放学后我都会去借书看。有一次，我从书架上抽出一本《寻秦记》，看见刘丁洋正捧着一本《时间简史》。他抬头看见我，憨憨一笑。我说，阁下装×早有所闻，今日一见，果真名不虚传。他说，虚名在外，实属无奈。

我们的物理老师姓舒，额头窄，眉骨高，嘴唇厚实，有点像猿人。他全身上下释放着愤世嫉俗的气息。他说人人都想升官发财，不做实事，社会恐离崩溃不远。他还经常透露校长方金标才是学校学风每况愈下的原因。起初，我对舒老师的话并没有太在意，对我来说，那是遥远的成人世界的故事，远远没有明星们扑朔迷离的绯闻来得有趣。多年以后，方金标受贿锒铛入狱已成了我们这街头巷尾的新闻，我才想起舒老师先知般的评论。

当时，舒老师的口头禅是"你们是自打倒'四人帮'以来最难教的一批学生"。每当听到如此不堪的评价，我们都十分惭愧。后来得知他对每个班都说一样的话，我们就变得肆无忌惮，翻开桌盖，打起扑克，或者睡觉。

有一次，舒老师在黑板上写了一个 T，说，这是时间，是距离 S 除以速度 V。我们一群人打着哈欠，舒老师拿起教鞭敲黑板，我们从敲击声中感受到他的不悦，纷纷抬起头。唯独刘丁洋抠着鼻屎继续翻《时间简史》，见舒老师大步流星地走到他身边，吓得手中的书掉落在地。舒老师说，刚才说到哪了？刘丁洋从惊慌失措中缓过神来，一脸茫然。舒老师晃动着教鞭，说，告诉我什么是 T？刘丁洋说，时间？舒老师高高地举起了教鞭。刘丁洋说，时间是虚构的概念。舒老师瞪着眼，教鞭朝刘丁洋挥去。刘丁洋接住教鞭，我们目瞪口呆。他说，熵的递增产生时间。舒老师说，什么是熵？刘丁洋说，从有序到无序就是熵增，骑车是熵增，打学生是熵增，能量走向离散就是熵增。我看见舒老师眼神中闪烁出些许惊异，他将《时间简史》收上讲台，说，以后再看课外书，就叫家长来学校。

我们知道，老师让家长来学校大多是吓唬人的把戏。我们还知道刘丁洋家长不会来学校，因为他只有一个失聪的奶奶。在闲聊中，刘丁洋说他中考有两门没考。对此，我们十分不满，他的言论仿佛在嘲笑我们的愚蠢，他三门课的成绩和我们五门差不多，我们十分期待有人戳破他的谎言。

在另一次课上，舒老师要同学回答原子的问题。我们打开书本，在一个章节中找到了原子是世界最小微粒的表述。舒老师显然要刘丁洋难堪，说，这位同学看得这么认真，请告诉我什么是物质最小微粒。他把刘丁洋叫上讲台去，刘丁洋在黑板前站立许久，拿起了一支粉笔，弯弯扭扭地写了几个字。字写得很大，奇丑。我们仔细辨认应该是几个字母。舒老师问写的是什么。刘丁洋说，是 $E=MC^2$，物质和能量可以互相转换，所以本源就是虚无。舒老师脸上阴晴不定，继续问，你说怎么产生物质的？刘丁洋拿起粉笔在黑板上画了一个巨大的圆，中间又涂了个实心圆。同学们沉默一会儿，哈哈大笑起来。因为这像一只乳房。舒老师脸上漾出一丝笑意。说，请解释下。刘丁洋说，恒星。舒老师说，为什么要画恒星。刘丁洋说，大部分物质都来源于恒星，桌子、铅笔、尺子都来自恒星内部的核聚变。万物流转，或许你身上的碳原子此前出现在日月星辰，此后就是粪便的一部分。出乎我们的意料，舒老师没有发飙，他点点头，让刘丁洋坐下。

我不懂，虽觉得刘丁洋说得十分离奇，但应该也有几分道理。这件事后，我开始抄袭刘丁洋的作业。他做作业时眉头紧蹙，嘴角咬着的水笔已经开裂，口水从笔上流淌下来，在作业纸上晕染开，有思路时他奋笔疾书，快速地写下解题过程。我花了很大力气，才认熟他那龙飞凤舞的字迹，我抄完后，作业又成为别人抄袭的对象。为了表示感谢，他去借书时，我们纷纷为他支付押金与租金。

我是来到刘丁洋家中才了解到他的不幸的。他和奶奶住在老城区的四合院的一间木屋中。院子中间是一个洗手池，周围有几盆营养不良的月季，墙上密布着三十多只电表。电线凌乱地在墙上来回穿梭，像蜘蛛网。正对门的墙上贴着脏兮兮的奖状，中间有一幅遗像，是个精瘦、脸上纹路很深的男人，开始以为是他爷爷，他却说是他爸。他爸原本是工厂里的电工，据说是个聪明绝顶的家伙，会写诗，会修理三相异步电动机。70 年代初，写的东西被人搜出说是帝修余孽，开除出厂后给人维修电机设备。一九九七年，他爸在一家养殖场修理排水泵时，发生倒送电，全身冒烟才被一个农民发现。那一天，刘丁洋中考，考了一半赶往医院，人已救不活了，因此只考了三门。刘丁洋和奶奶靠着亲戚接济生活，他奶奶总是面无

百合

表情地坐在门口一张板凳上发呆，像一尊石像。要凑近耳朵大声说话，才如梦初醒似的回过神来。

刘丁洋有一辆自行车，据说是隔壁租客送给他的，他将铜丝绕在一块磁铁上，一头装灯泡，一头装齿轮，固定在自行车的前叉上。随着轮子的转动，灯珠发出忽明忽暗的亮光。有几次，他骑得太快，把灯珠烧了。于是，他换了一个功率更大的灯泡。他十分得意自己的发明，还编了一个填满数字的表格，是关于速度和功率之间的关系。他提议要将这个装置送给我，我婉拒了他的好意，因为我觉得这玩意除了吸引眼球，一无所用。

刘丁洋虽然在课上没有正确回答舒老师的问题，却给舒老师留下深刻的印象，他流露出少有的爱才之情，经常在班上表扬刘丁洋，说他是"自打倒'四人帮'以来，教过最有天赋的学生"。舒老师很少称赞人，这使表扬弥足珍贵。他们时常肩并着肩，打着手势探讨物理问题，模样就像父子。这时，刘丁洋享受着别人没有的特权，他经常大摇大摆走进教研室，大声叫"老舒"，还帮助舒老师批改试卷，这令我们羡慕不已。舒老师建议刘丁洋去参加物理奥赛，并给了他一本题集，让他多做题，拿了名次可以去香港读书。那一年，我们对香港充满神往，觉得那是一个遍地高楼大厦、人人潇洒时髦的地方，我们觉得他去香港后就能和"四大天王"建立起更紧密的联系。刘丁洋听后十分激动，说，家里没钱怎么办？舒老师说，有奖学金。刘丁洋说，要靠关系吗？舒老师说，不要。在舒老师鼓励下，刘丁洋居然认真地准备起奥赛，在教室一坐就是一晚上。那一年，好像一部《金瓶梅》在校外录像厅放映，我们唾沫横飞地聊着观影体会，即便如此，也不能吸引他的注意。

那时，荷尔蒙在我们的血管中横冲直撞。在澡堂洗澡时，有人聊起女同学，下半身会忽然昂起一个犄角似的物体。每当看见，我就倍感恶心，尽管自己想起一个女生，也会抑制不住冲动。那个女生是米娜，领操时，她黑色的健美裤常常聚焦着我们的目光，优美的腿部线条让人想起草原上闲庭信步的长颈鹿。她常常骑着一辆红色的山地车从我们边上疾驰而过。班上的男生大多对她都表现出深深的迷恋，认为她比很多电视里的明星好看。

我曾鼓起勇气给米娜写过一封信，内容代表着当时我最高文学水平，信里弥漫着刻意营造的伤感。我最得意的一句是"怀念你柔情似水的眼睛，是我天空最美丽的星星"。这是从歌词中抄来的，写完后觉得字丑，又认真抄了一遍。

　　虽然米娜坐在我后排，我还是将信塞进信封，贴上邮票寄出去。我设想两天后的上午这封信将出现在收发室，中午她将收到信，我猜想她拆开信会因信的文采而动容。如果发展顺利，我们会开始第一次约会，我早早地筹划了下一步行动，约会地点将是全市第一家营业的肯德基。尽管我从没有吃过那东西，但我道听途说女生都爱吃。我做了详细的功课，想好该给她点什么，是玉米、牛奶和深海鳕鱼堡。为此，我连续两周没吃晚饭，省下的钱作为约会吃饭与坐公交车的费用。

　　事情的发展出乎我的意料。信最终来到了班主任曹巧巧手上。她善于笔迹比对，常常翻出垃圾篓中的情书显得激动不已，模仿侦探已成为这个四十岁女人的唯一乐趣。她在课上拿着我的信，像扇子似的晃了晃，以对待阶级敌人似的口吻说，有些同学不好好学习，整天胡思乱想，还要影响别的同学。说完她双眼直视着我，而我趴在桌子上假装在睡觉。

　　我推测，曹巧巧一定在米娜收到前就将信截获。因为有好几次，我和米娜在走廊上擦肩而过，她的目光没在我身上逗留。她和几个男同学在教室愉快地谈论香港电影，我想引起她的注意，于是笑得格外响亮，她从头到尾都没和我说话。

　　我对米娜初恋幻灭的同时，刘丁洋也放弃了奥赛。起因是学校在乡镇建立一所分校，方金标对舒老师平时爱直言不讳的作风早有不满，借此机会将舒老师送到了一百公里远的乡下。多年之后，我才明白，我们打群架是没事找事的宣泄，而官场斗争却是要置对方于死地。方金标提出"全面提升成绩"计划，他说要"力往一处来，劲往一处使""三个月一小步，半年一大步"，力争会考成绩取得突破。我对这种计划不抱希望，因为这些只不过是一些文字游戏。因为舒老师是唯一有教学热情的老师，剩下的全是一群马屁精。

　　在高中最后一个学期，我常翘课出去玩游戏。我唯一的愿望就是早点

百合

离开这个鬼地方。我一次买上五十个币子，一玩就是一下午。那天，我们玩完游戏，撞见了刘丁洋，他神秘兮兮地让我和他回家。他从抽屉中拿出一堆铜丝和带着针脚的二极管，还有个一次性纸杯，他将铜丝绕在一根木棍上，还拿出一节 5 号电池，在几个二极管上接来连去。他接通电源，丢给我一个连着电线的纸杯，说，听听。我说，啥也没听见。他拨动铝片，我隐约听见了微弱的音乐，这很不寻常，我以为是幻听，屏住呼吸，又听见操着闽南口音的中年妇女的说话声，我惊呆了，他像魔法师似的凭空弄出了声音。我说，怎么回事？他说，这是银河系无线电波传感器。我说，什么原理？他说，电生磁，磁生电，我收到了 A 星人的信号。我说，A 星人怎么说？他说，正在寻找他。我说，你回答了吗？他说，我回答这里很好，世界和平。我说，他们怎么说？他说，你傻啊，A 星人距离地球四光年，要四年后才能收到。

每次我和刘丁洋聊起半人马座 A 星时，他像煞有介事的表情使我觉得他真的来自遥远的星球。他从不介意别人的看法，随着下巴的胡须越来越茂密，他做题时从咬笔杆转变为搓胡须，他来回将一根胡须搓成麻花，眼睛闭上，猛地一拔，脸上浮现出陶醉的神情。

那时，刘丁洋的成绩直接影响了我们班的成绩，他若考出了九十五分，班里的分数大多都能达到九十分以上，我们故意抄错几题，就不会成为雷同卷。若是刘丁洋那天拉肚子没参加考试，我们的成绩肯定不及格。他毫无疑问成为我们班的救世英雄，就像电影《蜘蛛人》，一只蜘蛛拯救了全人类。

当我逐渐忘记米娜时，她却主动和我说起话来。那是一个明亮的早晨，阳光躲在树影间时隐时现。我和她分在同一组在操场上扫包干区，她站在远处一棵树下来回走动，我拿着扫把将落叶扫到墙脚时，发现一些蜷缩的虫子。她忽然站在了我的面前，我很惊讶，风吹动了她的刘海，她露出迷人的微笑。她说，刘丁洋会给你丢答案吧？我点点头。她说，能传我一份吗？我说，可以。她伸出小手指头弯了弯，说，拉钩。我感到她的手凉凉的。

刘丁洋在我们看来是聪明绝顶的，我常常得意自己是他最好的朋友。

我可以将他的字条转给别人，我扮演起中介的角色。但是好景不长，我和刘丁洋发生了严重的争执，激烈程度如同那一年报纸争论是否要加入世界贸易组织。

事情的经过是我发现米娜的红色自行车前叉上装着一个发电的齿轮，这和刘丁洋给我展示的那个装置一模一样。我立刻明白发生了什么，我怒气冲冲地在走廊上等候。下午上课前，刘丁洋和米娜一前一后走了过来，刘丁洋满脸通红，米娜一脸轻松。我简直怒不可遏，气得想打架，揪住刘丁洋的领子，说，我的女人你也敢碰？刘丁洋瞪大眼说，米娜是你的女人了？我想了想说，暂时还不是。我问他，你们到哪个阶段了？他说，摸了下手。我说，禽兽。他说，是她主动的。我大吼，绝交！你们这对狗男女真恶心。

那个下午，我独自跑到学校外边游荡，在一个便利店买了一罐啤酒，坐在公园的草坪上学着大人的模样一饮而尽。我昏昏沉沉地睡着，阳光洒在脸上，我看见自己飞了起来，穿过云雾时，电闪雷鸣，有许多蜻蜓成群地飞过，我甚至感到蜻蜓飞进了我的校服内还拍动着翅膀。忽然，我感到艳阳高照，我来到了半人马座 A 星，俯瞰大地，牧场舒缓起伏，牛羊自由自在地低头吃草，闪闪发亮的河水蜿蜒伸向远方。当我醒来时，天色已黑，四周一片寂静。

方金标全面提高教学质量的计划最终沦为一张废纸。在临近会考时，他站在校长室门口看着面目可憎的我们。他面无表情。教务主任在他耳边说话，手像勺子似的捂着嘴，像在商量什么。他偶尔点点头，表示认可。

两天后，教务主任精心布置了考场，他让刘丁洋坐在了第三排的中央。还将多余的座椅放在教室墙边，拉近了我们窥视的距离。这时我才明白是什么意思。同时，教务主任转交给刘丁洋一只诺基亚 3210，这是一台银灰色塑料外壳的手机，开机会响起一段动听的彩铃，黑白屏中两只手互相拉在了一起。千禧之年，这台手机在我们看来如此高级，电视中不断播放着一段广告，一个男人挥舞着双臂愉快地从高楼跳下，下边字幕是"生活无所不能"。毫无疑问，这次我们将考出历史性的高分，我们将顺利毕业，方金标也能实现目标去教育局任职，这喜闻乐见的情景是大多数香港

百合

211

电影的结局。

考试那天，我满怀着高中结束的向往，愉快地走进考场，过程像在表演话剧。教室前门的监考是个戴着眼镜的男老师，后门监考是个穿长裙的女老师。考试开始后，她在教室后来回走动，高跟鞋的声响提示着她的无聊。当考试进行到十分钟时，两人忍不住在门外聊起天来，从学校八卦聊到工资待遇。他们的牢骚仿佛承担了科索沃难民的所有苦难。当戴着红袖套的巡考经过时，他们装模作样地走进教室来看看装模作样的我们。

选择题是我唯一知道如何填写的题目，因此巡考走过时，我就对着最初的几道选择题苦思冥想。整个考场只有刘丁洋在奋笔疾书，他每过几分钟唰地翻一页。不到半个小时，我听见他放下笔的声音，我用余光瞄见他站起来了，丢给了我一张小字条。我压在胳膊肘下，打开的字条上边写着：

"地球人！慢慢享用！"

我的笔唰地在试卷上写着，高中的生活就像这样在笔尖疾驰而过。我想起了刘丁洋，又想起了米娜，还想起了舒老师。想到即将离开学校，我愉快地想笑出声。我决定考试完后去小卖部买上薯片和汽水和刘丁洋去玩游戏。

交了试卷，我走出教室，四处寻找刘丁洋。在我记忆中，他考完试都会站在花坛双手插在口袋得意扬扬，可是这次我却没有看见他。我问的几个考完的同学，都没看见他。我看见教务室门口围着一群人，我挤上前看见，刘丁洋坐在一张板凳上低着头。巡考对另一个老师说，抓住一个作弊的，这小子躲在树下发答案呢。

"这是高科技作弊，很有代表性。"巡考拿出"诺基亚"晃了晃。

我想起了方金标，他是这个主意的始作俑者。我一口气从一楼跑到五楼。校长室门开着，房间被烟雾缭绕，他和教务主任愉快地抽着烟，白墙上挂着一个精致的木匾，上面写着"德育天下"。透过烟雾，他面无表情。我说，刘丁洋被巡考抓了。他没说话，继续抽烟。我觉得这家伙是不是没听见，继续说，刘丁洋手机被收走了。他的表情依旧十分平静，仿佛听我说一件与他毫不相关的事。

我猜想他是不方便回答，于是走出门，走时他让我把门带上。我想他一定会想出办法，或许会给巡考塞一个信封，里边有一沓厚实的现金。就像我父亲对建设局的领导所做的那样。或许会允诺巡考的某个无书可读的亲戚来这里上学。总之，他会竭尽所能来解决这个问题。

　　事实证明，方金标什么也没做。原因是考试前的两周，方金标收到了调令，他将调离学校提拔至教育局做副局长。换句话说我们的成绩对于他来说是可有可无了。三天后，橱窗中赫然出现了一张刘丁洋考试作弊的白榜，刘丁洋被开除了。我感到刘丁洋就像是一张被人从车里扔出的餐巾纸。在很长一段时间，我对这些吃肉不吐骨头的家伙充满敌意。

　　我的父亲这些年走南闯北，有次，我和他说起刘丁洋被开除的事。他说，社会本是如此。这让我更增加了对成人世界的怨恨。他又说，刘丁洋父母没在这事上帮忙吗？我说，他只有一个耳聋的奶奶。他说，这不奇怪。

　　毕业后，我在家玩了半年游戏，父亲对我的游手好闲忍无可忍，让我和他一起搞土建。在二〇〇一年至二〇〇五年这段日子，我经常出差，回来就和刘丁洋见面，高中没毕业的他，换了几份工作，从网管到快递，每份工作都不超过半年。有一次，我和他聊起考试的事。我说，你该和方金标那家伙算账，当官的就怕闹。他说，不必。我说，为什么？他说，是自己的选择，即使没有方金标，也会给你们传答案。我说，你不后悔？他耸耸肩。我说，米娜呢？他说，分了。我说，为什么分了？他说，没感觉了。我清楚这是含蓄表达米娜提出了分手。因为在一个夏日的傍晚，我见到了米娜，她已不是学生模样。这点令我十分沮丧，我脑海中她永远是穿着健美裤在台上领操的形象。可惜那天，她穿着很细的高跟鞋，被一个嗓门洪亮的老板搂着，我们四目相对，没有相认。

　　二〇〇八年，房价开始暴涨，许多不上班炒房的人都发了财。刘丁洋依然住在四合院的一间小屋中，那时他奶奶已经去世，就他一人住。我说，该把房子抵押了，在周边买一套，过个几年，倒手卖了，这和白赚一样。他摇摇头说，那又如何。

　　那段日子，我工作并不愉快，每天忙于应付各个部门的检查。到年

百合

213

底，我就要和父亲去和甲方结算应收款，那是令人生厌的逢场作戏。在酒桌上递烟敬酒，暗地里都骂对方王八蛋。酒足饭饱后，我们就去歌厅，二〇一一年，扫黄风暴还没开始，每个歌厅都有偿陪侍。一群大腹便便的中年人搂着和他们子女般大小的姑娘，又唱又跳。结束后，我们的商务车会在门口等着，将领导送去早已开好房的酒店。在车上，我们备好礼品，有时是中华香烟，有时是茅台，盒子中都夹着购物卡和蟹券。我们煞费苦心，为的是让这些家伙在款项支付单上画个名字。

有一天晚上，我喝完酒，经过四合院，进屋看刘丁洋。走进门，发现大热天他披着一件脏乎乎的灯芯绒夹克，桌子上放着一堆主板、显卡、CPU 等配件。我说，你这是干什么？他说，贸易征税，工厂倒闭了，他捡了一批旧电脑。他在对着泛黄的屏幕敲打了几下，界面像是 DOS。他说，NASA（美国国家航空航天局）每天都会捕获许多宇宙的无线电信号，将信号代码放在网站上，让网友来破解。我说，这能找到外星人？他说，青霉素也是偶然间才发现的。我说，如果真有外星人，为什么现在还没找到？他说，灭亡了。我重复了一遍，灭亡了？他说，文明发展到一定时候会灭亡。我说，为什么？他说，宇宙中能量是有限的，文明冲突是必然的，新的文明崛起，旧的文明就会灭亡。我说，那 A 星也灭亡了？他摇摇头说，A 星没有，他又强调，只有 A 星没有。

他随后拿出一个铁盒放地上，让我的脚踩上去。他接通电源，我居然看见了鞋子里自己树枝似的趾骨，我动了动，像恐怖片里的情形。我说，这是怎么弄的？他说，用报废的 X 射线机改装的。他又拿出块泥土，递给我，温温的，他说冬天捂手挺好。我说这又是什么？他说，里边有钚。我说，这东西对身体不好吧？他说，没事。他继续说，去往 A 星，就要依靠原子能。他拿出一支笔，又拿出张废报纸和我推算去往 A 星的时间，如果人类掌握了核聚变技术，可以将飞船推进器达到光速的百分之十，一周时间到达木星，三年后能到达太阳系外围的柯伊柏带，四十年就能抵达人马座 A 星。他停顿了会，找出草稿，说，不对，还没考虑宇宙膨胀的因素，时间应该比预计得更长。他抬起头，说，宇宙是不是很大？

我看着他满屋子破铜烂铁和水槽中叠起的碗筷，说，或许你该找份工作。他说，不用。我说，你是我见过脑子最好用的家伙，不该如此生活，可以尝试开个网店或者搞直播，胡说八道些故事，都很挣钱。他没有回答，仍然自顾不暇地倒腾 X 射线机。他活在自己的世界，逐步与人群脱节，而这些结果某种程度是我们造成的，但我无法说服他。他对自己的信念不容置疑，不愿活成别人眼中该有的模样。他说，人之所以不是机器，是因为可以选择自己的生活。他又神道道地说世界的本质是不可知的，外界事物都是视网膜中的幻象。

二〇一九年，我结婚了，妻子是街道窗口的办事员，我父亲对我的婚姻很满意。可我感到自己的生活将不可救药地坠向无趣的深渊。我忽然想起了刘丁洋，想邀请他来参加婚礼，可是他手机停机。在结婚前的一个夜晚，我去四合院找他，发现那里已成为一片瓦砾，广告牌上画着一个地中海风格的建筑。几辆挖掘机的镐头垂落在地，像沉睡的大象。几处断墙上画着鲜红的圆圈，里边写着"拆"字。有个赤膊的工人在水池边冲凉。我走上瓦砾堆，发现一块砖上贴着撕破的奖状，我踉跄地向前走了几步，发现一卷铜丝和二极管，我知道这是刘丁洋的屋子。工人走过来，说，别捡了，没什么好东西了。我说，有没见过这间房屋里的人？他摇摇头，向远处的一间灶房一指，说，那边有个箱子。

灶房曾是四合院里的一间柴房，是租客停自行车的地方。我看见刘丁洋的自行车。旁边有个木箱，里边放着一双皮鞋和几本破书，是《果壳中的宇宙》和《存在与虚无》。我翻了翻，书中夹着一本病例，上边的字龙飞凤舞，病例上贴着肿瘤科的标签，我辨认出，他应该多次去过医院，最近的一次半月前。

我找到了那家医院。在肿瘤科的病房，走廊上站着三三两两的人，显得忧心忡忡。我向护士站问刘丁洋的病床，对方说已转至重症监护室。我又顺着连廊来到重症监护室。我走进房间，刘丁洋躺在床上，显得十分痛苦，他双颊凹陷，头顶上头发稀疏，身上插着管子，身躯瘦小得像个孩子。医生说他的肝脏挤满了肿瘤，腹水将内脏上移，晚上靠杜冷丁才能合眼。我握了握他的手，他睁开眼，吃力地向我看了看，又垂上眼皮，轻微地晃了晃我的手。

百合

　　医生说重症室不让久留，要我出去。我看见走道边的塑料凳上坐满了人，于是来到医院的天台，点了根烟。这天月色明亮，依稀看见在群星背后是一条泛光的银河。我想起了二十年前的冬天，刘丁洋看见飞碟的那个夜晚。记忆像潮水般涌进我脑海，耳边传来学校操场的广播操音乐。倏然间，我看见一颗流星在远处划过，消失在灯火的海洋。我听见巨大的轰鸣，像是黑夜中响起的风琴声，楼面不断颤抖。我揉了揉眼睛，一架飞碟悬浮半空。

　　这时，刘丁洋跑上天台，他穿着条纹的病服，大步流星的模样像在越狱。我说，你怎么跑出来了？他说，我欲乘风归去。他拔掉了身上的管子和针头，头顶长出浓密的黑发，凹陷的面容变得圆润。他伸出两指，在额头上做了个再见的手势跃上飞碟，"地球人，祝你过得好"。飞碟发出了地动山摇般的轰鸣。

　　我睁开双眼，周围已空无一人，一个穿着蓝色圆领手术服的医生，用力地晃动着我的肩膀，说，你是刘丁洋家属？我说，他没有家属。他说，你和他什么关系？我说，朋友，唯一的一个。他说，和我来一下。

　　（原篇名《来自半人马》，载于《青年文学》2022 年第 2 期）

香　蕈

陈龙伟

吴三公世居深山密林，以打猎及采集野生菌蕈为生，发现阔叶树倒木所产之蕈食之无毒而健身，且其味特香，遂取名香蕈。

——题记

上　篇

一

任永望这辈子最骄傲的事情是凭一己之力盖起了一幢大瓦房。

夯土起墙，杉木上梁，夯土是自己一簸箕一簸箕从石梯山山脚挑回来的，杉木是自己一根一根从自留山背回来的。待屋顶上了瓦片，隔间打好了楼板，厨房垒起了火灶，里间架起了木床，儿子任正康也说下媳妇，正是双喜临门，当下两喜合一喜，置办了在现在看来相当简陋的酒席，将儿媳迎进了新房。

任正康从小就病恹恹的，干不了力气活，倒是手上讨巧，学会了打蓑衣的手艺。农闲的时候，任正康就到各个村子去打蓑衣和修补蓑衣，挣的钱勉强贴补家用。

杨翠柳自从嫁给了任正康，家里家外一手操持，还给他生了俩儿子。大儿子任学民，从小不喜欢读书，但力气大，别人背五六十斤的柴火，他

百合

217

能背百来斤,人称憨儿。仗着力气大,脾气还有些横,大家一起上山砍柴,偏他要独占一个山沟,不许别人砍。一个暑假下来,家里就把柴垛堆到房顶。书勉强念到初二,死活不肯再去了。家里也正好缺一个能干活的顶梁柱,杨翠柳也没太坚持,就让任学民退了学。一年下来,母子俩田里的农活没落下,还能养下一头大肥猪。过年把猪杀了,生起泥风炉,摆上猪杂火锅、菜干烫肉,备好自酿的红酒,照例请四邻吃一顿"杀猪顿",猪头留起来自己过年,条肉、猪脚卖掉的钱差不多够二儿子任学强学费。

任学强力气没他哥大,学习在班上是头几名。平时喜欢捣鼓,家里的手电筒不亮了,他拆拆装装又好了。

二

石梯村之所以叫石梯,全因为后山陡峭,唯中间一条小路状如梯子可勉强通行,故名。村子前面的土路还算平缓,1985 年村里通了机耕路,沿机耕路翻一个山头,就到了以盛产香菇闻名的庆元县。1990 年前后,人工种植香菇在该县发展迅猛。家家户户响起碎木机、装料机的机器轰轰声。不少村民靠栽培袋料香菇鼓起了钱包。

因为靠近庆元县,与庆元菇民来往密切,石梯村的村民也逐渐做起了袋料香菇。杨翠柳从乡信用社好说歹说贷了 2000 元,也起了炉灶开始做香菇。

做菇的第一步,先要将杂木屑、麦麸、石膏粉、红糖水等原料按比例搅拌均匀,然后再通过装袋机将杂木屑压装成筒状,再放入灭菌灶里杀菌。

任守望家的堂屋不大,约 5 步见宽,十一二步见长。两侧竖着扁担、锄头、田耙、柴棒、木墩,壁板上挂着米筛、柴刀、斗笠、蓑衣等物。屋梁上有 5 个衔泥而筑的燕子窝。堂屋靠里正中位置摆了一张圆桌,若有客人来时,则把圆桌移到堂屋正中吃饭。平时上面一个圆形铁制托盆放着 10 来个玻璃茶杯,可能是使用了有些年头,玻璃杯已经有些发黄。一个 20 世纪七八十年代常见的装麦乳精的圆形铁罐子,上面嫦娥奔月的图像已经模糊不清，露出黑色的铁锈，经过岁月打磨，黑里透亮。铁罐子里农家人自采的"菜园茶"，茶叶粗厚、茶香浓郁，耐泡、味醇。堂屋地面因为没有铺上水泥，看上去都是坑洞，每次搅拌杂木屑料的时候，因为红糖水浸湿了地面，总要连带铲一层泥皮和在杂木屑里。

天刚一放亮，任学民就把堂屋旮旯角落的家什全部清理一空，连那张大圆桌也挪到了厢房，原来逼仄零乱的堂屋敞亮了不少。然后就用两个大箩筐把用粉碎机打碎的杂木屑从屋外的土坪挑到堂屋里，一箩筐倒下去就一个冒尖的"小山包"，1排4个，一直从堂屋最里面整整齐齐地码到大门口。

任学民在挑杂木屑的时候，母亲杨翠柳正忙着在厨房烧饭。先烧一大铁锅水，把米下到锅煮至半熟，用笊篱沥干水分，再放到饭甑里去蒸。米汤里还剩下小部分米粒，再添一把柴火煮成稀饭。

煮好的稀饭倒进黑色的土陶罐里盖好，接着舀一瓢水到铁锅里烧开，再把饭甑下到铁锅里去蒸，饭甑与铁锅之间的水以不漫过饭甑下部隔板为好，待水蒸气从隔板穿过，从饭甑口透出来，约莫半个小时，够一家五六口人吃一天的饭也就蒸好了。

三

杂木屑备齐后，然后再在上面倒一层麦麸、一定比例的石膏粉，杨翠柳和任学民母子俩一人一把铁锹，左右分立，用腰部的力量，一锹一锹将比配好的原料扬起来，来回翻三遍才算将原材料搅拌均匀。杨翠柳累得直不起腰。

"你那个老爸一点用也没有，要我这个女人当正劳力。"杨翠柳对任学民说，"翻不动了，先歇一下吧。"转身又对二儿子说，"学强到李叔家打个电话问下供电所，今天会停电不？等会就要开始浇红糖水了。"

"好嘞，这就去。"任学强放下书本就出了家门。

浇红糖水后再搅拌两遍是拌料的最后一道工序，料拌好后，就要开始装袋，村里约好的妇女们会准时过来帮工扎袋口子。如果浇了红糖水的杂

百合

木屑料不在两小时内完成装袋，就会导致杂木屑积压发热，造成杂木屑料报废。隔壁杨福来家就发生过这样的事，两千段袋料香菇在装料过程中，因为突然停电不能装袋而报废了，杨福来因为这事隔三差五地跑到供电所要求赔偿损失。

李叔全名叫李爱国，这几年一直在各个村里做干菇买卖生意，挣下了一些钱。因为要经常打探行情，李爱国花了 5000 元钱在村里安装了第一部程控电话机，并请村里的木匠给他专门做了一个带锁的电话盒，平时电话机锁着只能接听电话。

李家屋场有 23 直房、含 6 个中堂，住了 8 户人家，东西长 70 多米，在整个县里这么长的排屋也是少见。李爱国的房子在排屋靠中间的位置，占了 3 直房和一个中堂。见左边厢房的门半开着，李爱国叠着腿靠在木椅上咬着笔在记账。

"干菇收上来是 25 元一斤，没想到这几天行情一直跌，王启发才给 23.5 元的价，总共出 350 斤，总共是卖了……卖了……"

"叔，在算账呢？"

"嗯，学强你来得正好，帮叔算下这趟亏了多少。那个'王扒皮'大老板只管压价，不是好东西。"

任学强拿着笔在纸上画拉了一阵："收货花了 8750 元，卖出去得了 8225 元，净亏了 525 元。叔你白忙乎了一场。"

李爱国狡黠地笑了下。"这是账面上的亏空，实际倒没赔多少，只是白搭了许多天工夫。"李爱国面露得意，"这批菇有些品相不怎么好，不到 20 块就收来了。我放在家里又回潮了下，又加了些重，'王扒皮'躺在算盘上过日子，我不精点，全他妈给他当儿子了。"

"叔忒厉害，啥时也带带我，我也去收菇。"

"你学生娃太嫩了。"

"叔，今早我家拌好了料，准备装袋呢，你让我打个电话，问一下供电所会不会停电。"

"你打吧，捡紧要的说，电话费贵着呢。"李爱国把挂在腰间的一大串钥匙拿下来，打开了电话机盒盖。

"谢谢叔，就两句话，很快的。"

四

"春三月断粮、夏三月借粮、秋三月缴租、冬三月上山（种菇）。"解放前，任永望一到枫树落叶的时候，就与其他菇民离乡背井，到闽、赣、皖等省的深山密林中，搭起茅草房做香菇。整个冬天都在山场里，选树、伐树、集墙、砍花、遮衣、惊蕈、采摘、烘培，待来年开春，再将整个冬天辛辛苦苦生产的香菇运到山下卖给菇行，再返回家里还上上年的欠款或租金，往往一年到头还是一无所剩，年也过不好。

新中国成立后终于不受盘剥，特别是分田到户后，日子越过越好。常听任永望念叨的一句话就是，共产党分给你田、分给你地，你再不好好把田种好、把地种好，你还是人吗？

从记事起，任学民看到爷爷都是忙碌的样子，惊蛰过后，水温回暖，开始做秧田、育秧苗、犁田、起田埂，天亮就不见任永望，不是在耕田里，就是在去耕田的路上。"三日清明四日年，过了端午就下田。"到了插秧的季节，任学民也会跟着爷爷去拔秧苗。秧苗差不多露出水面一手掌的高度，右手有节奏地拔秧苗的时候，水也会随着节奏哗啦哗啦地响着。三四个人在一起拔秧苗，激起的水波相互交融，轻轻地在你小脚肚撞来撞去，有点凉又有点痒很舒服。有时候抬起腿一看，一只蚂蟥吸在你的腿肚上，如果你拿手去扯，肯定是扯不下来，任学民对此已经很有经验，"啪"地一掌打过去，蚂蟥立马就缩成一团掉下来了，被蚂蟥咬过的地方，留下一个红红的血印。

待水田都披上一层绿，又施过一遍肥后，任守望就在田埂上种豆子。虽然心劲足，但毕竟上了年纪，特别是老伴过世后，任永望精神头终究是减损了些。

在家里也能做香菇？这个时代变化太快了。任永望嘀咕。

五

任永望在山场做香菇时，要将适合做香菇的枫、槠、拷等树种砍伐下来，"砍花法"是香菇生产的关键，即利用深浅合宜的砍口，迎入孢子，萌发菌丝，形成子实体的半自然繁殖过程。其对菇场、树种、集放、遮盖等都有严格的要求，稍有不慎，一菇不出。

现在的"袋料"香菇，不要去山场了，不要刻意选枫、槠、拷等树种，也不要碗口粗以上的原木了，不要秘不外传的"砍花法"了，现在不管多小的阔叶林杂木，只要经碎木机打碎，再和上麦麸、石膏粉、红糖水等配料，然后装袋、灭菌、接种、发菌，然后往大棚里一摆，入秋天气凉爽之后，就可以出菇了。

"这个世道变化得快，我老汉跟不上了。"任永望自言自语。

六

"供电所的赵良才说，今天我们这一带没有线路检修，不会停电的。"任学强边吃饭边告诉母亲杨翠柳。

"那就好，待会你舅会来帮忙，你赶紧吃饭。"

七

杨修杰从里溪村赶到姐姐家，也就半个小时的光景。任学民和舅舅杨修杰将杂木屑料浇上红糖水，又搅拌了两遍，然后把装袋机靠墙安装好，通上电源，机器就"咕隆咕隆"转动起来。因为是周末，任学强也在家帮忙。任永望搬个小凳子坐在机器旁边，把装袋料的塑料长筒一个一个撑开封口，往机器出料口上套去。

任学强用铁锹将杂木屑从进料口倒进去。杂木屑通过旋转的铁管从出料口出来，这时杨修杰用手摁着套着塑料长筒的出料口，用腰部抵住筒袋底部，杂木屑料通过螺旋的出料口压实装在筒袋里。因为要使力才能把木屑在筒袋里压实，很耗气力，所以任学民和杨修杰轮换着装。

村里的 10 来个妇女自带小板凳，对着装袋机围成一圈，将装满杂木屑的筒袋的开口端清理干净，再把筒口绑扎紧实，一个菇棒就算是完成了。

李爱国的老婆张雪梅和儿媳李芬。

杨福来的老婆张爱华和大女儿杨水桃。

村头李宝家的和李茂实家的。

村小学堂旁任志新家的。

河对岸任向明家的……

一众女人手上在忙活，嘴巴也没闲着。

八

"爱华，你家上次因为停电菇料坏了，供电所赔你钱了没？"有人问道。

"赔啥子钱哦？我家老杨不知道跑了多少次供电所，供电所说是雷雨导致停电，属天灾，叫供电所赔什么钱？"杨爱华不满地说，"就算是天灾，但你也不能一停就是大半天啊，上午 9 点停电，直到下午 4 点才有电，那还不早就废了啊。"

"公家大道理说一通，你也没法子。"

"咱小老百姓只盼着老天多眷顾些，顺顺当当挣点小钱。"

"昨儿我还碰见在我们村收电费的老赵了，我说你收电费都很及时，能不能把电也供得及时些，不要三天两头停电。老赵涎着脸说，电不是都很正常吗？我呛他一句，对，平时都正常，可一到刮风下雨，就停电了，你敢说不是这样吗？"

"可不是？一刮风下雨，停电就跟闹钟一样准时。"

"老赵也有哑口的时候？"

"老赵这人其实还好的，托他捎带点东西也会帮忙。"

"呵，才帮你带几次肥皂毛巾，就觉得人家好啦？"

"那叫你老公也给我捎带捎带？我肯定也说他好。"

百合

"人好能当饭吃吗？关键是要把电供好，电供好了我们才能安心生产。"

"老赵每年都要把我家毛竹砍掉几棵。我家男人拿着柴刀在山上守着，有一回总算逮着了，追了几里路，吓得他几个星期不敢来。"

"哈哈，难怪有段时间不见老赵。"

"老赵也算咱石梯村的女婿，也别太可劲，以后还是要见面的呢。"

九

老赵叫赵良才，是畲坊镇供电所的一名职工，在供电所已经工作20多年了，也算是供电所的老人了。他负责石梯、里溪、大坪、枫树塆等几个村的供电管理。大到线路清障、维护，小到抄表收费，用电检查，电表移户、开户，都是他的事情。平时给用户接个电线、换个开关，虽然不是他的职责服务范围，但只要用户叫了，赵良才也会义务帮忙。

妻子杨春桃虽然也是石梯村人，但父母是公路段的养护工人，所以从小跟父母在镇上生活。只有村里有红白大事的时候，才会回来一下。倒是赵良才，像片警一样，对辖区的各家各户非常熟悉。几个村都离乡镇比较远，又没有农村班车路过，村民买个日用品也要专门起意赶到乡里，相当不便。每次到各个村收电费的时候，赵良才都会用所里配的摩托车为村民捎带购买肥皂、毛巾等小物品，所以赵良才在村里的人缘相当好。

赵良才虽然是个老电力，却还是有"两怕"。一是怕春季伐青。山区的供电线路都在山上，沿溪沿路沿山走线，沿溪沿路还算有个通道空间，砍伐的树木不多，沿山走线就不一定了，特别是线路经过毛竹林，春季里竹笋长势凶猛，几天工夫笋尖就抵到线路了，再不砍伐修剪就接触线路，造成线路碰电，导致电线烧毁而停电。根据电力设施的相关保护条例，在电力设施保护区内可能危及电力设施安全的树木、竹子，电力企业可以依法修剪或砍伐，保障线路安全供电。但每个村总有个别村民不这么看，你砍我家树、毛竹，砍一棵赔偿多少钱，谈好价钱你再砍，不然免谈。所以每到伐青的时候，赵良才就头痛，上面任务压着，下面有村民眼睛盯着，经常闹失眠。

这个时候，赵良才倒是盼望着来个台风或者洪水，自然灾害造成电网损坏，用户停电，抢修是第一要紧的大事，不但供电公司全面动员、全力投入，力争早日完成抢修，恢复居民生产生活用电。而且政府部门也非常重视，没有电，政府很多工作无法开展，所以也会动员力量，全力配合供电公司抢修电网。毛竹树木倒伏压住了线路，二话不说，先砍伐掉把供电恢复了先，要赔偿你找政府找村主任。顺带把之前拦着护着的六号杆至十三号杆之间的线路通道也清理出来，该砍伐修剪到位的砍伐修剪到位。所以每到自然灾害造成电网损害抢修的时候，也是赵良才最忙的时候，不但要抢通电网、保障供电，同时还要腾出时间，"竹筒倒豆子——一个不留"地把管辖区域内的线路通道的那几个堵点全部打通。人家是盼星星盼月亮，你没事儿盼台风、盼洪灾、盼电网受损？说出来领导怎么看你？同事怎么看你？村民们怎么看你？所以这事儿也只能自个想想。

除了怕通道清理，赵良才还怕收电费。片区4个村，不到400个用户，每月走收一次电费，用电量多些的像香菇种植户八九十元，或百儿出头。电量少的如五保户、低保户和孤寡老人，一个月不到10元电费有的是。"一个月线路损耗的电费也不止这些钱啊。"赵良才回到所里的时候总会说，"谁叫咱是有社会责任的国企呢，咱不单单是供电卖电，而且是给咱山区老百姓送光明的人，老百姓看到的是政府、是国家，这份感情单单能用钱来衡量的吗？"

有时候上门抄表还碰不到户主，或者老人一时没钱交电费，月底电费催收又有指标压着，每个月赵良才都要自己先垫个几百元把电费先交上去。

十

杂木屑经过装袋、捆扎，就形成一个个圆筒形状、约一手肘长的菇棒。一个灭菌灶可以装两千左右的菇棒。灭菌灶其实就是一个大台子土灶，早间放一个硕大铁锅，灶台面四周和顶上或用水泥浇筑，或用杉木榫接、木板当墙面，但不管用哪种材料，最终都要面上覆一层塑料膜，避免粗糙的水泥或木板毛刺将菇棒筒袋扎破。在灶台底铺上一根根枕木，用以承重菇棒的重量。菇棒层层码放齐整，最后将灭菌灶出入口密封。接着就是点火烧灶，用水蒸气将菇棒作灭菌处理，这个过程要持续三天两夜。

灭菌灶的火道分上下两层，上层烧火，下层作为风道和灰渣清理通道，灶火燃起之后，鼓风机就要整天开着，从风道往里送风，保持火势，塞进灶膛的都是一等一的硬木，这样的灶火才有力道。每过个把小时，就要把燃烧产生的木炭和灰渣清理一遍，以免窝膛。水蒸气上来后，通过加水口观察锅灶水位，不时添水。特别是水温上到 100 度之后，加水频次加快。

为充分利用水温，第一灶开始灭菌的时候，任学民立即开始像之前一样挑杂木屑，为第二次装袋做好准备。只等第一灶清灶的时候，马上就可以把绑扎好的第二批菇棒放进去灭菌。所以那几天家里人都忙得连轴转。

白天大家轮流着加水添火，也不觉得什么。到了晚上要留一个人通宵守着。

"下半夜我守着，你们都去睡吧。"任守望说。

"爷你年纪大了，身子骨吃不消，还是我来看吧。"任学民说。

"这点算得了什么？当年我在山寮里守菇，连着几夜不睡都没事儿。"

十 一

乡村的夜晚黑得快，村里也没有路灯，家里的照明灯具一般都是 15 瓦的白炽灯，只有在做什么重要事情的时候，才会换上一个 30 瓦或 50 瓦的灯泡，当时西湖牌的 16 英寸黑白电视机刚刚在村里时兴起来。

有电视的人家，晚上都有一群小孩子围着，眼巴巴地盯着电视机，等到主家终于打开电视，却是满屏的雪花点和沙沙的噪声，主人于是将两根天线摆弄来摆弄去，频道旋钮"嗒嗒-嗒嗒"地钮来钮去，就像扫开厚厚的雪堆一样，终于能看到一些影像、听到一些声音了。一到晚上，就寻不见任学强的身影，早早就跑到人家那里看电视去了。

每晚杨翠柳都要去有电视的人家去找任学强回来睡觉。"明晚不要再去了啊，我是不来找了啊。"每次打着手电筒走在回来的小路上，杨翠柳都这么说。"嗯，知道了。"任学强也回答得很好。但是第二天照样又去了。

"佛争一炷香，人争一口气，他们能买得起电视，凭什么我们就不能？这小子天天晚上往别人家跑，打游击似的，今天这家明天那家，人家嘴上不说，心里可能都不知道有多嫌弃。"杨翠柳说。

"这几年不是要读书吗？只要供他初中毕业，我们的日子算熬出头了，到时候你爱买啥就买啥。"任正康边整理打蓑衣的工具边回道。

"那要等到什么时候？现在村里大家都在做香菇，我们也找点本钱学着做，虽然辛苦些，挣的钱肯定不比你打蓑衣少，我们也去买台电视，不要给村里人看不起。"

"你说得对，可咱到哪赊本钱去？亲戚们个个都穷。"

"明儿你跑乡信用社看看，能不能再贷点款？"

"年初贷的还没开始还呢，现在还去？"

十 二

据考证，世界人工栽培香菇历史源自我国浙江省龙泉、庆元、景宁三县，其创始人是三县毗邻地界——龙岩村的吴三公。至今已有 1300 多年的历史。明太祖朱元璋定都金陵，因久旱祈雨而素食，苦无素菜作下筷之物，国师刘伯温以菇进献太祖，太祖嗜之甚喜。旨令每岁置备若干。刘伯温顾念龙、庆、景三县田少山多，地瘠民贫，乘机奏请太祖，以种香菇为三县之专利。至此天下菇民莫出于三县。

新中国成立后，我国菇业发展迎来新的历史机遇，特别是三中全会之后，香菇栽培在南方各省区得到长足发展。20 世纪 80 年代，袋料香菇在龙、庆、景三县发轫并迅速普及，三县菇民纷纷搭棚起灶，香菇生产走上了扩量提速之路，三县香菇产量占全国的 60% 以上。

石梯村百多户人家，过半村民都开始做袋料香菇。自打上次跟任正康说起，杨翠柳就憋着一股劲，想着非把这件事情干成不可。乡信用社跑了好几次，终于将信用社主任王星海堵住。

"王同志，现在政府都鼓励支持我们发展香菇种植，连我这个女人都开始响应政府的号召，你总要支持一下我们劳动妇女创业呐。"杨翠柳笑着说道。

"又找我贷款，今年不是刚贷过吗？现在不能贷了。"王星海绷着脸。

"年初的是我家那个贷的，他自己贷自己还，我不管。现在是我自己要贷，请王同志多少也放些款，也让我做一点香菇，到时候送你一些尝尝鲜。"

"难不成不是一家子？你贷他贷不是一样的？你能保证做菇第一年就能挣钱吗？万一赔钱了你怎么还？"王星海盯着杨翠柳问。

"只要有本钱，现在做菇还没听谁赔本的。王同志你放心，钱保证能还上。退一步说，万一真的赔钱了，我家里还养了两头大肥猪呢，我就是不吃一块猪肉，把猪全卖了也要把钱还上。不能让王同志担风险的。"

"那就好，那就好。"王星海被说得还是笑了下，"你决心这么大，想贷多少啊？"

"我估摸了下，要挣到钱起码要做七八千段的菇棒，而我头一年做，少不得要买木材、起土灶、搭菇棚，还要置办……"

"得，你不要跟我讲这些，你直接说要贷多少？"

杨翠柳缓缓地伸出三个指头。

"3000？"

杨翠柳摇摇头，赔着小心，又缓缓举起另一只手："起码要 8000 嘞……"

"呵，胃口不小啊，咋不说贷 80000 呢？"王星海脸又黑起来。

"那倒不要，如果能贷 10000 更好。"杨翠柳接着话茬。

"你倒会顺杆子爬，就你这种情况，我实话跟你说，我最多也就是放一两千给你已经是天大的面子了。"说完，王星海就晾下杨翠柳走了。

十　三

　　村里的人运来一车又一车的木材，粉碎机方形的大口"吃"进一根根木头，吐出均匀的木屑，天气渐热，香菇生产的旺季就要来了。

　　眼看这一年做香菇的序幕就要拉开，却没有任家的参与，似乎对拥有祖传"砍花法"制菇秘籍的任家有些冷酷。但有时候事情的发展却应了那句"山重水复疑无路　柳暗花明又一村"老话，事情突然又有了转机。

　　年轻的时候，任正康跟随父亲任守望到江西、福建等省的山场做香菇，身体羸弱的他吃不了苦，倒是同去的族兄弟任正华肯下苦、踏实肯干，很受任守望喜欢。任正康学手艺之后，任守望和任正华继续在外省山场里做菇，情同父子，任正华也学到看家本领。

　　袋料香菇栽培技术兴起后，任正华是村里最早开始栽培的农户之一，由于有老底子在，接受能力强，县农科所有新的技术和香菇品种，都要在任正华这里试验一番，几年下来，在市县专家的熏陶下，任正华自己也成了一个乡土技术专家。当大棚花菇以星星之火燎原之势在周边县市甚至外省迅猛发展之后，任正华成了农民朋友争先邀请的"香饽饽"。这一年，江西某县邀请任正华到他们那里做长期驻点技术指导，待遇相当诱人。而且他可以向当地农户提供最核心花菇种植的核心材料——菌种，利润比单单做花菇还要高出许多。所以任正华将自己原本备下的木柴、麦麸、筒袋等原材料一并脱手给杨翠柳，自己去江西当技术指导去了。临行前还特别言明，等以后做菇挣到钱了再还本钱不迟，这也算是任正华报答任老爷子当年的恩情。

　　杨翠柳又找了两户人家作担保，好歹从信用社贷到了 3000 元。终究是将香菇做起来了。

中　篇

十　四

快打谷，快进山，多办柴火去菇山。

去菇山，有银担，明年三月转回乡。

半担银两买田山，半担银两买布衫。

若要良田千百畈，多铸馍糍去菇山。

1949 年，任守望从别人手里将江西资溪县一片已采了 5 年菇的山场典了下来。当年 5 月，资溪县解放。随后二野部队驻资溪南下工作队奉命开赴大西南。当地土匪与受到重创的国民党残部勾结，凭借高山丛林，昼伏夜出，虎视眈眈地盯着这些插上了红旗的县城，企图"光复"。

"一年开衣，二年当旺，三年二旺，四年零散散。"香菇柴一般只能管五六年，头两年产量不大，三至四年产量较好，后一两年产量又降下来。白天满山收集香菇，晚上还要烘烤香菇，夜里十一二点才能睡觉。山场海拔 1000 多米，一两个月才能下一次山，用香菇跟当地村民换一些菜蔬、米面之类，改善一下伙食。到了出菇的季节，还要轮流守在菇场，防止流窜土匪抢掠和山畜偷食。

一个晚上，任守望守夜。忽听异响，黑暗处窜出两个手拿长刀的人影。任守望一个激灵，翻身跃起，抄起凳子大喝一声，做啥子的？

这一喝，把任守望喝醒了。原来做梦又梦到当年的英勇事迹了。两个流窜撞进菇寮的土匪，一个被任守望的"凳花"扫过去放倒，另一个见情形不对，转身想溜，不料没跑几步，就踩到了埋设的"扫地风"菇民弹，炸伤了脚躺在地上。两个土匪被一众菇民交给了人民政府，由此还得到了褒奖。

"爷，你又梦到当年抓土匪的事啦？"任学民问。随着年岁渐长，任守望白天坐着都打瞌睡。

十　五

入冬以后，天气转冷。菇棒经过夏秋灭菌、接种、翻堆、发菌，待整个菇棒的菌丝发透变成乳白色的时候，就可以把菇棒挑到菇棚的架子上摆放。只要天气再冷一些，菇棒上一个个小黑点的菇孢逐渐膨胀，将菇棒外面包裹的那层塑料膜顶起来。这个时候，只要拿起小刀将菇孢周遭指甲盖大小的塑料膜割掉，让菇孢探出头来。这"割香菇"要掌握火候，割早了菇孢容易枯死，割迟了菇孢受塑料膜挤压而长成畸形菇。到了出菇旺季，菇棒每天早晚都要翻一遍，一家子天亮就在菇棚，天黑了还在菇棚"割香菇"。

三四天工夫，一朵菇肉厚实，菇褶紧实细白的香菇就长好了。此时就要将香菇及时采摘下来，若采摘迟了，菇肉变薄、菇褶松软的香菇会掉价。

冬季早上，石梯村村头的廊桥上就会热闹起来，村民们将一早刚采摘下来的香菇一筐筐地挑到这里出售。杨翠柳和任学民将采摘好的香菇倒进竹筐，底下的香菇品相差些，不是畸形菇就是"薄片菇"，越到顶上香菇越好，在竹筐的最上面一层，肯定是菇形圆润、菇肉厚实，菇褶紧细、大小均匀的香菇。寒气中，村头嘈杂声渐起，随着各路菇农的汇集，筐挨着筐，篮挤着篮。鲜菇收购商们拿着秤杆，这里瞅瞅，那里翻翻，很有经验地将香菇筐探个小洞，看看底下的菇究竟是什么货色。和菇民们讨价还价，敲定收购价格。

十　六

李素华小任学民3岁，两家离得不远。李素华生性爱玩，田里摸田螺、地里刨番薯，男孩能干的她都能干。掷柿子仁、黑白配赢纸条、弹玻璃球弹子，男孩能玩的她比男孩子还玩得顺溜。

任家只有两个儿子，杨翠柳就将李素华当闺女看，有时候对李素华甚至比对两个儿子还好。"娘，我们兄弟俩是不是你亲生的啊？"任学民有时

百合

不无嫉妒地问道。读小学的时候，李素华家添置了一辆凤凰牌自行车，座垫到了她鼻梁那么高，轮子像筛子那么大，平时李素华父亲李开平舍不得骑，但只要任学民去借，都会爽快地将车子借给他。"我们如果有你这么能干的男丁就兴旺啦。"李开平说。

有一次夜里，李素华吵着要去邻村看花鼓戏，李开平就叫任学民骑自行车带素华去。戏很热闹，素华被挤在角落里，只听到高亢热闹的唱腔，看到挨挨挤挤的人头。散场的时候，素华坐在自行车的后座上，迎着夜色，沿着依稀可见的、坑坑洼洼的灰白色的砂石路往回赶。

到了村口，砂石路要拐一个大弯才能到村里，平时村民都是抄一条直线石阶近道。任学民在前面扛着自行车，素华跟在后面。忽然学民一脚踩空，连人带车掉下路边的一人多高的菜地里。"学民哥你没事吧？"素华带着哭腔在上边喊。"没事呢，不知道自行车摔坏了没。"学民忍着疼爬起来。

两人费了好大劲，终于把自行车拉上来。学民手上划了几道口子，脚被石子磕得生痛，裤脚也被刮破了。自行车除了车头有一些歪，脚蹬子铲了一菜地的泥，其他的还好。学民把车子收拾干净，把车头别正。"华妹，刚才吓着你了吧？等下回去可别跟李叔说呢。"学民特意交代。

"没事儿。我才不说呢，要是有路灯，就不会摔下去了。"李素华说。

十七

"老赵，咋停电了呢？这不是要了我的命吗？"李爱国在电话里喊，"我的冰库放了两百筐的鲜菇，起码有 6000 斤。我全部家当都在这里了，今晚你不给我送电，我的菇要全烂在库里了。"

李爱国早已不收干菇了，现在每天在村里收鲜菇运到城里去卖，或转手给冰库老板。几年下来，李爱国自己单干，在村子里与人合伙办起了冰库，专门收购香菇，通过温州的一个蔬菜批发市场的老板，隔三五天或个把星期就整车往温州发货。

因为这几天批发市场行情不好，收的鲜菇都压在库里，只等行情上涨就出库。不想村里的变压器冒烟，"轰"地一声就炸了。这下可好，冰库塞满了货，不开库门，靠恒温还可以撑一个晚上，若明早还不来电，香菇发热腐烂变质，价值近 40000 元的香菇可就全部砸在手里了。

李爱国还是县人大代表，电话打到县电力局局长那里。局长打电话给供电所的所长，所长不敢怠慢，立即组织抢修人员连夜赶到石梯村，发现是 50 千伏安的变压器容量偏小，过负荷导致变压器趴窝。根本的解决办法是换一台容量 100 千伏安的。跟局里请示后，物资部门将一台抗台抢险备用的变压器从仓库里调出来，连夜装车前往石梯村。

"老赵，今晚你们辛苦了啊，真对不住，冰库里这么多菇真怕它坏了。不得已才给你们电话。"李爱国打着手电，站在变压器对面的院场，看着抢修人员在拆除损坏了的变压器，"现在生意不好做，我收菇的钱还没付清呢，就指望这一趟货能捞回本，把欠乡亲们的钱还上。"

"爱国，你生意做得好，连带着乡亲们才能挣到钱啊。村里多几个像你一样的创业能手，大家才能越干越欢实呢。"越良才说。

"老赵你太会夸人了，我也就这点小能耐，小钱大钱大家一起挣，你说是不？这回新变压器换上去，用电没什么问题了吧？"

"那肯定了，全县范围内其他村像你们容量这么大的也不多呢，你再办一个冰库也没问题。"

"我这一个就够我折腾的了。"

旧变压器拆除，新变压器吊装、做电缆接头、测试，一直弄到凌晨一点钟，当变压器总保"啪"地一声往上推送的时候，变压器响起了"嗡嗡"声，李爱国赶忙回到自己冰库前，将冰库制冷机的开关闸刀往上一推，冰库里总算是又开始制冷了。

十 八

"现在收菇的牛得很，都是掐尖收上面的好菇，下面的统菇都不收了。李爱国倒是会收，就是价格压得低，那我还不如自己烘干，这烘香菇的'工夫钱'还是能挣到手的。"杨翠柳说道，"他有冰库，可以多放几天也没事。低进高出，我们辛苦半年，大钱倒是给他挣去了。家里多的是炭火，他不给我这个价，我就自己烘，反正烘干了放在那里也不会坏，他们出得起价就卖，出不起就一直放着。"

杨翠柳请村里的篾匠做了两个大焙笼，将没卖出去的菇剪去香菇脚，白天有太阳就晾晒在外面，下雨天和晚上就用大铁盆生起炭火，炭火上面再盖一层灰防止温度过高。焙笼往炭火上一放，水分逐渐烘干，这个过程短则两三天，若天气不好，全部需要炭火烘烤，有时个把星期也说不定，所以如果每天都有香菇需要烘焙，那肯定是忙不赢。因此，每天鲜菇采下来后，只要价钱不是低得太离谱，大部分的菇都第一时间卖掉了。

如果菇的品相好，但价格实在卖不起，杨翠柳舍不得出手，就把菇又挑回来。晚上必定升起炭火，半夜还要起床两次，把炭火拨得旺一些，将焙笼上的菇捋几遍，让香菇受热均衡，当最终水分脱净，菇体变得紧实坚硬，菇的香气从屋里飘到屋外，沿村沿户专门收购干菇的商贩们早早就知道哪里有菇可收了。

十　九

杨晴霞是杨福来的二女儿，任学强比她大两岁。两人在村里小学读书的时候，一个三年级一个五年级，因为是复式教学，所以都在一个教室里。

有一次，任学强到河里摸鱼，杨晴霞把任学强脱在岸边的凉鞋藏了起来。

"你给我抓几条鱼，我就把鞋还给你。"

"我凭啥给你，你要的话自己抓。"

"那我不把鞋还给你。你自己去找。"

"我自己找就自己找。"

结果，天摸黑任学强也没找到鞋，回去跟父母说鞋子被水冲走了，挨了杨翠柳一顿打。

"学强个傻帽，鞋子被我拿回来也不知道，回家给他老妈打了。"杨晴霞笑着告诉母亲张爱华。

"显得很能耐是不？小小年纪不学好，晚上跟你娘把人家鞋子还回去，把屋梁上的茶籽油提一壶去。"杨福来在旁边听见了，黑着脸。

到了藏鞋的地方，却找不到凉鞋了。"娘，这回鞋子是真的不见了。"

"咋说你好？一个囡儿家都这么淘的，以后谁敢娶你当媳妇？"

到了任学强家，说明了原委，杨翠柳说小孩子玩闹常有的事，我以为是我家的小子玩得太野，别被大水冲走了也会。所以回来给我揍了。

"你傻嘛，都不说给我把鞋拿了。还疼不？"

"打你试试看。"任学强乌青着脸，也不看她一眼，闷着头写字。杨晴霞觉得很没趣。张爱华和杨翠柳似乎有说不完的话，杨晴霞像个透明人似的，更觉得没趣。终于挨到要回家的时候，张爱华的手上多了一手帕的土鸡蛋。

浸透晒干的篾条点起来，火苗扑哧哧地直响。杨翠柳把火把递到张爱华手里，"路上黑，走慢些儿。"杨翠柳特意交代，把她们娘俩送出了家门。

刚好芒种的季节，田野里青蛙呱呱地叫得欢，走在软乎乎新打的田埂上，就像踩在地毯上一样舒服。张爱华左手提着那包土鸡蛋，右手打着火把走在后面，"囡儿，别走这么快。""没事，田埂好走得很……"刚说着话，新修的田埂因为没干透，被杨晴霞踩着滑下去一大块，顺势一个屁股墩便坐在田埂上，裤脚被田水浸湿了一大截，屁股上全是黑泥巴。小手撑在地上，弄了三四个血印子。

"早知道我就不来了，又不好玩，路又不好走。"杨晴霞一边哭鼻子一边抱怨着。"还害我摔了一跤，明儿非得找学强算账……"

二　　十

任学民专门去了一趟县城，扛回了一台 24 寸的大背投彩电，还有一个四四方方的录像放映机。这是村里最大的一台彩电，录像机大家还是第一次看到，觉得非常神奇。将砖头般厚的盒带往机子里一塞，村民们第一次

百合

235

看到了《射雕英雄传》《天龙八部》等影视剧。

"那时候你们兄弟俩这么喜欢看电视，特别是学强，天一黑人影就不见了。"任正康说，"你娘说就是勒紧裤腰带也要买一台，现在买到了，你们兄弟都又长大了。"

大约从 2000 年起，村民们发现做菇不那么挣钱了，材料年年看涨，菇价年年下跌。家家户户都在生产菇棒，都在搭菇棚，起炉灶，少则三四千段，多则 10000 左右，到了秋冬出菇季节，"菇"满为患，供大于求，商贩们压着价收进。年终算账的时候，每段菇棒成本为一元左右，每个菇棒毛收入两元略强。做菇的人家，几乎都是"全家总动员"累得没白天没黑夜，到头来除了日常吃穿用度，挣下的钱又必须用于购买下一年香菇生产资料，手头的余钱很少。过年的时候，进城打工的村民回来倒是风光体面，挣的钱比做香菇多得多。于是，下一年的春天，做菇的村民一下蒸发了的似的，纷纷扛着行李箱踏上开往城里的客车，义无反顾地汇入到城市的汪洋人海之中。

二 十 一

任学强高中毕业那年，县人力资源局下属的乐业公司在全县范围内招一批线路工，派遣到供电公司各供电所加强施工力量。高中刚毕业的任学强参加招聘，顺利入选，被安排到畲坊镇供电所线路班。

杨晴霞师范毕业后，回到畲坊镇中心小学当了一名老师。每个周末都会回到村里陪一下父母。如今村里的道路早就经过加宽取直改造，并且铺上了水泥路面，平平展展，连着城市和乡村，车子可以直接驶进村里的停车场。村里装起了路灯，一到晚上，灯光准时亮起，串门再也不需要打着火把。

村里要排一个节目参加乡里举办的庆祝国庆节的群众文艺会演，乡长把这个任务交到杨晴霞手里。杨晴霞很费了些心思编了个三句半节目，打电话让任学强参加排练。

"杨老师好，召唤小生有何指教？"任学强在电话里打着哈哈。

"教你个大头鬼，9 月份乡里文艺会演，每个村都要有节目，我排了个三句半，有空我们排练一下。"

"这是你的专长，我就不参加了吧！"

"不行，这是村主任指定的，你自己跟村主任说去。"

"村主任我才不怕呢。主要是所里活多，都忙得连轴转呢，你还是饶了我吧。"

"最忙你忙得过你们所长、局长？再推来推去，小心我削你，就这么说定了。"

二 十 二

李素华在县里一家木制玩具厂上班，任学民经常跑去看她。

"门卫大哥，麻烦让我进去一下，我找人。"任学民给门卫递上一根烟。

"又给你妹子带啥好东西啦？"

"她爸爸托我带的跳麂肉，他自己舍不得吃，叫我带给他姑娘补补营养。"

玩具厂底层堆的是一根根原木，二楼和三楼是板房取材、烘干、横切、刨光、磨光等流水线，顶楼是成品组装、检验和包装车间。李素华在顶楼做成品组装。

任学民去的时候，已快到中午下班时间。李素华在车间看到站在门口的任学民，立即放下活走出来。

"学民哥，你来啦。手上提的是啥？到中午啦，我带你吃饭去。"

"李叔托我带跳麂肉给你，李叔说他放夹子收到野味，运气好，别人都寻不着。"

"我爸又上山啦？你回去跟我爸说，叫他别上山了，跳麂是国家二级保护动物，不能捕猎的。他一大把年纪还不省事。"

"我都跟李叔说的。我在家里会看着呢。"

"今年菇做得怎样？"

百合

"菇价这几年跌得厉害，再做没啥意思了。还不如你在厂子里挣得多。"

"学民哥都买了小货车了，我可买不起。"

"贷款买的，拉货载人都方便。"

"那今年真不想做菇啦？学民哥有什么打算？"

"咱村的李爱国要在村子成立石梯香菇合作社，让我入股，我在想要不要去。"

"做菇不是不挣钱了吗？爱国叔还要准备大干？"

"搞不懂，他说还能挣大钱呢。"

下　　篇

二　十　三

李爱国的石梯香菇合作社成了乡里甚至县里的一张名片。

他在石梯村流转了 20 亩土地，盖起了 10 个标准化钢化菇棚和生产基地，菇棚顶用上了电动遮阳装置和喷淋设备，每个菇棚可以放 10000 段菇段。搅拌、装袋实现全程机械化，他还高薪聘请任正华当技术指导，改进了生产工艺，现在香菇出菇后，不需要再人工割塑料袋了，菇孢会轻而易举地撑破那层薄薄的塑薄膜，既不会影响菇型，又保持了菇棒的湿度，使后程出菇力度不减。

但毕竟是农业生产，许多环节离不开人工。比如采摘、分拣，就需要大量人手，石梯村留守的老头老太有了用武之地，90 高龄的任守望坐在家门口剪香菇脚，一个月也能挣上百儿八十。娃娃放学帮忙分拣香菇，买学习用品和零花钱都不需要向家长伸手了。村民将土地流转给合作社，每年还有固定的租金收入。

出菇的季节，石梯村的老人就在李爱国的菇棚里进进出出，将香菇一筐筐地采摘下来。然后任学民再用小货车运到冰库前的分拣流水线，人工分拣品级，再入库冷冻。然后发车外运送往上海、杭州、温州等地市场。

由于合作社离村子比较远，为了让用电更有保障，电力局专门在香菇基地又安装了一台变压器。赵良才带着任学强定期上门服务，解决用电问题。

二 十 四

新一轮的农村电网改造，石梯村的变压器容量从 100 千伏安增容到 200 千伏安。原来的进户线由裸导线升级为绝缘集束导线，提高安全性，机械电表更换为智能电表，安装了电量采集器，每月供电所的人员在办公室就能读取电量，而不要像之前一样挨家挨户地去抄电表了。

农村的电网越改越好，但农村却似乎留不住年轻人了。田地荒芜了，菇棚坍塌了。原先热热闹闹的乡村，变得异常安静。农家的大门前，杂草淹没了门槛，门锁锈迹斑斑。

香菇生产从当初火山喷发式的高速增长，到如今潮水退去般满地狼藉，市场渐趋理性和稳定。李爱国做香菇销售十几年，靠香菇买卖挣下了家产，对香菇市场的观察是洞若观火。村民之所以种菇辛苦而薄利，主要是每家每户作坊式生产规模小，生产成本偏高，市场信息不对称。导致独门独户的菇农们挣不到钱。

李爱国在庆元县的范村收过香菇，那里做菇的都是"大户"，家家都是两三万段起步，最多的一户做了 50000 段，平时也就是夫妻俩在菇寮里，不少生产环节都用机器替代或外包了。

"我说媳妇，你发现了没？这几年做菇的人越来越少了，而国家发展得越来越好，市场的需求肯定会更大，那做菇肯定还是有钱挣的，我听范村的菇民说，一年下来了也有毛利六七万元。我看他们说的肯定是保守数字，不然也不会一直做下去。

"我看我们要干就要干大的，规模大，标准高，产销一条龙，我全上。"李爱国说，"我们成立香菇合作社，又可以利用村里闲散的劳动力，增加他们的收入。标准化生产，又能提升香菇品质，品质好了，销路肯定没问题。最好把任正华请回来当生产负责人。"

"这风险太大了吧，吃得准吗？"李爱国媳妇王云英有些担心地问道。

"怕啥呢，撑死胆大的，饿死胆小的，什么事情我看走眼过？"李爱国说道。

二 十 五

"老赵，我发现鲜菇虽好，但毕竟是'水货'，放在冰库里也就个把星期，行情受市场影响很大。倒是干菇，香菇香菇名副其实，那个香味才真叫香。现在来咱们畲乡旅游的人越来越多了。开发小包装的香菇土特产肯定受欢迎。"李爱国专门把赵良才请到他的香菇合作社基地。

"爱国，你的鼻子跟狗一样灵啊，啥商机都能捕捉得到。要是在城里，一准是大老板。"

"哈，大老板有啥稀罕？忙时喝几口自酿的红曲酒解解乏，闲时来两句山哈调润润喉，钱能挣得几个，乡亲们也没空手。他们有我自在？"

"你过的是神仙日子好了吧？你叫我来就是听你嘚瑟的？"

"赵哥，赵哥，你别生气。哈哈，我也就这么皮了下。我有这么光鲜就好了，我还有难事求你呢。"

"你还有啥事要求人的？"

"赵哥别损我了。一天到晚像上紧了发条，没歇时，货发去了，款要一家一家地催，愁都给你愁死。"

"这个叫我怎么帮？叫我给你催款？"

"这个哪敢劳驾赵哥。先前跟你说的小包装香菇有市场，现在我正琢磨该怎样打开这个市场呢。单是冰库这一块，还是显得太单一，我想再来个'干货'，做小包装的土特产旅游产品，肯定有效益。现在缺一个关键的家伙，不然没戏。"

"啥家伙能难倒咱石梯村第一能人。说给我这个石梯村的女婿听听。"

"现在香菇烘干还是采用传统的柴火、木炭，费时费力，烘出来的香菇还有烟熏气，影响了品质。而且我量这么大，要篾匠给我做多少个大焙笼，需要多大的地都才摆得下？"

"那还有啥招？"

"赵哥，现在村里用电足够，你能不能帮我设计一个用电烘焙的装置，用电来烘培香菇，效果肯定比炭火好。"

"是不是学强这小子告诉你的啊？'嘴上没毛，办事不牢'。我这事心里也没底呢，他就这么有把握能成？"

"他相信你这个师傅啊！他就给我说这么一嘴，我这不是还没整明白，就把你本尊请来了嘛。"

"这是我们所里今年申报的 QC 项目：食用菌烘干电能替代方案，这个项目由我牵头，学强几个是成员。目前还在方案论证阶段。"

"这不是找对人了嘛，且不说你是咱石梯村的女婿，学强是咱村里娃。总不能胳膊往外拐，自家人不帮自家人吗?! 单单我这个基地的规模，在县里也是排在前头的，你这个项目做出来总要试验嘛。我这里专门给你划一块地，你就在这里试验你的项目，到时候成了，兄弟我脸上也有光。"

"电能替代是趋势，迟早要走这一步的。目前来看，技术上应该是可行的。但究竟是用热泵式、高频真空式，还是其他方式，这里要考虑一个经济性，还有适用性，如果一个设备要四五万，你老李肯定不愿意掏这么多钱，其他小农户更是用不起。还有就是要适合我们山区使用，我们这里海拔相对较高，雨水多，空气潮，这些都要想到。"

"你心里早就有数啦，还藏着掖着。"

"等我把方案拿出来，到时候我们坐下来起碰一下，看怎么搞这个项目。如果真能出成果，也是一件造福一方的好事呢。"

百合

终 于 疯 了

江仲民

一坡的油菜花开了，站在五十多米高的锅炉顶望去，那些花就像一幅巨大的黄布，从天而降在这座小山上。

我手中提着一把阀门扳手，呆呆地看着这天设的美景。林壶也在看，他站得很外，脚尖就快越出锅炉顶平台的边缘了。

喝！喝！我提醒他。站这么外，当心掉下去。

不会的，我练过武功，能扎上三个钟头的马步呢。林壶神色自若。

我一推你就下去了，这里只有我们两个人，没有人会知道是我干的。我笑嘻嘻地恐吓着他。

林壶霍地转过了头，用那双闪烁着磷火般的眼睛死死盯着我。林壶的脑袋有点小，而且有点尖，额头很窄，所以那双大大的、泛黄的眼睛就几乎代表了他的所有表情。

别……别……别紧张，你知道我是开玩笑的，我不会这么做的，不会的。我赶紧道歉。

你会的。林壶继续用那种吓人的眼神看着我。

好！好！我错了还不行吗？我不该跟你开这样玩笑的。我离你远点还不行嘛，你看我什么都没做，是吧。我快被林壶这种阴森森的语气逼疯了，往平台的中心退了好几步。

你是没有做什么，可你心中在想，你以为你瞒得了我？你老早就在想弄死我了。

一

第一次遇到林壶时他只穿着一条裤衩，拉着张脸，老大不情愿地来给我开门。我背着铺盖，拖着沉重的铁床架，赔着笑走进这间阴暗潮湿的寝室。我没得选择，刚进厂的小毛头，领导安排我住哪里就住哪里，屁也不敢放一个。

我汗流浃背地架床，铺床。而林壶就穿着他那条已经分不清是什么颜色的大裤衩，盘腿坐在他的床上一个劲地絮叨，说的都是些自己一个人住得好好的，为什么非要再安排个人进来，领导偏心，就敢欺负他之类的话。

一切都整好了，我默默地从行李中抽出几本书，放在枕头边。这时，林壶的眼睛就亮了亮。他停止了絮叨，从床上滑了下来，踱到我的床边翻看这几本书。

哟，看不出啊。小青年，你还爱看书，还看外国文学，能看懂吗？

瞎看，看不懂。我头也懒得抬一下，其实我最恼别人白萝卜倒栽——愣充大头菜了。碍于礼貌，我不想顶他。

没想到林壶一下子来了兴致，滔滔不绝地开始给我讲解这本书中内容、含义……半个小时后，我终于忍无可忍，说了句，这书描述的是拉丁美洲的殖民战争和军阀混战，不是什么伟大的解放战争。

林壶愣了一下，拿着书的手尴尬地停在空中，但他并没有就此气馁，又拿起了一本诗集，惊喜地喊道，是诗集啊！你也爱看诗？会写诗吗？

我刚才打断了他的雅兴，心有歉疚，就附和着他，不会，就爱瞎看，你写诗的？

当然啦！林壶高高地仰着头，像只骄傲的天鹅般滑行到自己的床边。很快，捧着一本封面上写着"与某某同学共勉"的笔记本塞到我手中。

瞧瞧，这些都是我写的诗。林壶一脸矜持，令人肃然起敬。

我装模作样地翻看着他的诗，强忍着笑，拼命在脸上挤出小学生读课文时的认真表情。林壶非常紧张地盯着我。怎么样？你感觉我写得怎

百合

243

么样？

很好，非常好。我随口敷衍，但傻瓜都听得出我的话里没有丝毫诚意。

好在哪里？林壶锲而不舍。

这个嘛……我沉吟了片刻，又望了望林壶那张因期待而有些扭曲了的脸。

觉悟很高嘛……我是实在想不出用什么词来表扬他这些通篇充斥着"祖国、母亲、五星红旗、花朵"之类词语的诗。

二

我要打架！林壶红着双眼睛，在寝室里如只刚被关进笼子的猩猩般窜来蹦去。

他们都想欺负我，他们都以为我是好欺负的。林壶激动地挥舞着麻秆似的胳膊，把脸盆敲得"哐哐"乱响。

轻点，刚下了夜班，隔壁的人都要睡觉呢。我实在受不了他的吵闹，丢下书不高兴地看着他。

你说，你说！林壶冲到了我的床前。我是不是要把他们都打一顿？打怕他们，他们以后就不敢再老是嘲笑我、讽刺我了。

得了吧，你。我瞟了眼林壶刻意绷起的如鸡崽子般的肱二头肌，和胸前清晰可数的根根肋骨。他们不揍你就谢天谢地了。

连你也不信我！林壶脸涨得通红。我不是告诉过你我练过武功的吗？我不是告诉过你我能一个人打三四个人的吗？你当时也点头认同了的呀，难道你是骗我的？

耳听为虚，眼见为实。我实在懒得和他再纠缠下去，蒙上被子就准备睡觉。

别睡，先别睡觉。林壶拉开了我的被子。来，我证明给你看。林壶深吸了一口气，稳稳扎了个四平马。

除了裆部，任何地方你都可以打，尽管下狠劲打，打了就知道我的厉害了。林壶大义凛然地望着我。

我犹犹豫豫地下了床，打量着他青筋突起的脖子，茶壶柄般架着的胳膊。难道这家伙真的是深藏不露的高手？我暗自嘀咕着。

来呀，打我呀……林壶的眼中大有睥睨之态。

我攒足了劲，一个右勾拳抡了过去。林壶应声而倒，四仰八叉地躺在冰冷的水泥地上。

别闹了，睡觉去吧。我把林壶扶到了他的床边坐下。林壶也乖乖地躺下去盖上了被子。

我很倦，躺回到床上不一会就睡着了，在进入深度睡眠之前，我隐约听到了林壶低低的哭泣声。

三

三班倒的生活实在是无聊。上完累人的夜班后，要么栽在床上睡个天昏地暗，要么捧本书傻看，看累了就用电炉子煮包方便面充饥，然后又倒头大睡。不知不觉，隔壁传来的麻将声就日渐挠得我心痒难抓。终于有一天，我也叼着根烟，坐在麻将桌上奋力苦战了。

一日，砌完了整整二十多个小时的长城后，疲惫地回到了寝室。却看见林壶宝相庄严地盘腿坐在床上，身前摊着一本书。

装神弄鬼呢，你。我懒洋洋地笑骂了一句。

你太无知了。林壶缓缓睁开眼睛瞟了我一眼。我这是在练气功。

气功？都是些骗人的玩意儿。我打了个呵欠，慢吞吞地开始脱衣服。

谁说的？你这是听谁说的！这是科学，气功是一门科学你知道不！林壶激动起来，腾地跳下了床，窜到我床前使劲地挥舞着手中的那本书。

你看看，你看看。他指着封面上那个拈着兰花指，头顶罩着一圈佛光，盘腿坐在莲花台上的中年男人。这就是我们的祖师爷，都已经成佛了，这难道不是最好的证明吗?！

好了，好了，你是对的，我错了。我已经累得说不响话了，拉上被子蒙头就睡，而林壶还坚忍不拔地在我床边叨唠着，大概都是些劝我跟他一起练气功的言语吧。

日子过得如钟摆般单调，没有丝毫新意。我们依然日复一日地重复着厂房——寝室二点一线的机械动作。唯一有所差别的是，我对打麻将越来越热衷，俨然已成为一个专业麻将运动员，砸进了自己几乎全部的业余时间不说，还把自己的大部分工资都填进了这个无底洞。而林壶，每次我倦累欲死地回到寝室时，总能看见他盘腿坐在床上，要么宝相庄严，要么喃喃自语。他已经不练之前的气功了，而是在练一种更为神秘的气功，我一直没有看清楚指导他练这种气功的书的样子，因为我每次打开寝室门，他都会像只受到惊吓了的猫般，飞快地把身前的书塞到枕头下。

四

我尝到了赌博的苦头。才一个晚上，就将刚发来的工资输得一干二净，还欠了某个赌友一些钱。

在微熙的晨光中，我蹲在集体宿舍的大门口，懊悔万分，发誓以后再也不赌博了。可后悔有什么用，这个月才月初，我的兜里却只剩下几枚当当作响的硬币了。

拖着沉重的步伐，犹犹豫豫地推开了寝室门，却看见林壶一反常态地早起，正对着镜子在挤眉弄眼。

又输光了？林壶在镜子里看到了我的窘态，一边把一根咸菜脑似的领带往脖子上吊，一边拉长声音，幸灾乐祸地说着。他知道，我定会开口向他借钱了。

是啊是啊。我搓着手，低眉顺眼地站在他身后。借我些钱救济一下吧……

林壶意气风发地把一件风衣披到了身上，转了个身，对着镜子再用手指掠了掠头发。走吧，和我一起到银行取钱去，记住啊，以后可不要再赌了。

是，是。我关上寝室门，一溜小跑跟上了他。

说是银行，其实就是我们厂门口附近的一个很小的分理点，整个营业部只有两名营业员。

天色尚早，营业部刚刚开门，两名营业员正在埋头做一些准备工作。林壶派头很足地把手中的那只印着飞机的黑皮包往柜台上啪地一甩。取钱！林壶的中气很足，两名营业员都抬起了头。

您好！请问您要取多少钱？那个靠近窗口的营业员笑容甜美地站了起来。

这个？这个嘛……林壶犹豫不决了，他捏着张存折，考虑半天后说，取 50 吧。

取 50？营业员惊讶地望着他。

那就取 100。林壶咬了咬牙下了决心，大义凛然地把存折递给营业员。

从这个阴暗的分理点出来，迎面是灿烂的朝阳，我却有点无地自容的感觉，那两名营业员略带嘲讽与鄙夷的目光，被我准确地捕捉到了。

林壶心情很好，一副扬扬自得的样子。哥们，你瞧我酷吧，一出手就震得这两个小妞呆呆傻傻的。

我嗯嗯啊啊地应和着，心思早飞到食堂去了，我只想着尽快拿着这100 元换成饭菜票，然后去饱餐一顿。一天一夜没有吃饭，我饿坏了。

同志们，再见！我要去南岸了。快到集体宿舍大门口时，林壶突然一个潇洒地转身，往码头方向走去。

林壶的步履很轻快，风衣的下摆一扇一扇地非常活泼，像极了一只淋湿了翅膀在地上扑腾的小麻雀。

这家伙，定是在早上又乱吃药了吧。我在心里嘀咕着。

五

不久后才知道，林壶是到南岸的那座繁华的城市去赴约，约会的对象是一个漂亮的女孩。

林壶看来是真的恋爱了。他开始对着镜子涂脂抹粉，忸怩作态，变换各种各样的姿态叫我欣赏，美其名曰：参考。直到我有想吐隔夜饭的冲动为止。他把大把的工余时间丢在了江南岸的那个花花世界，也同时无声无息地把自己的积蓄一点点地消耗在这座城市和某个唤作小英的女人的身上。不是我有打探别人隐私的嗜好，而是林壶在某次约会回来后，实在按捺不住自己的激动喜悦之情，才向我倾诉的。泄洪的闸门一旦被打开，此后便一发而不可收，林壶不仅给我展示了这个漂亮女人的照片、他们的合影，而且连这个女人——小英的家庭住址都告诉了我，甚至于她的生日。再后来，林壶每次约会回来都会向我作一次"工作报告"：今天给小英买了条项链，小英牵他的手了；今天小英说老家的母亲病了，他给了她很多钱叫她寄回老家去，小英感动得哭了，还抱了他；今天给了小英上次说的弟弟读书需要的钱，小英亲了他……

虽然我每次都是心不在焉地在听，但这样的话听多了，我就起了疑心，因为林壶在说他和小英的交往经历中，说得最多的就是"钱"。

这女人不会是冲着你的钱而来的吧？终于有一天，我忍不住提出了疑问。

你这人的思想真肮脏，你怎么可以这样说小英呢！林壶像是受到了莫大的侮辱似的，瞪大了眼睛，捏着拳头，怒气冲冲地窜到我床前。

事实胜于雄辩嘛，你说说看，你到现在在她身上花了多少钱了？我举起一本书挡着脸，以遮挡他横飞的唾沫。

这……林壶犹豫了一会，开始扳着手指计算起来：前个月应该是2000多一些，上个月好像是5000，这个月，这个月……快3000了吧……

我放下书，笑嘻嘻地看着他。林壶像是突然醒悟过来似的，拿着他那双大眼恶狠狠地瞪着我：我不会上你的当的，你把我和小英的感情拼命往钱的问题上扯，你也太庸俗了吧。

好了，好了，我承认我庸俗，我承认我思想不纯洁。恭祝你伟大而圣洁的爱情早日修成正果吧。

这还差不多……

六

林壶失恋了，而我快被他缠疯了。现在他一有机会就向我絮叨他的恋爱史，有时候还哭得像个祝英台。

她怎么可以这样呢？她怎么就这么狠心呢？我把心全部都掏给了她，她怎么说分手就分手呢……

林壶又一次坐在我床边哭得像个孩子。

掏，掏！你这个没脑子的家伙，你哪有心呢，你是把钱全掏给了她。我实在受不了啦，爆发了。

你，你！当林壶瞪着血红的眼睛，用手指颤抖地指着我时，我马上就后悔了。

说！林壶张牙舞爪地跳了起来。是不是你跟小英说了我的坏话？

神经病啊，你！我犯得着这样吗？我有这么无聊吗？我气坏了，将手中的书摔到他脸上，林壶哭哭啼啼地扑过来掐我的脖子，被我一脚踹到了地上。

半夜里，我突然醒来，借着窗外透进来的路灯光，看见林壶蜷缩着身子躲在床的一角，抽抽噎噎的样子，看上去非常伤心。

好了，是我错了，我不该说这么重的话的。要是你高兴，现在你就过来打我几下吧。

林壶的身子停止了抽动，一动不动地躺着。我叹了口气，又重新睡觉。

林壶又开始向我倾诉了，不过他变得有点疑神疑鬼，老是怀疑有人在背后看他的笑话。我反复告诉他，他的那些恋爱经历没有人会知道，他就是不信。

王桑今天在说，有个傻子砍光了一片树林想卖了娶媳妇，结果人财两空。他肯定是在说我，说我这个姓林的没有用，傻，被女人耍了，被骗光了钱。

张伟昨天说，那个开水壶一点用也没有，可以扔了。他肯定也是在说我……

我的嗓子嘶哑了，眼睛中冒出了血丝，下班睡觉前，每每都要解释、安慰林壶两个多小时。而林壶却越来越来劲，一分钟前还连连点头说我分析的是，说他们的话确实是无心的，一分钟后却又换了副苦大仇深的样子，两眼放光，拿起笔和一本小本子，咬牙切齿地说要把他们的名字和所说过的话全记下来，君子报仇，十年不晚。

天哪！我快崩溃了。

七

车间主任很严肃地看着我。小江啊，我想交给你一个任务：最近林壶的情绪很不对劲：听说你跟他关系还不错，我想把你和他调到一块上班，也好看着他点，别让他再捅什么娄子了。你有什么意见吗？

我张口结舌地望着主任，支吾了半天也没有说出一句话。只好默默地点了点头。

午后一觉醒来，已经快三点半了。连脸也顾不上擦，跨上自行车迷迷瞪瞪地就往一号车间赶去，快到门口时，才想起今天要到三号车间和林壶一块上班了，又赶紧掉转车头。

刚踏进三号车间，就看见林壶和一个人在脸红脖子粗地争论着什么。突然，林壶把手勾成鸡爪状，在那人的肩膀上快速啄了一下，嘴里还嚷着：喝！武当点穴功。那个高高大大的汉子愣了足足十秒钟，然后就毛了，抓起抄表用的夹子满车间追打林壶。

在众人的劝阻下，这场闹剧总算结束了。而林壶却在眨眼间消失了踪影，我找了很久，才在锅炉顶上的平台边找到了他。林壶坐在平台的边缘，双脚悬空挂着，默默地看着沉落的夕阳。我小心翼翼地走近了他，嘿！这么有雅兴啊。

林壶转过了头，黄玻璃球般的眼中满是困惑：怎么会没有用的？书上说这"武当点穴功"修炼十五天后就能大成的啊。怎么我刚才在赵大个身上试一点效果都没有？

可能……可能是你当时动机不纯吧……如果你用于匡扶正义、锄强扶弱、维护世界和平，就会灵的吧……

嗯！有道理，这和崂山道士用的穿墙术一个理。林壶咧嘴冲我笑了一下。又转头默默地看夕阳。我想了想，也坐了下来。

那天，我陪林壶在锅炉顶上一直坐到天黑才回到了车间。刚踏进门，那些刚刚还在休息室里嘻嘻哈哈笑闹着的工友一下子静了下来，用一种诡秘的目光紧盯着林壶。突然，一个人大声说，林壶，你的点穴功夫很厉害啊，什么时候我去买只老母鸡，你给我们表演表演。话音刚落，车间里一片笑声。林壶僵立在门口，脸红了又白，眼睛转了再转。半晌，他咬了牙，转身又走出了车间。

你们怎么能这样呢！我气急败坏地看着那些工友。

这又怎么了？他就是好玩嘛，我们逗逗他又犯什么法了……

唉！我叹了口气，转身去找林壶了。

八

又上完一个漫长的中班后，我鬼使神差地揣着刚刚发下来的工资，又坐到了麻将桌上。

打麻将时，时间过得特别快，不知不觉，窗户已经有些发白了。突然，集体宿舍响起了一阵绵长、瘆人的嘶吼声，我们呆若木鸡，过了好一会才手忙脚乱地收拾麻将。推开门后，才发现一楼的寝室门全打开了，探出了一张张睡眼惺忪、困惑莫名的脸。

我迟疑了片刻，掏出钥匙打开了自己的寝室门。林壶盘腿坐在床上，闭着眼睛，脖子涨得通红，头像公鸡打鸣般一下一下昂着，这连绵不绝的吼声就源自他的口中。

你怎么了？你怎么了？我冲了上去。

起床号也没听过啊……林壶傲慢地睁开眼睛，斜斜瞟了我一眼。真是少见多怪。

我目瞪口呆地看着林壶光着身子，慢慢地下床套上翻毛劳保皮鞋，戴

百合

251

上劳保手套，然后"啪"的一个立正。欢迎领导检阅！林壶看着我高声喊着，眼神空洞得可怕。

别闹了，别闹了。我按捺住油然而生的恐惧，上前按住林壶的肩膀，拼命把他往床上拖。

你少碍事！我要出早操了。林壶像只笼中的野兽般咆哮起来，猛地把我推倒在地，然后整了整手套、理了下头发，踏着正步走出了门口。我缓缓站了起来，踱到了门口，就听见了宿舍的走廊里传来了林壶那熟悉的公鸭嗓高唱着的《三大纪律八项注意》。

我倚着门框，绝望地看着林壶：他瘦骨嶙峋地裸露着，却亢奋得如同一只被打了鸡血的猴子，翻毛皮鞋在水泥地上砸得"砰砰"作响，双手大幅度地摆动着，那双大大的金鱼眼中充满了莫名的狂热。

走廊里不知什么时候挤满了人，那些神态各异的眼睛中，流露出嘲笑、惊奇、同情……林壶不时停下脚步，看看这个、看看那个。咦！这里有个人，咦！这里怎么也有个人，为什么这里会有这么多人啊……

我的愤怒被淹没在一阵接一阵的哄笑中，渐渐模糊。将亮的天，又暗了下来，雨云沉沉压下，高远的天空中响起来沉闷的雷声。闪电嘶嘶痛呼着，在天空中割开一道道伤口。雨水倾泻而出，疯狂地抽打天地间一切，疯狂地……

革命时期的爱情

钟丽妃

一

王志杰对郭晓旭说："我会永远把你放在心里。"

在爱情受阻后的很长一段时间里，郭晓旭回想起王志杰对她说的这句话心里还是忍不住地小鹿乱撞，随之而来的又有无尽的不甘与怨恨，但她不知道该怨恨什么，怨恨这个纷乱的时局，怨恨王志杰的一腔热血，还是怨恨时间的胡排乱凑。久而久之，在不断寻找源头的过程中，郭晓旭已经忘记了最初的埋怨，继而怨恨起无处安放的怨恨本身："这该死的情绪!"

好朋友王芬对她说："你被困住了。"继而站起身来走到窗边："推开窗去，你会看到一片好风光。"

郭晓旭看着王芬的手慢慢地移上窗台，拉起锈迹斑驳的锁闩，"嗒"的一下，锁闩从锁扣中逃脱，继而经她轻轻一推，窗户"咯吱"一声就敞开了。

"轻而易举，只是我竟宁愿坐在这里被爱情困住，而不愿花那一分力气，多么可笑!"郭晓旭看着窗外的阳光洒进来，苦笑了一番。

王芬又说："困住你的，不是爱情，是你自己。"

"是我自己?"

"对，是你自己，是你摇摇欲坠的自尊心，是你愤愤不平的欲望。"

"我……我……我控制不住我自己不去想他，我闭上眼是他、睁开眼是他；吃饭的时候想着他、洗漱的时候想着他、就连画画的时候也满脑子都是他。"郭晓旭的泪水夺眶而出，她无助地看着王芬："除了想他，我根本不知道我还能干吗。"

"走出去，你会慢慢找到你自己的。"王芬抱住发抖的郭晓旭："找到你自己，你就会忘了他了。"

"你觉得，我可以吗？"

"当然，你要对自己有信心，只有你相信你自己才是最要紧的。"

"嗯，我会努力做回从前的我。"

这一次，王芬说："我相信你，你要尽快好起来，还有比爱情更重要的事等着我们去做呢。"

"当初，他也是这么说的。"

王芬近来特别忙，来到郭晓旭的宿舍说不上几句话又走了，郭晓旭沉浸在失恋的悲伤里，却一直没有发现这般异常。她只是看向了窗外，看到宿舍门前的叫不上名的大树，风一吹，抖落下几片叶子。她心想，这棵树也必定是经过无数次风吹、无数次暴雨，才能长成现在这般的，况且王志杰说过会永远记着她的。那个艳阳高照的午后，他们相约在香蜜湖的草坪上相见。王志杰说有重要的事情要告诉她。她的心里很忐忑，期盼着这一刻的到来。郭晓旭缓缓地跟在王志杰的身后，两个大拇指不安分地互相揉搓着，那时候的她真觉得空气是甜的、微风是甜的、湖里鲤鱼吐的泡泡都是甜的，香蜜湖周遭的一切都如它的名字一般胜似蜜糖。

可是，王志杰对她说："晓旭，对不起，我要走了，我还有比我们的爱情更重要的东西不能舍弃。"

"比爱情更重要的东西。"这不是郭晓旭期盼从王志杰嘴里说出的话，她本以为他是准备给她一份承诺，所以特意写信约了时间相见，而且还选了这个对他们来说有特殊意义的地方。

她哭得像个泪人，难以相信眼前这个男人竟然如此决绝，规劝、嘶吼、哀求，最终，他还是毅然决然地转身离开了。

"比爱情更重要的东西？王志杰有，王芬也说有，那我也会有的吧，我要走出去，找到这样重要的东西。"郭晓旭告诉自己，"至少下一次再见的时候，我要证明，我是值得被铭记在心的。"

二

　　郭晓旭为自己安排疗伤的第一站是香蜜湖。

　　香蜜湖坐落在校园的东北角，是学校里最僻静的地方，平日里很少有人经过。郭晓旭第一次见到王志杰就是在这里，那时候郭晓旭正在写生，静谧的湖水，远处的图书馆在画布的中间庄重而威严，湖里恰巧有两只天鹅，可爱又生动，成了这幅画的点睛之笔。王志杰的突然闯入，打乱了画面的平衡，他手里捧着一本书，初看时只是一个轮廓，渐而轮廓越来越清晰，天鹅逐渐暗淡下去了。画面的和谐被打破了，郭晓旭内心的平和也被打破了。

　　王志杰告诉郭晓旭他是国文系的，课余时间常去图书馆看书，有次走错路发现了离图书馆不远的香蜜湖。他喜欢香蜜湖的安静和沉稳，后来就总是借了书到湖边来。他还夸了郭晓旭的画，说："如临其境。"

　　郭晓旭心想，这可真是个书呆子，我这画中可不就是眼下这景，怎么是"如临"，根本就是"身处其中"呀！想这一番便痴痴地笑了。

　　王志杰看着郭晓旭笑得樱红的脸蛋："你定是主修图画的吧，画得如此生动。"

　　那时，郭晓旭觉得他真是书里走出来的翩翩公子，文采不凡，温文尔雅。

　　"嗯，你看什么书？"

　　"这个？《资本论》，卡尔·马克思的作品，你知道《共产党宣言》吧，就是他写的。"

　　"听过，但没有读过。"

　　"那你真该读一读，相信我，看了他的书，你会发现新世界的。"

　　"真的？这么好吗？"

　　"那当然！我目前也是略懂皮毛而已，但我知道，他的思想、他的理论绝对是值得我们学习与借鉴的，不只是我们个人，甚至是我们国家，我听说有些地方已经有人在践行这个理论了。"

百合

那时的对话犹在耳边。王志杰讲起马克思时激动的表情浮现在郭晓旭的脑海中，他的眼神是炙热的，看着她的目光是渴望而又坚定的，是的，他一定坚信这条道路是可行的、必行的。郭晓旭想起她也曾说过要拜读马克思的著作的，只是如今王志杰已经去了井冈山，她也还没读完一个篇章，她决定要重新把这几本书捡起来，看看他不顾一切为之奋斗的，究竟是个什么模样。

"是啊，打从一开始，在我之前，他的心里早就有了马克思、有了共产主义呢！"郭晓旭突然醒悟，她倒像是个第三者，她不愿也不该成为他的绊脚石，王志杰的信仰，或许比她的爱情重要多了。

那么就让香蜜湖成为疗伤的最后一站，此刻过后，郭晓旭又是那个天不怕地不怕的郭晓旭了。

三

近几日的郭晓旭真正体会到要做到"知行合一"的困难了，道理很简单，很明了，郭晓旭也在心中不断地告诫自己，可脑子总是不听使唤地游离到那些不痛快的事情上去。信念的堤坝被思绪的洪水一遍遍地拍打冲刷，一次地加固修缮也掩盖不住它的千疮百孔，用王芬的话说，现在的郭晓旭太需要一种庸俗的热闹了。

"来，跟我去做标语。"王芬的差遣来得正是时候，"你画画得好，字也写得好，赶紧来帮帮我们。"

郭晓旭被王芬带到一处空教室，里面好多人忙忙碌碌，听见推门声，大家都停下手里的事情警惕地看着她们。"大家别紧张，这是我朋友，她来帮李思慧的忙。"王芬和大家说完带着郭晓旭向里走去，"这是我们学习小组的秘密基地，她们不知道我要带你来。"

"你们认识一下，这是郭晓旭，这位是李思慧。晓旭，你给思慧帮帮忙。"

李思慧停下手中的笔向郭晓旭伸出手来："你好，你好。"

温柔娴静，声音甜美，弱不禁风的大家闺秀，这是李思慧给郭晓旭留下的第一印象。

"誓死抗争，废除不平等条约，勿忘国耻"，郭晓旭看清了桌上的标语，一颗心扑通扑通地跳，这热闹可一点都不庸俗："你们做这些是要去游行？"

"别怕，我们只是做我们能做的，革命势在必行。"李思慧说这话时的那种眼神郭晓旭十分熟悉，和王芬一样，和王志杰一样。

四

郭晓旭的心已经吊到了嗓子眼，双脚来回地踱步，天已经黑得彻底了，只是她要等的人还没有归来。

又过了漫长的一刻钟，门终于被粗暴地打开了，王芬她们抬着李思慧回来了："快去找一些酒精纱布止血药。"李思慧的大腿不住地往外流血，裤腿已经湿透，她满脸苍白，躺在桌板上。李思慧曾和郭晓旭说过，不能怕流泪，更不能怕流血，这些都是革命的药引子。

后来，郭晓旭问王芬，值得吗？像李思慧这样的付出值得吗？王芬说："我能来这里上学，是我爹娘用他们一辈子的自由换来的。他们每天三餐不饱为地主卖命，挨饿、挨打是常有的事，你知道吗？我最大的愿望就是希望有一天没有人再受他人压迫。"

"可是，就凭我们？"

"每个人的一小步就是一大步，我不做，你不做，大家都不做，那国、家、家人就永远都站不起来了。"

郭晓旭又回想起香蜜湖的那一幕："我听王志杰说，共产党……"

"嘘！"王芬立即捂住了郭晓旭的嘴，"这里是南京！"

五

1929年8月1日，是郭晓旭永远忘不了的日子，那天天气晴朗，她怀着比天气更明朗的心情加入了共产党。

百合

王芬，是她的入党介绍人。

六

郭晓旭与王志杰再次相遇是五年后。

郭晓旭看着在自己对面落座的王志杰，彬彬有礼。王志杰也看着她，多了一份疑惑，多了一份欣赏。

有人为他们引荐："这位是王益民——王先生，这位是郭燕妮——郭小姐。"

不过一瞬，郭晓旭和王志杰都明白了，他们在做同样的事情。他们互相握住了对方略微颤抖的手，致以最诚恳的微笑，有感动，有欣慰，有坚守。在郭晓旭的心中这微微一笑保持了长达半世纪之久，她庆幸他们都找到了比爱情更重要的事情，尽管他们终究还是不能走到一起。

但爱情，也始终在他们的心底悄悄藏着。

山中的回响

蓝莉娅

一

风从前门刮到后院，把房子扫得很干净，闻起来很有秩序。我指挥着搬运师傅把他们手中的物品何去何从，陆陆续续地，早已废弃不用的旧衣柜、旧桌子，连同往年做菌种的一应用具，一一撤了出来。零散小件的东西，一一排序，它们像是等待被解救似的，仰长了脖子。数十个编织塑料篮拢得老高，大的、小的、中型的，蓝的、绿的、粉红的、明黄的，想来二十几年前，父亲依次从容量、颜色和款式，对即将入筐的香菇做各种温和又严谨细致的区别、标记，以便收香菇的老板一眼得出结论——什么等级的香菇装在什么样式的篮子。当然，这里头的门道还很多，最明显的便是客观上加快了老板与菇民们讨价还价的拉锯过程。香菇卖个顺心顺意的好价，菇民还能赶早回家做个早午饭或晚饭，一天利索收个尾。

说回来我们的房子，坐落于山脚。背后的一大片山，叫南山。零星几栋房子镶嵌在南山北面，我们的房子坐北朝南，背靠南山。从小到大，母亲总在我的耳边念叨，说我们是香菇的子女。现在即便在外工作，我也常常回到村子去休养。说休养是好听的说法，更真切的说法，就是劳动。我的人生一分为二，读书和工作。读书的时候，从小学、初中到高中，我的生命只有念书和香菇这两件事，即使课业最繁重的时候，周末还是要去摘香菇，谁让我们村的小孩之所以能够念上书，就是靠香菇呢。

其实那个时候的我已经对香菇十分反感。它们为什么要一直长一直长呢。我把坏脾气撒在它们身上，圆润肥美的香菇被我撕破好几个，它们的身体被一分为二，还被偷偷藏在篮子下面，如果不小心被发现了，自然少不了一通骂。因为这是影响我们家香菇集体名誉的行为。即便这样，我也常常发脾气，乱摘乱扔一通，一等菇被扔进二等篮子，二等香菇被扔进三等篮子。发泄最高等级的坏脾气，就是破坏香菇们的秩序感。这时候，我的父亲自顾自闷头摘，他的动作极快，十分利索，香菇在他的手里似乎都长了另一条命，自顾自叫嚷着，要去哪个颜色的哪个篮子。他手中的香菇，十分肃静，又充满活力。小时候，我喜欢跟着父亲干活，他搞的各种小发明土气却好用，让我们的劳动更省力。这样，我的坏脾气就消去了大半，觉得有奔头的时候，才觉得这个事情还是可以干干的。

我的母亲绝对想不到，自己的晚年还能崛起。自从我参加工作之后，村里的香菇就集体消失了。父亲说是产业整顿的缘故，以后这个村就不再搞香菇了，搞旅游业，镇里号召村民开民宿，有补贴。一时之间，村里又热闹起来。

二

我站在大门口，风飕飕地打在我脸上。它们肉乎乎地坠下去，画一道大圆弧形，及地而起，再来，再来。我的心情平静，没有任何东西可以和内心深处对于秩序感重建的渴望相提并论。我目光坚毅，眼神紧追搬运师傅后背，将物件从房子内部一一请出去。一个圆形的烘焙竹箕，一把锄头，一个墨绿色的农药箱，在角落日积月累成了略显壮观的一大摞的酒红色雄风牌香烟壳，还有被拆卸下来的菌种架。对于旧物，我发表了充分意见，这些作为重建新生活的不充分不必要条件，要进行舍弃。所有年轻人对下一步计划充满期待。

这一次，父亲站出来表示反对大清理行动。在他眼里，年轻人口中的大清理，不亚于一场大暴乱，唯一结果，只是清理掉了他这辈子积攒起来的所有努力。他的反对，声色俱厉。他表现出绝对的立场，很强硬，还很生气。他的招牌动作，先是凝固住身体，固定在刚刚站立的区域，脸上的神态、五官，都在下压、垂落，气压渐渐下降，连同身体周遭的空气也凝固起来，最后一步夺门而去，大意是表示不屑于与你们争辩，那一瞬间冻结的空气也瓦解了。稀薄的生气，碎成一屋子的不高兴。

有人说，这些东西都扔了吧，以后也用不到了。

父亲说，要扔先把你们的东西扔了吧。

这场关于房子大清理的争辩，是新生活与旧习惯之间的争论。抛弃过往，要付出一定代价，清理旧物，就需要添置新物，这一出一进产生的成本总量，在父亲的念想里头，是舍不得的。老年人的阵营，顽固且权威，不可小觑。事实上，他们的劳动力愈加低下，所以日益缩减开支。减少生命力的损耗，是老年人采取的最保守生活方式。父亲的衰老与固执终于站成了统一战线。家里的年轻人对此表示并不理解。什么时候理解，什么时候迁就，什么时候前进，什么时候怀旧，什么时候抓重点，什么时候闲散，在时间面前，呈现出一个主次先后、轻重缓急的本质问题。现在不是理解守旧、理解情感的时候，是大清理、向前进的时候。当所有人都在努力往前冲的时候，父亲静止了。

那天的风，上蹿下跳，呼来喝去，略带了些轻蔑的意味，行进的动作咋咋呼呼，一股子灌进来，万马千军，房子震动，似乎早已没有东西可以阻止它们肆意侵占这里。我目送父亲走出大门，向街上走去。太阳西落，铺了一层淡橘色柔光，从西侧远处的山头慢慢笼罩下来，远处的房子通体雪白，在金黄色的晚霞中，呈现出洁净无瑕。我的父亲，走着走着，在那条小路上，走成了一个黑色移动的点。他转进了另一条不知名的路，我好像听见他扑通一声掉进黑洞，在画面上消失了。

三

房子在河流的一边，另一头是山田，背靠南山。那天，我站在大门口，望出去，一眼水绿色。从山脚的底部往天空延展，一道庄重的翠绿屏障，南山的那头绿，凝厚，静谧，充溢并包裹眼球的是满眼绿。所有背靠大山的房子都如此，道路的一头车马喧嚣，山的那头给人以平和。这也不

百合

是全部事实。山脚下也常有争吵。父亲在那次家庭争吵消失之后，不给我来电话了。工作后，我就不再是香菇的女儿了，我蜷缩着，不动，不理所谓秩序。

我走出古怪的房子，往外走。左侧南山，脚下一条溪。在它们中间，有一条水道，是 20 世纪为村口的水电站引流造的。丰水期一来，这条水道汹涌，像千军万马急速前行。枯水期则平缓下来。水道淹死过人。那个死了老婆的叔公离开了村子，下温州，投奔了两个儿子。所以大山里的事实是，人的孤独总是存在着。

早在很多年前的家庭会议上已开展过激烈的讨论，关于清理行动的必要性，其后陆陆续续有人提上议程，但总不了了之。家里的年轻人长起来，对父亲的权威有了火药味的挑战。每一条好胜的舌头承担一个使命。人人各执一词，以为对方更好为出发点，站在各自的立场，发表洋洋洒洒的言论。年轻人企图把在外面学习、看见的，复制进父亲的生活，要花很多力气。普通话和土话夹杂着进入每一个句子，因为年轻人无法用土话精准表达一个外来词，或许某个字词在山里没有土话的语言版本，用了普通话又怕老人不理解，于是一洋一土，轮番上阵，虽然论点论据充分饱满，但过程十分好笑，表情扭曲在一起。另一边，父亲的用词粗粝，简易，普普通通的词语，朴素地搭建在土话上，就像村里到处晾晒的红薯、萝卜干，一红一白，逻辑清晰，内核简单，直击人心，成效显著。有时候，年轻气盛和据理力争不是什么好事情，输掉辩论的年轻人抱怨父亲太过固执，没有人理会他衰老的部分，还在反复回味刚才的发言是否准确、到位，有所疏漏。这时候，父亲的沉默像座山。大自然肃静，没有人被允许探知一二。

我从溪边老路往村子深处走。身后一股风涌过来，推搡着我迈大步，于是，我加快了脚步，快速抵达村子内部。偶尔可见一两张老人的脸庞，似乎他们不认识我，事实上我也不认识他们，被老人记起来的，是谁谁谁家的儿子和女儿，是的，我们之间毫无链接。村子里的孤独无时无刻，连同父亲的部分。

如今的村道整洁干净，站在十字路口，多了两条新路。一条通往民宿一条街，一条通往游客集散中心，但这两条只能称作小道。真正的路，是两条老路。一条通往老村，一条横贯村落，朝东西两个方位，延展开来。像极了村子两条永无止境的手臂，带领村民去往很远的地方，走向未知，走向前方，走向城市，走向杭州，走向北京。也有走向西班牙或意大利的，是山里嫁出去的姑娘。她们在千禧年后走出大山，闯荡世界。后来很少传来她们的消息。又过三年五年、十年，新的一拨姑娘长大，读书上学，工作就业，结婚生子。大部分姑娘在同一条道路上重复走下去。后来者坚定地走在前人的道路上，我们的方向，似乎都活在别人的经验里。山里人质朴，一个带一个，是真正的传帮带，经验是传承性复制的，很少横跨经验，活不成千手观音。不管怎样，山里的孩子无论身处何地，总会抽时间让身体回到山里，酿酒，摘茶叶，下地种菜，土灶炖猪蹄，洗洗晒晒。年轻人的孤独，在山里有了回响，真的很神奇。

四

我在房子外部的观察，关于山里回响的研究，在父亲那头，继续沉默下去。必须面对的另一个事实是，这栋房子，在父亲不说话后，衰老了。意识到这个情况，我们的关系或许早已病入膏肓。想来人人都曾心怀希望，使这栋房子更年轻，更有活力，也更有秩序，可那天的争辩使我明白，争辩是无法取得胜利的，即使一时胜利了，也无法真正快乐。胜利是一时的，不胜利才是常态。我从小跟着父亲上山，路过水道，看着水流哗哗哗，永无止息的样子，我想，我们彼此理解，真是万事大吉。父亲从小点评我，话不多，不说人好不说人坏，以前觉得这是表扬，我真这么不啰唆地长大，才发现这个评语像句咒语，一旦说句"不"，就否定了父亲为我设定的"出厂设置"。

脚下的溪水又深又宽，风在耳旁呼呼刮着，房子在身后，步步后退。我撇过脸，斜着眼看了一下，房子好像在鼓气、膨胀，天气闷热，它简直成了一块豆绿色的冻豆腐，一小格一小格的白色瓷砖，与两横绿色框架玻璃，支棱起一栋方方正正的"豆腐"，膨胀得晶莹剔透起来，它们似乎马

百合

上就要迸发出骨血里绿色的精髓，融进南山的大片墨绿里。大自然静默，只有鸟鸣虫叫。天气如此炎热，如果与父亲继续争执，我相信那块冰透的冻豆腐会立马碎裂。对此，我毫不怀疑。我有点后悔，怎么就那么急匆匆地把那套时髦的秩序论搬进他的房子。

当年轻人继续住在父亲的房子里，最大的疑惑是，如何才能将房子里的东西扔出去？我实在是坐不住了，戴上一双白色棉麻手套，就往院子里去。那里摆满了废弃的东西，把扔得到处都是的废铁堆拢一处，把泥地上一块又一块零星的塑料制品、塑料膜或者瓶子，一一装进一个麦麸袋。泥沙、石块也是毫无章法地到处都是，我把它们扫到一起等待处理。干完了院子里的活，又回到房子里，厨房最需要整理，我有一种不得不去除油烟的使命感，这是家里最没人愿意干的活，经过我的手，变得十分干净。当我劳动起来，时间变得轻快，我真的太渴望了，没有人知道我在渴望什么。泥沙、尘土还会卷土重来，油烟还会附着于厨房用具，可我不一样了。我固执地以为，新生活只能掌握在自己手中。

五

奶奶生病那几年，父亲会半夜回老宅找母亲。他说，他的母亲找他。我的母亲被吓到了。他们一起去了爷爷的房子，找奶奶。爷爷的房子在村子的最里面，在老街。老宅的门开了后，敞着，老街上的风，一股脑蛮横地往里钻，掀起的热潮一阵阵，陈年木板发出的声音十分苍老，似乎动用了全身的气力，有意为奶奶掩藏着什么。我永远记得那口天井下，月光照下来的光亮，还有父亲的眼神。多年后，再回想起来，我不再记得那眼神，却永远忘不了那束光照下来的样子。

父亲在回答着母亲什么，声音越来越嘶哑、呜咽，大门咯吱的声音，也没有把他们从谈话中拉回来。直到我出现在他们面前。母亲一看见我，本能地往后躲了几步，望向我的眼神，有点与平时不一样的内容，随即又别过头，去面对父亲。背后的大堂，沉浸在黑压压的眼帘后面，背景肃穆。这栋房子里所有灰褐色的家具，连同雕花门套下的动物，和天井下明晃晃的月光，都在注目着眼前的一切。

那天，父亲看完了爷爷的房子，就在母亲的催促下回了家。全程只有母亲一人神道道地说着回去之后必须注意的事项。至于我和父亲，空气中裹挟的味道似乎都不再重要。只剩下我和父亲重新坐在了他的房子里。那晚的父亲重新变回了奶奶的孩子，变得年轻了。月光照进父亲的房子，在千禧年之前他亲手盖的房子，月光一会儿明晃混沌，一会儿净透如水，大自然昭示着日出而作、日落而息的道理，但那一夜的父亲不想睡，就好像今天的父亲一样，他在沉默，想着什么。那晚，父亲坐在大堂，再也没有打算干点别的。我和父亲坐到深夜，月亮都下去了。可是今天父亲走出门口，消失在某条不知名的小路上，没人敢追上去。

知道什么东西永远扔不出去吗？是情感。这山里的房子确实会吞人。长大的姑娘小伙搬离了大山，但从小的回忆搬不走，回忆永远属于大山。我留在山里，我的家人也永远留在山里，这山里的风似乎都是旧友。我不知道父亲喜欢什么，没人知道。父亲对自己的事情从来都是守口如瓶。直到后来父亲开始做香菇，我就永远没机会知道了。他和他的香菇都是沉默的好朋友，相互扶持，心领神会。他也从来没告诉我，是因为他觉得这件事比任何事情都来得神圣。可母亲告诉我，即便当年他们走出家门，去云南做香菇师傅，也不能改变什么。这么多年了，父亲一直把这件事埋在心里。我所看见的父亲，是不完整的，因为父亲最重要的那部分，永远留在了山里。

这么说来，山中的房子是父亲的过去，不是未来，为什么不能离开呢？在我看来，父亲的灵活困于这栋房子。如果说，我的想象完全始于这栋房子，一砖一瓦，一风一粟，等父辈一代褪去力气与勇气，成长起来的年轻人属于接代人，续脉，有时候比开拓更需要勇气。在年轻人身上，看见了大山的未来。所以，即使我们迈出了大山，看起来很有勇气，但父亲在我心里是最有勇气的那个。

六

年轻人聚在一起。一路向北，去了城里。最后我们把车子停在小吃街外头，一头扎进了小吃堆，烟火在这里契合灵魂。在食物面前，我们突然像是开了闸的水，保持倾泻开放的状态。

我们决计今夜就宿在城里，好好享受一番夜晚的沉醉。要了几听冰啤酒，就着点的菜，在夜色与喧闹中，一言不发。就在这时，有人突然开口了，我从小就想离开山里。

我们沉默了。此时此刻，没有比沉默更恰当的了，就着摊贩的叫嚷、深夜食客的交谈，几个玻璃瓶碰在一起，我们的世界安静下来。或许，这就是年轻人的好处，默许并支持对方的决定，包括离开山里到县城里住楼房。发生在山里的一切，渐渐远离了我们的楼房和耳朵。

或许，我们体会到了父亲看似包裹住的一切，他的内里，实则是开放的。有时候，我也回头去想过去的事情，直至那天才知道，父亲的房子最大的问题，不是住在这里的人永远扔不出去东西，而是这里是淤塞的。所幸的是，年轻人有疏通的、发散的、开放式的思想和精神。至于父亲，他多多少少被年轻人所感染，以至于那天，我们回忆起来，他曾用一种平稳的口气说过，我们只是意见不合罢了。这是父亲衰老背后的真实。

那晚我们说了很多，成了彼此最忠实的听众。我们好像坐着深夜的船沿着江水飘到了这里。偏离了山里的方向，一路往北。夜幕中，行船上，只有头顶的星星在闪。如果从空间距离来测量，那一夜的旅行，似乎走了很久很久。暗涌的江水凝练成一条银黑色的长蛇，在江面上恣意畅游。抵达目的地后，依旧叨叨不停，但那晚没有柴米油盐的叨叨，更没其他要求。夜幕下，我们第一次谈起了山里生活的另一种叙事角度，回望遥远的空间距离，看起来好像是掐掉水分的重量。

有人说，不舍得离开这里，这种情分表现在离开后，仍回到山里。我们日复一日地观察和体验大山。与时不时外出又回来不同，另一种维度来说，我占据了白日的大山，而父亲在时不时跳档的时间之外，入住了夜晚的大山。父亲占据一种命理中的居住，与大山共呼吸。谈起另一种视角下的大山，我们口中的淤塞，何尝不是大山及其居民长久以来的症结所在，因为所有人被封堵在大山里。很多年轻人都去县城里买了房子。

夜晚比白天更长，长出的那部分，在无数个夜晚，被重新进行了复盘。有那么一刻，我觉得熟悉的大山突然陌生起来。那些坚守在大山里的人，渐渐老去。新成长起来的人，也渐渐离开大山。似乎那么一瞬间，我理解了父亲。

七

母亲快活起来。她的晚年事业到底还是有了推进，父亲的房子疏通了，距离千禧年二十年后。

千禧年时，我们几个年轻人，都是孩童。存在于孩童间的嬉闹和矛盾以及小心思，如同复制般，存活了下来。那会儿，我们常蹦蹦跳跳在大山里的田埂上，那些厚实的田埂，承托着我们细细长长的身体。那可是浩瀚的田海啊，在我们那会儿一览无余的眼里心底，都是富足的回忆。但其实那会儿，近郊空置的田地已不多了，因为那个年代，这一带的农民也渐渐兴起了种植菌菇的门路，越来越多的山里人放下了犁耙，拿起了像能够长出花骨朵的菌菇棒。

由此，我们小孩子要玩，就得去更远的地方。后来回想起来，我们小时候最爱玩的，莫过于此。追逐嬉闹中，腾空而起，又沉沉落地，中间所涉及的丝滑与坠落，所带来的愉悦，直至成年远离大山外出工作，才体悟到那就是自由。自从这个村子的人开始集体种菌菇，直至孩子们上学读书放了学还要摘香菇，从此就没有自由了。也是那些年，有天母亲带我去算了算，夫人说我肚子里有一蛤蟆精，因为在很小的时候就有小蝌蚪住进来。我长大，它也长大了，所以我的肚子越来越大。那一刻，我恍然大悟，破坏我内心秩序的始作俑者，竟然是只小蝌蚪。那位夫人抓走了蛤蟆精，我感到神清气爽。

把两件事放一块，一比对，一琢磨。我认识到，当所有人对大山的未

百合

来生活寄予丰厚的希望，和对父亲的臣服与理解，在很大程度上，是年轻人忠于自我的坚守。因为当夫人说我肚子里有蛤蟆精的时候，我十分相信她的判语，和她在楼房之中焚香燃起的氛围。我隐隐生出了一种预感。偏短的句子，有些以为别离的意味，得见好就收。某日，母亲告诉我，村子对面的房子要拆了。于是以后所有的内容，对于山里生活而言，都是新的。

我追着肚子里被抓出来的蛤蟆，回到田埂上去了。

无 心 睡 眠

姚秉荣

一

"啪"，一记响亮的耳光打在脸上，我自己打的。这是今夜的第七记耳光。

开了床头灯，我盯着掌心黏着鲜血已经死去的蚊子，得意地笑了。到卫生间洗手冲脸，发觉右边的脸有点虚胖。

并非喜欢打自己的右脸，也不是蚊子独好吸吮我右脸颊的血，此等情形源于我的睡姿。年少时贪玩，有一次爬到树上去掏鸟窝，一不小心掉了下来，右手肘骨折。伤筋动骨一百天，几个月往左的侧睡，久而久之，便成了习惯。

已是深秋，连秋虫的鸣叫都显得有气无力，但蚊子依然猖狂。有时候我真的怀疑蚊子是否领悟了"敌进我退，敌驻我扰，敌疲我打，敌退我追"的精髓，刚想睡，"嗡嗡"的骚扰声就无休无止，一开灯，却杳无踪迹。蚊子大概想吸饱了血过冬吧，据说第二年复活，其战斗力更强。

我叫胡强，从事餐饮业已有七个年头。这个寒冬能否熬过，我的心里已然没了底气。反正睡不着，穿上衣服和裤子，点上一支烟，在客厅抽了起来。感觉有点冷，又披了一件外套。如今势态下，千万不能感冒，更不敢发热，便民的药店已经不提供此类药物，要是咳嗽流鼻涕，路人都会用警惕的眼神盯你。

"唉!"吸口烟，叹声气。不怨天，不怨地，都怪自己，看不清形势，居然想逆势而上，盲目扩张。天作孽，犹可违；自作孽，不可活。要是守着原来的小饭店，也亏不到哪里去，大不了歇业一段时间。谁叫我看到今年春季局面有些好转，还邀请两位兄弟加盟，开了这座酒楼。原先打算投五百万的，装修一铺开就像脱缰的野马，总想搞得好点，再好点。到了完工一结算，我的天呐，居然投了七百万。

看两位兄弟似乎不大高兴，我掏出了这些年来所有的积蓄，我占六成股份，两位兄弟各两成。酒楼有十八个包厢，一个宴会大厅，每个月工资、房租、水电气等费用近三十万，若是生意清淡，光是这笔开支，就让人直不起腰来。大船看起来威风八面，但调头就难喽。

算了，不去想了，明天，不，已是今天，还有很多事要处理。我按灭烟头，脱了衣裤，沉沉睡去。

二

三月十八日清晨，我从张国荣那首《无心睡眠》的歌声中醒来，每天早上手机的闹铃一直是这一首，七年来没有更改过。作为餐饮人，除了春节的几天，一年中哪有什么安稳觉。夜里，渔船到了，急匆匆赶到码头，挑些透骨新鲜的海鲜。没渔船的日子，凌晨三四点钟去海鲜市场，为当天的菜肴配些菜。起早摸黑，最欣慰的无非是宾客满堂。

今天是个好日子。洗漱完毕，穿上洁白的雅戈尔衬衣，打上领带，套上崭新的雅戈尔西装。这些是店长叶子硬拉着我去买的。生活需要仪式感，尤其是特别的日子。

来到地下车库，跳上已陪伴七年的广州本田，插入钥匙发动，老伙计一如既往地发出悦耳的轰鸣声。好些朋友叫我换车，说场子大了，车也是人的一张脸，该换成奔驰或者宝马了。对于这些友情提示，我总是淡淡一笑，不置可否。说句实话，谁不喜欢开好车、开豪车，但要量力而行呀，餐饮这块刚刚做大，离做强还远着呢，要花钱的地方多了去，需用的先用着，能省的尽量省。再说，开一辆豪车真的能证明你的成功？这点我绝不敢苟同。低调有低调的好处，比如到街道领导那边，或者找些有头有脸的生意人，去哭哭穷，让他们照顾一下生意，这辆车就是最好的道具。我嘿嘿笑了。

开车到了酒楼停车场，跳下车来，环视一遍停车场，我微微一笑。随着私家车的普及，停车难成了一个问题，就算你这家店菜品再好，但停车不方便，食客也会望而却步。这个酒楼的前面，有一片空旷地，整合成停车场，停个三十辆车没有问题，相信今后也是个亮点。

酒楼外面恭贺的条幅从楼顶整齐垂下，已经将外墙覆盖，七门礼炮炮口朝外，庄严肃穆，静静等候吉时到来。有钱就是好啊！我暗叹一声，有了钱，想要多热闹就有多热闹。

走进酒楼，服务员正穿梭忙碌。店长叶子迈着轻盈的步伐迎了过来，送过来一阵淡淡的幽香。不知从何时开始，流行一个词"制服诱惑"，其实再好的制服，还要看穿在谁身上，如果五大三粗的诱惑个毛线（方言，不认同别人的话），像叶子这般的身材穿着职业装，身上的曲线便恰到好处地勾勒出来。有位朋友戏言，赞美女人，脸蛋好的就夸容貌，容貌一般的就说身材好，如果两样都不咋地，那只能点赞她的气质。千万别惹女人生气，否则一切后果只能自负。

"强哥，这么早就来了，昨夜忙到这么晚，累坏了吧？"叶子笑着说，把一朵花插入我的西服上口袋。

我拍了拍她的肩，询问店里的准备情况，然后与服务员一一打了招呼，快步走到二楼的办公室，还有一大堆事情等着处理。

中午十一点不到，酒楼已是人声鼎沸，据叶子说，包厢和宴会厅爆满，实在没法子，有些客人只能安排在大厅的散座。这一半归功于我的两个合作伙伴。一位来自安徽，做建材生意许多年，在这边的人脉很广。另一位来自湖北，一家已小有名气的文化公司老总，三教九流的人认识不少。

十一点二十八分，震耳欲聋的礼炮声响起，站在酒楼门口的宾客们嬉笑着捂住耳朵。礼炮结束，我拿起话筒，从口袋里取出稿子，精神抖擞地宣读精心准备的开业致辞。两位合作伙伴也上台简单讲了几句。

中午没有领导和公务人员，请的都是生意场上的一些朋友。这基于两

百合

方面考虑：一来中午不能喝酒，满脸通红满嘴酒气的，影响不好；二来人多眼杂，就算请了，他们也不会来。

一直到下午两点，客人才陆续散场。我对每一位来宾表示诚挚感谢，送到门口道别。拖着疲惫的身子回到办公室，一屁股坐在大班椅上，把两只脚搁在桌子上，呼呼入睡。晚上还要继续战斗，重头戏在晚上。

三

睡得正香，脑袋忽然被拍了一下，有点疼，我愤怒地睁开了眼，面前站着的人正笑吟吟地看着我："胡老板，已经五点了，这么重要的日子，居然躲在这里偷懒啊。"

我揉揉眼睛，将两条腿缓缓从桌子上移下，搁地的脚像踩在棉花上似的，不听使唤，用力拍打几下，这才稍微有了知觉。我摇晃身子想站起来，他一把把我按住："算了，先缓缓吧，不要钱没赚到，先中风了。"然后在斜对面的沙发上坐了下来。

我抓起桌子上的"黄金叶"砸了过去："狗嘴里吐不出象牙，我中风了，对你有什么好处？"

办公室的门轻轻敲了几下，叶子端着一个茶盘走了进来，茶盘上放着一个茶壶、两个杯子："刘局，喝杯茶。强哥，醒醒酒。"

刘冰上一眼下一眼打量了好几下，装出一副很色的样子："天呐，几天不见，叶子又水灵了。别乱叫，叫刘科，还在公示期，还是有变数的。要是叫冰哥，我也不反对，就怕某些人吃醋。"

叶子把茶盘放在桌子上，倒了一杯茶轻轻放在沙发边的茶几上，笑着说："冰哥，请喝茶。"

刘冰满意地拍了一下叶子的手："好，小叶子，我会疼你的。强哥哪天欺负你了跟我说，我帮你讨个公道。"

说笑几句后，叶子识趣地走了出去，关上了门。

刘冰邪笑着说："强子，打算就这么拖着，还是始乱之终弃之？也老大不小了，我看叶子不错，这么些年一直跟着你毫无怨言，也该给人家一个名分了。"

我苦笑一下："官场，你比我懂；生意场，你不如我。不是不想，是没办法想。房子是租的，车子是破的，所有的家当都砸这里了，怎么给人家？再换个角度想，现在我是老板，她是员工，若是真的给了名分，那她就成了我'娘'，老板娘最喜欢就是掌控财权，不就玩儿完了？先这样过着吧，等酒楼有了起色再说。"

刘冰想了想说："也对，还是你理智。我是正儿八经的'城里'人，要想出城就难喽。也好，自由身挺好，啥时候想进就进。对了，今天是特意过来给你道喜的，开业大吉哈，至于饭局就不参与了。据我了解，还有几个大佬也不会来的，他们托我带个信，表示祝贺，以后有什么事情尽管说，只要不违反规定，至于酒嘛，下次有机会的。世界很小，抬头不见低头见的，互相遇见反而不好，再说中央八项规定在那里摆着。"

我轻叹一声："唉，你们的心比我还累，成，谢谢几位大佬了，该有的道理我会到的，有人的地方就有江湖嘛。"

刘冰站了起来："时候不早了，你也该去陪客人，我就不打扰了，再次祝生意兴隆。对了，你不会像六年前甩我一样，把你的那两个合作伙伴给甩了吧？"

我脸一红，讪笑着说："我是那样的人吗？六年过去了，你还在嚼舌根子，别听人瞎说，有空带朋友过来，包你满意。"

刘冰拍拍我的肩膀："不管六年前真实情况如何，但我还是要感谢你，若不是把我逼到了绝境，去走了那一步，现在是什么样子，真的无法想象。"

四

刘冰和我是发小，一个村子的，小学和初中是同班同学，后来又一起考进了县里的中学。高中三年后，他去了外省读大学，而我进了社会大学。我做过工人，干过小商贩。县改区那年，他回到了家乡，进了一家国企。

百合

　　再后来，我手里有了些闲钱，看到饭店生意不错，再说自己偶尔炒几个菜，朋友们都说可以，便萌生了开饭馆的念头。与刘冰说了，他表示支持，说小一点没事，关键要精，让来吃的留下好口碑。他借给我十万，算是二股东，我自己投了二十万。

　　开业后，生意说不上好，也不算差，日子不咸不淡地过着。刘冰在大学里谈了个女朋友，是江苏人，他的学妹，大学毕业后回了家乡，两人时不时地互相走动着。刘冰有一段时间一直叹息自己缺钱，说将来还要买房，压力巨大。我知道他投给我那十万的出发点，无非是借鸡生蛋。

　　饭馆一年下来盘账，小赚一些。我对他说："兄弟，有句生意场的行话，别说你不爱听，做生意需要三年，一亏二平三赚，我们这样还算好的，但发不了什么财，你有什么想法？"

　　刘冰很诧异，狐疑地盯了我好久，说："不应该呀，我看多数饭店生意很红火，也赚了不少钱，咱们店里每天客流量也不少，怎么会不赚呢，不应该，真的不应该。"

　　我红着脸拿来账簿给他看，他用力推开："看啥，有啥好看的，账面是死的，人是活的。"

　　那时候，他的女朋友考进了公务员，委婉地提出了分手，他的心情一直不好。

　　有一天晚上，他在店里喝得酩酊大醉，红着眼睛说："强子，她负我，你骗我，这世上没好人了，我撤资，你把本金还我，我不要一分钱分红，咱们的合作到此结束。公务员了不起啊，老子也去考公务员。"

　　我知道，他已有了心结，我们愉快的合作就此结束。从那天开始，刘冰从我的视线里消失了。

　　一年后的冬天，中午时分，我正在厨房忙碌，服务员慌里慌张地跑了过来，说店里来了好多穿制服的，不知道为啥。我匆忙洗了手，走出厨房。

　　店里有三个人正用敏锐的眼神到处观察，从他们的制服分析，应该是工商局的，其中一个背着身在说话，这声音很熟悉。也许他刚好说完，也许听到了脚步声，转了身，四目相对，我不禁傻了："刘冰，你……

你……你怎么成工商局的了？"

刘冰大步流星走了过来，笑着对另外两个说："两位领导，这家店是这家伙开的，菜烧得不错，人也很精明，要不让他放点血？"

我连连点头："欢迎各位领导莅临本小店指导，你们的到来是本小店的荣幸，真是蓬荜生辉呐。"

一个中年男子板着脸说："刘冰，你与他很熟。"

刘冰笑着说："熟，他一天撒几泡尿我都一清二楚，我跟他从小学到初中、再到高中一直是同学，后来又合伙开了这家店，人家看我不顺眼，想独当一面做老板，就挖空心思把我挤了出去。不是有句话嘛，闷声发大财。"

虽是冬天，我的额头渗出了细小的汗珠，惶恐地说："兄弟，不，领导，不说了，千错万错都是我的错，我愿打愿罚，但有一点要声明，本小店手续齐全，一直是合法经营，卫生合格，绝不偷税漏税，各位领导敬请检查验证。"

中年男子扑哧乐了："好了，刘冰，看把你老同学吓得，既然你穿了这身皮，就要记住我们的职责，是为人民服务，而不是给老百姓添堵。胡老板，来之前，你的同学已经介绍过了，我们不是来找你麻烦的，而是趁检查的机会，一来刘冰故地重游，二来认认门，有时候想喝个小酒也得低调，听他说楼上有六个包厢吧，不错，环境不错，挺干净的，晚上就在这里吧，十个人，麻烦你准备一下。"

我诚惶诚恐地点着头，刘冰捂着嘴偷笑。

傍晚，刘冰先到了，很严肃地对我说："晚上的菜用点心，硬菜搞一两个够了，但菜一定要做得精致，要有特色，这次吃满意了，以后对你绝对有好处。"

为了让他们喝得开心，我特意把另外五个包厢空着。酒是他们自己带来的，上了好几道菜之后，我上去敬酒。从他们的对白中隐约听出，今天原来是他们局长的生日。下楼后，我连忙订了个蛋糕，让快递小哥以最快速度送来。

点上蜡烛，送上祝福。坐在主位的局长笑眯眯地说："胡老板，谢谢

百合

你哦，菜不错，一点不比星级酒店差，你用心了，看起来你这店生意不怎么样嘛，怎么晚上只有我们这一桌，是不是故意的？"

我笑笑说："感谢局长光临，您能来，是我莫大的荣幸。"

局长看着我说："好，以后有的是机会，听说你跟刘冰是老同学，往后店里有什么事情尽管与刘冰说，我们工商横向联系的部门很多，只要不违反原则，尽量给你一路绿灯。"

<h1 style="text-align:center">五</h1>

这天之后，刘冰隔三岔五地过来坐坐，有时候喝杯茶，有时候带几个朋友过来喝点小酒。我抱定一个宗旨，这个感情的修复来之不易，本不想让他或者他的朋友买单，但他决意不肯，也罢，按照不亏少赚的折上折算账。

两年后，刘冰居然提了科长，而且是从科员直接提上去的。关于这次提升，刘冰只字未提，但据另外的朋友说，他的舅舅从外省调到了市里，做了副市长，这个消息的准确性最有发言权的是刘冰，但他既然没说，我也就不问。

日子过得真叫那个快，转眼间又是一年。这一年，刘冰来的次数明显少了，并非我和他之间出现了什么裂缝，而是他每天很忙，毕竟当了科长，肩上的担子愈发重了。电话倒是经常打来的，电话里基本是安排一些饭局，重要的次要的，客人的口感喜好，以及优惠尺寸，他都会不厌其烦地一一交代清楚，碰到他开玩笑地说，今晚这餐你的那把刀要磨一磨了，这无疑是最开心的事。

饭馆的生意是越来越好了，六个包厢不管是中午与晚上，几乎天天爆满，我每天累得像条狗似的，一边跑一边笑。我把二楼的杂物间腾出来，放了张床，实在乏了，就躺在床上稍微眯一会儿。而服务员是个问题，生意好了，六个服务员根本忙不过来，要招人喽，我自言自语。

天渐渐热了起来。晚上八点钟光景，我坐在收银台，看着服务员忙碌的身影，点燃了一根烟。门突然被推开了，刘冰微笑着走了进来："胡老板，生意兴隆哈。”

我连忙站了起来，把他迎到散座。看到刘冰后面还跟着一个女孩，五官不错，身材也可以，但看上去总有些土里土气，不禁有些诧异，压低声问："刘科，这位是你女朋友？"

刘冰把手上拎的两瓶"茅台"轻轻放在桌上，摆摆手："勿要瞎七搭八。她叫叶子，你们店里不是缺服务员吗，正好，叶子干活挺麻利，你试用一下，如果不行，就退还给我。"

我连忙堆笑："刘科，这话说的，你这是雪中送炭，我正发愁呢，什么人都可以不信，咱刘科介绍的还能不信？行，就留在店里吧。小王，小王，你过来一下，她叫叶子，从明天起就是你们的同伴了，你领她去熟悉一下，顺便跟她说，每天该干哪些事，怎么干。"

待叶子离开，我指指桌上的"茅台"："刘科，来就来嘛，再说把叶子介绍给我，也是解了我燃眉之急，何必整这个呢，我可承受不起。"

刘冰把眼一瞪："你想多了，你以为你是谁，值得我拍你马屁？这瓶酒是给我舅舅备的，下星期五他到咱们区来考察，晚饭小范围在这里聚下，你有空时把酒灌入空的'农夫山泉'瓶中，届时就说这是本店的土烧，懂不？"

我用钦佩的眼神看着他，真的，"士别三日，当刮目相看"，更何况咱们的刘科。

"对了，你肯定很好奇，为什么我把素不相识的叶子介绍到你店里。实话告诉你，叶子曾经在舅舅家里做过保姆，后来到一家酒楼去做服务员，那家酒楼的老板很色，好几次欲对叶子图谋不轨，叶子一气之下离开了酒楼，这不，我把她介绍到你这里了，自家兄弟的店里，我放心。顺便告诉你一声，那家酒楼现在已经停业整顿了。"刘冰意味深长地看着我，笑了。

我的脑袋"嗡"地一下，好，请进来一尊菩萨，轻不得重不得，行，实在没法子，养着呗。

事实证明，我的担心是多余的。叶子很勤快，与人也很和善，没过几天，与其他服务员就混熟了，而且关系相处得相当不错。我坐在收银台，

百合

欣赏着叶子来回忙碌的美妙身材，暗叹，在高干家里做过保姆的，这素质就是不一般。

六

这年夏天，刘冰迎来了人生大喜，新娘的父亲是咱们区的财政局局长。看来人一旦走顺了，连恶鬼也没法挡道。

为了表达兄弟情深，也为了感谢这几年他对我的照顾，新房的六十五寸电视机是我让京东的工作人员上门安装的。

婚礼那天，我带着叶子一起去的，我想，于情于理都应该带她去。叶子化妆打扮后，整个人像变了个样，我的眼睛一愣一愣的，我的心脏一蹦一蹦的。

我特意包了一万八千八百八十八的购物卡红包，轻轻塞入他的西服口袋，祝他新婚快乐百年好合。

刘冰很给面子，把我和叶子安排在他舅舅那桌的边上。我礼节性地去敬酒后，叶子也起身去敬了酒，把满满一杯红酒灌入了肚子，我偷眼观察，他舅舅很高兴，他舅妈的神色有点阴沉。

那天晚上，我喝了很多酒，说不上是喜，也说不上是悲。整个人跟跄着，是叶子把我搀扶到店里的。店里客人已散，服务员已经将店门关闭。

叶子用尽力气把我扶上二楼，脱去鞋子，让我在床上躺下。闻着叶子身上的幽香，我心神荡漾，一把搂住了叶子。

天亮了，一丝白光透过小小的玻璃窗射了进来。我醒了。感觉有些口渴，想去拿旁边桌上的茶杯，却触碰到温热柔软的肉体。我吓了一跳，借助微弱的光看去，原来是叶子睡在我边上，她正睁着迷人的眼睛看着我。我一下子蹦了起来，这才发现，我们俩都是赤条条的，糟了，这下糟了，我如泄气的皮球一下子瘫倒在床上。

叶子像一只猫，把头搁在我胸口，柔声说："强哥，不要责怪自己。这一切都是我自愿的。自从到了店里，你对我很照顾，我是打心眼里喜欢你，强哥，再要我一次吧。"

又一次激情燃烧后，我点燃一根烟，沉思片刻说："叶子，我们的事情不能让服务员知道，更不能让刘冰知道。以后私底下你可以叫强哥，但在公众场合，还是叫老板。以后我会对你更加好的。你说好不好？"

叶子眨眨眼，很认真地看着我，点点头。

我并未酒后得到叶子感到窃喜，相反，一丝惶恐，甚至是恐慌涌上心头，刘冰那貌似戏言的警告时不时在耳边回响。也许是出于内疚，也许是想息事宁人，我手把手传授叶子如何记账、如何开发票、如何进行饭馆管理。

三个月后，我开了个短会，宣布叶子为我的助理，今后饭馆的日常管理由她负责。这三个月，我一直没有碰叶子，尽管她有时候以汇报工作为借口溜进我休息的小房间。发生的就让它发生吧，不该发生的还是要竭力把控。

七

这年的十二月，天格外地冷，店里的生意却异常火热。也是，快要跨年了，企业或者公司内部，朋友之间的聚会多了起来。

好久没回老家了，春节去看望父母亲是雷打不动的事。说实话，老家，我既想回又有点不敢回。看望老人是天经地义的事情，但一到了家，就免不得听母亲唠叨，无非是一个话题，这么大人了也不谈个朋友，他们俩早就想抱孙子了。看着坐在收银台里的叶子，我心里一动，要不今年带叶子去冒充一下？耳朵里迅速响起刘冰曾经说过的话，心顿时凉了一半，算了，千万别给自己找事，这个头可不能开。

还是闷头赚钱，钱是世上最好看的东西。然而，一个不好的消息传来，武汉暴发了疫情，据说是新冠病毒感染引起的肺炎，已经死了好几个人。这个病毒的传播速度相当快，短短几周内，全国各地都有感染者。一时间，人心惶惶，来吃饭的人呈断崖式下降。没过多久，区里发文，娱乐场所停业，饭馆的堂食取消。

反正也快过年了，开着也没生意，干脆放假。我把店内的厨师和服务员叫到一起聚了个餐，就当是提前吃了年夜饭。席间，我频频举杯，感谢这一年来大伙的辛苦付出，让叶子结清了本月的工资，预付了下个月的工资。我还特意包了丰厚的红包，送到每个人的手上，约定不管疫情如何，元宵节后准时到店里，一起商量下一步该怎么办。

采购好年货，开车两小时回到了老家。一年不见，母亲好像老了许多，而父亲的健康状况更是堪忧，脸色苍白，走路踉跄。我问母亲，有无到医院去看过，母亲把嘴一撇，你不是不知道你爸的脾气，去医院好像要杀了他似的，打死也不去，随他吧，再说现在医院也不好进，万一被感染了不是更麻烦。

除夕夜，父亲喝了好几杯酒，母亲说，你爸平时一滴酒也不喝了，想喝也不让他喝，今天咱们仨吃个团圆饭，就放开了，图个高兴。我一边喝着，一边劝父亲，还是要到医院去看看的，要不我先去联系好医院，到时候把您接过去，该住院还得住。父亲笑着似是而非地点头，我知道，他是在敷衍我。

那天晚上，收到两个电话。一个是刘冰打来的，另一个是叶子打来的，没什么重要的事，无非是说些新年快乐万事如意的祝福话语。每个人都一样，疫情就在眼前，想快乐也快乐不起来。

接下来的几天，不是吃，就是睡，活脱脱像头猪。生活还得继续，饭馆没生意，但店里的员工工资一分也不能少，如何渡过这个难关？真是愁死人也。

八

元宵节过后，我回到店里。到了晚上，厨师和服务员陆陆续续也到了，只有叶子没来，她给我打了个电话，说家里有事，推迟三天再到店里。

托朋友找了医院的副院长，副院长说，鉴于目前严峻的疫情形势，医院的医疗资源相当紧张，医护人员严重不足，而且老年人到医院存在一定感染风险，能不来尽量不要来，实在没法子，需要提前一周预约，再看看有无住院的床位。

我打电话到家里，母亲没说几句，话筒就被父亲夺去，他在电话里说家中一切都好，他的身体这些天也感觉不错，无须挂念，让我安心开店，自己也要注意，别被感染了。挂了电话，我默默坐了好久，盯着窗外的那一片落叶，泪水从眼眶中涌了出来。

店门开着根本没有生意，只是为了证明本店一切正常，图个心安。本来服务别人的，现在自己服务自己。正闲得发慌，忽然接到承包码头的海龙电话，说渔船已经全部启航，估计小船三天内可以返回，要拿新鲜的海鲜，到时候过来。

海龙是我多年的合作伙伴，饭馆里的海鲜大多数到他那里去拿的，渔船靠岸，一筐筐透骨新鲜的海鲜，看着也舒服，这可是海鲜流通的头道。我在电话里支支吾吾地应着，心说，没生意，货取来有毛用。抽着烟，盯着烟雾发呆，忽然，脑子里灵光一闪，很多居民出不来，不能到菜场里去自由购买，那些吃惯海鲜的岂不难受得很，如果从码头取来货，送到他们手中，从中赚个差价，这不是一个生财之道吗？别的不说，至少员工的工资能够有些贴补。

打电话请教街道的朋友，询问可否送货，朋友说，不要有肢体接触，这个是允许的。又打电话咨询区里的领导，给的答案一致。我驱车来到中国邮政，与他们谈妥了 EMS 的单笔费用。走出邮政大楼，发觉今天的太阳格外暖和。

开饭馆那年，为了打名气，也为了留住老顾客，吸引新食客，我建了个微信群。在群里上传一些新推出的时令菜，到了特殊的节日，也发几个红包聚聚人气。几年下来，群里人数已超三百人。我在群里发了惠民公告，没想到一呼百应，超两百的群友说迫切期待。

三天后，叶子到了店里，我让她跟着一起到了码头，看过货谈了价格后，我立刻在群里发了公告，报了海鲜的具体品种与价格，请各位"衣食父母"确定想要的海鲜品种与数量。不一会儿，叶子统计出大概的需求量。

取完货，转好账。海龙看着我直皱眉："强子，你原来一直在我这里

百合

挑好货，今天怎么尽捡小的便宜的。"

我讪笑道："原来一切正常，论的是质，目前是疫情防控期间，没法子，只能走量了，还请海龙哥多多包涵。"

做生意靠的是诚信，不能太贪。一两重泛着亮光的小黄鱼，EMS 包邮送到客户手里。我报价十元一斤，从中还能赚个三元，足够了。他们高兴，我开心。

当天晚上，群里炸开了锅。管控区的群友表示很开心；防范区的群友也有参与，说比菜场里的新鲜，价格也公道；封控区的群友则表示严重关切与不满，羡慕嫉妒恨，将保留进一步申诉的权利，在合适的时候进行必要的反击。

一个月后，看着无忧无虑狼吞虎咽的服务员，我又泛起了愁。这个毕竟不是长久之计，一转眼，禁渔期就到了，这条财路也就封闭。唉，还是找找刘冰，让他出出主意。

第二天晚上，刘冰来到店里，我开了两瓶红酒，两人对酌。

刘冰叹了口气："唉，这疫情何时是个头啊，每天像条狗东奔西跑，也不知道在忙什么，医务人员上趟洗手间的时间也没有，政府工作人员下沉一线做志愿者，有时候吃饭都成问题。"

"吃饭？你们吃饭是怎么搞的？"

"由定点的饭店配送呀。吃到嘴里，冷的不说，菜还不好吃，郁闷。"

"那……我这个饭馆可以配送吗？"我充满期待地看着他。

刘冰犹豫一下说："你怎么不早说，现在都已经定好了。不过，也不是不可能，有好几个领导说送来的饭菜不行，有换单位的念头。到时候我去吹吹风，但有三点一定要注意，饭菜要热，口感要好，价格要公道。作为后来者，价格要低于其他几家单位，品质要高于其他几家单位，这样才有竞争优势，还有，不妨搞几个套餐，让人有多样选择。"

我倒了满满一杯，与刘冰的酒杯碰了一下："兄弟，啥都不说了，外围工作你来做，只要能做这单生意，我绝不会给你丢脸。"

九

浑浑噩噩中，一年半过去了。这一年半里，好几家饭店倒闭，有两个店里的常客离开了我。一个因欠下巨额债务，抛家弃子远走他乡。一个因资金链断裂从公司的十层楼跳下，像一片落叶，从此了无声息。

我还活着，苟且活着，能活就得活着。这一年半，政策灵活而多变，一会儿堂食可以了，但需间隔一个空位就餐，一会儿又不允许堂食了，一惊一乍的，生意总体萧条得很，店里的利润点靠送盒饭支撑。

从朋友的口中，得知两个消息，一个看上去是好的，刘冰又要升了。另一个绝对是坏消息，这个饭馆的所在地块已经列入计划，一年后进入拆迁程序。

我打了个电话给刘冰，说好久没见了，挺想的，有空到店里小酌。

三天后的傍晚，刘冰踩着满地枯黄的落叶，走进了店里。我叫服务员搞了六个菜，开了瓶茅台，在办公室对饮。

刘冰盯着酒瓶说："喝这么好的酒，是不是有什么喜事？"

我一脸苦笑："狗屁喜事，连跳楼的心都有了，这不领导来了，拍拍马屁，至于是否有效果，就看某人的良心了。"

刘冰狐疑地看着我："无事献殷勤，非奸即盗。说，又想干什么违法乱纪的事？"

我白了他一眼："对于某人来说，天天有喜事，但是人家闷声发大财，现在是不把兄弟当兄弟看待了。"

刘冰一口酒正好喝到嘴里，被呛了一下，咳嗽几声说："什么喜事，你从哪儿听来的消息？"

我往喉咙里灌了一杯："大数据时代，每个人都在裸奔。要想人不知，除非己莫为。世上哪有不透风的墙。据消息灵通人士透露，某人快要提副局了。"

刘冰喝了一口，叹口气说："强子，不是兄弟不告诉你，这事八字还没一撇，只不过领导谈了这个意向，还没定呢。"

百合

"坦白从宽，抗拒从严。老实交代，下一步到哪里高就？"

"领导的初步想法是去文化广电旅游体育局。强子，你听过就算了，千万别到处乱说。"

"这个嘛，要看你的具体表现，现在不说不等于下次不搞，提了总要公示的吧，一周公示期内我去实名举报，不把你搞下来，也一定要搞臭你，让你惹一身骚，哈哈。"

"强子，损人有两种：一种是利己，把别人拖下来自个儿上去；还有一种不利己，单纯为出一口气。我想来想去，你没有害我的理由。"

"哈哈，好吧，提前祝贺你了。有一件事倒是需要你帮忙，这片明年就要进入拆迁程序，除了开饭馆，我想不出自己还有什么谋生的手艺，你帮我看看，有什么合适的地方。"

"行，这个没问题，我帮你留意一下，现在很多行业不景气，空的房子应该有的，关键是地段。"

十

一周后，刘冰打来电话，说找到一个地方，上下两层楼，还有单独的停车场，人往高处走，做生意嘛，也要越做越大，干脆更上一层楼，已经跟对方打过招呼，具体让我自己去谈。

到了刘冰介绍的地方，看了地段和房子，的确不错。与出租方接洽，对方说既然是刘科介绍的，面子总要给的，说了承包费用，听起来确实很合理。但是资金有限，一个人啃不下这块骨头，便马上打电话给两个认识多年的朋友，我知道他们有的是闲钱，还是让他们参与进来以解目前之窘境。

两位兄弟到了之后，上下左右看了一遍，点点头说行。于是就与对方签了合同，怕对方年年涨价，与对方签了五年的合同。

正当摩拳擦掌为未来谋划之际，整个大市的疫情形势又严峻了，很多地方成了封控区，不让进也不让出，老家也被划入高风险地区。打了好几个电话，都是母亲接的，支支吾吾的，让父亲听，不是在上厕所，就是刚刚去散步。自己有一大堆事压着，也没有太在意。

有天下午，突然接到母亲的电话，说父亲走了。我一时回不过神来，走了？去哪里了？他不是腿脚不方便吗？母亲抽泣着说，刚才你爸一直含糊不清地叫着阿强，阿强，现在没声音了。

我的手不听使唤地哆嗦，手机滑落掉到了地上。点了根烟，狠狠抽了好几口，这才稍微缓过神来。我捡起手机，一把抓起桌上的车钥匙，跑着出了店门。

叶子正在门口，看我神色不对，也小跑着跟了过来。发动车子的同时，叶子打开了车门，在副驾驶位置坐了下来。我恶狠狠地瞪了她一眼，脚踩油门，车子一溜烟往前冲去。

过了好久，叶子才小心翼翼地问："强哥，出什么事儿了，你的脸色怎么这么差？"

沉默良久，我有气无力地说："老爷子没了。"

叶子轻轻拍了拍我的背，没有说话。

车子疾驶，出了我所在的街道。四周越来越空旷，田地里一片荒凉，只剩下枯黄的稻草根在无声呜咽，偶尔有几只麻雀垂头丧气地掠过。

快到老家地界时，一道围栏挡住了去路，有几个佩着红袖章身穿连体防护服的人警觉地从休息室走了出来。

我跳下车来，说明来由。其中一个义正词严地说："不行，根据防疫规定，这里是高风险地区，任何人不准进，任何人不准出。"

一股莫名的火涌上心头："家里死人也不给奔丧吗？这算什么道理。"

那家伙把头一扬："别扯没用的，抗疫就是最大的道理，从哪里来回哪里去，信不信把你隔离了？"

"傻×。"我骂了一句上了车，发动机发出震耳的轰鸣。

叶子一把拉住我，关了车钥匙："强哥，千万别干傻事，就算你冲了进去，他们也不会让你到家里的，说不定真的被拉去隔离，还闯了祸，店里还有许多事等着你处理。强哥，冷静点，别冲动啊。"

我连拍了好几下方向盘，放声痛哭。

百合

十 一

这年春节，我没有回家。冰冷的政策搁在那里，根本无法回家，打了几个电话到家里，母亲说话的声音很轻很无力。打一趟电话，我流泪一次。

春天来了，老家终于迎来了解封。我驱车回了趟家，母亲的脸色苍白，精神状态已大不如从前。我想把母亲接到城里去，母亲不肯，说住惯了，万一晚上你爸回家来，没有人陪他说话，他会伤心的。

带了酒到了墓地，我跪在父亲的墓前，用手拂去墓碑前的尘埃，心里念叨，爸，不孝儿阿强来看您了，怪只怪您的儿子没有出息，一个小小的隔离栏就把你我阴阳相隔，您在那边好好过，妈我会照顾，需要什么托梦给我。

春，确实是一个充满希望的季节。疫情似乎在朝好的方向发展，市政府发了文件，各娱乐场所纷纷解封。

酒楼开业后，规模比原先的饭馆大了两倍，小打小闹肯定不行了，为此，引进了新的团队，任命叶子做了店长。叶子很尽职，每天早会，总结前一天的工作，好的予以表扬，差的一一列举。看着讲话的她，我不禁恍惚，经过几年的历练，叶子身上的土气已荡然无存，一举一动用一个词形容，那就是干练，她身上散发着一股发自内心的自信。

一流的环境，一流的服务，一流的食材，生意也是出奇地好，晚上所有的包厢到了下午就被订满，连中午有时候也爆满。看着每天的流水，郁闷已久的心为之一振。

中秋节前，在我的苦苦恳求下，母亲终于答应过来住了。让她一个人在乡下，实在是放不下心，虽然现在住的房子还是租的，但总有一天，我会拥有自己的大房子。让母亲安享晚年，是做儿子的本分。

叶子倒很乖巧，自从母亲来后，一有空就找各种借口往家跑，阿姨阿姨地叫着，这小嘴真甜。每次去，总会带上各式各样的东西，帮母亲干点杂七杂八的事。看着叶子欢快的身影，我不禁摇头，唉，看来叶子是打算缠上我了。

已是深秋，天渐渐凉了。中午忙碌后，泡了一杯普洱，盯着窗外被无情的秋风扬起的一片片黄叶，心里突然有了一种莫名的忧伤。

手机响了，是一个朋友打来的，他的语气有些紧张，说街道里发现了好几例阳性，我所在的社区似乎也有。我的心里咯噔一下，怕啥来啥，希望这不是真的。没过多久，手机又响了，是原本订了晚上包厢的一个客户，说临时有事，晚上的饭局取消，实在是不好意思。一直到下午三点，我的手机时不时响起，大致内容相同，都是以各种理由退了今晚所订的包厢。寒流真的又来了，我心里一阵发凉。

我让叶子召集所有人，开了个短会。按照目前这个态势，从今天开始又要歇菜，把能够冷冻的食材统统规整，其他已经配好的全部烧了，今晚我们自己聚餐。

这天晚上，我喝了很多酒，一个一个地敬，一个一个地表示感谢。叶子搀着酩酊大醉的我，把我送到了家。

"忧郁奔向冷的天/撞落每点小雨点/张开口似救生圈/实验雨的酸与甜/卷起心爱的香烟/弄着脚底的软垫/酒醉与心碎心碎勾起污烟一片/无心睡眠/Woo 脑交战/踏着脚在怀念昨天的你/夜是渗着前事全挥不去/若是你在明日能得一见/就让我在怀内重得温暖……"熟悉的手机铃声响到第三遍时，我才醒来。我头疼欲裂。

抽了根烟，呆呆盯着天花板许久后，这才起了床。母亲早就起来了，看见我不停唠叨："你每天放的是什么鸟歌，听都听不懂。身体是自己的，喝这么多酒干什么，还让叶子一个女孩子扶着回的家，像什么样子。来，泡饭还热着呢，吃点再去店里。"

匆匆赶到酒楼，推开大门，我吓了一跳。左右两边整齐站了两排人，见我进去，异口同声说："老板早，老板好。"

我揉揉眼睛，诧异道："你们……你们这是什么意思？"

叶子迎上前来，笑着说："老板，刚才我们商量了一下，店门还是要开，没了堂食，像过去一样可以送盒饭嘛。现在大家都难，办法总比困难多，退一步讲，就算大家散了，也没什么事可做，还不如一起共克时艰。

百合

287

刚才大家一致同意，工资可以暂时不领，实在不行，减点也成，先记在账上，但酒楼绝对不能关门，关了再开，就难了。"

我的眼眶有些湿润，哽咽着说："好……好……"快走几步进了办公室，叶子朝众人努努嘴，也跟了进来。

她帮我泡了一杯浓茶，轻轻放在办公桌上。这时，手机响了，我看了下屏幕，是刘冰打来的。

电话那头的心情似乎不错："强子，我已经在新单位上班了，刚过来很忙，一时腾不出时间到酒楼来，近来还好吧？"

"好个屁。"我嘟哝一声，"我在火里，你在水里，吃公家饭就是香啊。"

刘冰乐了："兄弟，别这么大火呀，我又没有害你，出现疫情，谁也没法子。知道你近来生意要一落千丈，兄弟帮你想了两个法子，一个是像原来那样继续送盒饭，还有一个是春节快到了，有些民营企业的老板想弄些海鲜大礼包送员工，这两单生意想接吗？"

"想，我梦里都想，谢谢刘局牵挂。"我顿时来了精神。

刘冰笑了起来："你刚才不是气很冲吗？一下子怎么这么客气了，你小子就是有奶便是娘的主。行了，疫情总会过去的，我到了这边，还有一个便利，就是以后如果来了旅游团，可能的话，你们那个酒楼可以作为定点饭店，不过这个是需要报批后才能做的，你一定要把硬件和软件搞好，别让我丢脸哦。这是以后的事，等下我将几个老板的手机号码发你，价格和数量你自己跟他们谈。有电话进来，我挂了。"

放下手机，我站起身来，抱住叶子，笑着哭道："叶子，会好的，一切都会好的。"

娶妻要娶韩晓娜

林新娟

1

韩晓娜按下指头印，突闻晴天一声霹雳，连忙转头望向窗外。世界泼了墨般漆黑，暴雨冲刷，玻璃泪流。

这个早春，天气热得有些暴躁。一场暴雨，似乎浇灭了人间的心火。但有些罪孽是洗不掉的，它像肿瘤一样长在受害者的脑壳里，时刻提醒着你绝症、病变、死亡……韩晓娜心里想着，右手从离婚协议书上提起，那双小巧的手，居然在纸上按出了深深的比前夫王大勇手印还大的指头印。

这得有多深的恨啊，看来你是用尽了阳间和阴间所有的力气。王大勇看看韩晓娜，看看纸上的红色指头印，咽回喷至喉咙口的话。王大勇嘴碎，碎语又恶毒，用他道上人的话说，你这德行，只有同粪坑里的人才容得了你，而且听着痛快，听着刺激。韩晓娜与他同床，却不与他同道。虽说同床者同心，但同床异梦者也不少，毕竟是隔着肚皮的两颗心，而且是一个需要爱需要温柔的女人心，你总拿兽性的一面待之，这心，岂有不远离之理。

这恨，到底有多深，韩晓娜没想过，又似乎从来没恨过。离婚，她只是想余生为自己活。这下，真的结束了。韩晓娜深深舒了口气，若无其事地把协议递进窗去，再拿到手上的，是一本印着"离婚证"的红本本。六年后再在这里，却是截然不同的心境，手中的离婚证，也比结婚证的红色暗了许多。毕竟，离婚是黯淡的事情，但也是喜庆的事情。

百合

289

这是一次重生！韩晓娜在心里，给自己来了一个大大的微笑。王大勇盯着离婚证，低着的头越埋越深，他没看见韩晓娜长睫毛的轻舞。

王大勇第一次遇见韩晓娜，是在芹城一中八年级 1 班的走廊上。那天是二月十四日——情人节，他说我的旧情人被我扔了，我得在今天就要提现新情人。课后的王大勇，就在七年级八年级的教学楼里跑，直到上课铃声响起，他才迈着长腿缓缓地踱进教室。有时候，上课的老师已经站在讲台上，他也不慌不忙地走进去，目光掠过一个个女生，坐到教室最后一排。在走廊上，许多遇见的女同学，见王大勇迎面走来，便贴着墙根行走。只有新学期刚转学来的韩晓娜，与他遇见时顾自走自己的路。王大勇觉得奇怪，眼前这个初来乍到的漂亮女生怎有这般胆量，正要上前找碴，上课铃声响了，涌向教室的男生女生隔开了他俩的距离。

韩晓娜从哪里来，知道的那个人已经走了。这个星期二，二月十四日下午的第三节课，班里正在上英语课，班主任余老师中途过来把韩晓娜叫出教室。王大勇这才想起，刚转学来的这名女生名叫韩晓娜。她站起来，走过他的身边，走出教室。他的目光一路追随，只见她身材高挑丰盈，肌肤黝黑光洁，五官饱满精致，眼珠乌黑中透着棕色，对视一眼，仿佛有一种神奇的魔力，令人走进去就找不到出来的路。

娶妻要娶韩晓娜！王大勇忽然在心里大声宣告。

兔子不吃窝边草。王大勇始终记得，自己三岁时摸隔壁邻居两岁女娃的脸蛋，当村支书的父亲就严重地教训了他一顿。后来，当王大勇的双唇冒黑，父亲王正月又提醒儿子，兔子不吃窝边草。王小勇听了，狡黠地笑笑，说是啊，老子要像你一样，吃窝边外的草。顿了顿，王大勇又说，如果当年我三岁的哥哥没死，后来你是不是也会这样要求他，瞧，连我的名字都是他用过的。王正月的妻子余素花听了，心里一疼，复又恨得牙痒痒，却只能腹语，骂男人是杀千刀的，还好她十月怀胎的儿子，终是比他父亲有良心。入初中的王大勇，在校交了十多个女生，交往最短的仅仅一天，最长的也只是一个月。但他始终不近本班女生，他说我不是兔子，我是虎，但也不食窝里肉。

余老师告诉小娜，刚刚学校接到电话，你妈妈在人民医院急诊室，你愿意哪个男同学陪你过去？韩晓娜像傻了一般，紧紧地盯着余老师，眼里滚出两颗豆大的泪珠。余老师轻拍她的肩，进教室问哪位男同学愿意陪韩晓娜去医院，王大勇第一秒站起身。当他们走出教室，走廊上已没有韩晓娜，余老师往楼下一看，她已奔跑在情人节的雨中。

走吧！韩晓娜边腹语边起身，朝窗内的工作人员微微一笑，就亭亭玉立地出了婚姻办事大厅。王大勇第一时间接收命令，低着头跟进电梯，立在芹城的行政服务中心门口。五年前结婚领证时，王大勇也这般跟着戴晓娜走出行政服务中心，只是那时的他，头仰得老高，手牵得她老紧。她说放松点，我的鲜血都停止流动了。他连忙歪头靠着韩晓娜耳语，说我追了七年的战利品终于到手了，能不抓紧点嘛！

战利品？韩晓娜心头一坠。门口的一树梅花开得正艳，风一吹，花瓣下起雨来。

韩晓娜没想到，他嘴里的战利品，终于成为她心里永远的痛。

2

我从哪里来？又将去哪里？

夜深人静的夜晚，韩晓娜习惯自问。

一个人的雨夜，韩晓娜在妈妈的小屋里关了灯，站在窗前，看暴雨在窗玻璃上拍打，看老城区寂寂的街巷偶尔有汽车驶过，偶尔有骑电瓶车的人从前方的街角出现，又从街角消失。而斜对角的人民医院，住院部灯火通明。有人说现今这社会，生意最好的就是医院，迎接新生的是医院，送走落幕与孤寂的，也是医院。韩晓娜远望着医院，泪水就像窗外的雨一样下了起来。

这间三十平方米的家，她曾和母亲共同住了十六年，从租用到拥有所有权，母亲花费了十五年的努力。这里有母亲的气味，走进门就寻找到了安全感。只是再没人为她开门、为她守一盏明灯；再也不闻喊声——娜妮，起床了……娜妮，上学了……娜妮有喜欢的男生了呀，以后谈对象眼睛一定要亮，心头一定要明呀……娜妮，妈看你总是不快乐的样子，有什么委屈就说出来……

一个人的出现与离去，从来没有任何征兆。韩晓娜记得，那个早晨离家去学校时，妈妈黄翠英还是好好的，像往常一样推着一三轮车的水果陪她走了一程。叮嘱她人这一生，不求富贵，但求平安，但求吃饱穿暖，把该做的事情做好，便是心安。黄翠英生在农村、长在农村，在生母家排行老三，生母在厨房里剁猪草，黄翠英就跑出了肚皮。她上面已有三个姐姐，父母亲一心想要生儿子，一口奶都不给吮，便让人给抱走了。从刘家坞到黄家坡，养母刘桂英家日子一般，省吃俭用供黄翠英上了学。小学三年级的夏天，养母生下儿子，失血过多，村里的壮汉抬她就医，到山脚就断了气。养父黄树樟从此少言寡语。黄翠英读初中二年级，养父跑运输的拖拉机翻车，车毁人亡。十六岁的黄翠英退学，与五岁的弟弟黄怜玉相依为命，日日干农活，夜夜啃读《红楼梦》《三国演义》《西游记》，为红楼的浮华、三国的烽火叹息，被悟空的正义、可爱逗乐。二十年后，家里盖了新房，弟弟娶了媳妇，黄翠英拎着一个布袋出了门，她说每个人都有自己的生活。

韩晓娜记着母亲的话，可她的生活里偏偏过早出现王大勇。

那天，王大勇陪韩晓娜骑自行车穿过三公里的大雨，冲进医院急诊室。医生将白色被单缓缓拉向黄翠英的头部，盖住半张脸时，他们赶到了。未盖住的上半张脸磕撞得面目全非。韩晓娜请求医生，让她把妈妈的脸清洗干净，头发梳理整齐。年轻的男医生看着韩晓娜，重重地点了点头，看着眼前的小姑娘痛哭流涕，他的两团泪水也在眼眶里急欲奔泻。

男医生叫王小勇，刚入职当了一名外科医生，名字与王大勇只差一个字，身形也修长，但肤色洁白，目光如水。面对韩晓娜的眼泪，王小勇看见自己大三那年的春天，急急奔回家，却依然无缘与母亲说上最后一句话。

眼前的这个小姑娘，怎么就和自己一样的命苦？王小勇心里说着，默默地后退，母亲翟桂花的面容来到他的面前。她与黄翠英倒有几分相似，鹅形脸蛋娇美，身材颀长，可惜天生患腿疾，走路有些小瘸。她是外乡人，十八岁那年在云城镇纺织厂下夜班回家，路上被一个强壮的男人糟蹋了，报了警，无果。后来她遇见一个男人，像极了暗夜里的那个人，又报警，人家说人家是堂堂正正的镇长的儿子，有文化，有女朋友，不会干那事的，再说了，你无凭无据，我们不好办事。再后来，她发现自己怀孕了，偷偷买过药打过胎，可那坨肉就是不掉下来，她拼命地捶肚子，拼命地从高处跳下，那坨子肉还在肚子里，而且越来越大，倒是她的额头右上角，因为磕在巨石上，留下极深的疤。后来，她离乡至芹城，在北边最偏远的一个村庄生下了王小勇。王小勇十岁那年，翟桂花告诉他自己身体有病，心里也有病，王小勇说妈妈你放心，我将来学医，都把你的病治好。翟桂花听了，泪水就像拧开的水龙头。

可惜翟桂花没有等到儿子学医归来，在那个清明节前，挖笋下山，脚下一滑，滚几滚，身体刺在一截竹根上，走了。

芹城不大，兜兜转转，似乎有缘人都会遇见。韩晓娜后来去人民医院看感冒，看女生的生理期疼痛，很意外地，都遇见了王小勇。眼前这个清爽的头发如水般顺滑的小妹，总是让王小勇自然驻足。一回生，二回熟，彼的过往也成了此的心伤。她为母亲修复容颜的样子，始终如一在他眼前。

黄翠英平生最爱干净。养父母走后，黄翠英天天面朝黄土背朝天。那年五月种早稻，黄翠英眼前一黑，整个人就倒在了水田里。在田埂上玩泥巴的黄怜玉发现姐姐蜷曲着身子睡在水里，叫唤了几声不应，哇哇大哭起来。隔壁种田的村民闻声看过来，连忙扔了秧苗跑过田埂把黄翠英挟在腋下跑上田埂放在地上掐人中。

苏醒后的黄翠英谢过叔伯，安抚弟弟后，下到一边的山沟里冲净身上的泥浆。五月的山溪水冷，从此黄翠英落下了阴雨天就咳的毛病。年纪越大，咳越剧烈。那天，黄翠英拉着一车的水果去新建的高档小区叫卖，小区里一套套别墅依山势而建，环境好，气派足，业主消费能力强。小区刚交付，已有部分户主着手装修，外人暂时出入自由，黄翠英的水果也卖得可观。下坡时黄翠英咳得厉害，三轮车失了方向，撞向一堆砂石砖头。待巡逻的保安发现时，黄翠英的血已染红了坡路。

韩晓娜十四周岁生日，秋日的夜晚，月色朦胧。黄翠英买了蛋糕、红

百合

293

酒。她说女儿呀，现在你十四周岁了，是人生的一个分水岭，许多许多的事情需要你自己承担责任了，如果你有需要妈妈的地方，妈妈会一如既往支持你。黄翠英又说，人心都是善的，但难免有叵测的人心存在，你以后走上社会，一定要擦亮眼睛，再好的朋友也要保持三分的疏远，古人说的距离产生美，这正是保鲜友谊的秘诀。黄翠英还说娜妮呀，我要告诉你一个秘密，十四年前的清晨五点，我在县城芹江一桥下遇见你，那天的风挺凉的，你在被单里哭着，泪水装满了你的耳朵，我怕你受凉怕你得中耳炎，连忙带你去了医院，还好医生说你身体很棒，生你的母亲应该很年轻，可是被单里只有一张纸条，写着你的出生日期，是 1993 年 11 月 1 日半夜两点，母亲姓韩。坐在对面的黄翠英，喝下一口红酒，伸手抹掉韩晓娜脸颊上的泪，告诉孩子这些年自己一直在打听她的身世，但一直没有结果。

英雄不问出处。母亲说的，韩晓娜记着。她躺在床上，计划着明天，手机铃声响起，懒得看一眼。

3

芹城的春天鲜活，梅花、广玉兰开遍。韩晓娜在西渠埠头洗衣，一阵阵梅香随风涌来，清澈的碧水里飘着梅花、玉兰的花瓣，也游动着鱼儿。韩晓娜将花瓣捞起，端在掌心，凝视，忽然水里就出现了母亲，母亲的脸庞里又叠着王大勇，他还冲自己笑，待她回头，岸上只有一辆红色的轿车驶过。无可奈何花落去！韩晓娜拎衣垂眉之际，水里又出现了一张好看的成熟的男人的脸。

"你……还好吗？"王小勇就站在韩晓娜一侧的石埠上，笑容淡雅。

韩晓娜抬头，又低头，泡满眼泪水的眼袋被垂下的泪水淹没。

"我刚下夜班，白天应该没啥事。"

"没事，我洗好衣服后，还要上班。"

她再一次拒绝了他的暗示，他说好的，需要找人说话，尽管找我。然后转身上了岸，在远远的西渠的那头看着水边的韩晓娜。多少年了，他已习惯这样远远地看着她，在单位值夜班，他也习惯穿过街灯望向她的小屋。他从来没有对她说过喜欢，可他就是这样不谈婚娶妻，单身着，想着一个同病相怜的女孩。他说娶妻要娶韩晓娜，可是，自己为什么从来就没有说出口呢？什么时候才会说出口呢？眼下头发都白了，她也单身了，还有机会吗？

韩晓娜努力地搓洗着衣物。从王大勇家取回的衣服，韩晓娜进行了清理，该扔的扔，该洗的洗，一切从头开始。

与王大勇相处十一年，七年朋友，四年夫妻，王大勇给韩晓娜买的第一套衣服，是初中毕业离校那天。

自黄翠英走后，韩晓娜更加少言寡语，独自一人生活，晚自修下课夜行成了她心头的怕。有一夜被几个陌生人尾随，韩晓娜穿过一个又一个小区，才将其甩丢。回家后，面对空荡荡的屋，一个人哭到天亮。第二天，王大勇看到韩晓娜布满血丝的双眼、黑紫的眼袋，晚上放学就一路跟着韩晓娜。她以为又被尾随，在一条条黑黢黢的小巷里边害怕边想办法脱离。王大勇见势不妙，便喊了一声韩晓娜，不怕，是我！韩晓娜这才停下脚步，身后紧随的原来是那个在医院陪自己和母亲的遗体到天亮的人。他们站在夜里，他道明原委，她深深地鞠了一躬。转眼初中毕业，最后离校那天，王大勇从书包里取出一套玫红的长裙递给韩晓娜。她不知所以。他说我们同学一场，这是我送给你的毕业礼物，希望你收下。韩晓娜看着他希望的眼神，就把长裙塞进了书包。

第二天，他们又见面，韩晓娜回送给王大勇一双回力牌白球鞋，谢谢他一年多来的照顾。王大勇个大，在学校里打篮球，是许多女生喜欢的看点。曾经满世界找女朋友的王大勇，把关注点放到韩晓娜身上后，居然对其他女生不再多瞧一眼。韩晓娜偶尔也坐在操场边远远地对望。她曾经喜欢看着母亲做饭洗衣，陪着母亲推着三轮车满街兜售水果，看母亲挥挥衣袖擦去额头的汗水，她说那样有安全感。临别时，韩晓娜告诉王大勇，她说不管升学考分数如何，我都得去找生活了。母亲留下的积蓄，韩晓娜用于还房贷、读书，剩下的余额到了极限。王大勇说你肯定是拿得到高中升学通行证的，不读可惜了，我断然是无缘升学的，我跟你一块出门去吧。

百合

295

　　王大勇把想法告诉老子，老子哈着酒气说我王正月的儿子，就算升学考零分，也得继续混高中文凭，谁说要出去打工丢人现眼的？王正月说话从来一言九鼎，村里办事容不得有异声，在家里也一样。此时的王大勇显得还嫩了点，追着韩晓娜跑到省城玩两个月后，秋季开学乖乖按照老子的安排进了一所职业高中，然后又进了职业技术学院，然后转了本科，拿了文凭。这一来，用王正月的话说，我儿子大学毕业，怎么说也得坐办公室吃饭呀！

　　可王大勇就是不坐办公室，他对王正月说你把我的一切都安排掉了，那我还活着干吗！王正月一听，傻了，一向言听计从的儿子居然说出这样的话。在厨房里择菜的王素花却在心里叫好，儿子终于长大了，再不是像她一样言听计从的傀儡。王大勇说你知道的，我没本事考公务员，而且就算你把我按到公务员的座位上，我也是坐不住的。王正月嗓门一下就大了，问儿子到底想干什么，总不可能一辈子吃你老子的、用你老子的吧。王大勇说我不是寄生虫，我妈妈也不是，你供我读书养我长大是应该的，我妈妈操持家务，对家的贡献更是巨大的。王素花听着，眼里就流出了泪花。

　　王正月愣了愣，声音放缓，往老婆瞟了一眼，问儿子想做什么。王大勇告诉老子，他说在工地上每天转转，当当监理，我还比较感兴趣，再说你年纪大了，那些工程还是需要接班人的。王正月想让儿子当公职人员，正是为自己的日后生意着想，看来如今只能另想他路，无奈，就给儿子弄了工程监理证。起初的王大勇还能正常上下班，但后来常与社会上的人一起打牌，上夜总会，就很难出现在工地上了。王正月气得牙痒痒，终于有一天把醉酒的王大勇双手一捆吊在乡下老屋的房梁上，让他想明白要不要这么没出息下去。王大勇说老子过这样的生活，儿子肯定也一样的，但我是有出息的，我要娶韩晓娜为妻，她是良家女子，我就是良家儿郎，这样，你是很有面子的。

　　韩晓娜是谁？王正月是晓得的，他说人家虽然长得好，虽然勤快能干，但初中毕业就去打工了，我家的门槛是跨不进来的。王大勇说你家没门槛，不就是一个农人当了几年村支书，仗着人脉做了几项工程，存折上多了几串数字嘛，人家姑娘愿意进门，倒是委屈了！王正月的嘴里，一下子就被塞了鸡蛋。

韩晓娜从打工到企业高管，从初中生到在职函授本科，姑娘哪一点比自个儿子差了？自家的产业，日后还得有能人接管呀。王正月想了三天，就答应了王大勇的请求，开始为他张罗说媒。

4

离婚一个月，时间已进入暮春。晚上，韩晓娜打开蓝牙音箱，循环播放歌曲《布列瑟农》，穿上一袭白色雪纺连衣裙，隆重做了三个菜：一份蔬菜沙拉，一份芦笋，三只螃蟹。摆了三副碗筷，倒了两杯红酒，一杯牛奶。

妈，干杯！

儿子，干杯！

韩晓娜举着酒杯，和桌上两个摆着的杯子碰撞，发出清脆却又显沉闷的声响，半杯红酒一饮而尽，泪水喷涌而出。

韩晓娜怎么也不会想到，婚后的生活竟是如此豆腐渣。

结婚后的韩晓娜很快怀孕了，王大勇归家的时间却越来越迟，起初还给韩晓娜带回夜宵、带回水果，他说老婆怀孕辛苦，要多吃。后来，他身上带着酒气，少了水果，少了关心的话语。儿子出生后，王大勇就几乎不着家了。他说男人有男人的事业，何苦天天窝在门里看着老婆孩子。

韩晓娜也不愿放弃自己的事业，产假后就回到了岗位。王正月让妻子余素花带孙子，还另外请了一个保姆。孩子长得白白胖胖，十一个月会跑了，一岁会说话了，追着韩晓娜喊妈妈，爸爸在哪里？韩晓娜说爸爸在工地上，很忙呢。孩子说要爸爸，要爸爸。韩晓娜说那我们这就去看爸爸吧。

来到工地，韩晓娜找了一圈也不见王大勇，但她就是不打他手机，就想看看他到底在干啥，正常的话，还可以给他一份惊喜。她抱着儿子来到项目部的移动板房前，听到里面有王大勇的声音，有打牌的声音，还有女人的声音。她从不大的窗望进去，看到王大勇正在打牌，嘴里叼着烟，身旁坐着女人，女人搭着他的肩，还有一群他的所谓的朋友。他们说你这么久没回去了，嫂子不当心你吗？你不想儿子吗？他说我那时候跟你们打赌，我会娶到韩晓娜的，我做到了，但我现在发现她不是我的菜，她喜欢平静的生活，我喜欢每天热辣的，两块冰，融不到一块啊！他说着，努嘴亲了一口身旁的女人，坏笑着，嘈杂的起哄声响起，惊得韩晓娜倒退几步，怀里的孩子险些抛将出去。屋里的人听到声响，跑了出来。韩晓娜忘了那个夏天的午后她是怎么离开工地的，她又是怎么回到家的，孩子又是怎么一路哭着喊爸爸的。但韩晓娜清楚地记得，她要离婚！

娶妻要娶韩晓娜！王大勇见过太多形形色色的女子，他只是需要一个相夫教子的正经姑娘做老婆，她只是他对抗父亲的牺牲工具。韩晓娜一个人在暗夜里哭泣。韩晓娜要离婚，王大勇答应，但王十月不答应、余素花不答应、孩子也不答应。理由是孩子还小，不能没有妈妈。孩子拼命地哭喊要妈妈，晚上没有韩晓娜无法入睡。韩晓娜说那就再等等。这一等，孩子两岁了，夜晚断断续续地独立睡了，但她的婚还没离，他也一年没回家了。如果不是那次意外，如果孩子健在，韩晓娜可能这辈子都不会离婚。

孩子两岁那年的秋日，韩晓娜外出考察一个月。两周后的一个深夜，韩晓娜接到余素花打来的电话，孩子半夜突然发高烧，伴有心脏间歇性跳动，情况很不好。待韩晓娜赶到医院，孩子小小的身体已经被送进了太平间，王正月、余素花、王大勇，都死一般地站着。他们怎么也不会想到，这个家族疾病的遗传，居然这般罪恶。

韩晓娜的噩梦，再次在医院降临。走出这个噩梦，韩晓娜整整用了一年的时间。这一年，她和王大勇都没有见过面。她吃住在办公室，偶尔回妈妈留下的小屋，那里摆着儿子的摆台照片，她想看照片，却又害怕。直到这个春日的雨夜，她通过微信告诉王大勇，两天后离婚的决定。

"现在，我韩晓娜又成了孤苦伶仃的人！"韩晓娜将酒杯举向母亲和儿子，"不，不是的，我有你们，虽然你们不在我身边，但你们一直幽居在我的心里。这就够了，真的。"

韩晓娜将酒杯竖起，半杯酒一饮而尽。杯壁上流淌的红色液体，像一个人带血的眼泪。

"明天，明天我就要离开芹城了，等我回来陪你们过年。"韩晓娜一边给自己续酒，一边喃喃，"妈妈，儿子，你们在家好好的，等我。"

这一夜，韩晓娜睡得安稳，清晨醒来，清洗了泪水打湿的枕巾，推起行李箱出了门。在楼下的早餐店买了蛋糕，转身准备打车时，王小勇的白色小车停在了她的面前。他的突然出现，她已告别惊讶，走至平常。

车子行至芹城的最美公路。水杉的嫩绿、茂密，将公路合围成甬道，将生命无限延续。车窗开着，一缕缕湿润的好闻的带着山川田野的香味，一次次灌进韩晓娜的心肺。车载音乐放着《布列瑟农》，曲调深沉、忧伤厚重，像极前方半山腰浓烈的雾。这是全世界最悲伤的歌曲，她喜欢它的无法替代的旋律、乐感，曾经设为循环播放，此刻在他的车里响起，似有遇知己的感动。原来，淋透人心的，不是雨水，不是灾难。

他把她送到芹城的高铁站。她将转乘高铁去往北方。那里，她所在的企业，有一家新开的公司等待她的哺育……

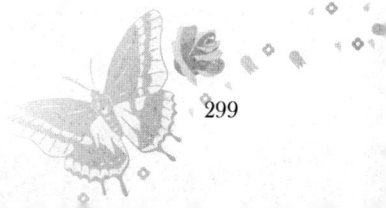

百合

竹马青梅

吴　楠

　　江南水乡的东南方向有一群山耸立之处，此处不少郡县依山而建，这些郡县可说各有特色。而在这些郡县之中，最受朝廷重视的便是思邈城，思邈城内有座思邈山，山上奇珍异草无数，能人异士更是不计其数。历年来，这里走出了许多医术高明的大夫，更是催生了不少富甲一方的药材商。

　　其中有两位最为有名，一位是人称回春妙手的当朝御医孙华木，另一位则是家财万贯的药材巨贾石龙刍。

　　说来也巧，这二位都住在城东，两家相距不过百尺（约为现在的30米）。

　　孙华木身为御医，自然是常年不在家中，独子孙南星便由母亲照料。

　　偌大的屋子，十岁的孙南星却只喜欢窝在书房，旁人只道是那些医书让他产生了浓厚的兴趣，只有他自己心中明白，其实是因为那里有父亲的味道。

　　孙华木就算是闲暇之余回家省亲，也是一头扎进书房研究医理。每当有所突破之时，他总会高兴地叫上孙南星，向他娓娓道来。

　　孙南星到底是个孩子，每次听得云里雾里，似懂非懂，父亲所说的医学知识有什么谬误也听不出来，更是无法反驳，于是他便成了父亲最忠实的听众。

　　这一年，孙南星十六岁，又一次与母亲一起站在门口送别父亲。以前每当这种日子他总是躲在门后偷偷落泪，如今他已是翩翩少年，对于这种生活早已习以为常，与孙华木告别时神情中多了份老成。

街对面一位衣着华贵的中年男子见了这情景，缓步走来，笑着打起了招呼："孙兄这是又要回京了啊？怎的也不和兄弟说一声，好让贱内给你备些小食路上解解闷。"

孙华木拱手笑道："石兄，我就是怕给你和弟妹添了麻烦才不去与你打招呼的，没承想还是被你瞧见了。我不在的日子……"

还未等他说完，那人便接话道："你不在的日子，嫂子日夜操持家中事务，可把身子骨都给累坏了。我和贱内能出上一份力那自然是极好的，只怕嫂子生分，遇上难事了也不言语。"

与孙华木称兄道弟的这位便是思邈城第一富商石龙刍，二人从小一起长大，原本感情就深厚，后来孙华木成为御医，石龙刍也就顺势将药材生意做进了宫里。他们一人从医，一人从商，一直保持着亲密无间的合作关系。

二人功成名就之后，孙华木经媒人介绍，娶了思邈城朱员外的大女儿朱槿为妻，而石龙刍也在同年娶了顺风镖局木老前辈的千金木芙蓉。

朱槿轻抚着孙南星脑袋笑道："哪的话，我们两家可是定了娃娃亲的，我与你们夫妇二人还能客气不成？"

孙南星闻言，脑海中不知怎地浮现出了石龙刍的独女大芸的身影，脸上忽地通红，忙转身跑进了书房。

三人见了均知他怕羞，不禁笑得前仰后合。

孙华木这前脚刚走，石龙刍便邀他们母子二人到家中用饭，朱槿也不推辞，提了些自制的点心，携着孙南星去了。

饭桌上，石龙刍夫妇与朱槿谈笑风生，可孙南星的小心思却不在这里，因为餐桌上始终不见大芸。

知子莫若母，朱槿见了孙南星的神情，便问石龙刍："令爱大芸怎的不见来吃饭？"

石龙刍眉头微蹙，叹道："实不相瞒，小女偶感风寒，已经两日未曾下床了。我给他用了些草药，可不见好转，一日三餐就吃些稀粥，也不知如何是好。"

"什么?! 大芸病了?!"孙南星噌地站起身来，吓了众人一跳。

百合

朱槿忙道："你们真是见外了，也不来打声招呼，几步路罢了，让我夫君过来一趟便是了。"

"这怎么使得，孙兄那是给皇亲国戚看病的。"

朱槿刚想反驳，可又觉得有些话说出来未免有些大逆不道，目光移向孙南星，见他愁眉不展，忽然有了主意："如若你们不嫌弃，让犬子南星为大芸把把脉，怎样？"

石龙仐闻言倒吸一口凉气，与妻子面面相觑，半晌之后才缓缓地道："令郎虽然熟读医书，可这治病救人……"

孙南星此时也一改常态，不再拘谨，拱手道："叔父，叔母，这些年我深得父亲真传，在医术上也有了一番自己的见解，请允许小侄一试！若是治坏了大芸，甘愿以死谢罪！"

"哎哟！"石龙仐大惊失色，连连摇手，"哪有这么严重！我也是怕麻烦贤侄，若是你有此心，那便去吧，大芸在自己的屋里，你与她门口守着的丫鬟说一声即可。"

孙南星应了一声，转身就走。

朱槿看看石龙仐夫妇二人的神情，知道他们定是不放心的，恰好饭菜也吃得差不多了，便起身笑道："我也不放心我这未来儿媳，不如咱们一同前去瞧瞧？"

孙南星急急忙忙地跑到大芸的屋外，向门口的丫鬟禀明了来意。那丫鬟进屋子通传了一声，再出来将孙南星请了进去。

"你怎知我身子不适？"大芸卧在床上，脸色黑红，半睁着双眼无力地望向孙南星。

"方才你父亲说的，我来瞧瞧你。可否让我为你诊脉？"

"诊脉？你我从小一起长大，相识十多年，我怎不知你还有这能耐？"

"好歹我也大你四岁，怎知道我没这能耐。你就信我一回。"

大芸无力地笑了笑，将手腕伸出被子："孙神医，我这小命就交给你了。"

孙南星搬来椅子坐在床边，伸出手指轻轻地搭在大芸脉上，生怕把她给按疼了。

大芸静静地望着他，却见他的脸色愈发难看了，忍不住笑道："怎么？学艺不精，瞧不出来了是不是？我说我其实就是前些日子玩耍时贪凉，衣服穿少了，不慎感染了风寒罢了……"

孙南星忽然站起身连退数步，转身向身旁的丫鬟喊道："快拿两片布条来！"

丫鬟闻言，忙从柜中找出两条做衣裳剩下的白布给了孙南星。

"你家小姐得的是瘟疫，快用布条捂住口鼻！"话音未落，孙南星已从丫鬟手中拿过一根布条，缠在头上捂住了口鼻。

丫鬟闻言，险些吓得跌坐在地上，幸好孙南星扶住了她。

"你快在门口站着，不准任何人靠近！一会儿我要什么草药，你便给我送来！"

丫鬟应了一声，慌慌张张地跑到屋外将门紧闭起来。此时恰好石龙匋三人赶到，见状困惑不已。

"出了什么事？小姐呢？"石龙匋问。

"孙少爷在屋里为小姐诊治，他说小姐得的怕是瘟疫，不许人靠近屋子。"

"什么？！"三人几乎是同时惊叫了起来。

朱槿闻言大惊失色，若是寻常小毛病，她自然放心，如若真是瘟疫，两个孩子要是有什么闪失，可如何是好？想到此节，她伏在门外喊道："南星，你能确定是瘟疫吗？！"

"母亲，大芸情况不容乐观，如若不抓紧治疗，怕是时日不多了！"

石龙匋起初还想孙南星年纪轻轻或许诊错了，也没怎么往心里去，可听他直言爱女危在旦夕，哪里还能安心，连忙喊来一个家丁："快！快去把城里最好的大夫请来！"

思邈城到底是小，不到一炷香的工夫，家丁就带着城里最有名的许大夫赶来了。孙南星隔着门与许大夫交流了一番后，许大夫也赶紧用布条捂住了口鼻。确认许大夫做好了准备，孙南星开了一条足够许大夫进入的缝，待他一进去，立刻又将门关了起来。

进去没多久，那许大夫就一脸沮丧地走了出来。

石龙刍夫妇二人连忙拉着他问道："许大夫，小女病情如何？果真是瘟疫吗？"

许大夫点点头，叹道："恕老夫无能为力，令爱的病情看似轻微，实则已是病入膏肓了。今晚若是查不出源头，想不出法子，怕是神仙难救啊……"

石龙刍一把抓住许大夫的胳膊，恳求道："小女才十二岁，您一定要救救她！"

许大夫叹道："若是此时有人可以救令爱，这人定不是我。"话毕，他望了望身后的屋子："果真虎父无犬子啊，这小孙大夫究竟有多深厚的底子啊……"

"小孙大夫？"石龙刍先是一愣，很快又反应了过来，"可他还是个孩子啊……"

朱槿安抚道："南星虽然年少，但精通医理，咱们暂且听他安排。我这就回去请人快马加鞭将我相公带回来！咱们说什么也不能让孩子有个闪失！"

石龙刍闻言感到了一丝希望，忙拱手道："大恩不言谢，那就全凭嫂子了！"

"莫要多言，救人要紧，告辞！"话毕，朱槿再也顾不上大家闺秀的形象，提起裙摆夺门而出。

这天夜里，一匹快马披星戴月朝着京城方向疾驰而去。

"我会死吗？"大芸得知自己的病情之后，声音明显弱了许多。

"若是我今天没来，必死无疑。"孙南星说的每一个字都显得异常平静，因为他知道这个时候必须冷静下来，关心则乱，越是内心躁动，越是没办法救人。

大芸苦笑一声："没承想我才这岁数就要去见阎王了。"

"不要把力气用在无关紧要的事情上。你好好跟我说说这两天发生了什么？吃过什么？喝过什么？去过什么地方？这非常重要，因为从脉象上我还没办法判断出是哪种，甚至不知道它会不会传染。"

大芸点点头，闭上了双眼，将这两三天发生的事情好好回忆了一番。可除了两天前因为和丫鬟晚上在园子里嬉戏，一时贪凉只穿了件薄衣以外，再也想不出别的什么了。

孙南星听了不断在屋子里来回踱步："确实是感染了风寒没错，可这也不可能导致瘟疫呀……"

木门忽地开了一条缝，只见丫鬟端了一盆热水缓缓进来，很熟练地用脚将门关了起来。

"两天前，你们吃过什么特别的东西没有？"孙南星问。

大芸刚想答话，那丫鬟连忙接嘴："吃的东西定是没有问题的，我们家小姐对我特别好，有什么好吃的都少不了我。而且我们吃的鸡鸭鱼，甚至猪都是自己养的，府里上上下下几十口人，都是一样的吃食，若是有问题，岂不所有人都染了病？"

"是吗？"孙南星听了不禁感叹，这石叔父不愧是思邈城第一富商，相比之下，自己家全靠父亲的俸禄，虽说衣食无忧，但毕竟也是相差甚远了。目光移到大芸惨白的脸上，忽然又开始自责起来，如今大芸生死难料，自己居然在琢磨这些，真的是愚蠢至极！如果是父亲在这，非得挨上三戒尺不可！

大芸眼里忽然放了光，手肘撑起半截身子，提声问："小翠，前两日吃的那东坡肉可还有剩的？"

"小姐，你终于饿啦？"丫鬟问。

大芸点点头。

"有，生肉还多着哩，就是不知道还能不能做出那个味儿来，毕竟是两天前杀的猪了。"

孙南星闻言，不禁苦笑："这不过年不过节的就杀猪来吃，也难怪外人都说你们家富得流油了。想我们家虽身为御医世家，却只能凭着我爹那微薄的俸禄度日，实在是羡煞我也。"

"孙少爷说笑了，是家里厨子说这猪前些日子从圈里逃了出去，不知在哪里摔着了，回来后一直没精神，不吃不喝的，老爷知道后就说……"丫鬟清了清嗓子，学着石龙匋的腔调，缓缓地道："既然它自己不想活了，就把它吃了吧。炖一锅好肉，给全家人解解馋，也算它此生圆满了。"

大芸见她学得有模有样的，扑哧一声笑了出来。

百合

孙南星眉头微蹙，隐隐觉得有些不妙，可一时却也说不上什么来。

这丫鬟从小跟大芸一起长大，大芸只使了个眼色就懂了，连忙开了一丝门缝，对外面的杂役交代了几句，笑吟吟地回来跟大芸打趣道："小姐，我特地交代杂役让厨子煮肉时给你放几味补药，你吃了这东坡肉，想必很快就会好起来的！"

"多事！"孙南星一听就急了，"你家小姐如今身子虚，好歹也是药材商家里的人，虚不受补都未曾听过吗？"

孙南星这话吓得小翠一哆嗦，竟一时不敢言语。

"哎呀，孙南星！孙神医！你看把小翠给吓成什么样了。"大芸刚想伸手去牵小翠，可又怕自己将病传染给了她，忙把手往回缩了缩。

"我……"孙南星本想发作，可一看这两人眼神里全是对对方的怜爱，冷哼一声，走到门边暗自思忖这治病的良方，不再理睬这主仆二人。

过了约莫一个时辰，房门被敲响了，屋外传来了杂役的声音。

"小翠姐姐，小姐点的东坡肉做好了。"

"哎！来了！"小翠连忙上前开出一条缝，刚好足够将那盘肉给端进来。杂役又透过门缝小心翼翼地递进了三副碗筷。小翠跟大芸这关系自是不用说，有吃的也就一起吃了，孙南星的这份想必是小翠特地交代了，才会给安排上。

小翠在那盘肉里挑了最好看的一块给大芸盛到了床头，大芸刚要接过，孙南星忙喝住："等等！我先尝尝！"

大芸和小翠还道是他嘴馋了，忍不住相视而笑。

孙南星见了二人的模样，知道她们误会了，眉头微蹙："你们笑什么？我是要尝尝里面放了哪些药材，别吃完了这块肉见着黑白无常可就不好了。"

大芸吓得赶紧放下差点送嘴里的肉。小翠白了孙南星一眼，心道："说的什么话，我还能害我们家小姐不成。"

孙南星从小味觉和嗅觉都异于常人，加上孙华木的悉心教导，他闻一闻便能知道一碗药里有几种药材。可如今这药材遇见了荤腥和各种佐料，倒是也难住了他这个从不下厨的书痴了，只能亲口尝尝以保大芸周全。

这肉刚到嘴边，孙南星的脸色便不好看了，迟迟没往嘴里送。纠结一番后轻轻咬上一口，立刻吐回了碗里。

小翠见了可就不乐意了，就算里面加了补药，小姐吃不得，那也不至于糟践好东西，冷冷地道："嘿……孙少爷，这肉难不成有毒？！"

"把肉放下！"孙南星上前一步把碗夺了过来，将肉倒回了盘子。

还不等二人发问，孙南星又道："大芸，如果我没猜错，你是吃了这猪肉，染上了瘟疫。"

"啊？！"小翠惊道，"难道这猪回来之后不吃不喝其实是染了病？不是伤着了吗？"

"自然不是！想必是在别处染上猪瘟带了回来。"

"那为什么只有我们小姐病了？明明府中上上下下这么多人都吃了！"

"这种瘟疫其实不易传染给人，可大芸前些天不幸染上了风寒，原本体质就虚，于是大芸成了府中唯一一个染上病的人。"

"我当是自己命数已尽，原是'中榜'了。"大芸得知真相后忽然觉得身上更没了气力，躺在床上动也不动一下了。

"什么时候了，还在说笑。"孙南星转身将桌上的吃食都放到了一旁，"小翠，劳烦你笔墨伺候！"

小翠应了一声，忙从旁协助，摊纸、磨墨熟练至极，倒也让孙南星刮目相看，想必平日里也没少为大芸做这些。

只见孙南星一边口中念念有词，一边手中运笔如飞，刹那间就写成了他人生中的第一张方子。

"快去取药，慢火熬制！再备些热水为你小姐沐浴。"说话间，孙南星取下了脸上的布条，"布条可以摘了，这病不通过口鼻传染！"

一听这话，小翠悬着很久的心落了下来，摘了布条就去着手准备。

"大芸，你在这好生休息，我去与你父亲聊聊。你沐浴之后记得趁热喝药，喝完之后让小翠来知会我一声。"

大芸点点头，看着小翠走远了，才轻声问了句："我会死吗？"

孙南星微微一笑："哪怕赌上我的性命，也不许你死！"

大芸的脸"噌"一下红了一片："谁又要你的命了？我不许你死，就算我死了，你也得好好活着。我要你为了我好好活着。"

孙南星闻言只觉脸上发热，心跳加速，再也待不住了，拉开门就匆匆跑了出去。

石龙刍正满脸愁容地在大堂来回踱步，忽然瞧见孙南星慌慌张张地奔过来，连忙迎了上去，定睛一看，这孙南星脸上跟被火烤了一样通红，忙问："贤侄，你这是何故？"

孙南星还道是自己跑着过来吓着了他，解释道："叔父，您不用紧张，大芸的病情我已经有数了。"当下把大芸如何得了风寒，如何吃了病猪肉染上瘟疫，自己开了怎样的方子悉数相告。

石龙刍不住点头，连连称赞："不愧是孙兄的传人！这方子确实妙极！"

孙南星正色道："叔父，我还有一件事想与您商量。"

"贤侄但说无妨。"

"这猪瘟总得有个来处，如若不除根，不光会祸害了其他百姓，怕是发展下去更是难以收拾。"

"那……依贤侄的意思？"

"叔父您家大业大，查个源头想必易如反掌。只要查查何处忽然出现许多病猪就是了。如今城里风平浪静，还不曾有耳闻，侄儿心想应是刚开始出现瘟疫，还没有许多人感染的缘故。这件事情办妥了，对您家的生意想必也会有不少帮助。"

石龙刍原本就处处以自己的家业为重，孙南星这番话算是说进他心坎里了。想明白后，他立刻唤来几个家丁，草拟告示，联络官府，一直忙到天边放光。

此时，药已经按照孙南星的吩咐准备妥当，小翠轻手轻脚地端着药走进屋里，服侍大芸喝下。大芸喝完药，躺在床上怔怔地出神。

"小姐，你怎么了？"

大芸缓缓转过头，望着小翠："小翠，你觉得孙少爷对我如何？"

"那还用说，就他那着急的样，自然是特别的好。"

"有多特别？"

小翠眼珠子一转，笑道："自然是十分特别的，毕竟你们俩可是自小定了亲的。拜堂成亲那是迟早的事。"

"你……你乱说什么呢!"大芸忙把头埋进了被子里，"一天到晚净瞎说。"

"哎哟，小姐呀，男大当婚女大当嫁，这有什么的? 若是我呀……"小翠刚想说若是她早就使唤上孙南星了，可是总觉得说出来不妥。

"若是你，你敢不敢问?"

"问什么?"

大芸露出一双眼睛，望着小翠："你敢不敢问你的意中人的心意?"

这话一出，小翠立刻明白了："小姐你是不好意思问孙少爷，明明喜欢人家，却不知道人家是不是同样喜欢你，是不是?"

大芸羞得又将脸埋进了被子，小翠笑道："放心吧，这点小事我给你办了!"

不等大芸言语，小翠已经兴高采烈地跑出去了。刚走到大堂，便看见石龙刍在和众人商议事情，孙南星在旁听得入神。等了些时候，见众人商量差不多了，走上前去悄悄把孙南星拽到了一旁。

"怎么? 你家小姐喝下药了吗?"

"已经按你的吩咐沐浴更衣喝完药了，小姐喝完药就睡下了。"

"嗯……"孙南星沉吟道，"那药不太好喝吧? 大芸平日里吃惯了山珍海味……不过良药苦口嘛……总是身体要紧……"

"哎哟，我的孙少爷，你对我们家小姐可真上心啊。"小翠暗自偷笑。

孙南星被说中心事，忙辩解："你家小姐是我第一个病人，我自然要上心一些。"

小翠一愣，觉得对这榆木脑袋不直说是不行了，索性鼓起勇气问："你是不是喜欢我家小姐。"

孙南星惊得连退两步，望了大堂里还在谈话的众人一眼，嘀咕道："不，不喜欢……"

百合

"不喜欢?!"小翠听得哑口无言，又再三确认，"你当真不喜欢我家小姐?!"

"嗯，不喜欢……"孙南星扭过头去，忽然觉得不敢再直视小翠了，自顾自跑回了大堂。

小翠见他如此薄情，怒气陡生，"哼"了一声便回去交差了。她和大芸一般年纪，从未经历过男女之情，哪里知道孙南星这是碍于面子不愿意承认罢了。回屋后添油加醋向大芸转达了一遍后，大芸脸上顿时黯然失色，许久都没有说出话来。

孙华木接到消息后星夜兼程赶回来为大芸诊了脉，又看了孙南星开的药方，对其赞不绝口。另一方面，在石龙刍和官府的努力下，及时遏制住了瘟疫的流行，避免了更大的损失。

一切都在照着孙南星的计划在发展，只是他怎么也没想到因为这一次的不坦率，竟再也没有见过大芸。大芸喝了两天药便全好了，只是说什么也不愿意见孙南星。

同年，因奸臣看上了宫内的药材生意，与此有关的孙华木等人被陷害以权谋私，以至于锒铛入狱。石龙刍得知此事，主动上京澄清关系，竟也被冠以子虚乌有的罪名抄了家。

至此，大芸与父母一起远走他乡，从此杳无音信。唯一知道的，就是朱槿从坊间得来的消息：石龙刍受不了这被诬陷和抄家的屈辱，在山中僻静之处自缢了。

不可思议的听力

谢根林

陆小路糊里糊涂地病了一场，当他回到广告公司上班的时候，年底的活儿还没有结束，这个时候的业务反而比平时忙许多，不仅设计的稿件要跟客户沟通，其他涉及工程量核对、项目验收之类的事，也需要他参与，忙得他连下班都不能准时。

陆小路发现自己的视力大大下降。以前双眼都是 1.2，而现在突然都下降到了 0.7。同时，陆小路还发现嗅觉也大打折扣，不仅闻不出各种香味，甚至连臭豆腐的味道都闻不出来。在视力、嗅觉下降的同时，听力却好了许多，不仅能听到相距较远的同事们的说话声，有时还能听到隔壁房间里的说话声，甚至更远的地方传来的声音。

陆小路还发觉这段时间跟客户的沟通出现了障碍。以前客户在电话里把意图说了，陆小路就完全能够明白客户的意思。出来的效果图，客户也相当满意。而最近这段时间，陆小路在倾听客户意图上，似乎出现了困惑。客户的声音，跟手机里曾出现过的回声一般，分明有两个声音在跟他说话，陆小路都不知道听客户哪个声音好了。

陆小路感觉到了自己身体这些变化往往是周期性的，有时候精神抖擞，有时候却萎靡不振、浑浑噩噩。而萎靡不振的那几天，听到别人电话里的杂音特别多。

陆小路还是怀疑自己最近的变化跟上个月的病有关，但具体哪里出了问题又不知道。

公司员工除了工作扫尾外，关心最多的还是年终奖这个大事。有的员工指望着年终奖比去年多一点，办个车贷，提个新车。陆小路也有新的打

百
合

算，跟女朋友朱伶俐已经相处两年多了，如果可能，想早点把婚姻大事确定下来。父母亲也多次催促过他。

陆小路想，如果真的能跟朱伶俐的关系明确下来，就该去寻找房源了，不管多大的面积，订了再说。所以，陆小路也关心着公司年终奖的事。

这个时候，公司老板朱总会逐个把员工叫到他的办公室，明里看，好像找员工谈心，实际上谁都懂的，八成跟年终工作、年终奖励有关。这个时候，还没被叫去的往往做个鬼脸。

陆小路也被朱总叫了进去。

朱总 50 出头，也许做广告这一行的原因吧，朱总的打扮挺特别：头发只留头顶部分，还染成了棕色，扎了个小尾巴，四周剃得干干净净。身着棕色唐装，玄青裤子，鞋子是老头布鞋，手腕上戴着印度小叶紫檀的佛珠。

朱总首先对陆小路前一阵子的病情表示了关切，还说，因为年底工作忙，对没有去看望他表示歉意。

陆小路在朱总那张老板桌对面的沙发上坐着，虽然跟朱总有点距离，但明显感觉到了，朱总有些疲劳。年底了，老板更忙碌，现在做老板，其实比员工还累。

朱总说，小陆啊，这一年，总的来说你干得不错，特别在平面设计上有了新的突破。现在圈子里都说，凡是"非凡"策划的广告，特色鲜明，一看就知道是咱们"非凡"的作品。

朱总说，我决定年终奖励你 5 万，跟郑天昊一个档次。朱总说完，端起桌子上的茶壶啜了一口。

就在这个时候，奇怪的一幕出现了，坐在朱总对面的陆小路又听到了朱总的另一个声音：当然，郑天昊有郑天昊的优势，他更善于跟客户沟通，我奖励了他 8 万。这个声音只是一刹那的工夫在陆小路的耳边响起，而且陆小路注意了朱总的嘴唇，那嘴唇没有翕动。难道这个声音出自老板的脑际？

陆小路倏地明白了，原来前几天跟客户打电话时，听到的另一种声音，难道也是来自客户的脑际？难道我不仅能听到隔壁房间里的声音，还能听到别人脑子里在想什么？

郑天昊是比我做得好！陆小路客套了一句。

朱总一听到郑天昊的名字，愣怔了一下。

郑天昊？朱总说，小陆，我还没有提到郑天昊呢，你怎么就想起郑天昊了呢？当然，我会说的，郑天昊跟你各有千秋，在争取客户方面，他的沟通能力比你强一点，但在设计策划方面，你有你的优势。你说呢？

郑天昊确实比我强，如果老板多奖励他一点也是应该的。陆小路说。

朱总说，哪里，我要一碗水端平的，论功行赏。小陆，在我这儿好好干，前途非常好。我们一起努力，争取明年有更大的市场。老板说着说着就激动起来。

陆小路却像个冷静的观众一样，激动不起来。思忖，这么多年来，我把公司当作自己事业的摇篮，全心全意地为公司效力，期望在公司成长的道路上，自己也成长起来，成为业内的专家。但这条道路必须建立在与老板真诚合作的基础上的，如果老板对自己虚情假意，那么，自己在这个公司里就只为了……因为以前不知道老板在想些什么，以为老板对我总是真诚的，现在看来错了，说不定老板一直在忽悠我，把我当作赚钱的工具了。

我怎么会知道别人在想什么呢？难道我拥有了一种特异功能？哦，对了，我的变化很有可能跟上个月的那场病有关。

不知道什么原因，上个月，陆小路要么几天都失眠，要么连续昏睡三天不醒，还在梦里说胡话。醒来后又整天恍恍惚惚，叫他弄不清楚到底是醒着还是在做梦。严重的时候还头晕目眩，脑袋伴随耳鸣剧烈地疼痛起来，他不得不紧紧抱住自己的脑袋，蜷缩在房间的角落里，这样才能控制住自己，不至于摔倒。陆小路知道体内正在经历一场嬗变，能量的消耗特别大。为了保持平衡，他不得不增加卡路里的摄入量。

休息几天吧。本来他是不想请假的，因为设计部新的主任刚宣布，陆小路如果马上请假休息，有点消极对抗的意味。可陆小路的身体实在挺不住了。

百合

313

陆小路的父母对儿子的异常也很关心，劝他去医院看看。可陆小路懒，不想到医院去看病，还是窝在家里，躺着。实在无聊了就玩游戏。

休息了几天，还是不见好，父母亲就硬逼着他去看了医生。

给陆小路看病的内科医生55岁左右，是一位和蔼可亲的女医生。医生详细检查了陆小路的神经系统，查了半天都没有查出什么病来。

经验丰富的女医生在给陆小路检查之后，知道常规的检查已经不能解决问题，必须换一种方式才能发现这个年轻人的病情。

医生说，我不仅看神经内科，也心理咨询。实际上，我们人类对自身的了解还不够，比如，心理问题就很复杂。你犯病前是不是遇到过一些意外的或者不愉快的事？大喜或者大悲都会改变我们。

陆小路不敢正眼看医生，心里却在嘀咕，这个医生真厉害呀，怎么会知道前一阵子我们公司里的事呢？眼看瞒不过医生，陆小路只好说了实话。

我们公司设计部主任跳槽了，大家都在关心新主任人选大事。

我也是有想法的。我进"非凡"有5个年头了，在公司里算老资格了，特别是在设计创新上，我还是有点天赋的。去年给旧民居景区设计的墙绘，我借鉴了《清明上河图》的构图，绘制了新时代小镇上河边集市的繁华景象。后来验收的时候，有关领导看了非常满意，把"非凡"夸奖了一番。

虽然我的成绩可圈可点，但设计部还有郑天昊、还有吴晨曦，他们都是小天才！吴晨曦那小子的背景更是神秘莫测。

但我对自己有信心，相信自己不仅在工作上，在跟老板朱总的关系上也没说的。朱总每次把我叫到办公室，总是夸奖我的设计成果，肯定我的艺术眼光。有几次外出宴请宾客，朱总也带着我，而且把我隆重推出，称我是"非凡"的首席设计师。朱总在经营上有什么难题，也会找我商量，听听我的建议。

公司员工好像都在期待朱总的决策。

但好几天过去了，新的任命还是没有公布出来，有的员工就猜测，是不是年底了，老板要稳住阵脚，集中力量收尾？还是在考虑人选的时候出现了举棋不定的情况？会不会有新的高手引进？

一周之后，结果出来了，吴晨曦出任设计部主任。

当时我的心里"咯噔"一下，一下子被这个意外的任命击蒙了。

那时候，我确实淡定不下来，好像丢了魂儿，心凉了。

陆小路把心里的话一股脑儿向医生掏出来后，发觉自己一下子轻松了许多。过了几天，精神也好多了，睡眠也有所恢复。

他父亲见状，就说，你休息多天了，是不是该去上班了？

陆小路说，好吧。

公司老板朱总的话让陆小路感到很郁闷，从老板办公室出来后，陆小路百无聊赖地坐回到自己的办公间。距离下班还有一小时，陆小路习惯性地拿起摆在桌子上的手机，打开微信，给女朋友朱伶俐发了个信息：下了班一起喝酒吃晚饭？

陆小路想释放一下他的精神压力。

朱伶俐回了条：好的。

陆小路：晚上7点，去"海底世界"火锅店。

朱伶俐：那家火锅店在城乡接合部了，干吗去这么远的地方？

陆小路：清静。

陆小路把自己的两厢轿车开了过去，停在饭店附近乡村小路的路边。等喝完酒，陆小路可以找代驾，不影响第二天上班。关键一点，那个饭店地处幽静的城乡接合部，吃过晚饭还可以在近郊散散步。如果女朋友也一起喝了酒，酒后能吐真言，可以探探她的口风。

陆小路跟朱伶俐的关系一直处在不冷不热的状态。

朱伶俐比原定的时间晚了半小时，符合陆小路的预期。

这家海鲜火锅店的楼道和包厢墙面都贴满了20世纪30年代老上海的城市风景、月份牌美女、老物件的放大图片，一进火锅店就给人一种怀旧感。陆小路喜欢这些老照片，暗忖，原来30年代的上海那样繁华啊！

见了面，陆小路提议，把手机都放在包里，设置在静音状态。朱伶俐觉得也对，晚上就该安心喝酒、吃菜。

朱伶俐说，今天怎么这么大方，请我吃海鲜火锅？

百合

陆小路说，你爸决定要发年终奖了。今晚一起喝瓶红酒？

朱伶俐说，不错啊，在老爸那儿好好干吧，等你有出息了我才能公开咱俩的恋情。

朱伶俐爽快地答应了一起喝酒。

餐厅里正在播放爵士歌手王若琳的《亲密爱人》，那种懒洋洋的风格跟今晚的氛围倒也合拍，好像专为他俩播放似的。

来，为你的康复，敬你。朱伶俐啜了一口。

陆小路回敬道，也感谢你的照顾。有了你的体贴，才有了我战胜疾病的信心。

一开始，朱伶俐是拘束的，只是啜饮，随着酒精的作用，朱伶俐越来越胆大了，还主动提议跟陆小路干杯。陆小路是有点酒量的，正中下怀，就跟着朱伶俐的节奏喝。

不知不觉地，两人已经喝掉一瓶。陆小路提议再开一瓶。没想到朱伶俐非常爽快，同意再喝。

等第二瓶红酒喝下去之后，朱伶俐的嗓门大了，动作也夸张了。陆小路知道朱伶俐已经喝高了，就赶紧去吧台结了账，搀扶着朱伶俐下楼。

到我的车上去休息一下，吹了风会醉得更快。陆小路关切地说。

近郊的夜色似乎比城里暗多了。

趁着朱伶俐的酒劲，陆小路说，伶俐，咱俩是不是该明确了，明年考虑婚礼吧？

朱伶俐虽然喝了酒，思路和吐字却还是清晰的。小路，再等等嘛，恋爱期间才是最甜蜜的，等一结婚就只有锅碗瓢盆、油盐酱醋了。我不想过那样的日子。

可就在这时候，另一个朱伶俐的声音也同时说话了：陆小路很抱歉，杜明月也追得很紧，在你和杜明月之间，我还要选择。

你怎么了？朱伶俐一脸狐疑地看着陆小路。

陆小路呆若木鸡。

陆小路想，朱伶俐黏了他那么久，而不是果断地放弃他，一定有她的想法的。也就是说，他陆小路有优点吸引着朱伶俐，使她不肯放手。而那个杜明月的优势又是什么呢？所谓知己知彼方能百战百胜。陆小路蓦地产生了窥看朱伶俐手机里的秘密的想法，想看看朱伶俐跟闺密、跟杜明月的聊天记录。

几天后，陆小路跟朱伶俐坐在电影院售票处前面的椅子上，看着大屏幕上的电影广告片。接着，陆小路起身去买了饮料、爆米花，再回到休息处。进场前，朱伶俐有个习惯，必须进一次洗手间。进洗手间携带手提包不方便，朱伶俐就把手提包交给了陆小路。

陆小路是玩手机的高手，能不看屏幕打字——盲打。这时候，陆小路的眼睛极速扫视着手机，更多的时间却在观察通向洗手间的过道。

果然，朱伶俐还没有进洗手间又踅了回来，把陆小路吓出一身冷汗，手机也差点滑落在地上。

忘了带手纸，看我这记性。朱伶俐小声说。

真有你的。陆小路假装镇静。

朱伶俐再走向过道。陆小路再取出手机。

锁屏？陆小路拿着朱伶俐的手机，首先遇到了障碍。

解码。陆小路想，按常规，朱伶俐设置的密码很可能是她家里的电话号码、办公室的座机号码、她生日的日期。

陆小路连续输入了几组数字，结果都被手机无情地拒绝了。

对了，现在也有浪漫的女孩子把他们初次见面的日期设置成密码，给别人增加破译的难度。朱伶俐会不会也这样设置？

前年的情人节，正好是他们的见面日。

再输入170214，果然密码解开，屏幕跳到了安卓系统的桌面。再进入微信，找到了她跟闺密乔安娜的聊天记录。

乔安娜：亲爱的，在干吗？

朱伶俐：在发呆。

乔安娜：又有什么事？

朱伶俐：没事，就是选不好那两个男人。

乔安娜：好事啊。

朱伶俐：陆小路聪明，可杜明月也不错，他爸是公安局副局长，他妈

百合

317

是税务局处长，条件比陆小路好多了。

乔安娜：也不能光看条件哪，人品也很重要啊。要是嫁个渣男就完了，结了婚还得离婚。

朱伶俐：是啊，陆小路的设计品位蛮高的，就是家里的条件差了点。

乔安娜：条件嘛，过得去就算了。

朱伶俐：是啊，如果他能订了房，还可以考虑考虑。

…………

朱伶俐准时回来了，跟陆小路猜测的时间完全吻合。

周末，陆小路又去市区的售楼展示厅转了一圈。

这段时间，陆小路经常把房产公司的广告资料带回家来，铺在餐桌上，像将军一样，认真研究着各家房产公司的户型图。

陆小路的家只有90多平方米，在这个城市里，算小户型了。可以说，陆小路的家庭连中产都算不上。母亲在一家半死不活的事业单位工作；父亲在一家超市工作，是个小组长。

陆小路在考虑，不管跟哪个女孩子谈恋爱，房子的事还是很重要的，更何况，朱伶俐在跟闺密的聊天记录里已经聊到了房子的事。如果有合适的环境，有合适的房价就把房子订了。

三年前，陆小路也想买过房子，自己准备了20万元，如果家里再支援一点，首付款估计就够了。可是，这年运气确实不好，他父亲突发心脏病，经检查，还是先天性的心脏病，只是以前没发觉而已。医生说必须手术，否则后患无穷。全家人商量下来，决定还是动手术。这样一来，费用就支出了一大笔。陆小路凑钱买房的事暂时就搁浅了。

那时，陆小路真的羡慕那些经济条件优越的家庭，买房对他们来说，可能跟买菜一样简单。可自己投胎在这样的家里，有什么办法呢。

这一切，他爸都看在了眼里。看到儿子又坐在餐桌边研究户型图，他也走了过来，坐在陆小路的对面，目光投在那些五颜六色的广告单上。

陆小路抬眼，惊讶地发现才50出头的父亲，看上去那样老了：头发花白，而且稀少，脸上没有光泽，额头上布满了皱纹，腰也佝偻了。这哪像是50刚出头的人啊！别人70岁也不会这么老态呢。

陆小路他爸平时话语不多，但作为父亲，他是了解儿子的。

房子还是趁早买。都怪爸前年生的那场病！不然也不会耽误你那么久。前一段时间我看你一直在外面看房，也想为你出点力。如果你想买，就把你的卡号发给我，明天我就把钱转给你。不多，30万，以前和这几年攒的。

陆小路他爸说这话的时候，心平气和，一点都看不出破绽。可是他心里在想什么，陆小路分明听得清楚：30万哪！自己哪有这么多，15万确实是家里积攒的，另外的15万是借来的。借来的钱就不用儿子去还了，趁自己现在还干得动，15万块钱还是能挣回来的。

陆小路没有把卡号发给他父亲，想说点什么却不知道怎么开口，眼眶里却有点潮湿。

百合

无　罪

陈芷莘

1

一九九八年，我第一次见到那三个孩子。

吴晓和周余年纪大些，周茹茹还是小孩子模样。他们说他们是父母双亡的兄妹三个，吴晓跟妈妈姓，周余和周茹茹跟爸爸姓。还说他们站在警局是想要报警，找回他们的钱包，说是攒了很久的钱被人连钱包一起偷走了。

"是个深绿色的钱包，里面放了八千块钱。我们走在路上，钱包放在哥哥身上，不知道什么时候被偷走了，我们都记得有个胖胖的女人从吴晓哥边上走过，靠得很近。"

吴晓畏畏缩缩地说不出什么，反倒是周余冷静之余还能完整叙述案发情况，而周茹茹长得着实漂亮，和周余有七分相似，像洋娃娃似的，光坐那儿就有不少警官哥哥姐姐给她糖和玩具。

周余认真地说："我们是从隔壁市来的，我已经年满十六了。"

我知道他为什么要说自己年满十六，他的单肩背包破烂不堪，有个大一点的洞露出了里面一本书的一角，角都翻得卷了边。

这我很熟，是《中华人民共和国民法通则》（此法已于 2021 年 1 月 1 日废止。同日，《中华人民共和国民法典》正式施行）。

民法通则规定：十六周岁以上不满十八周岁的公民，以自己的劳动收入为主要生活来源的，视为完全民事行为能力人。

周余继续说：“茹茹也已经满八岁了。”

他竭力地向我们证明他可以通过写文章挣取稿费养活自己，还给我看了他的存折。

“这是我的月入稿费，我可以养活我和妹妹。”周余如是说。

周余说话的时候眼睛总是往吴晓的方向看，作为局里最年轻的侧写师，我能感觉得到他的慌张。

“可是你们三个都没有身份证，名字和年龄我们都没有办法相信的。”我拿起手边的笔，轻轻敲了一下桌子给我的同事们一个暗示，告诉他们这三个孩子不同寻常。

其实即便我没有提醒他们，派出所里也没有一个人相信周余的任何一句话。

周余回头看吴晓，我原以为他和周茹茹的身份证明被他放在吴晓那里保管，但我很快反应过来，他们想逃。

几乎是同时，吴晓一反刚才唯唯诺诺的样子，迅速地抱起了周茹茹，率先冲出了派出所。周余紧随其后，两个人朝着相反的方向一路狂奔。几个离门近的同事飞快地追了出去，其余的都觉得抓三个小孩而已没必要大动干戈，又慢慢坐了下来。

“贺老师，这三个孩子为什么要跑？”

我转了转手里的笔，轻声说：“他们想要钱。”

我的同事们被我说得一头雾水，我又补充了一句：“我怀疑他们盯上了那个胖胖的女人，他们想要的是她的钱包，深绿色的钱包，里面有八千块。”

八千块。

我敢说此刻在这个镇上，能拿出八千块钱现金的人都是不存在的。我一个月的工资能有八千去掉一个零都算是恩赐。

我又用笔敲了敲桌子，这是我记忆深化的方式之一，我努力回想周余说话时候的神情以及那本存折上的银行账号。

我想等那三个小孩被抓回来之后好好问问他们，为什么要这么多钱。但是追出去的几个人回来的时候已经快要下班了，他们都说跟丢了。

"算了算了，跑了就跑了吧，没准是恶作剧呢，看你热的，洗个澡准备下班吧。"一边的女同事如是说。

我张口想说"我们好好查一查这三个孩子吧"，但是没说得出口，这三个孩子既没有正式立案，也不涉及任何刑事案件，我没有理由让我的同事们为我一个人的疑虑加班。

我背着包，漫无目的地在小镇上转悠，我不是想找那三个孩子，我在找那个胖胖的女人，有一个深绿色钱包的女人。

2

我失算了。

我以为可以在一星期内在这个骑个自行车就可以从一头到另一头的小镇里"偶遇"那个女人，我甚至都想好了要问的问题，但是我却先遇到了吴晓。

其实不是遇到，我看得出，是吴晓主动来找我的。

他在人群里定定地看着我，直到我靠近了他一步，他才默不作声地往前走。他把我带到了一个楼前面。

那幢居民楼很破，在一个变电站前面，一墙之隔就是一个巨大的变压器，一共六层。

吴晓把我带到了六层半。

半，是指层高只有正常层高一半的复式楼赠送的半间小楼，很少有人把它单独隔开居住，经常只是堆放杂物。

我弯着腰走了进去，一眼就看见了周余。他躺在地上，身上堆满了破破烂烂的衣服，脸通红着，看起来烧得快脱水了。

"救他。"这是我第一次听到吴晓开口，他似乎已经过了变声期，低沉的声音带着很重的压迫感。

我伸手摸了摸周余的额头，虽然我医学常识学得很差，但是手上摸着感觉热度已经上了40摄氏度。我有些慌乱："有水吗？这些衣服是谁的？"

周茹茹从角落里钻了出来，脸上脏兮兮的，怀里抱着一个发黑的兔子玩偶，怯怯地说："贺哥哥，我哥哥发烧把所有的水都烧干了。"

她说话的时候手里拿着一个塑料桶。塑料桶的表皮被撕干净了。虽然里面是空的，但她抱着仍然吃力。我把这些看在眼里，却第一次把重点放在了"哥哥"这个称呼上。

我把周余身上的衣服全都推开，四周看了一圈，终于看到窗台外有个脏兮兮的积水坑，把衬衫脱了下来浸透后，微微拧干盖在了周余的额头上。

"我去买点药，你们看着他点，有额外状况就送医院。"我低头看了一眼自己身上浅色的 T 恤，衣角被周茹茹抓过，留下了一个黑黢黢的手印。

"贺哥哥，你不要走。"

我抬眼看向吴晓，他撇过头不看我，跪在周余边上给他额头上的"湿衬衫"翻了个面："我们没有钱了。"

我不是个容易心软的人，但是我低头又看了一眼周茹茹，到底还是把手递了过去："走，我带你一起去给你哥哥买药。"

我特意用了"你哥哥"这个称呼，周茹茹没有给我任何异常的表情，完全证实了我的想法。

"这几天，你们都吃什么喝什么的?"

周茹茹一只手被我牵着，一只手还抱着那个脏兮兮的兔子，小声说："垃圾桶，里面有那么大的塑料桶，外面沾了脏，哥哥撕了皮，接水喝。"

我动了恻隐之心，不仅买了药、毛巾和水，还给他们每人买了两套衣服和不少吃的。我简单地给周余检查了一下，小孩子身体恢复得快，应该退烧药吃下去没两天就活蹦乱跳了。

"谢谢了，贺警官。"

我和吴晓走到屋外，勉强称得上阳台的露天平台装了个到我腰的栏杆，不到三十平方米的半层楼里，只有这个地方是能直得起腰的。我回头看了一眼屋里睡熟的两个人，从口袋里掏出一根烟叼在嘴边，用手指敲了敲栏杆，突然问："你在以什么身份谢我?"

周茹茹单单用没有前缀的"哥哥"来称呼周余，说明，她只有这么一个哥哥。

百合

我笃定了吴晓和周余、周茹茹并没有任何血缘关系，因此，周余即便发烧烧死了，也和吴晓毫无干系。他却大费周章冒险来找我。

"你知道了？"吴晓也回头看了屋里一大一小两个小孩蜷缩在角落里，"我原本不认识他们，我有时候自己也在想，我从没有对谁动过恻隐之心，偏偏放心不下他们两个。"

3

吴晓跟我说了很多，聊到天都隐隐泛亮。他说他家里人虐待他，所以逃到了这个镇子，待了七年。

我问他七年是怎么活下去的，问出口了又突然想起周茹茹说的捡垃圾的话。

"我骗钱，骗得不多，刚跑出来的时候十一岁，"吴晓侧过头看我，"贺警官会抓我吗？"

我摇了摇头："我站在这里纯属私人身份，我没把自己当警察。"

"那就好。"吴晓笑起来，甜甜的，一点都看不出来像是个骗子。

吴晓好像看穿了我似的："你觉得我看起来不像个骗子，所以谁看我都不会觉得我是个骗子，我不骗镇上的人，只骗外面来的。"

我看着吴晓朝着身后的方向努了努嘴："他从隔壁市的孤儿院跑出来的，带着他妹妹，身上揣着八千块。

"我不知道他哪里来的这么多钱，但是放在一个绿色的女式钱包里，是现金，厚厚一沓。"

"八千块不够。他说的，他需要钱给他妹妹治病，"吴晓说到这里的时候顿了一下，他满脸苦涩地说，"但可惜我是个骗子。"

"所以那八千块钱在哪儿？"

吴晓沉默了。

我有些着急地扯住他的手腕："你知不知道诈骗涉案金额达三千就会被立案。"

吴晓突然像失语了一样，任凭我怎么问，他都不说话了。我看着完全亮起来的天空，阳光直直地洒在了周余和周茹茹的脸上，我低声问："那我就再问一句，钱去哪儿了？"

我怕他赌博嫖娼，怕他碰到点毒品什么的。他转过身靠在栏杆上，朝着屋里醒了的周余招了招手，满脸笑容却用着只有我一个人听得见的声音说："花了。"

我定定地看了吴晓好久，我心里的侧写被推翻了大半。我回过神的时候看了看表。快要到我上班的时间了，我才弯下腰钻进屋里，笑眯眯地说："小余，茹茹，睡得好吗？"

得到回应之后我轻轻笑着揉了揉他们的脑袋："我下了班之后给你们带吃的。"

可是下了班之后，我想要回到六楼半的那层，却被六楼的住户拦住了："你在干什么？你偷偷摸摸地往我家仓库里钻是什么意思？"

我愣了一下，才后知后觉地意识到三个孩子居无定所，只是趁着谁不在家，就在谁家顶楼的半层隔断里住上几天。

"啊！不是，不好意思。我前两天这边装修，丢了个东西在这附近，我想来找找。"

我本意是搪塞，找个台阶自己下了赶紧离开，却听见屋主说："是这个吗？"

我回头一看，那是一个深绿色的钱包。

4

钱包是空的。

女式钱包，手工缝制，布料很好，内衬摸起来手感很舒服，像是丝绸的质地。怎么看都像是那种以前的地主家用的东西。只是表面似乎被洗了好多好多次都要褪色了。

钱包的收口是搭扣的，开合久了，"咔嗒"的声音渐渐没有了。我伸手进去摸了摸，空间确实挺大的，装个万把块钱不在话下。

钱包我拿在手上，只觉得心里压了块石头。我翻来覆去睡不着觉，终

百合

于在第三天夜里坐起来。我咬了咬牙，从我的存款里提了八千块。

厚厚的一大沓，放在手心里都觉得汗涔涔的，拿着其中一张我都觉得沉甸甸的。

我的小破屋，一平方米也才四百块，局里还给大量补贴，可以说我这辈子还没有拿出这么多的现金在手里过。

我小心翼翼地把钱装进了钱包里，几乎没有响动的"咔嗒"声让我的心脏也狠狠疼了一下。

钱包被我放进了包里，上班的时候我滥用职权查询了所有拥有复式半层的楼幢，几天踩点之后，我找到了唯一一家房主出门旅游的屋子。

我钻进去的时候，他们三个明显都慌乱了起来，连逃跑的起跑动作都做好了，我也很意外吴晓还和周余周茹茹在一起没离开。

"别害怕，我是来送东西的。"我从包里拿出了钱包，捏着里面的厚度还是觉得心疼，"这是你的钱包吗？我找到了，还你。"

我递给了周余，却刻意把目光停留在了吴晓脸上。吴晓满脸震惊地看着我，他退后了一步，把脸藏进了阴影里。

周余刚想接过去，我却又收了回来，我沉下声："但是你得告诉我，这钱你是从哪里来的。"

5

"我写了很多很多的稿子，我一笔一笔地挣的！这是我妈妈的存折。"周余很激动地拿出存折，泛了黄，有好几本字迹都快看不清楚了。

最后一本最后一行很清晰地写着 8001.52 取出 8000，余额 1.52。

"你妈妈呢？"

我不是故意想要揭人伤疤，只是疑虑太多，我想知道的也太多。周余为难地看了一眼周茹茹。吴晓立刻会意地哄着周茹茹出了门。

"妈妈上吊自杀了。"

他说他妈妈是难得秀外慧中的女子，但是因为婚姻是家里人包办。当爹的赌博，把家都赔光了。他妈妈走投无路，上吊了。

说话的时候，周余出神了好几次，声音逐渐低了下去："茹茹看见了，然后大病了一场，听觉视觉都在迅速衰退。"

我看着周余嘴唇翕动着，撇过视线，把钱包交到了他的手上。我走的时候，吴晓带着茹茹刚好回来，茹茹拉着我的衣服和我撒娇，非要我带她去买吃的。

路上，她语言组织不太清楚，但我还是听明白了，她在说她不想拖累她哥哥，她说她想自己快点独立。

我安慰了好一会儿，才送茹茹回去，还没推开门就听见里面传来的声音。

"阿晓，我们不该骗贺警官的。"

吴晓有些愠怒的声音传了出来："那我能怎么办？看着你这个笨蛋被人顺走了八千块？看着你这个笨蛋烧到四十度（摄氏度）？看着你一个人拖着茹茹还要每天写稿子？"

"阿晓……我不是……"

"我他妈就是有病，我有病才来管你是不是被骗了八千块，我有病我才看到钱包里的一团废纸之后绞尽脑汁地帮你骗钱，我有病来管你会不会烧死，我有病才……"

后面的声音被截断了，闷闷的，听也知道是周余捂住了吴晓的嘴，不让他再说些偏激的话。

"阿晓，谢谢你。"

我那时候才明白过来，吴晓口中的"骗"，骗的对象原来是我。他们三个配合着骗过了我的眼睛。只是在"骗"之余，我才知道有很多事情是真的。

茹茹被周余送去了医院，她的病是真的；周余需要钱是真的，他的女式钱包是妈妈给他留下来的遗物是真的；吴晓是个骗子是真的，他把周余的钱包顺走了是真的。茹茹说她不想拖累她哥哥是真的。

我想过去立案，但是我无法忘记我看到周余存折里攒了很多年的稿费到了八千一次性取出来余额几乎归零的那一行记录，也不敢去想吴晓得到周余的信任打开钱包却看见里面被调包成一大堆报纸之后只能撒谎说钱包

百合

丢了的心理。

我看着他们三个孩子的故事慢慢合理，填补了我疑虑的最后一个空缺，我想着，我就当用这八千块钱给三个孩子建了一座乌托邦好了。

我烦躁得再也不想管他们的事情了。

6

又两年。

庆祝澳门回归的喜气洋洋从一九九九年底蔓延到了二〇〇〇年，年还没过，我却好像已经过了很久的年一样。

其实小镇根本没有密不透风的墙，他们的事情我多少能从同事口中听说，我心里想着"不管他们的事"，但还是遏制不住地一听到有关他们的就竖起耳朵。

"那次那个八千的小孩记得吗？"

"记得啊，那个女娃娃好可爱。"

"那两个男娃娃偷钱骗人，之前说自己有八千块也都是骗人的，小小年纪不学好你知道吗，好恶心。"

我很想听见有人站出来说他们没有，却只听到了自己寡不敌众的声音。

我忽然想去找他们。

找到他们的时候，周茹茹已经被送进了医院，我看到吴晓和周余的时候，他们很慌乱。

"你们走吧，别待在这，这里的人，不好。"

我斟酌了措辞，但是看着他们的脸也知道他们听懂了，那些能传进我耳朵的流言，必然也会传进他们的耳朵里。这次管过他们，我就不想再管他们了，我想。

我是一个俗人。

我喜欢俗套的爱情故事，我喜欢听少年为了爱情死去活来的故事，但是我不想听这三个孩子的故事。他们那不是什么美满的故事。

从矮墙头跳下来的少年不是意气风发的，而是不知死活地冲进不接纳他们的世界。

小镇的出口有一个牌子，上面写着"小镇欢迎您"，背面写着"欢迎下次光临"。

我到的时候他们就站在那块牌子下面，显然是在等我。我站在那里看着他们，期待他们冲进的不是不接纳他们的世界。

吴晓笑着朝我摆摆手，他说："贺警官，谢谢你。"

周余也朝我笑了笑，手插在兜里："贺警官，绿色的钱包，八千块。"

我摸了摸口袋。周余和吴晓却越来越远，他们挥着手，我的眼前却越来越模糊。

我还是个俗人，我喜欢看少年们在阳光下面奔跑，喜欢看理想世界的完美结局。

但是，我看见放在我办公桌上装了一万块钱的绿色钱包，和里面那封简短的信，我还是忍不住红了眼睛。

贺警官：

您好，我是周余，这是还给您的钱，很抱歉骗了您。我没有我说得那么好。我骗人，到处说我年满十六岁，我还骂人、抽烟、打架。

您把钱交到我手上的时候是我心灵最震撼的时候，我和阿晓没想过会这么轻易，我曾以为这世界上根本没有好人，好人只配被骗被偷然后沦为坏人。

但是，您不是。

其实那一刻我就知道错了。我喜欢您说的，谁都可以从头再来。

很感谢您被我们骗了之后还会来关心别人对我们的评价，我们确实迷茫过很久，甚至觉得那些言论就是对我们之前行为的惩罚。

我们原本已经打算藏在黑暗里面接受惩罚时，您又一次帮了我们。

谢谢您贺警官，再见了贺警官。

永远感激您的周余、吴晓

百合

情 系 半 生

李 丹

没有一个人会拒绝爱情的来临

"妹妹,在吗?今天跟你说一件非常重要的事情。"陈玲英从来没想过,这句话的开头会引出一段这样的故事。

"姐姐,我刚看到,回复晚了,不好意思。"韦祎翻到手机微信里的留言,马上发回信息。她与玲英姐是在《幸福之歌》老年舞蹈队认识的。

"我觉得有个人跟你很般配,我想把优秀的人介绍给你。"玲英姐好像一直在线上等着。

"1 米 74,71 斤。事业有成,为人挺好,丧偶。1962 年的,你好像是1969 年的,现在单身,对吧!"

"是的,姐姐,他应该是 71 公斤吧!"

"嗯呐,看我急得。他很能干的,据说,谈业务时,自己能做翻译,我们这么的小县城,60 后,英语能从零分到满分;而且他公司能经营 30多年,真心不容易的。"

"哦,是的,英语这么厉害,戳中我的心了。哈哈哈!"韦祎从 9 岁开始学英语,作为 60 后一直坚持学习英语。

"我知道你对积极向上的人有兴趣,先把你的微信推给他吧!"

…………

韦祎等了几天,没见人联系她,忍不住问玲英姐。结果是,杜总出差了,还发给她车票的照片。只是,杜总企业里有个姐夫在管这个事,介绍的人比较多，不是谁都能直接加到杜总的微信，而是要经过筛选。

那就希望渺茫了，人家又不了解自己。心里不禁想起沈从文的一句话"遇见你之前，我以为我受得了寂寞"。

10多天后，韦祎看到"通讯录"里的待加好友，上面留言：你好！我是杜敬亭，是陈总介绍的，方便的话，请加一下微信。谢谢！

韦祎笑着点了"通过验证"。"相看两不厌，只有敬亭山"，应该是个好的开始吧！自己离异后这几年，精神境界、生活阅历同频的人越来越少，屈指可数，也有些人给她牵线，都没看上。

情出自愿　爱过无悔

吴朝霞在菜场看到一个钱包，是真实还是幻觉？她晃了晃头，眨了眨眼，真的呢！男式的，她弯腰捡了起来，里面有身份证、银行卡、公交卡，还有现金。她想也没想就在等失主，反正一个人做菜，一个人吃，大不了买烧起来快一点的，比如豆腐、西红柿，反正看心情吧！

没多久，一个清秀的老人匆匆而来，东看看西看看，眼睛是朝地面的，有戏，这位十有八九是失主。

吴朝霞上前一步："请问，你丢了什么？"

这人顿了一下，满脸着急："哦，钱夹。钱不多，就是证件补办太烦了。"

吴朝霞从买菜的环保袋里摸出一个东西说："那你说一下里面有什么东西吧！"

"您捡到了，太好了！里面有身份证，您按照片核对一下就好了。"老人兴奋起来，思路非常清晰。

吴朝霞这才仔细看起照片和这个人……

这个人叫李思墨，1957年9月出生。

第二天，李思墨买了时令水果上门道谢。在聊天中，了解到吴朝霞也是丧偶，年纪相仿，年轻时很操劳，目前没什么大事了，只是在住对面套间的小儿子和媳妇忙的时候，替他们接送小孙女上下学。

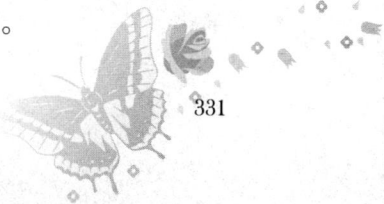

百合

331

李思墨以前一直在教育系统工作，退休没几年。经过这两天的事以后，他就有事没事，乘坐公交车，到吴朝霞家附近，约她出来到广场坐坐、说说话。

一转眼，几个月过去了，两人虽然不能时常见面，彼此还是能保持电话联系。

李思墨儿子、女儿都在一线大城市，无意间看到父亲微信发的感慨"无人与我立黄昏，无人问我粥可温……"，两人讨论了一番，决定网购一些花苗，给父亲解解闷。花到底是企业商铺专业人士推荐的，好养活，开得繁花似锦。

"花赏半开时。"他吟了一句，便剪了一枝花插到花瓶里。第一天含苞欲放，第二天盛放，第三天残花。他苦笑，他感悟到了什么。

你若不离　我便不弃

春节前，吴朝霞连续三天没有李先生的信息，想他是不是到儿女那里过年了，是不是遇到合适的人了？会不会摔了一跤？保佑不要有坏事就好了。

儿子看她择菜时心神不宁的样子，想了想说："妈，李先生人品好，又有文化，对你也不赖，退休金还不低。我们商量过了，不反对，以前爸爸老是喝醉酒无事生非，你也没过过安生的日子。"

媳妇接上话，真诚地说："你可以去问一下嘛！也许他才是你的正缘呢！接送小韵嘛，我们自己能解决的。"

吴朝霞第一次主动给他打电话。

得到的消息是李先生胆囊炎开刀，取出好多粒结石，怕吴朝霞担心，所以想再过一两天告诉她。

"其实，我在家里为你祈祷了好多回，只要你年年岁岁平安，一生一世不见也无妨，只是……如果没有你，这场相遇还有什么意义！"

就这样，这一对"我知道我的心，你也懂我的意"的人坚定了未来的路。

优秀的祎姐

韦祎与闺密楚楚合开了一个茶楼，经营主要由楚楚负责，韦祎白天在公司上班，晚上照看茶楼的生意，来茶楼与朋友聊天喝茶，长人气。

"祎姐，你知道我为什么跟你'混'吗?"三十多岁的楚楚，姓楚名楚，不是本地人，长得漂亮，人也精明，却死心塌地跟了韦祎多年。

韦祎用茶艺课学到的手法，优雅地拿起"个人杯"喝了一口茶，笑而不语，知道这个心直口快的姑娘不吐不快。

"我没见过你这么努力的人。那天，茶友在说，1.01 的 365 次方等于 37.78，而 0.99 的 365 次方只有 0.03。两种悬殊的结果，这就是每天努力一点点的力量，太震撼了，所以，有现成的老师在面前，我自然要向你多学一些了。"

山清水秀的外婆家

张青芳，十八岁，一名高二学生。20 世纪 80 年代的一个暑假，天特别热，父母上班又很忙，外婆托来城里办事的人捎口信，让青芳去玩几天，说山里特别清爽、凉快，还给她留了好吃的。去外婆家是青芳每年暑假的重头戏，父母拾掇拾掇，买了些乡间少见的礼物，便送青芳去了车站。

那是一个依山傍水的好地方，青芳刚跳下车，小姨就笑着迎了上来，接过青芳的包，拉着青芳的手。站成一排看热闹的村民纷纷说："人家城里来的，就是漂亮!""皮肤这么白啊!"

全是惊羡的目光，青芳被看得脸都红了，快步与小姨一起走进外婆家。外婆从厨房里取了炒豆、炒玉米，说："这是你小时候最喜欢吃的，快吃，香着呢!"青芳抓了一把给外婆，外婆摇摇手："我们咬不动了，哈哈哈!"

小姨端来一碗水，"看把你外婆忙活的，搞卫生、洗簟席、洗被子。

百合

铺床她都要自己动手，这不，手指头又弯了，类风湿有点严重的。对了，楼上给你整理好了，有什么不习惯的，跟我说。"青芳赶紧拉过外婆的手揉了又揉，就像小时候青芳有点痛啊、痒啊的，全是这双长满老茧的手给予安抚，这种感觉又涌上心头。

二楼窗边放了一张桌子、一把椅子，应该是外婆给青芳准备的课桌吧！从窗外看出去，刚好是外婆家的一棵梨树。成熟的时候，梨子的外皮近乎赭色，透着密密点点的红，看看都觉得分外甜。外婆会请人带一筐精选的梨到城里，"二等品"装到一个坛子里，用来招待来自家的客人。外婆每年都分一些给村里的娃儿解馋，吃不够的男孩子晚上还会拿竹竿来敲梨，捡起来，衣服上一擦就吃，味道好着啊！这样一来，害得外婆自己只能吃蜜蜂叮咬过的烂梨。那时候家家户户吃的东西都少，这棵会长果子的树，真是个宝啊！

邂逅年轻的上尉

这天，青芳复习好英语，眼睛不由得朝远处看。离外婆家五百多米就是水库管理处办公室。就在此时，对面一个身着军装，身姿笔直的军人朝她的方向走来。看不清他的脸，但直觉判断他一定非常年轻，她目送着这个英俊身影渐渐走远，脑子里浮现出学过的一个英语单词：handsome（英俊）。

晚饭前，青芳有意无意地问小姨。小姨说："哦！这个人啊！泽华嘛！十八岁高中毕业就参军了，在部队考上军校，现在是军官呢！他在村里读书时写的作文，现在还被作为范文哩！"是的，这么个小地方出了个人才，村里谁人不识君。

如同有感应一样，城里姑娘青芳的到来，在村里也是作为最新消息在传播，王泽华的妈妈从水盆里匀出一碗螺蛳，让泽华送到青芳外婆家，说是请城里人尝尝鲜。泽华穿着部队的白衬衫、宽大的军裤，扎了根牛皮带，妥妥的一个精神小伙。外婆给他倒了一杯水，然后大声地喊楼上的青芳下来，青芳以为又叫她吃东西，拿了本英语书就下楼了，走到一半光景，楼梯拐了个弯后，就直直地对着门，能看到一楼的所有人和物，更何况那里还有一股强大的磁场……这次算是真正的见面。

次日，泽华晚饭后出门散步，本来以前每天都是去爬大坝的，今天不知怎么换了个方向。走到青芳外婆家附近时，他干脆大胆地做了个决定，约青芳去大坝看看，他可以做个讲解员。外婆自然应允，读书人之间才有得聊，叫他们村里人介绍，只会大致地说，这是闸门，那是发电机，再深入问个问题就会被卡住了。

两人拾级而上，一起数数，共 199 级台阶。站在大坝上，泽华系统地讲述水库的历史、建造过程；水库的作用、发电原理；机组容量、未来前景……一边走，一边说："我也吃过你外婆家的梨，很甜！"听他这句话，青芳莫名地觉得两个人的心走得更近了。刚好走到一段崎岖的山路，他伸出手，拉她一把，她也欣然接受，没有扭扭捏捏。两个人相谈甚欢。

第三天，泽华又来约青芳散步，大约比昨天晚一个小时。两人没走多少路，感觉天就有点黑了。青芳问他一些部队里的事。泽华驾轻就熟地回答着。青芳提出泽华走正步给他看。泽华毫不犹豫地挺了挺胸膛，手臂前后挥动，两脚有力地向前踢出。青芳觉得跟电影里一样一样的，还觉得在梦中一般。

快往回走时，王泽华突然在一棵大树前站住了，用力抱住青芳。青芳听到泽华的胸膛"嘭嘭"的清晰有力的声音。青芳也是第一次这样近距离接触男生，估计泽华也能听到她的心跳声。泽华看试探成功，接下来马上进攻，摸摸索索地吻了上去。青芳如同踩在棉花上，人好像悬空飞起来了，脑子一片空白，只觉得快被他抱得窒息了，赶紧拍他的后背，示意松开。等他稍微松开一点，她赶紧抽出身，茫然地往前走，手也不敢跟他拉。只是，慢慢地，两人肩膀越靠越近。青芳一路回味着那个烫烫的唇，初吻献给这个优秀的男人，想想也是值得的，浑身洋溢幸福感。散步回家前，泽华适时向她要了通信地址。

好像有预见似的，第四天，泽华的探亲假被一个电话中止。他提前归队了。

从此，两人一个在部队，一个在读高中；一年多的鸿雁传书，感情坚不可摧，只是难得见面。有一次，泽华伤感地说："我爸爸很早就没了，我妈一个人拉扯三个姐姐和我很不容易。小时候吃穿都成问题，以后条件好了，我们要多孝敬她。"

"嗯，应该的，让她享享我们的福。"

"我妈担心，你是城里人，一考上大学，接触社会面广，追求的人就多，我家穷，怕……咱们的事就这样黄了。"泽华说出了妈的心事，不，是心病。

"不会的，那我故意考不上好了，等着随军，到军工厂工作。"青芳以前听他们说过这条出路。

青芳果然高考落榜，离分数线仅差两分。一个学校减免十分，可以去读委培。青芳毫不犹豫否决了。青芳父母着急上火啊，找上海的亲戚劝了很久，也未能成功。所以，青芳终也没有辜负泽华的妈妈。

你的就是我的，我的还是我的

"祎姐，姐夫来我们茶楼借钱了，让我不要与你说。"楚楚一见到韦祎就汇报。

"借了吗？飞哥开口多少？"一向淡定的韦祎失了神。

"六十五万，我说了半天没有，才走的。"

韦祎眼前浮现出飞哥在家里的面孔："贷款是两个人去签字的，肯定与你脱不了干系。"

"你做项目，我肯定支持，可是你……"没等韦祎说完，被强势打断。

"你什么你？"飞哥无理取闹。

"你买了名车，说是做生意的门面，我也认了。又买了钻戒、名表、这么多衣服，这样生意就会送上门来了吗？我每天这么省着吃、省着花，拼命挣钱，为了什么？"韦祎反问。

"为什么？哼，你不就是想说，你比我行，法律规定个人的生活物品归个人，不是共同财产。反正你的就是我的，我的还是我的。"他叫嚣着，嘭的一声关门出去了。

若爱，便是一生

那天，当吴朝霞听到李思墨明确的"请求"时，她说出了放在心里很久的话，"我只有高小文化，后面都是自己翻字典自学的，总觉得高攀不起。"

"不完美又何妨，万物皆有裂隙，那是光照进来的地方。你摸一下，我这里还有个疤，也不完美。"李先生拉着她的手，放在前段时间开刀的地方。

朝霞"扑哧"一下笑了。

"哎，那天，我第一次认真看你，再核对身份证。然后，又看了一次人，就觉得因为多看了你一眼，就……你是文化人，有什么词可以描述。"

"一眼万年。"李先生坚定地说。

是的，他们结婚了。

有情人终成眷属

青芳毕业后，就在本地一个大型服装厂当电工。师傅是表舅，一个老牌的八级电工。这个"老牌"有两个含义，一是人品忠厚老实，二是电工技术顶级。服装厂里机修工和电工老吃香了，挡车女工都很尊重他们。故障一多，不是出不了活，就是出次品，女工们全指着他们拿高工资呢！不久以后，青芳还轮流着安排对"蜘蛛网"似的电路进行改造，提高安全的同时，减少停电的次数。女工们每天笑脸相迎，青芳工作得很开心，还有那么一丝丝的成就感。

不知不觉，第二年春分时节，泽华是部队里当年第一个请探亲假的人，并带了存折回来。之前两家已经商量妥当，他妈妈也拿出了积蓄，买了首饰、两套衣裙和吉利物件，等"东风"一回到家，就热热闹闹地办一场订婚仪式。

泽华终于第一次享受完探亲假。这次假期过得特别快，他恋恋不舍地

百合

337

"打道回府"。

后来的日子过得特别慢，两人的相思如同滔滔江水，仿佛所有的歌都是为他们俩定制的，"宁静的夜晚，你也思念，我也思念"；一首首古诗都是给他们俩写，完全对得上号，"日日思君，不见君，共饮长江水"。

我爱的人刚好也爱着我

李思墨承诺："我遇见你很晚，但我会陪你很久；你没见到朝霞，我陪你欣赏晚霞。"

"你说的是我的名字吗？那么，思墨，你的名字有什么典故？"

"这是我爷爷取的，'思'就是思考，'墨'来源于古诗'挥毫落纸墨痕新，几点梅花最可人'。"李思墨一边翻着《芥子园画谱》，一边说，"来，我教你画画吧！"

"你看，天下一切画，都是自画像，包括花鸟、山水。我最喜欢画雪景，雪后初霁特别美。当然会比较辛苦，需要长年累月的坚持，光学基本功，用中锋画线条就起码一个月，很枯燥。你，愿意吗？"

"好的，我愿意。"

"哎哟！墨竹，画得不错啊！墨分五色，理解进去了。走，休息一下。"李先生把朝霞拉到书房外，把一个双肩包往朝霞后面一背，插了一朵鲜花，说，"我当老鹰，你是小鸡，你可要保护好后面的'鸡仔'，来了哈！"

朝霞伸开双臂，一会儿往左，一会儿往右，两个人笑声不断……

李先生在一次严重感冒过后，突发奇想，教朝霞工笔画。李先生说："工笔画美到骨子里，结构巧妙、线条精细，咱们就专攻牡丹吧！画得好，还能赚钱呢！我卖过十来张工笔画。姐姐的邻居开私人小旅馆，每个客房都装饰得优雅，有格调！话说回来，水墨金石酬相知，只收了象征性的润笔。"

朝霞想不明白，写意画刚刚入门，为什么要改风格呢？

"快，出来一下，你看院子里的梅花开了！"

"我《曹全碑》每天五十个字没临好呢！呀！下雪了！"朝霞一边说，一边走了过来。

"对啊！这时'踏雪寻梅'，又能'共白头'！"

朝霞抬头看时，已经满眼是泪。

"怎么了，不快乐吗?"

"我不是快乐，是真的幸福，以前想都不敢想的幸福。"

明智的放弃胜过盲目的执着

周末早上，楚楚看韦祎眼睛红肿，不由得说："祎姐，黑眼圈都出来了，是不是与姐夫吵架了?"

韦祎一下子红了眼眶。

楚楚劝道："那个人二十多年前出轨的事，我也是从别人那里听说的。今天当你面我说句难听的话。别人都把筷子伸到你碗里了，这种触及底线的事也不止一次了，你还……哎！如果是我的话，当断则断！"

韦祎陷入沉思。

民宿的"小爱"播放着《浮生记》：我愿赌不服输，爱你是我唯一的赌注。怪我太单纯，现实太残酷……

"好吧！我豁出去了，你能看到姐夫的微信聊天信息吗?"楚楚下了决心。

"我们是有微信后很久才加的，好像是 2019 年下半年。当时看过一次朋友圈，没过几天，他的两个微信号我都看不到东西了。"

"所以，你是看不到聊天内容的。说实话吧！别人看到他与以前那个女的在别人家打麻将，那个贱人坐他腿上，一根烟，一人抽一口。"

韦祎的神情由震惊，缓缓转为痛苦。

"失望攒够了吗？我不想你遍体鳞伤，也不想咱们的茶楼被拖垮，可以说这是我的私心，但谁都知道要及时止损。再说，女儿已经嫁出去了，也会懂你的，所以，是到为你自己考虑的时候了。"

麻木了很久的她，此时被一刀一刀割下去，人却清醒了很多。

百合

晚上，从不留恋刷视频的韦祎，摸了半天手机，她停留在这条抖音上，看了不知几遍：如果一个男人明知你不开心的情况下，还是做了让你伤心难过的事，他一定不是一时犯错，因为同样的错不会犯两次，如果犯了，不是错误，而是选择。

离婚这场暴风雨结束后，韦祎不知道自己是怎样活下来的，不动声色的背后，隐藏了多少悲伤与苦楚。而一旦当她穿越了暴风雨，早已不再是原来的那个人。

她抬头望着天，觉得天空特别蓝。

同时，韦祎开启了漫长的疗愈时光。

三生三世遇见你，纵使悲凉也是情

有滋有味、有情有义的日子，过了十多年。

李先生因肺癌过世，骨灰安歇在老家山上。

朝霞给李先生儿子打了一个电话，告诉他自己搬出来了，租住到李先生老家，离山上最近的那间房子，可以天天陪着李先生、想着李先生。李先生的儿子说："您这样住出去，人家以为是我赶走的。您放心住着。我们在外面有事业，这些年不会回老家的。"

"不用了，我会解释的，别人慢慢会明白的。房子你们出租吧！我只带走他的相片、笔墨纸砚，还有你爸送给我的彩虹制造机、云朵氛围灯。感谢你们这么多年的照顾。"朝霞很坚决。

朝霞的儿子也理解母亲的做法，并答应了母亲的另一个决定，百年后与李思墨先生合葬，而不是儿子的亲生父亲。

办妥了所有大事，朝霞一个人在出租屋除了做一日三餐的饭，就只能写写、画画。只是，写字，写字不灵光，哪有"入木三分、力透纸背"；画画，毛笔蘸水过多，一滴直接落到画上，晕染了一片，成了"废画三千"里的一张……

突如其来的致盲

三月底的一天，青芳穿了泽华家订婚时给买的衣服去上班，那件是薄一点的，但很时髦，自己都觉得美美的，心情好得快飞起来了，脚下好像装了个马达，不用力气一样，感觉这个世界非常美妙。

十点钟光景，三号机"嘎"的一声停止运转，扯断了丝绸被面的好几根线。女工打"木棉结"虽是超级厉害的，但是结多了，被面等级多多少少受影响，对一天站十来个小时的女工来说，打一个结，就是给辛苦铜钱打折啊！怪肉疼的。

青芳第一时间前来查看，见一些烧焦的电线，蹲下身来关了电源，突然觉得一阵天昏地暗。她首先判断：我已经断开电源了，不可能是触电，只是眼前像有树影一样的东西在晃来晃去，但我不头痛、不头晕，不必太在意，估计是昨晚没睡好，立马提了提神，先给三号机检查电路。过了一会儿，停电问题找到了，但眼睛像蒙了一层膜一样看东西模糊不清，动手能力也不行了，让女工去叫来其他机修工，按她的指挥处理，果然机器转起来了。女工打了两份饭，请青芳吃个便饭，以后再请好吃的。

饭吃到一半，女工发现青芳左眼周围都变白了，急忙让机修工帮忙请个假，把青芳送到医院。医生一看就感觉不妙，争分夺秒进行救治。过了一会儿，才说："这是视网膜动脉阻塞，俗称'眼中风'。你们错过了最佳诊治的黄金期。一旦发现此类情况九十分钟以内要立即抢救，否则视网膜神经组织会发生不可逆性损伤，直接导致视网膜缺氧、坏死。"

"能治好吧？"青芳急切地问。

"这是一种严重的急性致盲性眼病，致盲率高达百分之八十以上。你的情况再观察观察，暂时不能完全确定。"

"我会瞎吗？呜呜呜，这到底是怎么引起的？"青芳哭了。

"最近倒春寒天气，气温'断崖式'下降，血管容易收缩等，具体也是多种原因，有待分析。"

接到消息的亲人全都蒙了，包括未婚夫王泽华。由于刚刚休完了探亲假，人回不来，他拍了份电报，让她好好看病，不要放弃，并表示会养她一辈子。

青芳愁绪万千，眼睛一点光感也没有，硬撑到医生确诊视力无法恢复后。她想了三个晚上，泽华的军衔每隔几年都会上升，不能耽搁他的大好前程。就主动联系了泽华家，退回彩礼和一件新衣服，告诉他们另一件穿过了，留下做个念想。

泽华电话里再三坚持，但青芳心意已决，不想拖累人家。一个月后，泽华妈妈提出，再出一笔钱，作为治疗费用，订婚的所有东西都不用退回。

看到过光明的人突然失明的滋味，任何人都承受不了，想想都怕。青芳开始摸索着生活，需要的物件定置摆放，心慢慢静下来，手摸东西的感觉也越来越灵。生活不易，但不会辜负一个热爱它的人。

乡下的姑妈给牵了个线，说村东头有个小伙两眼都有微弱视力，现在租了城里的房子，生意也还红火，如两人能相互陪伴也不失为一条好出路。果然，小伙子性格温和，听上去气质儒雅，还说会教她盲文，会带她上街，会教她盲人更实用的生活技巧。

泽华得知青芳嫁人了，最近夫家在造房子，便托姐姐来说，如果钱不够，他会寄来的。青芳说，你家的彩礼够我们造房子了，我们也不需要怎么装修，不用再给我钱，你也不欠我什么，是我提出来分手的。愿你早日遇见那个眼神明亮，内心明澈的她。

一次仅有的执着

与杜敬亭加了微信后，韦祎发了一张昨天当茶艺课老师时的照片给杜敬亭。一个业余爱好摄影的学生拍的，拍得当真蛮好的，特别是光影的结合，加上后期制作，都可以当封面了。人物更是温婉、有气质，眼睛特别有神采，展现出对未来的无限憧憬。杜敬亭很快回复了：明天晚上请你喝茶，有时间吗？

韦祎没想到这么快就邀约见面。过了一会儿，才回了一段话：不好意思，我刚才在看书，可不可以等我七天后把这批学员的课上好，陪他们考试结束，再好好聚一下？

对方很快回复：OK！

果然，七天后，杜敬亭发来了定位，问：明天上午有时间吗？因为下午有个合同要签约，我最好在场，有问题可以直接拍板。中午检查一下管理层准备的各个环节，所以，最好你能直接来我公司，顺道一起了解一下。

本来嘛，不应该女士主动上门的，一开始的出场方式不对，怕以后都会处于被动地位。韦袆心里掠过一丝不悦，考虑到他周末也这么忙，好吧！自己刚好卸下茶艺课"担子"，很想出去走动走动。心里想，为了爱，就这么冲动一次吧！

承蒙你的出现，足够让我欢喜一辈子

第二天，韦袆早早起床化了个淡妆，盘了个发，带上两盆君子兰，按约定的时间赶到他的公司。一位高高帅帅的男士向她走来，她抿嘴一笑，递上礼物。他接过说："谢谢！我们到接待室喝一下茶吧！"

韦袆看着眼前这个男人谦和、低调，突然冒出"和光同尘"这个词。

杜敬亭不愧是公司高层，口才很好。他从家里多少兄弟姐妹说起，到考上大学，招工进单位，辞职下海办厂。每个阶段都有重点、亮点，有想法，有个性。听得韦袆兴致勃勃，只能插上几句话。

目前，我总资产三个多亿，前年经过扩大经营，有一千五百万的贷款。我还得再拼三年，假如把其中一个老厂卖掉，还贷款绰绰有余，但总觉得老厂像自己带大的孩子，有点舍不得。再说，还有囤的货都很值钱，你看，这块木材很香的。他快步走到办公室找了个打火机，烧了一下材料的边角，然后，用手当扇子，让香味往韦袆这边飘。嗯，很好闻的沉香味。他介绍，这是很多年前花 180 万买进的，现在是挺值钱的，好东西我都是舍不得卖的。

情深义重的男人

"我老婆张芬芳。"他还是这么称呼亡妻。韦祎心里还是认可这个男人的。"得的是胰腺癌，这个病的特点就是难治，有种说法叫'癌中之王'。这个'王'不是什么好事，但只要有希望，我花多少钱都愿意的。"

他声音低沉，情绪低落。韦祎看着这个男人深情款款地回忆，不知怎么安慰他，接了一句："怎么会这个病的?"

"这个是有很多因素的，环境、生活习惯及遗传等，早期诊断困难，就是说起病时看不太出来的。腹痛去看了几次才确诊，已经是恶性的，病情发展很快。医生告知，生存时间不会太长，说喜欢什么，就给她吃什么好了。"他突然提高声音，情绪也激动起来，"能吃，还用医生说? 她还能吃下什么呢! 唉，人那时候本身是很想吃的，可是吃几口就吐出来，吐得胃里什么也不剩，一个一百二十多斤的人，最后瘦到七十多斤，都脱了形……"

韦祎得知他前妻去了北京最好的医院，找了最高明的医生开刀，花了几百万后，还是没能留住多久，安慰他说："你们已经尽力了，姐姐有你的陪伴和照顾，应该无憾了。"

"没办法呀! 后来，很多人给我介绍，我都没有答应去看。"他的情绪有些释然。

幸运如我，在刚好的时光遇见了你

他，普通话比较标准，很难得露出本地乡音；他，声音带有点磁性，一百分满分的话，可以评个七八十分，严重"声控"的韦祎着迷了。

这个男人在诉说自己的过去时侃侃而谈，在提到亡妻时深情款款，是个重情重义的好人。她自己心里笑了，还像小时候经常问的那样，这个是好人还是坏人?

"笑什么?"他也微笑着问。

这个人，立如芝兰玉树，笑如明月入怀。

以后，入目无他人，四下皆是你。

入骨相思知不知

这天，朝霞趴在桌上睡着了。

"今天，我们也过个纪念日。"李先生神秘地说。

"我们结婚纪念日不是今天啊！"

"相遇纪念日，我们去看电影，就穿上这套裙子吧！"李先生还帮她选衣服。

"上次跟你说，有点紧，压在箱底，还去扯出来。"

"没事，再穿穿。"

到了电影院门口，李先生又拿出两个口罩，给自己和朝霞戴上，还买了一个大份的爆米花，让她抱着进去。

电影是爱情片，拍摄手法、演员选择、场景布置都高端大气上档次，养眼养心。

时间真是过得太快了，电影结束散场时，走在一对一对的小情侣后面，朝霞才发现，李先生让她穿紧身一点的裙装是有道理的：一个字，"装"。装年轻，可以混在他们中间，毫无违和感，因为两个人都身材好，气质佳。

影院的两边都停着车，路灯也昏暗。李先生买了新式汽水，朝霞刚好吃了这么多爆米花口渴着呢！学李先生一口气灌下去，两人都打了一个气嗝。李先生不好意思地笑了一下说："刚刚是不是有点不顾形象了哈！"

两个人同时笑了半天，都直不起老腰来，看电影时的拘谨一下子释放了。人生多么美好！

一阵风吹来，朝霞醒来，东看看西看看，原来是那次看电影的回忆。这个"护我天真如初"的男人不见了。

百合

这或许是埋下了伏笔

11 月 4 日，韦祎生日。杜敬亭发了一张某国的 notice of action（通知书）。韦祎刚好比较忙，只是回了一句："内容这么多啊！我手头还有好多工作，你简要地帮我解释一下吧！"

"我们移民的申请已经通过了。"

"好的呀！"韦祎继续做着手里的事，心里非常失落。

晚上，语音聊天，相互进一步深入了解。愉快友好的时间过得真快，42 分 25 秒。

"其实，我们这个年纪，能相爱的时间很宝贵。比方，人活 100 岁，那么有 36000 多天。我们现在已经过半，粗略算算还有 10000 多年。我们是不是该更加珍惜？"韦祎认真地在表述，手机那边却传来"哧哧"的笑声。

"是 10000 多天，不是 10000 多年，成老妖精了。"敬亭听出了对方的口误。

"哈哈哈！那这样好了，敬亭哥活到 100 岁，我活到 93 岁，但求同日归。"韦祎说。

"哪有啦！哈哈哈！"那边传来一阵开心的笑声。

韦祎道别："好了，早点休息，明天继续喜欢你。"

他笑得更爽朗了。

接下来，每天差不多一次 5 分钟互动。周四晚上，杜敬亭发来一个关于长寿的推文，韦祎仔细看了看，回复："是的，好的饮食习惯确实非常重要，日积月累功劳不可小觑。我多年前已经养成每天 12 种、每周 25 种以上的食品，少量多种，少吃多餐。我也喜欢厨艺，注重食物的选择与烹饪方式，愿与未来的爱人一起过上健康快乐的生活。"

杜敬亭发了三个大拇指。

你陪我一程　我念你一生

朝霞抄着《心经》，耳边萦绕着先生的名字：思墨，思墨。突然，朝霞悟到，原来，李先生放弃写意画的原因，是工笔画在关注细节、注重写实的过程中，更能凝神静气，时间就过得更快、更充实。他是知道终有这么一天的，让我有事可做，而这事可以让我心静地度日。

我知道你的良苦用心，你可以放心了！

一切都是独角戏

周五无信息。可能忙。

周六无信息。可能还是忙。

周日，韦祎开始觉得有些问题了，是不是说了"多年前已经养成每周25种以上的食品"什么的，好像自己超在他前面似的，让他不高兴了？

是不是还贷压力有些大，不得不更加努力经营管理？

是不是别人又给他介绍了，他就转移目标了？

是不是自己不够入他的眼？

是不是已经到了分手的时刻？

锻炼吧，软绵绵的，无筋无骨，罢了。然后，磨磨蹭蹭搞了半天卫生，顺带整理花园和大门口两侧的花，万一哪天杜敬亭开车路过呢！

…………

樱桃的叶子半数以上已经掉落，挂在树上的也是摇摇欲坠，风一吹就会归入尘土，化作春泥更护花。韦祎选了一片看上去最耐受的叶子，写上"等这片叶子落了，我就不等你了"！

心里又在侥幸：再说吧，因为来年叶子还会长出来的。

入戏太深，伤筋动骨。

疫情原因哪里都少去为妙，无聊至极！

晚上写首诗吧！题目是《我不再想你》。

我不再想你

但天黑前

必须想好要做的事

并专心于此

我不再想你

手机不能没电

抖音麻痹一时是一时

自律先抛在脑后

我不再想你

比起孤独，更怕辜负

要么余生都是你

要么只留下回忆

意难平终将和解

"妹妹，你不要多想，档次越高的人，感情越专一，因为时间都用来做正经事了。你要多欣赏彼此的好，懂得彼此的苦，要多体谅丧偶的人的心情，我自己也经历过，很久走不出来，只有经历过的人才会懂。把一切交给时间，总会有答案。"玲英姐耐心地劝慰韦祎。

韦祎点点头，心里想：好的，只要那个人是你，我愿意等待。

"还有不要太过于频繁联系他，信息不要秒回。你越主动，越不值钱；他付出越多，就越在意你。"

韦祎站在对方的角度想了想，姐姐说的是有些道理。

果不其然，杜先生发来：疫情严重之时，多宅家；疫情转好时，多去看望父母。

韦祎秒回：有你真好！你在，我在，一直在。

一句微信问候，韦祎万分欣喜，内心释然，着实高兴了几天，并把他的微信名改为 I DO（爱杜）。

爱情最卑微的样子大概就是这样：你好几天不理我，我明明难过得不行，只要你一回微信，哪怕只有一个表情包，我就开心得跟什么都没发生过似的。

爱你是孤独的秘密

一个周末，韦祎貌似无所事事，在花瓶里抽出一支微型月季"果汁阳台"的花，掰扯着花瓣，最后偶数的话，敬亭哥是喜欢我的；从一楼台阶走到三楼，如果台阶数是单数，敬亭哥心里是有我的……

手机里打上：想我了就找我，别管是不是在睡觉、是不是心情不好、是不是在吃饭、是不是会打扰。你若不离不弃，我便生死相依。

觉得不怎么样，又一个字一个字删除。

又重新打字：

你见过一个人为了等你的消息，每天翻看手机无数次吗？

你见过一个人，时常发呆，猜你在忙些什么？

你见过一个人，明明写了一大段话，想发给你却又删了吗？

这就是我想你的样子……

为了你，我愿意变成更好的自己。

想想不妥，又改：我吹过你吹过的风，这算不算相拥？我走过你走过的路，这算不算相逢？

然后，还是没有然后，删了。

明明知道他不会回复消息，明明知道爱情双向奔赴才有意义，还是不甘心，把手机打开免打扰，这样他一发消息，就能听到。

这样患得患失，折腾了一天，一事无成。

百合

人有生老三千疾，唯有相思不可医

晚上，搜索百度打发时间，看《亲爱的，不要跨过那条江》，一边看，一边哭，很羡慕有这么美的爱情，又怕遇上了，却又不得有面临生离死别的那一天。21点半，看看没信息，狠了狠心放下手机，上床睡觉。

22点15分，杜敬亭发来一首钢琴曲《彼此相知》，里面一句歌词是：放在心上的情感，是无价的。

次日，韦祎起床才看到，她回复：敬亭哥，您好！一个人在家睡得早，昨晚估计您发的时候，我已经睡下了，也是不得不睡了，因为等了整整一个周末，怕你忙，心思顾不过来，所以，只能等信息。

杜敬亭看了，沉思良久，致歉：我没想到，每天看到你把自己安排得满满的，我不好意思打扰你。

瞬间，韦祎几天来的苦闷一下子清空，一点甜味就填满了整个内心，满血复活。立马回复：我愿意把生命"浪费"在美好的事物上，比如，你。

而后面的几天，杜敬亭又似人间蒸发。

时间从来不语，却回答了所有问题

杜敬亭前半生都是勇往直前，一般不会知难而退，但对于这件事，顾忌儿子有想法：他心里肯定过不去，毕竟是亲生母亲，这事儿缓缓也罢，急于求成肯定不行。想了想，给韦祎发了一条：最近很忙，过几天可能会好一点。

韦祎接下来每天编制一条至两条内容、形式风格各异的信息，汇报自己的生活、工作、学习，然后，不到一个小时，翻看手机超过五六次。微信没有红点点，没有任何动静，实在没东西看，就点开"微信运动"，看他的步数，分析大致情况，如果步数很多，应该是很忙；假如步数很少，会不会累了。唉，又出现了久违的叹息声，你不曾参与的生活，而你却无处不在。

几个月以来，杜敬亭语音、发微信越来越少。韦祎发的微信，有时只回复几个"赞"的表情，无任何文字。

已经多日没有收到信息了，韦祎明白，都是成年人，每天手机不离身，没有回复，就是一种回复。

其实，人生最难的大多数时候都是一个人走的，人生的伴侣不是谁都可以，如果等不到那个人，我正好有时间，何不提升自己。告别昨日，重新以真正的我开始独自生活，让自己忙碌起来，自我丰盈，把自己想象成一棵树或一朵花，努力地不断地成长，安静地开放就好了。

韦祎在职工技校兼任茶艺课老师；参加本市春晚舞蹈录制；跟小姐妹旗袍走秀；线上学习插花、香道。

只活一次的人生，要比谁都炙热，让自己每年都变得更有价值。话虽如此，朋友圈发得更勤快了，想让那个人看到。

消耗殆尽　无声退出

韦祎每天胡思乱想，忐忑、敏感，甚至开始自我怀疑，近乎崩溃。她心头一个激灵，向来自信的自己，怎么会失控成这个样子？负面情绪周而复始，绝对不是好事。

算了，自己曾经勇敢过了，也卑微过、孤独过、等待过……也不后悔曾经出现在彼此的生命里。就用离开的方式善待自己，离开某些人不是因为他们不好，而是因为我和他在一起时我的状态不好，面对脆弱、焦虑、不安，而自己又无法改变时，也许离开才是最好的选择。自己一厢情愿坚强有什么意义，就此撤出，反而能解决放不下的问题。

她安慰自己：允许一切发生，也从里面学到了点东西，我已经尽力了。就这样吧！

再不发什么微信了，忘记他，销声匿迹是所有告别里最勇敢的。

把他的微信名改回：杜先生。这个理性又深情，敏感又脆弱，骄傲又自卑的人终于把他放下了。

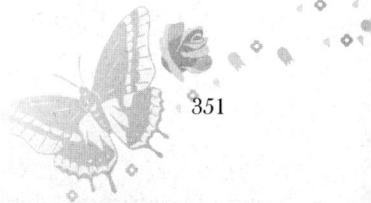

韦祎后来陆续在玲英姐那里听到一点关于他的消息：因为申请 green card（绿卡）有每年在 M 国居住数的要求。

所爱隔山海　山海皆可平

我回来了，我不想得到了天空，却失去了大地，这里有祖国，有母亲，还有你！

杜敬亭一下飞机就在心里发出了这样的感慨。在隔离的宾馆，他每天都在思考该如何挽回韦祎。

韦祎，你说得对，我表面上看着很好相处，但一般人很难走进内心，大家每天看到我都是坚强的样子，其实也是希望被关爱、照顾的。曾在最深的绝望里，遇见最美的情意，我能不动容吗？

韦祎，我被你的魅力所吸引，曾经是，以后也是。你的光芒，曾照亮过我，人会随着年龄的增长，越来越难碰到让自己怦然心动的人，喜欢一个人的感觉越来越难得，所以，我越来越珍惜这种感觉。

韦祎，你曾说，正因为甜很少，所以去寻找。人潮拥挤，相遇不易，那时，我当耳旁风，可是去 M 国的这段时间，我发现自己的心是空的……不仅仅是因为经历了奢侈品店抢劫事件、亲眼看见如何对待疫情中的老人等等，懂吗？

隔离结束前一天，杜敬亭郑重地打电话约韦祎，怕一发微信，弹出拉黑的提示。

韦祎如约缓缓走来时，杜敬亭赶紧起身，捧起桌上的一大束玫瑰送上。韦祎微笑着接过花就放回桌上，然后平静地说："谢谢！以后我们做朋友吧！"

杜敬亭的心沉了一下，原来准备的一套词，忘得一干二净，脱口而出："那时候，我贷款没还掉，总不能让你觉得来这个家，就背了一身的债，我于心不忍，只能自己默默承受。现在，我已经把老厂卖掉，没有还贷压力了。"

韦祎平静地说："我从来没有介意过贷款，我这么努力，房子、车子什么都是自己双手挣的。我们还是算了吧，这颗心破成一地的玻璃碎片，自己蒙头弯腰捡起，好不容易才缝补回去了，到现在还不敢接受下一段感情。"

"我分手后也没找别人，心里始终有你，你是不可替代的。"杜敬亭接上那句话表白自己的内心。

"不好意思，我曾经的不舍、心动，所有期待，统统还给你了。只是不明白我哪里不好，让你这么不珍惜。那时，我一步三回头，哪怕你每天回一句话，我也不至于心酸离去。"韦祎红着眼眶说。

杜敬亭意识到可能要失去她了，抓住她的手说："我知道我做得不对，以前为了公司、为了面子，怕儿子媳妇不接受，怕亲戚朋友说闲话，老婆没了两年多点就想再找，我总是不敢往前一步，《非诚勿扰》节目每次播出这句歌词时，我都会泪眼蒙眬……"哽咽说不出话来。

韦祎推开他的手，却泪流满面，所有防线崩塌。

若干个月后，杜敬亭正式求婚。"一个人能送给爱人最好的礼物就是时间，所以我把自己余生的时间托付给你，你愿意吗？"杜敬亭看着韦祎问，这个霸道总裁此时真的已经卸下了盔甲。

韦祎长长的睫毛湿润了，伸出右手："我们重新认识一下。您好！我叫韦祎，请多关照。"

杜敬亭明白这是重新开始的节奏，也赶紧伸手："您好！我叫杜敬亭。"

两人相约把对方微信名改为：Miss Right（完美小姐）、Mr. Right（白马王子）。

爱一个人是幸福的，被爱也是。

懂得享受阳光　日子充满希望

从此，人们经常看到两个盲人——老公拄着盲杖，老婆挽着老公的手；有时挎着购物袋买菜；有时候一起上三楼晾衣服，一起晒太阳；晚饭后两人手拉手到元宝湖散步，不时聊聊天，随身携带的收音机总是播报着新闻。总之形影不离，有说有笑，有情有义。

青芳跟邻居说，我们再做几年，要回他老家了，自己造的房子还没好好住过呢！他二姐一家住在我们家新房子里，帮忙照顾婆婆，我们回去也可以尽一下孝。毕竟他的名气已经做出来了，手头也有积蓄，生活不愁的。回到村里，附近也会有人上门找他的，现在开车方便。有点做点，也挺好的，再说，农村空气好，也算过上心里想的那种养老生活了。

邻居说起他们时，第一句话就是，他老婆长得蛮漂亮的，奇怪的是全盲还能有条不紊地做饭、拖地、洗衣服，两人生活真的无忧。

一对盲人，竟然也能让正常人心生羡慕。

正因如此，给了我们依然相信爱情的理由。

海 风 拂 面

宋秀华

　　背着沉重的摄影器材，记者小徐马不停蹄，终于来到了舟山市六横岛双峙港大跨越 2 号塔架线的施工现场。裹挟着浓烈鱼腥味的海风凛冽而刺骨，在这寒冷的冬日里就这么不管不顾迎面砸了上来。小徐缩了缩脖子，两条浓重的眉毛瞬间拧到了一起。小徐喜欢海岛，更喜欢吃海鲜，但唯独不喜欢海风拂面的感觉，那股潮湿咸腥的味道好像有无孔不入的本领，不光能钻到人的鼻孔里，就连毛发和衣服都不能幸免。

　　今天是浙江省首条跨海 500 千伏输电线路实施最后跨海架设的日子，原本这条新闻是同事小周来做的，但因其家中有事，便临时改成他接替去完成。小徐是到了单位后才得知今天要去六横岛的，出门的行头并没做好出海防风保暖的准备，现被海风一吹，便有一种被刀割的冰冷和刺骨，这更增添了小徐的不痛快。

　　"现在风力有些大，导线容易失稳，大家一定要注意安全哦！"一个略带沙哑的声音，从不远处铁塔架线上传来。小徐顺着声音望去，只见若干条粗壮的导线穿过高高的铁塔伸向远方，导线上电力架线工们穿着橘红色的连体工作服，头戴安全帽，腰上挂着安全带，正全力敷设着线路。又一阵海风刮来，架线上的工人们举步维艰，随着导线晃动起来。风肆无忌惮地拉扯着工人们的身体，吹弯了工人们的腰，呼啸着不断灌进工人们的喉咙，好像誓要让人们感受到它的狂放和冰冷。小徐被海风逼得喘不过气来，特别是耳朵和脸颊，好像此刻都已不属于自己了。但作为一名记者，小徐还是有自己的职业素养和新闻敏锐性的，他用冻僵硬的手准备好相机，调整好镜头。他要拍下这一组海上架线作业的照片，而且他已经想好

百合

了照片的名字，就叫"在海上走钢丝的人"。

"记者小哥，你好！领导让我俩来给你介绍下 500 千伏输电线路项目的情况。"一个清朗的声音打断了小徐的拍摄思路，"我是高平，东北人，大家都叫我小东北。这位是程师傅，项目技术管理工程师，也是我们送变电公司最有经验的老师傅。"

小徐放下相机，看到一老、一少两个戴着安全帽，穿着电力工作服的身影走到了他的身边。年纪大的中等身材，国字脸，浓眉毛，让人一看便有种不怒自威的感觉。年轻的戴着一副黑框眼镜，瘦高个，挺斯文的样子。不过两人却有一个相同的特点，就是脸上的皮肤都是黝黑而粗糙的，但都精神矍铄。

小徐简单介绍了一下自己，就直奔架线工程采访的主题。

"这项 500 千伏输电线路工程是我国第一个从海岛向大陆输电的超高压工程，该工程起自六横电厂，跨越双峙港、汀子港、梅山港后到达北仑 500 千伏春晓变，线路总长约 36.5 公里。按照计划，整个工程将在明年春节前完成并试通电。"程师傅边介绍边用手指向铁塔，"工程大跨越海上架线距离为 8.39 公里，是目前全国 500 千伏电网等级跨海架线中最长的。"

"而且这次用的导线是特高强度钢芯铝合金绞线，这也是目前全国 500 千伏跨海架线中截面最大的。"高平热心地补充着说，"为了完成这次重量级的海上架设，我们还用上了 28 吨的张力机和 38 吨的牵引机来敷设收放线路。线路通电后能大幅提升电网输送能力，增强电网优化配置和供电的可靠性，有效缓解电网枯期供电紧张的局面，而海岛停电的老大难问题也将成为过去时了。"

"为了能顺利完成这项工程，我们这位程老师傅都已经一整年没有回过家了，"高平笑着调侃着说，"每天蹲点在施工现场，日头晒，海风吹，都快变成咸鱼干了。"

"这算得了什么，晒晒日头，吹吹海风还不和享福一样，提早进入面朝大海的生活节奏了。"老程笑着指了指那些身穿连体服的架线工说，"他们才是最辛苦的，风里来雨里去，海上架线可不同于平地，海上风力大，导线容易失稳，而且还要满足航道通航要求，导线与海面的距离有 36 米净高啊！搞不好整天都要在上面吊着。"

小徐的注意力再次被那些橘红色的身影吸引了过去，只见那些架线的电力工们在海面上顶着逆风，艰难地往前挪动着，他们的动作是那样的坚毅、那样的执着。

"我这一辈子都在参加电力建设，这次是我参与的最大一次线路架线，也是我退休前做的最后一项工程了，接下来就要看你们年轻人了。不过你年纪也老大不小了，不要每天就知道看图纸跑现场，也该把心思放点在找对象上了……"老程手搭着高平的肩头，对他循循善诱，两人完成了讲解任务，越走越远了。

不远处的海面上，一艘轮船鸣着汽笛从两座高耸着的电力铁塔间穿过。小徐忽然觉得电力工人们就像这一座座架线的铁塔，坚毅而执着地竖立在不同的区域和地方，却用电力织汇成一张网，一起努力把光明输向祖国、输向远方。而这些为了祖国的繁荣富强，为了祖国的电力事业，辛勤付出、奋力前行的电力工人是值得敬佩的。

又一阵海风带着浓重的鱼腥味迎面吹来，小徐勇敢地挺起了胸膛，他相信这次采访是值得的，必能出彩。

（原载《神华能源报》2020 年 10 月 23 日）

百合

局长阳了

杨寿松

　　节骨眼上应峰也阳了。应峰感觉自己阳得真不是时候。将近年底除了各项工作更加繁忙，更重要的是上级部门对单位领导班子考核也将进行，而考核的面对面测评、谈话是考评每个单位领导班子成员的一个重要环节。众所周知，如果你就座主席台，那下面对你打分大概率不会很低，反过你生病在家那就很难说了。而出生于 20 世纪 70 年代末的应峰在目前这个单位当领导已多年了，五十岁知天命按理来说正是年富力强的当口，但在人才辈出的国企中已经是比较尴尬的年龄了，或许可以再往上走，去市局当个副局长，而眼前就有一个机会，市局王副局长今年年底就到点了，据传闻，应峰是候选人之一，可若是这次上不去，搞不好这个县局长也会提前转成什么调研员等。正当应峰躺在床上胡思乱想时手机响了。来电是他秘书小陈——一个名牌大学毕业的小伙子，人长得挺精神，读书时是学霸，参加工作第二年就招聘考试到机关办公室，第三年应峰原来的秘书提拔后小陈就补缺做了应峰的秘书。

　　"局长，明天市局考评组到局里，书记让我问一下您明天上午来参加会议吗？"秘书在电话里问他。说老实话能去的话他一定会去的，问题是现在防疫规定阳了的人不能参加公共场所的活动。"我还阳着呢，报告让书记代一下。"应峰在电话里无奈地说着。

　　第二天的考评会开得很成功，书记的报告也作得有声有色，唯一让职工感到遗憾的就是台上少了一个主角——局长应峰。

　　会议结束几天后各种传闻满天飞。有人说因身体健康原因局长应峰会提前转为调研员；也有人说这次测评整个局领导班子成员中应峰的分数最低，主要原因说应峰平时工作作风太主观，一些重大事项都是一个人说了算，所谓集体讨论无非是流于形式，有时候批评人简单粗暴。但也有替应峰可惜的，说他自任局长以来一心扑在工作上，这几年在考评中基本上都名列前茅，如果不是这次感染上新冠病毒估计会顺利提职的。

应峰手机随着各种传闻明显处于休闲状态了……但秘书小陈还是雷打不动地按惯例一天早、晚通报局里的日常工作情况；还有几个"铁杆粉丝"问候身体状况并隐隐地劝说几句"局长身体健康是第一，其他都是身外之物"类似的善意。应峰躺在床上对这方面考虑并不多，他一心想着这病毒什么时候能离开自己，的确人往往是这样的，当你躺在床上不能动弹时，让你在权力、财富、健康这三者之间选择，相信每个人都会选择健康！而当你生龙活虎在职场时又会马上忘了在病床上的初心。所以这几天应峰自己是安耽（方言，安心之意）的，每天就是服药、吃饭、睡觉。听医生说这个新冠病毒没有针对性的药物，完全要靠自己的免疫系统来消除的，也只能听天由命吧！

"祝你平安啊祝你平安"手机终于响了，今天除了小陈上午来过电话外单位其他人都没有来电，连几位"铁杆粉丝"都没有。应峰手机铃声上设置的是《祝你平安》歌曲。"喂，哪位？"应峰迫不及待地拿起手机。"先生您好！您需要贷款吗？"手机里飘出的声音虽然让应峰很失望，但终究这铃声的响起为这二十几平方米的空间热闹了一下。有时很奇怪，平时忙的时候真想休息一下，而真让人几天闲下来就浑身没劲了，再加上这新冠病毒除了发烧头疼咳嗽喉痛外，还全身乏力，应峰躺在床上两眼瞪着天花板发呆，孤独寂寞，他从前曾经喜欢清静，而现在的清静却有点可怕，可怕到连平时最厌恶的"贷款要不要""房子要不要"的电话都感觉到那么悦耳动听，唉！人呀就是这么个德行！

接下来几天电话越来越少，秘书在电话里的汇报内容越来越简单，这使应峰除了病毒给他的痛苦以外，更多的是孤独的痛苦，隔离不仅是肉体的隔离更多的是精神上的隔离。正当应峰陷入孤独的困境时，突然有一天电话不断、问候声不绝于耳，病房又恢复往日的热闹。事后，应峰才知道这几天市局局长、省局局长、部局的领导都阳了，而且他们在阳的第一天

百合

都召开领导班子会议，定了一个原则：凡是阳了的同志在提职的问题上都要优先考虑，因为只有阳过的同志才经得起考验，才能在今后的领导岗位上更好地为人民服务！

应峰会心地笑了……

一 家 亲

张水明

　　春暖花开的一天，退休在家的林芬看电视新闻时突然看到：线唐正式成为行政区、她"啊"地叫了一声，闭上眼睛靠在沙发上，一副失落的样子。

　　一旁在手机上谈业务的小洁看到妈妈这副样子，忙问她怎么啦怎么啦。林芬指指电视说，要成立线唐区了，我当初挑烂泥参加的围垦要从录山划走了，唉！小洁听了，哈哈大笑起来，她说："我以为你碰到了什么事了，同你搭啥界，政府规划的事，这不是很好的吗?!"林芬说："你是不会明白的，那里是我一肩肩挑出来的地方，有我的青春、我的汗水，是我高中毕业最初奋斗的地方。"小洁安慰道："线唐区、录山区都不会忘记你们这些参加围垦的英雄的。"她顿了一下，调侃地说："莫非你的初恋在那里? 嘻嘻嘻。"林芬白眼一下女儿，心动了一下，刚才听了女儿的安慰，她觉得有道理，嘴上反驳道："只知道谈业务也不去谈谈恋爱。"小洁一听妈妈要唠叨这事，忙岔开话题，说趁她休假，带妈妈去围垦看看。

　　几天后，小洁开着奥迪车带着妈妈来到围垦。林芬很兴奋，一路上东张张西望望。她不停地说："变了变了，不认识了。"小洁说："肯定变了，当初你是个小姑娘，现在你的女儿都当厂长了。"本来小洁想说你要当外婆的年纪了，怕又落入圈套才这么说的。林芬自语道："现在真不敢想象，千家万户一担担地挑，这样的苦吃过了，后来的工作都不在话下。"小洁说她在网上看到过，叫"围垦精神"。她有时碰到困难，就会想到老妈参加围垦挑泥的事，就坚持创业，成功了。林芬很惊喜，忙问小洁是真心话吗? 小洁点点头。

到了十工段的地方，林芬看到一位坐轮椅的男人，她忙叫女儿停车。林芬下车，走向那人。

问："大哥，这是十工段吗？"

男人回答："是的。"

林芬又问："你是这里的人吗？"

男人说："我这里附近的。"

"那你参加过这里的围海拦堤战役吗？"林芬有点急促地问。

"是的。我的腿不好，小儿麻痹症，只做轻便的活。"

"发牌。"

"你怎么知道的？"

"我参加过这儿的挑泥活。"

"哦。"

"你有没有记得你发牌时给我多几张？"

男人思索了一会儿，说："记得有一个小姑娘，当初还是个学生，看她摇摇晃晃地挑着两畚箕烂泥从堤下挑到堤上来，一天下来完不成任务，急得要哭了，我就多发给她几张牌。原来是你？"

"是我。"林芬刹那激动得眼泪要出来了。她说："家里没有男劳力，我高中毕业了就来参加 15 万围垦大军围海拦堤战役。经过这次磨炼，以后我去深圳打工，做到了部门经理，取得了一点成绩。"林芬指指小洁："这是我女儿，我培养她已在那边开了厂。"

小洁走了过来，叫了声"叔叔"。

男人感叹道："这段时间来这儿怀旧的人很多，我也是比较清闲又住在附近，每天都到这些地方溜达，就当锻炼身体吧。"

男人告诉林芬，叫他广林吧。当初他多给林芬挑泥牌，晚上再到他大哥那里去要来补上。大哥说他看上林芬了，叫他不要想吃"天鹅肉"哦。

林芬脸一红，瞄了一下小洁，见小洁期待的样子，续问："后来呢？"

广林告诉说，他这样的残疾人，好的娶不到，差的不喜欢，索性一门心思搞养殖，也有了点成绩。后来，大哥的小儿子过继给他，他全心培养后成了老师，这是他最大的骄傲。

小洁快嘴道："叔叔单身，我妈妈离婚，你们可以搭伙过日子。"

林芬假装生气回答："没大没小的，你自己的婚事叫叔叔帮帮忙。"

广林嘿嘿笑笑，邀请她们去家里坐坐。

反正是来游玩的，又遇到了故人，林芬母女欣然答应去了广林家。

广林坐上小洁的车子。一路上，他指着蓝天白云下线唐区繁忙的建设场景，自豪地断定："这是一片开发的热土！"

眼下，小洁与广林的儿子恋爱已修成正果。小洁的科技厂从深圳迁到了大海东产业集聚区海江新城。林芬隔三岔五来线唐广林家聚餐，两家成了线唐一家亲！

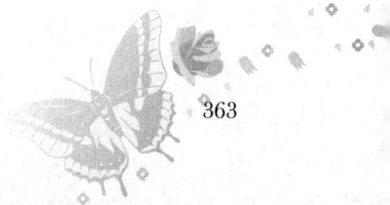

百合